ハヤカワ・ミステリ

RICHARD OSMAN

木曜殺人クラブ　逸れた銃弾

THE BULLET THAT MISSED

リチャード・オスマン

羽田詩津子訳

TOKYO HAYAKAWA BOOKS

A HAYAKAWA POCKET MYSTERY BOOK

THE BULLET THAT MISSED
by
RICHARD OSMAN

Translated by
SHIZUKO HATA
First published 2023 in Japan by
HAYAKAWA PUBLISHING, INC.
This book is published in Japan by
arrangement with
MUSHENS ENTERTAINMENT, LONDON
through TUTTLE-MORI AGENCY, INC., TOKYO.

装画／千海博美
装幀／水戸部 功

イングリッドへ　きみを待っていた

ベサニー・ウェイツはもう引き返せないとわかっている。今こそ勇気を持ち、行動に出るときだ。

手の中の銃弾の重みを確かめる。

人生とはチャンスについて理解することだ。チャンスというものはめったに訪れず、いざ訪れたときには立ち上がって出迎えるべきなのだ。

「会ってほしい。とにかく話し合いたい」メールにはそう書かれていた。それから何度も何度も頭の中でその文面を反芻《はんすう》している。会いに行くべきなのだろうか？

決断する前にひとつだけやっておこう。マイクにメールを送る。

マイクは彼女が追っているネタについて知っている。詳細は知らない——記者は秘密を守らなくてはならないから——しかし、危険なネタだということは知っている。必要とあらば彼もその場にいてくれるだろうが、一人だけでやらねばならないときもある。

今夜何が起きるにしても、マイク・ワグホーンを後に残していくことを悲しく思うだろう。彼はいい友人だ。親切で愉快な男だ。だから視聴者は彼を愛している。

しかし、ベサニーはもっと大きなことを夢見ている。おそらく、これは彼女のチャンスなのだ。危険ではあるが、チャンスであることに変わりない。

彼女はショートメールを送る。マイクは今夜はもう返事を寄越さないだろう。すでに遅い時刻だ。たぶん、それがいちばんいいのかもしれない。彼の声が聞こえる気がする。「夜の十時にメールしてくるのはどこのどいつだ？　ミレニアム世代かセクハラ野郎、そうに決まってる」

さあ出発だ。そろそろ運試しの時だ。自分は生き延びられるだろうか、それとも死が待っているのだろうか？

ベサニーは酒をグラスに注ぎ、最後にもう一度銃弾を見る。どう考えても、他には選択肢がない。

いざチャンスへ。

木曜殺人クラブ　逸れた銃弾

登場人物

○〈木曜殺人クラブ〉のメンバー

エリザベス・ベスト……………………元諜報員
ジョイス・メドウクロフト………元看護師
ロン・リッチー…………………………元労働運動家
イブラヒム・アリフ…………………元精神科医

○クーパーズ・チェイスの住人とその関係者

スティーヴン……………………………エリザベスの夫
ボグダン・ヤンコフスキ…………建設業者
ジョアンナ………………………………ジョイスの娘
ケンドリック……………………………ロンの孫

○ニュース番組《サウス・イースト・トゥナイト》の関係者

マイク・ワグホーン…………………キャスター
ポーリン・ジェンキンズ…………メイク係
フィオナ・クレメンス………………元キャスター
ベサニー・ウェイツ…………………殺人事件の被害者

○犯罪者たち

コニー・ジョンソン…………………ドラッグディーラー
ヘザー・ガーバット…………………ＶＡＴ詐欺師
ジャック・メイソン…………………大物犯罪者
バイキング………………………………スウェーデン人
ヴィクトル・イリーチ………………ソビエト連邦出身の元KGB将校

○フェアヘイヴン警察署とその関係者

ドナ・デ・フレイタス………………巡査
クリス・ハドソン……………………主任警部
パトリス…………………………………ドナの母親。教師
アンドリュー・エヴァートン……ケント州警察本部長

第一部　角を曲がるたびに知った顔に出会う

1

「メイクは必要ない」ロンが言う。彼は背もたれのまっすぐな椅子にすわっている。イブラヒムにだらけた格好でテレビに出てはいけない、と言われたからだ。

「必要ないんですか？」メイク係のポーリン・ジェンキンズがバッグからブラシやパレットを取り出しながら確認する。彼女はジグソー・ルームのテーブルに鏡を置く。鏡は周囲にぐるっと電球がついているので、彼女のサクランボ色のイヤリングが前後に揺れるたびに、光を反射してきらめいている。

ロンはアドレナリンがちょっぴり放出されるのを感じる。まさにこういうことだ。これがテレビってやつなんだ。みんなはまだか？　よかったら来てくれ、と声をかけておいたのだが。「気が向いたら来てくれ、大騒ぎするようなことじゃないがね」でも現れなかったら、ひどく落ち込むだろう。

「視聴者にはありのままのおれを受け入れてもらうさ」ロンは言う。「こういう生き方をしてきたから、こういう顔になった。顔はひとつのストーリーだよ」

「ホラーストーリーでしょ、はっきり言わせてもらえれば」ポーリンはカラーパレットに視線を落としてから、ロンの顔を見る。彼に投げキスをする。

「誰も彼もが美しくある必要はない」友人たちはインタビューが四時に始まるのを知っている。もうじき絶対に来るよな？

「その点では意見が一致するわね、ダーリン。わたしは奇跡は起こせない。でも、かつてのあなたを覚えているの。ハンサムなゲス野郎、って感じ？　そういうのがお好みなんじゃない？」

ロンはううむ、とうなる。

「それにね、正直に言うと、わたしはそういうのが好き、まさに好みにドンピシャなのよ。常に労働者のために闘っていたでしょ、いばりちらしながら？」ポーリンはコンパクトを開く。「まだそういうものを信じているでしょ？　労働者を奮起させる気なんでしょ？」

ロンはわずかに胸をそらす、闘牛場に入ろうとする雄牛のように。「まだ信じているかだと？　まだ平等を信じているか？　まだ労働力を信じているか？　あんた、名前は？」

「ポーリン」ポーリンが答える。

「おれは一日分の公平な賃金が支払われる、一日分の労働の尊厳を今もまだ信じているよ、ポーリン。これまで以上に」

ポーリンはうなずく。「よかった。じゃ、五分だけ口を閉じて、賃金が支払われているわたしの仕事をさせて。そうすれば、《サウス・イースト・トゥナイト》の視聴者は、あなたがどんなにいい男か思い出すはずよ」

ロンは口を開くが、珍しく何も言葉が出てこない。ポーリンはそれ以上あれこれ言わずにファンデーションを塗りはじめる。「尊厳とはね、なんとまあ。あら、きれいな目をしているのね？　チェ・ゲバラが波止場で働いていたらかくやって感じ」

ロンは鏡の中でジグソー・ルームのドアが開くのを見る。ジョイスが入ってくる。彼女は絶対来るとわかっていた。マイク・ワグホーンがここに来ると知っているのだから、なおさらだ。そもそも本当のことを言うと、すべてはジョイスの思いつきだった。彼女が事件のファイルを選んだのだ。

ロンはジョイスが新しいカーディガンを着ていることに気づく。当然そうするだろう。

「メイクはしないつもりだ、って言ってたのに、ロン」ジョイスが言う。

「無理やりなんだ」ロンは言う。「こちらはポーリンだ」

「こんにちは、ポーリン。大変なお仕事なんでしょ」

「もっと大変な経験をしてるわ。以前、《カジュアルティ》（医療ドラマシリーズ）を担当していたから」

ドアがまた開く。カメラマン、そのあとに音声マン、次に真っ白な髪が見え、ドアがそっと閉まると、高価なスーツをりゅうと着こなした、非の打ち所がないほど男っぽいが、かすかな香りを漂わせたマイク・ワグホーンが登場する。ロンはジョイスが頬を赤らめるのを見てとる。コンシーラーを塗っている最中でなければ、あきれて天井を仰いだところだ。

「さて、これで全員そろったね」マイクが言う。その笑顔は髪と同じようにまばゆい白さだ。「わが名はマイク・ワグホーン、偽物は一切受けつけない唯一無二の人間だ」

「ロン・リッチー」ロンは名乗る。

「同じだな、まったく同じままだ」マイクはロンと握手する。「少しも変わってないね。サファリに出かけてライオンを間近に見たような気分だよ、ミスター・リッチー。彼はライオンのような男じゃないかね、ポーリン？」

「たしかにそんな感じね」ポーリンは同意し、ロンの頬にフェイスパウダーをはたく。

マイクがゆっくりとジョイスに顔を向けると、その視線を感じたジョイスが、新しいカーディガンを脱いでいるのにロンは気づく。「そして、失礼ながら、あなたはどなたでしょう？」

「ジョイス・メドウクロフトです」ジョイスは膝を折ってお辞儀しかねないありさまだ。

「すると、あなたとりっぱなミスター・リッチーはカップルなんですね、ジョイス？」

「いいえ、まさか、とんでもない、そんなこと考えたこともないわ、全然。ちがいます」ジョイスは力をこめる。「わたしたちは友人です。気を悪くしないでね、ロン」

「なるほど友人ですか。幸運なロン」マイクは言う。

「言い寄るのはやめて、マイク」ポーリンが口をはさむ。「誰もおもしろがらないわよ」

「いや、ジョイスはおもしろがるだろう」とロン。

「そうね」ジョイスは言う。ひとりごとのように、ただし、みんなに聞こえるぐらいの声で。

再びドアが開いて、イブラヒムが部屋をのぞく。よし、来たな！ あとはエリザベスだけだ。「遅れたかな？」

「ちゃんと間に合ったわよ」とジョイス。

音声マンがロンのラペルにマイクを取り付けている。ロンはウェストハムのシャツの上にジャケットを着ている。ジョイスがどうしても着ろと譲らなかったのだ。彼の意見では不要だった。それどころか冒瀆的だ。イブラヒムはジョイスの隣にすわり、マイク・ワグホーンを見る。

「あなたはとてもハンサムですね、ミスター・ワグホーン、正統的なハンサムですよ」

「ありがとう」マイクは同意するようにうなずく。「スカッシュをやり、肌に潤いを与えてると、自然とこうなるんだ」

「それに、化粧品に週に千ポンド」ポーリンがロンのメイクの仕上げをしながらつけ加える。

「わたしもハンサムだとよく言われるんです」イブラヒムが言う。「思うに、もしも人生がちがう方向に進んでいたら、ニュースキャスターになっていたかもしれない」

「わたしはニュースキャスターじゃない」マイクは訂正する。「たまたまニュースを読みあげているジャーナリストだ」

イブラヒムはうなずく。「鋭い知性。そしてネタを嗅ぎつける嗅覚」

「うん、そのおかげで今ここにいる」とマイク。「メールを読んだとたんニュースのネタを嗅ぎつけたんだ。引退者用施設という新しい生活様式、その中心にあるロン・リッチーの有名な顔。わたしは思った、『おっと、視聴者はこういうやつが好みだぞ』って」

数週間はおとなしくしていたが、仲間たちが活動を再開したのでロンはうれしくてたまらない。インタビューは最初から策略だった。マイク・ワグホーンをクーパーズ・チェイスにおびきよせるためにジョイスが画策した。ある事件のことで彼が力を貸してくれるかどうかを探るために。そこでジョイスはプロデューサーの一人にメールを送った。その流れでロンはまたテレビに出演することになり、とても幸せな気分になっている。

「このあとでディナーに行きませんか、ミスター・ワグホーン？」ジョイスがたずねている。「五時半にテーブルを予約したんです。混雑が一段落した頃に」

「どうかマイクと呼んでください。それから、残念ながら行けないんですよ。人と交流しないようにしていてね。プライバシーやウィルス、その他もろもろのせいで。きっとご理解いただけると思うが」

「まあ」ジョイスはつぶやく。ロンは彼女の失望を見てとる。ケント州かサセックス州に、ジョイス以上にマイク・ワグホーンの熱心なファンがいるならぜひとも会ってみたいものだ。いや、よく考えたら、そいつらには会いたくない。

「いつもアルコールがふんだんに出るんです」イブラヒムがマイクの気を引こうとする。「それに、あなたのファンがたくさんいますよ」

マイクはちょっと考えこむ。

「それに〈木曜殺人クラブ〉についてすっかり話して差し上げるわ」とジョイス。

「〈木曜殺人クラブ〉だって?」マイクは訊き返す。「でっちあげのように聞こえるが」

「ありとあらゆるものがでっちあげですよ、じっくり考えてみると」イブラヒムが言う。「ちなみにアルコールには補助金が出ます。補助が打ち切られそうだったが、会議を開き丁々発止のやりとりをした結果、思い直してもらえたんです。しかも、七時半まではあなたをお見送りしますよ」

マイクは腕時計を見てから、ポーリンを見る。「手早く夕食をとる時間ぐらいならあるかな?」

ポーリンはロンを見る。「あなたも出席するの?」

ロンがジョイスを見ると、力をこめてうなずいている。「うん、そのようだね」

「じゃあ、わたしたちは残るわ」ポーリンは言う。

「けっこう、けっこう」イブラヒムは言う。「実はあなたにご相談したいことがあるんです、マイク」

「どんな？」マイクはたずねる。

「それはおいおいに。ロンから焦点がずれてしまうのはよくないので」

マイクはロンの向かいの肘掛け椅子にすわり、十数えはじめる。イブラヒムはジョイスにささやく。

「マイクの音量をテストしているんだ」

「そのことはわかってたわ」ジョイスがうなずく。「彼をディナーに引き留めてくれてありがとう――ひょっとしたら、イブラヒムはうなずく。

「たしかにそうだな、ジョイス。今年じゅうにきみたち二人は結婚しているかもしれない。もしそうならなくても結果は受け入れなくてはならないが、きっと彼はベサニー・ウェイツの情報をたくさん持っているにちがいない」

またドアが開き、エリザベスが部屋に入ってくる。これで仲間全員がそろった。ロンは感動していないふりをしようとする。最後にこんなふうに仲間たちと集まったのは、ワッピングの印刷工ストライキで警察の暴徒鎮圧用盾にやられ入院したときだった。幸せな時代だった。

「わたしのことは気にしないで」エリザベスが言う。「まるで別人ね、ロン。何をしたの？　なんだか……健康的に見えるわ」

ロンはうなるが、ポーリンがにっこりするのが目に入る。すごくいい笑顔だ、公平に見て。ポーリンはおれを相手にしてくれる世代だろうか？　六十代後半？　おれには少し若すぎる？　最近、自分はどの立ち位置にいるのだろう？　長い間、その手のことを考えたこともなかった。ともあれ、とびっきりの笑顔だ。

2

刑務所の房から数百万ポンドのドラッグを売買する集団を指揮するのはむずかしい。だが、不可能ではないと、コニー・ジョンソンは発見しつつある。

刑務所のスタッフの大半はすでに味方につけた。それも当然だろう？　金をたっぷりばらまいているのだ。ただし、協力しようとしない刑務官がまだ二人いるので、今週は違法ＳＩＭカードをすでに二枚も飲みこまなくてはならなかった。

ダイヤモンド、複数の殺人、コカイン入りのバッグ。彼女は実に巧妙にはめられたのだった。この二カ月のあいだに裁判の日程が決められた。裁判まではこんなふうにのんびり過ごしたいものだ、心からそう願っている。

おそらく有罪になるだろうが、もしかしたらってこともある。コニーはあらゆる面でとことん楽観主義になろうとしている。計画ってのは成功するために立てるんだよ、とママはよく言っていたっけ。もっとも、それからすぐ保険をかけていないバンにはねられて死んだ。

何よりも、忙しくしているのはいいことだ。刑務所ではルーティンが重要だ。さらに、お楽しみがあることが不可欠だ。コニーはボグダンを殺すのを楽しみにしている。ここにぶちこまれたのはあいつのせいだ。たとえ山中の湖みたいな青い目をしていようがいまいが、彼には消えてもらわねばならない。

それにあのじじいにも。ボグダンが彼女を罠にかける手伝いをしたやつ。あちこち聞き回って、あいつの名前がロン・リッチーだと探りだした。彼にも死んでもらわねばならない。裁判が終わるまでは二人を放っておくつもりだ――陪審員は証人が殺されるのを好まないから――しかし、そのあとで二人とも殺す。

スマートフォンを見て、刑務所の管理部門で働いている男がティンダー（マッチングアプリ）に登録しているのを見つける。禿げていて、よりによってボルボらしきものの隣に立っているが、それでも右にスワイプしておく。いつ誰が役に立つかわからない。たちまち、二人はマッチングする。へえ、びっくり！

コニーはロン・リッチーについてちょっと調べてみた。七〇年代と八〇年代にはけっこう有名だったらしい。スマートフォンで彼の写真を見る。負けてばかりのボクサーみたいな顔をして、メガフォンを手に叫んでいる。まちがいなくスポットライトを浴びて喜ぶ男だ。

幸運だったたね、ロン・リッチー、とコニーは考える。あたしがあんたの息の根を止めたら、また有名になれるよ。

ひとつ確かなことがある。刑務所にいる時間をできるだけ短くするためなら、どんなことだってする。そして、いったん外に出たら、まちがいなく殺戮の開始だ。

人生では、ひたすら辛抱しなくてはならない時期があるものだ。鉄格子のはまった窓越しに、コニーは刑務所の中庭を、さらにその先の丘陵を眺める。それから、ネスプレッソマシンのスイッチを入れる。

3

マイクとポーリンは〈木曜殺人クラブ〉の四人といっしょにディナーをとっていた。

イブラヒムは仲間全員が顔を揃えているのでうれしくてたまらない。しかも、ひとつのミッションを胸に秘めて集まっている。ジョイスはベサニー・ウェイツ殺人事件を調べるべきだと強く主張した。イブラヒムはすぐに同意した。ひとつには興味深い事件だったからだ。未解決の事件。だが、おもな理由は、ジョイスの新しい犬アランに夢中になっていたので、ジョイスを怒らせてアランと仲良くさせてもらえなくなったら困ると計算したからだ。

「赤いやつをちょいとやるかい、マイク？」ロンがボトルを持ち上げる。

「それ、何だね？」マイクはたずねる。

「どういう意味だ？」

「どういうワインだ？」

ロンは肩をすくめる。「赤だ。作り手は知らない」

「いいだろう、今回だけは危険な賭けに出てみよう」マイクが言うと、ロンはワインを注ぐ。

全員がベサニー・ウェイツ殺人事件についてマイク・ワグホーンに話したくてうずうずしている。マイクは警察の公式ファイルに載っていない情報を持っていると推測されるからだ。もちろん、マイクはそういう事情をまだ知らない。四人の人畜無害そうな年金生活者といっしょに、無料酒《ただざけ》を楽しんでいるだけだ。

イブラヒムは殺人について質問をするのをしばらく辛抱しなくてはならない。ジョイスがマイクに会えたので舞い上がり、まず他の質問を山のようにしたがっているからだ。ジョイスはそれをノートに書きつけたうえ、万一忘れたときに備えてそれをバッグに入れている。

マイクが正体不明の赤ワインのグラスを置いたので、ジョイスはいよいよ質問を開始する。「ニュースを読むときですけどね、マイク、すべてあらかじめ書かれているのかしら、それとも、自分自身の言葉で表現してもかまわないの？」

「すばらしい質問だね」マイクが言う。「問題の核心に鋭く切りこんでいる。あらかじめ書かれてはいるが、わたしは常に台本どおりにしゃべるわけじゃない」

「これだけ長くやっているんですから、当然その資格はあるわ」ジョイスは言い、マイクは同意する。

「ただし、そのせいでときどきやっかいな羽目になってね」とマイクは白状する。「サネットで公平性のコースを履修させられたよ」

「えらいわね」エリザベスが言う。

ジョイスがバッグの中のノートをこっそり見ているのにイブラヒムは気づく。

「ニュースを読むときに勝負服を身につけることがあります？」ジョイスが質問する。「特別なソックスとか？」

「ないな」マイクが言い、ジョイスはちょっぴりがっかりしながらうなずき、またノートにちらっと目をやる。

「番組の途中でトイレに行きたくなったらどうするんですか？」

「なんてことを、ジョイス」エリザベスが言う。

「番組が始まる前にトイレに行っておくよ」マイクは答える。

このやりとりは楽しいが、そろそろ今夜の進行を自分が仕切らなくては、と判断してイブラヒムは口を開く。「ところで、マイク、わたしたちは――」

ジョイスが片手をイブラヒムの腕に置く。「イブラヒム、ごめんなさい、あとふたつだけ。アンバーってどんな人ですか？」

「アンバーって誰だ？」ロンが言う。

「マイクといっしょに出ているキャスターよ」ジョイスが教える。「はっきり言って、ロン、そんなことも知らないなんて恥だわ」

「たしかにおれは恥をかいているな」ロンはその言葉をポーリンに向かって言う。ディナーが始まったとき、ポーリンはわざわざロンの隣にすわった、というのがイブラヒムの意見だ。イブラヒムがロンの隣というのが決まりなのに。まあ、かまわないが。

「出演するようになってからまだ三年だけど、すでに彼女のことを好きになりはじめているの」ジョイスは言う。

「彼女はすばらしいよ」マイクが言う。「しょっちゅうジムに行っているけど、それでもすばらしい」

「髪もすてきよね」とジョイス。

「ジョイス、ニューースキャスターは外見ではなく、番組の内容で判断するべきだよ」マイクは諭《さと》す。

「とりわけ女性キャスターはそういう偏見にさんざん耐えなくてはならない」

ジョイスはうなずくと白ワインをグラス半分ほど飲み干し、またうなずく。「あなたの言いたいことはよくわかるわ、マイク。とても才能があると同時にすてきな髪でいることが可能なのか、知りたかっただけなの。たぶんミーハーなのかもしれないけど、そのふたつのことはわたしにとって重要だから。クラウディア・ウィンクルマンがいい例でしょ。あなたもすてきな髪をしていらっしゃるわ」

「わたしはステーキを」マイクは注文をとりに来たウェイターに向かって言う。「レアからミディアムレアのあいだ、レア寄りで頼む。もっともミディアム寄りになってしまっても我慢するよ」

「あなたは仏教徒だとどこかで読みましたが、マイク？」イブラヒムは午前中ずっとゲストについて調べていたのだ。

「そうとも」マイクは言う。「三十年以上ね」

「ほう」イブラヒムは言う。「仏教徒は菜食主義者だという印象がありますね。ほぼそう思い込んでいた」

「わたしは英国国教会にも属している。だから、好きなように選べる。仏教徒になるのはそこが狙いなんだよ」

「覚えておきましょう」とイブラヒム。

マイクは二杯目の赤ワインを飲みはじめ、注目を浴びていることで満足そうに見える。完璧だ。

「そろそろ、この〈木曜殺人クラブ〉について話してほしいな」彼は言う。

「あくまでここだけの話ですよ」イブラヒムは言う。「週に一度集まっています、この四人で。そして古い警察のファイルを調べる。未解決に終わった事件を解決できるんじゃないかと思ってるんです」

「楽しそうな趣味だな」マイクは言う。「昔の殺人事件を調べるなんて。忙しくしていられるだろう？年取った灰色の脳細胞が活発になるのでは？ロン、この赤ワインをもう一本頼んだ方がいいんじゃないかな？」

「最近はもっぱら新しい殺人事件を調べてるわ」エリザベスは言うが、餌はまだ遠くに置いたままだ。マイクはふきだす。あきらかにエリザベスが真面目に言っているとは思っていないのだ。たぶん、その方がいいのかもしれない。まだ彼を怖じ気《おけ》づかせたくない。

「ちょっとしたトラブルは気にしないんだね」マイクは言う。

「おれたちはいつもトラブルを引きつけちまうようなんだ」ロンが言う。

ポーリンがロンのグラスにワインを注ぎ足す。「だったら、気をつけてね、ロン。わたしは常にトラブルの元になってきたから」

その言葉にジョイスがそっと笑みを浮かべるのをイブラヒムは見てとる。そこで、さりげなくゆるゆるとベサニー・ウェイツの話題に移る前に、彼からひとつ質問をしておこうと決断する。イブラヒムはポーリンの方を向く。

「結婚しているんですか、ポーリン？」

「夫を亡くしたの」とポーリン。

「あらまあ、そうなのね！」ジョイスが言う。ワインに有名人が加わって、今夜のジョイスはかなり浮かれていることにイブラヒムは気づいている。

「どのぐらい前に、お一人になったの？」エリザベスがたずねる。

「半年前よ」とポーリン。

「半年？　それじゃまだ全然時間がたってないわね」ジョイスは片手をポーリンの手に重ねる。「半年後だったら、わたしはトースターにもう一枚パンを入れていたわ」

もういいかな？　さあ、行くぞ、とイブラヒムは身構える。そろそろベサニー・ウェイツの話ができるように、会話の流れを巧みに少しずつ変える頃合いだ。すぐれた振付師のイブラヒムによる繊細なダンスをご覧あれ。最初の一歩については綿密に計算してあった。「それで、マイク、ちょっと思ったんだが――」

「見返りなしで話してあげよう」マイクはイブラヒムを無視して、宙でワイングラスを振り回す。「解決したい殺人事件がほしいなら、うってつけのものがあるよ」

「聞かせて」ジョイスが言う。

「ベサニー・ウェイツ」マイクが言う。

マイクは釣り上げられた。〈木曜殺人クラブ〉は狙った相手を必ず手に入れる。人は常に自ら進んで罠にはまるようだ、とイブラヒムは改めて思う。

四人がすでに警察のファイルで読んでいる話をマイクは滔々《とうとう》と語って聞かせる。初耳だというふりをしながら、四人ともずっと頭をうなずかせている。聡明な若いリポーター、ベサニー・ウェイツ。大きなネタを調べていた、大がかりなＶＡＴ（付加価値税）詐欺を。すると、説明のつかない死を遂げる。真夜中にシェイクスピア断崖から車ごと海に転落したのだ。しかし、新しい情報はない。今、マイクはベサニーが最後に送ってきたメッセージを見せている。彼女が亡くなった前夜だ。〝めったに言わないんだけど、ありがとう〟

まちがいなく感動的だ。しかし、四人がすでに知っていることばかりだ。もしかしたら今夜手に入れた最大の新情報は、マイク・ワグホーンがオンエア前にトイレに行くということかもしれない。イブラヒムはリスクを冒そうと決意する。

「その前の数週間に受けとったメッセージはどうです？　いつもとちがったことは？　警察が見逃しているようなことはないかな？」

マイクがメッセージをスクロールしながら、ところどころ読み上げていく。「一杯どう？　《ライン・オブ・デューティ汚職特捜班》を観た？　ここに彼女が調べているネタについてのメッセージもあるが、二週間ぐらい前だ。興味あるかい？」

「何が役に立つかわからないものよ」エリザベスはマイクに赤ワインのお代わりを注ぎながら言う。

マイクはスマートフォンの文面を読み上げる。

「『指揮官《スキッパー》』……彼女はいつもわたしをこう呼んでいたんだ」

「他にも呼び名はあったけどね」とポーリンが口を添える。

「『新しい情報《インフォ》よ。中身は言えないけど、まちがいなくダイナマイトなの。この事件の核心に近づいている』」

エリザベスはうなずく。「それで、結局新しい情報が何かをあなたに話したの？」

「話さなかった」マイクは答える。「ところで、この赤は悪くないな」

4

ドナ・デ・フレイタス巡査は、誰かが一面の曇り空を殴りつけて穴を開けてくれたような気がしていた。

全身がほかほかと暖かく、なじみがあるようでいてまったく経験したことのない喜びと生気がみなぎっている。幸せのあまり泣きたかったし、人生におけるシンプルな喜びに笑いたかった。今よりも幸せを感じたときがあったとしても、すぐには思い出せない。もしもこの瞬間に天使たちに連れ去られるなら——心拍を判断基準にしたら、その可能性はおおいにある——そのまま連れさらわれてもいい。そして、すばらしい人生をまっとうしたことを天に感謝しよう。

「どうだった？」片手でドナの髪をなでながら、ボグダンがたずねる。

「よかった。最初にしては」

ボグダンはうなずく。「たぶん、もっとうまくやれるようになるよ」

ドナはボグダンの胸に顔を押しつける。

「泣いているのかい？」ボグダンはたずねる。ドナは顔を上げずに首を振る。話がうますぎない？　たぶん、ただの一夜限りの関係ってやつよね？　それがボグダンのスタイルかも。彼はいわば一匹狼でしょ？　心までは手に入らない人なんじゃない？　明日の夜には別の女の子がこのベッドにいるのかも。白人でブロンドの二十二歳の子とか？

彼は何を考えているの？　それは決して男にたずねてはいけない質問だとわかっていた。男はたいてい何も考えていないので、その質問にあせり、答えをでっちあげようとするからだ。それでもドナは知りたいと思う。このブルーの瞳の奥には何があるのか？　相手を釘付けにする瞳。真っ青な……ちょっと待って、彼、泣いているの？

ドナは心配になって体を起こす。「泣いているの？」

ボグダンはうなずく。

「どうして泣いているの？　何があったの？」

ボグダンは静かに流れる涙越しにドナを見つめる。「きみがここにいてあんまり幸せだから」

ドナは彼の頬を濡らす涙に口づけする。「これまで泣いているところを人に見られたことがある？」

「一度歯医者に」ボグダンは言う。「それから母さんに。おれたち、またデートできるかな？」

「うん、できるよ、あなたはどう思う？」ドナは訊く。

「おれもそう思ってる」ボグダンは同意する。

ドナはまたボグダンの胸に頭を押しつけ、有刺鉄線が巻きついたナイフのタトゥーの上で居心地よくくつろぐ。「だけど、次回は〈ナンドス〉（チキンのファストフード店）とレーザークエスト（レーザーを撃ちあうゲーム施設）以外にしない？」

「いいとも」ボグダンは言う。「次はおれが選んだ方がいいかな？」

「それがいいと思うな、うん。あたしはそういうの得意じゃないから。だけど、楽しかったよね？」

「もちろん、レーザークエストはすごく気に入った」

「ほんとに楽しそうだったものね。あの子どもたちのバースデーパーティー、何が起きたのかわからないみたいだった」

「あいつらにとってはいい教訓になった」ボグダンは言う。「戦うことはおもに隠れることなんだ。それを小さい頃に学んだのはいいことだよ」

ドナはボグダンの向こうのベッドサイドテーブルを見る。ボディビルダー用ハンドグリップ、清涼飲料リルの缶、レーザークエストで獲得したプラスチックの金メダル。彼女はここで何を見つけたのだろう？　旅の道連れ？

「自分が他の人とちがうって感じることはある、ボグダン？　まるで外側からみんなを見ているみたいな」

「まあね、英語は第二外国語だからな。それに、クリケットについてはよくわからない。きみは人とちがうって感じるのかい?」

「そう。人に会うと、自分はちがう気がする」

「だけど、ちがうって感じたいときもあるんじゃないか? ちがう方がいいって思うこともあるだろう?」

「もちろん、そういうこともあるよ。ただ、自分でそれを選びたいんだと思う。たいていはその他大勢になりたいんだけど、フェアヘイヴンではその機会がないの」

「誰もが特別だと思いたがるけど、人とちがうと感じたい人間はいない」ボグダンは言う。

この肩をちょっと見てよ。たちまちふたつの質問がドナの頭に浮かぶ。ポーランドの結婚式はイギリスの結婚式と同じなの? それから、もう眠ってもかまわない?

「ひとつ質問をしてもいいかな、ドナ?」ふいにボグダンがやけに真剣な口調でたずねる。

おっと。

「もちろん」ドナは言う。「何でも」理にかなったものなら。

「誰かを殺さなくてはならないとしたら、どうやってやる?」

「仮定の話?」

「いや、実際にだ」ボグダンは言う。「おれたちは子どもじゃない。きみは警官だ。どうやって殺す？　ばれないようにするには？」

ふうん。このボグダンはやばい相手なの？　連続殺人犯？　その罪を見逃すのはむずかしいだろう。ただし、これほどすてきな肩の持ち主なら、不可能じゃないかもしれない。

「何があったわけ？　どうしてあたしにそんなことを訊くの？」

「エリザベスの宿題なんだ。おれの考えを聞きたいそうだ」

ＯＫ、それなら筋が通る。ほっとした。ボグダンは殺人狂じゃない。それはエリザベスの方だ。「毒だと思うな。ともかく検出されない毒ね」

「たしかに、それだと自然死に見えるな」ボグダンは賛成する。「殺人には見えないだろう」

「車で突っ込むって手もあるよ、深夜に」ドナは言う。「死体に触れないですむ方法にしないとね、触ると鑑識につかまるから。あるいは銃、きれいで簡単。一発バンって撃って、さっと退却。防犯カメラには絶対に映らないようにする。もちろん、逃走経路は決めておかないとね、それは絶対だよ。鑑識なし、目撃者なし、死体を埋める必要もない、あたしならそうするな。スマホは電源を切っておく。あるいはタクシーに置いておけば、殺人をしているときにすごく離れた場所にスマホが移動してる。看護師を買収して見知らぬ人間の血液を手に入れ、それを死体につけておくってのもありよね。さもなければ……」

ボグダンはドナを見つめている。しゃべりすぎちゃった？　会話を先に進めた方がよさそうだ。

「エリザベスは何を企んでいるの？」

「誰かが殺されたって言ってる」

「もちろん、そうでしょ」

「ただし、車に乗せて崖から落とされたそうだ。おれが誰かを殺すなら、そんなやり方はしないな」

「車を崖から落とす？　ＯＫ、そういうやり方もあるかも」ドナは言う。「どうしてエリザベスはそれを調べているの？」

ボグダンは肩をすくめる。「ジョイスがテレビに出ている誰かと会いたがっているからだと思う。よくわからなかった」

ドナはうなずく――辻褄《つじつま》が合う気がする。「死体には何か痕跡があったの？　たとえば、車が落ちる前に殺されていたとか？」

「いや、死体はない。服と血痕だけ。死体は車から流されたんだ」

「犯人にとっては好都合ね」これまでセックスのあとでこういう話をすることはまずなかった。たいてい相手のバイクについてか、たった今まだ愛していると気づいた元カノについての話を聞かされる羽目になる。さもなければ、こちらが相手を元気づけるような話をしなくてはならなかった。「だけど、すごく派手なやり口だよね。もしも殺人犯が誰かにメッセージを送りたかったのなら。無視するのはむずかしい」

「複雑すぎる気がするんだ」ボグダンは言う。「殺人にしては。車、崖、やれやれ」

「じゃあ、今は殺人が専門ってわけ？」

「本はいろいろ読んだよ」とボグダン。

「いちばん好きな本って何？」

「『ビロードのうさぎ』だ。あとはアンドレ・アガシの自伝かな」

たぶんボグダンなら元カレのカールを殺せるかも？　ドナはカールを殺すことを何度か夢想した。ボグダンならカールのダサいマツダを崖から落とせるかな？　しかし、その考えがふと頭をよぎったときには、日だまりを見つけた猫のように伸びをしながら、もはやカールのことなどどうでもいいことに気づく。もっと大きな人間になりなさい、ドナ。カールは生かしておいてやろう。

「エリザベスはあたしとクリスに助けを求めてくれればいいのに」ドナは言う。「その事件について調べられるかも。名前を覚えてる？」

ボグダンは肩をすくめる。「ベサニーなんとか。だけど、あの連中は自分だけでやるのを好むからね」

「そうだよね」ドナは同意すると、ボグダンの広々とした胸に片腕を投げかける。自分が小さく感じられるせいで、こんなにわくわくしたことはたぶん一度もない。「あなたと殺人について話すのは楽しいな、ボグダン」

「おれもきみと殺人について話すのは楽しいよ、ドナ。だけど、これは殺人じゃないよ。あまりにも揃いすぎている」

ドナはもう一度あの目を見上げる。「ボグダン、あたしたちがセックスをするのはこれが最後じゃないって約束してくれる？　今本当に眠りたいんだけど、あなたといっしょに目覚めて、もう一度したいから」

「約束する」ボグダンは言うと、片手で彼女の髪をなでる。

これが眠りに落ちるってことなんだ、とドナは思う。そのことをこれまで知らないまま、よく生きてきたものだ。安心して幸せで満ち足りることを。だから殺人とエリザベスも、タトゥーも、人とちがうことと同じことも、車と崖と服も、みんな明日、明日、明日。

5　ジョイス

ベサニー・ウェイツの殺人事件はわたしのアイディアだった、それは認めるわ。

〈木曜殺人クラブ〉の新しい事件のために、みんなでファイルを調べていた。たとえばライで八〇年代初めに亡くなった独身女性がいた。三体の身元不明の骸骨と五万ポンドが詰まったスーツケースを地下室に残してね。それはエリザベス好みの事件で、たしかにとてもおもしろそうだったけど、別のファイルに「ベサニー・ウェイツ」という名前を見たとたん、わたしの心は決まった。わたしはめったに反対しないけど、いざ反対するとなると、てこでも譲らない。エリザベスは不機嫌になったけど、他の二人は議論してもむだだってわかっていた。お茶とビスケット担当としてだけ、わたしはここにいるわけじゃないのよ、わかるでしょ。

もちろんベサニー・ウェイツは覚えていたし、マイク・ワグホーンが《ケント・メッセンジャー》紙に彼女が殺された事件について寄稿した記事を読んでいた。だから、こう考えた。ハロー、ジョイス、これは疑わしい事件に思えるし、おまけにマイク・ワグホーンに会えるかもしれないのよ。そんなに悪いことじゃないでしょう?

わたしは思い出せないほど昔から、ニュース番組の《サウス・イースト・トゥナイト》でマイク・ワグホーンを見てきた。イギリス南東部《サウス・イースト》で誰かが殺されたり、祝賀パーティーを開いたりしたら、マイクは大きな笑みを浮かべて必ずその場にいるだろう。いえ、殺人のときは笑顔になることはないけれど。そういう場面ではとても深刻な顔をしていて、それもまた目の保養になる。実を言うと、わたしは彼の深刻な顔の方が好きなので、殺人があったとしても、そのことだけはうれしい。彼はマイケル・ブーブレがわたしよりも年上だったらかくや、っていう感じかしらね。

マイクは《サウス・イースト・トゥナイト》のキャスターをもう三十五年もやってきたけれど、五年ごとぐらいに新しい女性サブキャスターが抜擢され、いっしょに出演している。ベサニー・ウェイツはその一人だった。

ベサニー・ウェイツはブロンドで北部出身、ドーバー近くのシェイクスピア断崖から落ちた車の中で亡くなった（A20号線を降りてすぐのところ。いつか現地に行くだろうと思って調べたの）。それがおよそ十年ぐらい前のこと。崖と車ときたら、ただの自殺だと思うでしょうけれど、あれやこれやの問題があった。その直前に車内で他の人物が目撃されていたし、彼女のスマートフォンにはあいまいなメッセージが残されていたのでややこしくなった。結局、警察は殺人事件とみなした。ファイルを調べてみて、わたしたちもそれに賛成したってわけ。

当時、その事件はこのあたりでとても大きなニュースになった。ケント州ではそうそう大事件は起きないから、想像がつくでしょ。追悼特番が放映され、マイクが泣いていたのを覚えている。放映中にフィオナ・クレメンスはマイクの肩を抱いて慰めなくてはならなかった。そのときにはフィオナが新しいサブキャスターになっていたの。

いまやフィオナ・クレメンスはとても有名で、《サウス・イースト・トゥナイト》でデビューしたことを知らない人が大勢いるほどだ。彼女のクイズ番組《ストップ・ザ・クロック》を観ているかとマイクに訊いたら、観ていないと言っていた。国じゅうで観ていないのは彼一人かもしれない。メイクアップアーティストのポーリンは——あとでまた彼女について話すけど——たんに嫉妬しているだけだと言ったけど、そもそもマイクはテレビを観ないのだそうだ。

正直に言うわ。今夜、マイクを誘惑したいと思っていたの。たとえば彼はわたしのネックレスをすごくすてきだとほめ、わたしは顔を赤らめてクスクス笑い、エリザベスはあきれた、と天井を仰ぐ。

だけど、まるっきり期待どおりにはいかなかった、残念ながら。

「尻尾は振ったが、硬くはならなかった」とロンは表現した。マイクはわたしの頰に軽くキスしたし、一度は手と手がさっと触れあったので電流が走ったけれど、たぶんレストランの外のふかふかの絨毯《じゅうたん》と新しいカーディガンの静電気のせいだと思う。

今日の午後、マイクはロンにインタビューした。《サウス・イースト・トゥナイト》でロンの引退生活が紹介されたのだ。これはすべてエリザベスの提案だった。彼女はわたしに番組プロデューサーの一人にメールさせた。誰かをその気にさせたかったら、エリザベスに相談するといいわよ。

ロンはとてもよかった。それは認めないわけにいかない。ここぞとばかり力説するべきときを彼はちゃんと心得ている。ロンは孤独と友情と安心について語ったんだけど、あんなに率直に思いを口にできる彼をとても誇りに思った。イブラヒムが影響を与えているのはまちがいない。一度だけちょっと気が散って、ウェストハムの話に脱線しかけたけど、マイクがうまく軌道修正してくれた。

ただし、この大がかりな計画から手に入れようとしているのは、ベサニー・ウェイツについての情報なの。マイクは楽しそうにしゃべってくれた。べろんべろんに酔っ払って、わたしたちがファイルですでに知っていることをさんざん話したけど、関心を持ってくれた。

基本的な事実は以下のとおり。ベサニーは大がかりなVAT詐欺をずっと調べていた。スマートフォンを輸入および輸出するものだ。その悪巧みで、悪人たちは何百万ポンドも稼いだ。ヘザー・ガーバットという女性が詐欺の黒幕だった。ヘザーは地元の悪党ジャック・メイソンという男の下で働いていて、彼の手足となって詐欺を実行したと広く信じられている。のちにヘザーは詐欺罪で刑務所に入ったけれど、ジャック・メイソンは罪をまぬがれた。幸運なジャック・メイソン。

ある三月の夜、マイクはベサニーからショートメッセージを受けとり、翌朝は元気いっぱいの彼女と会えるものと思っていた。でも、ベサニーにとって、ついに次の朝は来なかった。

その晩、ベサニーは住んでいるマンション――以前はフラットって呼んでいたものよ――を午後十時頃に出るのを目撃されている。それから数時間ほど行き先を告げずに姿を消し、誰も所在を知らなかった。シェイクスピア断崖近辺の監視カメラに姿がとらえられたのは、午前三時近くだった。助手席には身元不明の人物がいた。

その後、壊れた車がシェイクスピア断崖の海底で発見されたけれど、車内には彼女の血痕と服しかなくて死体は見つからなかった。当然、わたしはうさんくさく感じたけれど、あのあたりの潮の流れを考えると、よくあることのようだ。一年後、彼女の消息はまったく不明で、銀行口座にも手がつけられてないままだったので、死亡証明書が発行された。当たり前だけど、またもや疑問が生じるわ。彼女の死体はどこなの？　そのことはマイクにはっきり言わなかった。ベサニー・ウェイツは彼にとって、とても大きな意味を持つ人だから。

彼はわたしたちに新しい情報を与えてくれた。ベサニーが送ったショートメッセージだ。彼女はなんらかの新しい証拠を発見していた。とても重要な証拠を。マイクはとうとうそれが何かを見つけだせなかった。

ベサニーがヘザーについて集めていた数々の証拠を考えると、ヘザーはあきらかに重要容疑者だ。でも、警察は彼女をベサニーの死に結びつけることはどうしてもできなかった。どんなに努力しても、ジャック・メイソンとも結びつけられなかった。まもなくヘザー・ガーバットは詐欺罪で刑務所に入ったので、警察は新たな事件にとりかかった。

だけど、マイクはあきらめきれなかった。マイクが考えるに、大きな疑問は以下のとおりだそうだ。

ベサニーがショートメッセージで伝えてきた新しい証拠とは何だったのか？　裁判記録のどこにも見当たらなかったが、彼女はどこかに記録を保管していたのか？　それはジャック・メイソンと犯罪を結びつけるものなのか？　現在、ジャック・メイソンはまだ自由の身だ。大変な金持ちでもある。

なぜベサニーはその晩十時にマンションを出たのか？　誰かに会うつもりだったのか？　誰かと対決するつもりだったのか？　そしてシェイクスピア断崖まで行くのに、どうして四時間以上かかったのか？　どこかに寄ったにちがいないが、それはどこなのか？　誰かと会ったのか？
そして当然、最後の疑問は車の助手席にいたのは何者か？

わたしたちが調査にとりかかるには充分な材料だ。エリザベスですら、最後には好奇心をかきたてられているのが見え見えだった。

その後、全員でもう少しワインを飲んだ。ポーリンとロンはデザートをシェアしていた。ありふれたことに聞こえるかもしれないけど、ロンがバノフィーパイ（バナナとトフィーのパイ）はもちろん、食べ物を誰かと喜んでシェアしているのは見たことがない。だから、行間を読んでちょうだい。

気づいたら、八時近かった！　家に帰るとアランはすっかり腹を立てていた。「腹を立てていた」というのは、ソファに寝そべり、わたしに片方の眉をつりあげてみせたということだ。それは「ぼくのディナーがこんな時間になるとはどういうことだ、この夜遊び女」という意味よ。犬ってものがどういう生き物か知ってるでしょ。でも、ステーキを持ち帰ってきたので、アランはたちまちご機嫌を直した。一度も顔を上げずに、ステーキをガツガツ平らげた。アランについてはいろいろな意見があるけれど、まちがいなく仏教徒ではない。

わたしはヘザー・ガーバットをグーグル検索しながら、BBCワールドサービスを聞いている。彼女は検索するのがむずかしい。というのも、同じ名前のオーストラリア人ホッケー選手がいるので、ほとんどの検索結果は彼女についてだからだ。しまいにはそのホッケー選手にすっかりはまり、今ではインスタで彼女をフォローしている。彼女には三人のとても愛らしい子どもがいる。ヘザー・ガーバットはまだ刑務所に入っている（ホッケー選手の方じゃないわよ、言うまでもないけど）。それも、ダーウェル刑務所にいる。それはあらゆる点から好都合かもしれない。だって、ダーウェル刑務所にいる人をすでに知っているからよ。イブラヒムがとても気に入ってくれそうなアイディアをショートメッセージで送っておいた。

ワールドサービスで仮想通貨について話しているので、わたしもそれについて調べてみるつもり。ビットコインっていうのが有名みたいね。とてもおもしろそうだし、この番組によれば大流行しているようだけど、かなり危険みたい。十六回目の誕生日を迎える前に百万ポンド儲けた人にインタビューしているだけだし、当然、彼は手放しでほめている。

ゲリーとわたしは割増金付き債券というものを所有していたけど、投資についてわたしが経験したのはせいぜいそれぐらい。もしかしたらもっと冒険するべきだった？　ちがうことをしていたら？　ちがう人間だったら？　だけど、ちがうってどういうこと？　わたしは何者なの？

わたしは誰？　ジョイス・メドウクロフトよ。これから生きていくうえで、それで充分だ。

夜になると、つい答えの出ない質問をしてしまうけど、わたしには答えの出ない質問をしている余裕はない。それはイブラヒムに任せるわ。わたしは答えのある質問が好きだから。

誰がベサニー・ウェイツを殺したのか？　目下、それが理にかなった質問だ。

6

クーパーズ・チェイスに朝がやって来た。エリザベスの部屋の窓から犬の散歩をさせている人々と、八十代以上向けズンバクラスに遅れそうで急いでいる人々が見える。親しげな挨拶の声と鳥の鳴き声、それにアマゾンの配達バンの音が聞こえてくる。

「どうしてずっとスマホを見ているんですか？」ボグダンがたずねる。彼はスティーヴンとチェスボードをはさんですわっているが、エリザベスの行動に気をとられたようだ。

「メッセージが来るのよ。友人たちから」

「メッセージはジョイスからだけでしょう」ボグダンは指摘する。「あるいはおれか。ただし、どちらもここにいる」

スティーヴンは駒を動かす。「どうだ、相棒」

「彼の言うとおりよ」ジョイスはマグカップのお茶を飲む。「このお茶はヨークシャー産？」

エリザベスは「知るわけないでしょ」と肩をすくめ、目の前に広げた書類にまた目を戻す。ヘザー・ガーバットの裁判の証言だ。それは三カ月ぐらい待つ気があれば、一般人にも公開される。あるいはエリザベスなら、二時間で手に入る。エリザベスはスマートフォンに目をやらないように努力する。最後のメッセージはこういうものだった。

永遠にわたしを無視することはできないぞ、エリザベス。われわれには話し合うことがどっさりある。

見知らぬ番号から、脅迫メッセージが送りつけられるようになっていた。最初のメッセージはきのうで、こういうものだった。

エリザベス、おまえがやったことを知っている。

うーん、もう少し具体的に言ってもらえないかしら、と彼女は思う。それ以来、さらにメッセージが届いている。こういうメッセージを送ってくるのは誰なのか？　それに、もっと重要なのは、その理由だ。ただ、そのことで今悩んでもむだだ。そのうちすべてが明らかになるにちがいない。それまでに解決しなくてはならないベサニー・ウェイツの殺人事件がある。

「これはヨークシャー産だと思うわ」ジョイスがまた言う。「ほぼ確実よ。あなた、知っているはずでしょ？」

エリザベスは書類に目を通している。財務記録、詳細に記され非の打ち所がない。その記録では、存在しないスマートフォンがドーバーの波止場を出発し、同じく存在しないスマートフォンが数週間後に戻ってきたことが示されている。大量のVATの請求書。合計何百万ポンドにもなる銀行の取引明細書。金は海外口座に送られ、姿を消す。ベサニー・ウェイツはかなりのことを暴いていた。それは賞賛に値する。

「気にしないで」ジョイスが言う。「忙しいんでしょ。自分で戸棚にあるお茶の箱を調べてみるから」

エリザベスはうなずく。この記録によって、ヘザー・ガーバットは詐欺罪で有罪になった。しかし、ベサニー・ウェイツの死の手がかりも、ここにあったのだろうか？ だとしたら、まだ誰もそれを発見していないということだ。エリザベスは自分が発見するチャンスも期待していなかった。これは自分の得意分野ではない、まるっきり。ではどうするべきか？ いい考えがある。

「やっぱり、ヨークシャー産よ」ジョイスがキッチンから叫んでいる。「そうだと思った」

ジョイスはずっとエリザベスの家を訪ねたいと言っていた。相手がMI5やMI6でどんなに高い地位についていたことがあろうが、何度も狙撃者に狙われたことがあろうが、女王陛下に会ったことがあろうが、ジョイスがいったんこうと決めたら阻止することはできない。エリザベスはすぐに行動に移った。

スティーヴンの認知症はどんどん悪くなっている、そのことはいやというほど承知している。しかし、スティーヴンが自分の手からこぼれ落ちていけばいくほど、しっかりとつかまえておきたいという思いが強くなる。ずっと見つめていれば、彼は消えてなくならないのでは？

スティーヴンはボグダンがチェスをやりに来るときがいちばん調子がいいので、エリザベスはボグダンを招き、ジョイスの訪問という危機を受け入れた。たぶん、スティーヴンはちゃんとふるまえるだろう。そうすれば、あと数週間はお芝居を続けていけるはずだ。エリザベスはスティーヴンの髭を剃り、髪を洗った。彼はもはやそれがふだんとはちがうことにも気づかない。エリザベスはチェスボードに目をやる。

ボグダンは両手で顎を支え、次の手を考えている。彼はどこかいつもとちがう。

「いつもとちがうシャワージェルを使っているの、ボグダン？」エリザベスはたずねる。

「チェスに集中させてやってくれ」スティーヴンが言う。「今、彼を追いつめているところなんだから」

「無香料のボディスクラブを使いました」ボグダンは答える。「新しいやつを」

「ふうん」エリザベスは言う。「そのせいじゃないわ」

「とてもフェミニンな香りね」ジョイスが口をはさむ。「無香料じゃないわ」

「チェスをしているんです」とボグダン。「気が散ることはやめてください」

「あなたには秘密がある気がするわ」エリザベスは言う。「スティーヴン、ボグダンには秘密があるの？」

「口外無用」スティーヴンは応じる。

エリザベスは書類に戻る。ここにある何かのせいでベサニー・ウェイツは殺された。ヘザー・ガーバットに？　それはまずありえないと思う。ヘザーのボス、ジャック・メイソンは表向きこそ金属スクラップ業者だが、実際には南沿岸でもっとも広い人脈を持つ犯罪者の一人だ。ヘザー・ガーバットは司令官ではなく一兵卒に思える。ではジャック・メイソンが司令官だったのか？　彼の名前はこの書類のどこかに出ているだろうか？　そろそろプランBの発動だ。

「ジョアンナはお元気、ジョイス？」エリザベスはたずねる。ジョアンナはジョイスの娘だ。

「癌基金のためにスカイダイビングをしているわ」

「彼女と会えたらうれしいんだけど」

ジョイスはすぐにその真意を見抜く。「つまり、この書類をあの子に見てもらえたらうれしいってこと？　あなたには理解できないから」

「かまわないでしょう？」ジョアンナとその部下たちなら、あっという間に調べられるはずだ、とエリザベスは思う。たぶん名前をひとつ、ふたつ発見するだろう。

「訊いてみるけど、鮨《スシ》のよさがわからないと言ったら、あの子のご機嫌をそこねちゃってるのよ。ところで、どうしてスマホをしょっちゅう見ているの？」

「嫌味なこと言わないで、ジョイス。あなたはミス・マープルじゃないでしょ」

まさにそのとき、エリザベスのスマートフォンが振動する。彼女はスマートフォンに目を向けようとしない。ジョイスは片方の眉をごくわずかだけつりあげてみせる。それからずっと穏やかな表情でスティーヴンの方を向く。

「お会いできてとてもうれしいわ、スティーヴン」ジョイスは言う。

「エリザベスの友人と会うのはいつだって楽しいよ」スティーヴンは顔を上げる。「いつでもいらっしゃい。新顔はいつでも歓迎だ」

ジョイスは答えを返さないが、エリザベスは話の内容を聞いている。

ボグダンが駒を動かし、スティーヴンはそっと拍手をする。

「きみはいつもとちがう匂いがするな」スティーヴンが言う。「しかし、ゲームのやり方はいつもどおりだ」

「ちがう匂いじゃありませんよ」ボグダンは反論する。

「ちがうわ」とジョイス。

エリザベスはその隙に、こっそりスマートフォンを見る。

あんたに仕事がある。

エリザベスは心臓の鼓動が速くなるのを感じる。最近はあまりにも静かすぎた。引退した検眼士が原動機付き自転車で木に突っ込んだり、ミルク瓶のことで争いが起きたりしたが、興奮する事件はそれぐらいだ。シンプルな生活は健全でいいものだが、調べるべき殺人事件を見つけ、脅迫メッセージが毎日届いている今、エリザベスは自分がトラブルを恋しがっていたのだと気づく。

7

クリス・ハドソン主任警部は、凍えるほど寒い浜辺を猛烈な風にあおられながら歩いていく。お茶と呼べるのか微妙な液体が入ったぬるいカップを両手でくるみこんでいる。海辺のカフェでたった今買ったものだ。その店はおつりを出すことを拒否したばかりか、スタッフ用トイレを使わせてもくれなかった。

しかし、気分は滅入《めい》っていない。今、クリスにとって何もかもが順調そのものだ。犯罪現場課の警官が全焼したミニバスから顔をのぞかせる。ミニバスは不気味なカニみたいに海藻と砂利のあいだに居座っている。

「すぐ終わります」

クリスは「かまわない」と手を振る。それは本心だ。

どうしてこんなに幸せな気持ちなのか？　答えは単純だが、複雑でもある。

クリスはある人に恋をしていて、まさにその相手もクリスに恋をしているからだ。

まちがいなく、いずれその関係は壊れるだろうが、今はまだ壊れていない。宙でアクロバットを演じていたポテトチップスの袋が、風にあおられ彼の顔をバサッと打つ。愛、これ以上のものはない。

もしかしたら壊れないかも？　その可能性だってあるのでは？　今のこれこそが愛なのでは？　クリスとパトリス。パトリスとクリス。ミニバスの脇にたくさん散らばっている針の一本をかろうじてよける。ヘロイン中毒者は海辺が好きだ。もしかしたらパトリスといっしょに年老いていけるのか？　箱入りセットのＤＶＤを観て、いっしょに青空市場に行きながら？　胸に手を当てて考えろ。パトリスに勧められて、彼はすでに《ウエスト・サイド・ストーリー》を観た。歌いながら踊ることに慣れれば、まあ、悪くなかった。そういうことが人生なのでは？

ドナ・デ・フレイタス巡査の方を見る。強い風にほぼ体をふたつに折り、防水コートのフードをかぶっているのでほとんど顔が見えない。彼女はクリスのパートナーだ——正式にはまだ彼はドナの「教育係」だが、二人の関係からすると実情に合っていない。おまけにドナはパトリスの娘だ。すでに彼はドナに相当な恩義がある。

この天候にもかかわらず、ドナもとても幸せそうだ。風に背中を向け、片方の手袋を歯でひっぱって取ると、たった今受けとったメッセージに返事を打ちはじめる。ドナはゆうべデートをしたが、何ひとつ語ろうとしない。デートがうまくいったとはとても信じられないが、ドナがここに来る車の中で《ホール・ニュー・ワールド》をハミングしているのに気づいた。だから、ひょっとしたら。たぶんパトリスなら、その謎の男について探りだせるだろう。

いまや車体がよじれて溶け、灰色の海と空を背景に真っ黒になったミニバスは、ある児童養護施設のものだった。運転席の死体はまだ身元がわからないままだ。クリスはこれまで海の美しさについて本気で考えたことがなかった。片足がビール瓶の割れたネックを踏みつける。さらに風が強くなり、無数の針のような氷雨が顔をたたく。なんて壮大なんだ、足を止めて眺める海は。つい、うっとりと見とれてしまう。

それにクリスは、十キロ近く体重が減った。これまではXL、ときには恥ずかしいことにXXLだったが、最近はLサイズのTシャツを買っている。今ではサーモンとブロッコリーを食べる。あまりにたくさんのブロッコリーを食べているので、調べなくても正確に単語を綴れるほどだ。トブラローネチョコレートを最後に食べたのはいつだっただろう？　思い出せないほど昔だ。

クリスのスマートフォンが振動する。謎めいたメッセージが送られてくるのはドナだけではないのだ。名前を見ると、イブラヒムからだ。エリザベスがメッセージを送ってきたら、心配しなくてはならない。

イブラヒムなら、五分五分だ。読んでみる。

こんにちは、クリス、イブラヒムだ。不都合な時間にメッセージを送ったのでなければいいが。他人のスケジュールについてはわからないものだからな。しかも、警察で働いている人たちの場合、時間が不規則だろうね。

ドットが現れ、イブラヒムが二通目のメッセージを入力中だということを示している。クリスはゆったりと待つ。半年前だったら、そんな真似はしなかった。パトリスもいなかったし、ドナもいなかったし、〈木曜殺人クラブ〉もなかった。実際のところ、すべてはあの人たちとの出会いで始まったのだ。〈木曜殺人クラブ〉は一種の魔法を運んできたのだ、あの四人は。たしかに、最近フェアヘイヴン埠頭で二人の男に死をもたらしたし、想像できないほどの大金を盗んだが、それでも一種の魔法をふるった。

「誰にメッセージを送っているんだ？」クリスは風音に負けじとドナに叫ぶ。思い切って探ってみてもいいかもしれない。

「ビヨンセ」ドナは叫び返し、キーを打ち続ける。

クリスのスマートフォンが振動する。またイブラヒムだ。

友情にも限度があると言うならご容赦願いたいが、どうだろう、二件の古い事件を調べてもらえないかな？　きみもおもしろいと思うにちがいないし、どうしても頼まざるをえない状況でなければ、お願いしないことはわかってるね。

ドットは三通目があることを示している。

最近、クリスとドナはケント州の警察本部長アンドリュー・エヴァートンに会いに行った。本部長は自分の部下たちを守る優秀な警官だが、一線を越える人間に対しては容赦しない。しかも余暇にペンネームで小説を書いている。本は自費出版しているので、キンドルでしか入手できない。近頃そっちの分野は儲かるらしいと、クリスに耳打ちした警官がいたが、アンドリュー・エヴァートンは相変わらず古いボクスホール・ベクトラに乗っているので、事実じゃないのかもしれない。

アンドリュー・エヴァートンは、二人にケント警察賞を授与すると伝えた。コニー・ジョンソンを逮捕した手柄に対してだ。少しでも認められるのはうれしい。警察本部長の部屋の壁には誇らしげな警官たちの顔写真がずらっと飾られていた。全員がヒーローだ。そして、写真は一人の女性と一匹の警察犬をのぞけば、全員が男性であることに気づいた。最近のクリスはそういうことをドナとパトリスの視点から見るようになっている。警察犬もメダルをもらったのだ。クリスは使用済みのコンドームが貝殻に丸めて入れてあるのを見つける。人生は奇跡だ。

イブラヒムからまたメッセージが届く。そろそろ本題に入ってほしい。

さっきのメッセージで言及した事件とは、ベサニー・ウェイツの死なんだ。それとヘザー・ガーバットが詐欺罪で告発された件だ。どちらも二〇一三年だ。死亡した夜にベサニー・ウェイツが午後十時十五分から午前二時四十七分までどこにいたかについては、とりわけ重要だ。それから彼女といっしょに車に乗っていたのは誰なのか。いかなる情報でも非常にありがたい。近々、話をしよう、友よ。パトリスに愛を送ってほしい、きみは本当にすばらしい女性を見つけたね。人間関係において、しばしば要となるのは……

クリスは読むのをやめる。どちらの事件も覚えている。ベサニー・ウェイツとヘザー・ガーバット。ちょっと調べてみてもいいのでは？　何をぐずぐず言っているんだ、もちろん調べるに決まってる。いつか〈木曜殺人クラブ〉のせいで進退窮まったり、命を落とす羽目になるかもしれないが、それだけのリスクを冒す価値はある。何者かが彼のためだけに、彼を救うために、〈木曜殺人クラブ〉を作りだしたような気さえする。〈木曜殺人クラブ〉は彼にドナを与えてくれ、ドナはパトリスを連れてきて、パトリスは炒めたトウフを持ってきた。そして、そのすべてが彼に幸福をもたらした。

ドナはスマートフォンから顔を上げる。「どうしてにやついているんですか？」

クリスは肩をすくめる。「きみこそ、どうしてにこにこしているんだ？」

ドナは肩をすくめる。「ママからメッセージが届いたんですね」

「だったら人前では開けないよ。風紀犯罪取り締まり班にしょっぴかれる」

ドナはベーッと舌を突きだす。

「イブラヒムがある事件を調べてほしいそうだ」

「当ててみましょうか。ベサニーとかいう女性が崖から車で飛びこんだ事件ですか？」

「いったいどうして——？」

ドナは片手を振って、答えをはぐらかす。

クリスは海に視線を向ける。ドナがかたわらにやって来る。灰色の雲は猛々《たけだけ》しい黒に変わりつつあり、荒々しい風が目に染みる塩からい飛沫を顔にたたきつけてくる。ミニバスの焦げた金属とプラスチックの臭いが腐敗しかけた死体の悪臭と混じりあい、喉にからみつく。二羽のカモメがビニール袋をとりあって、けたたましい声でけんかをしている。

「なんて美しいんだ」クリスは言う。

「ええ、うっとりします」ドナは同意する。

8

エリザベスはずっと交通監視カメラのことが気になっている。ベサニーがフェアヘイヴンを走り抜けたとき、なぜ彼女の車はカメラにとらえられなかったのか？　散歩に行く前にクリスにそれについて電話すると、彼はこう言った。「ああ、電話があると思ってましたよ」

エリザベスが事件について調べてくれたかとたずねると、彼は自分の抱えている死体で手一杯だったと答えるので、警察本部長から表彰を受けておめでとうと言う。クリスのためにコニー・ジョンソンを逮捕させるために、エリザベスがいかに貢献したかを思い出させるために。

すると、彼は監視カメラを調べてみることを承知した。

最近エリザベスとスティーヴンは、毎日午後の同じ時間に散歩を始めた。照っても降っても、同じ道を、同じ時間に。

森を抜け、墓地の西側の塀沿いに進んでいく。少し前にエリザベスが墓を掘り返した場所だ。それから、いまや丘の上に現れはじめた新しい建物の向こうの開けた草地まで歩を進める。そこでひと休みし、フラスクに入れたお酒をチビチビやりながら雌牛に話しかける。

スティーヴンは雌牛すべてに名前と人格を与えていて、毎日、最新の雌牛の状況についてエリザベスに実況解説してくれる。今日のスティーヴンは、デイジーが夫のブライアンを裏切って、隣の草地から来たもっと若くてハンサムな雄牛のエドワードと浮気していたので、デイジーとブライアンは牛の結婚カウンセリングを受けようとしている、と説明する。エリザベスはウィスキーをひと口飲むと、雌牛の名前としてデイジーは平凡すぎると意見を言う。

「それについては異論はない」スティーヴンは同意する。「すべて彼女の母親がいけないんだ。やはりデイジーって名前だったから」

「それなら、父親はなんという名前だったの?」

「誰も知らない。それが問題でね」とスティーヴン。「当時は大変なスキャンダルになった。母デイジーが休暇でスペインに行っているときに、向こうで一夜限りの関係を持ったという噂だ」

「ふうん、なるほどね」

「実際、よく聞いてみると、デイジーにはかすかなスペイン訛りがあるよ」

まさにそのとたん、デイジーがモーと鳴き、二人は声を揃えて笑う。

しかし、そろそろ森を抜け、さっきやって来た道を戻る頃合いだ。静かで誰もいない二人だけの道。詮索がましい視線にスティーヴンをさらさないようにするために。彼の健康状態について、不都合な質問を避けるために。

しっかりと手をつなぎ、腕を軽く振って歩いていくと、鼓動がひとつになる。この習慣はエリザベスにとって一日でいちばん好きな時間になっている。ハンサムで幸せな夫。あともう少しだけ、万事順調だというふりができるはずだ。彼の手は永遠に彼女の手の中にあるというふりが。

「散歩にはうってつけの日だ」スティーヴンは言う。太陽が彼の顔を照らしている。「もっと頻繁に散歩するべきだね」

事情が許せばね、とエリザベスは思う。可能なら、いつだってあなたの散歩につきあうわ。

ベサニー・ウェイツの遺体はとうとう発見されなかった。エリザベスはそのことが気がかりだ。死体のない殺人事件は絶対に信用してはならない、と知っているぐらいには、たくさんのミステリを読んでいる。現実でも、彼女自身が長年にわたって数えきれない死を偽装してきた。

注意がそれていたせいで、その男を目にしたのは一瞬だけだ。だが、すぐさま過ちに気づく。こういうこともある。頻繁ではないが、起こるときには起こる。

この幸せな習慣、スティーヴンとの定番の散歩、いつもの喜びは、もちろんエリザベスの大きな過失だった。しばしば愛がそうであるように。

習慣は諜報員にとって最大の敵だ。続けて二日、同じルートで移動しない。毎週金曜の夜に同じレストランで食事しない。習慣は敵に機会を与えてしまう。まえもって計画する機会、隠れる機会、襲いかかる機会。

後悔の一瞬は尽きる。最後に頭をよぎったのは、「どうか、お願い、スティーヴンに乱暴しないで」ということだ。自分に襲いかかる攻撃は感じることすらできない。

9

「それで、七〇年代末にはUB40のバンドメンバーの一人とデートしていたんだけど、当時はみんなそうだったわね」とポーリン。

「どいつだ？」ロンはスープを多少とも上品に飲もうと苦労しながらたずねる。

ポーリンは肩をすくめる。「たくさんいたから。たしかマッドネスの一人とも寝たと思うわ。少なくとも彼の方はそう言っていた」

ロンは息子のジェイソンに電話して、ランチにうってつけの店をたずねたのだった。高級だが、どのナイフを使うかわからなくても大事《おおごと》にならない店。ロンにもわかる料理を出すが、ちゃんとしたナプキンが使用され、清潔なトイレがある店。ネクタイをする必要はないものの、あくまで仮定の話だが、しめたければしめて行ってもかまわない。で、まあ年金生活者だということは忘れないでほしいし金が有り余っているわけではないが、ちょっとした貯えはあるし、それについては心配いらない、と。

ジェイソンは礼儀正しく耳を傾けてから言った。「で、彼女の名前は？」ロンはこう応じた。「誰の名前だ？」ジェイソンは言った。「父さんのデート相手だよ」だからロンは言いかけた。「どうしてまたおまえは……」するとジェイソンは言った。「〈ル・ポン・ノワール〉だ、父さん。彼女は気に入ってくれるはずだよ」ロンは白状した。「ポーリンだ」するとジェイソンは幸運を祈ってくれた。それから二人はウェストハムについてちょっと話してから、ロンはジェイソンにそのレストランを予約してくれないかと頼んだ。ネットの使い方はよくわからないし、イブラヒムには気恥ずかしくて頼めないから。

「あなたのお友だちは今日、本当にダーウェル刑務所に行くつもりなの?」ポーリンがたずねる。

「おれたちは首を突っ込む癖があるんだよ。で、きみはベサニー・ウェイツの件についてどう思う? 当時、彼女の身近にいたんだろ」

〈ル・ポン・ノワール〉はガストロパブと呼ばれていて料理がおいしい。ロンはメニューを最初から最後まで二度見て、ステーキがあるのを見つけた。それすら「バベットステーキ」と書かれていたが、フライドポテトが添えられているので、たぶん大丈夫だろう。

「好奇心旺盛で活発で、まさにテリア犬だった」ポーリンは言う。「いい意味でね。マイクは彼女が亡くなって悲嘆に暮れていたわ。二人はいい相棒だったの。この業界では珍しいことよ」

「しかも、美人だった」ロンは言う。「ブロンドが好きならね、おれはちがうが。おれのタイプじゃない。といっても、タイプがあるわけじゃないんだ。好みにうるさくないから。いや、やっぱりうるさいか、でも――」

ポーリンはロンの唇に人差し指をあてがい、言葉の袋小路から救いだしてくれる。ロンはうれしそうにうなずく。

「彼女も新しい人とつきあい始めたばかりだった」ポーリンは言う。「いつものようにカメラマンよ。テレビ業界だと、女性はみんなカメラマンとデートして、男性はみんなメイクアップアーティストとつきあうの」

「へえ、そうなのか？」ロンは眉をつりあげる。「じゃあ、きみとマイク・ワグホーンは？　これまで――」

ポーリンは笑う。「その心配はしなくていいわ、ダーリン。マイクもカメラマンとデートしている」

「となると、ジョイスのチャンスは消えたな」ロンが言ったとき、バベットステーキが運ばれてくる。すでに切られているありふれたステーキなのを見て、ロンはほっと胸をなでおろす。当たりだ。「そのネタのせいで彼女は殺されたんだと思うのかい？」

ポーリンはたった今目の前に置かれたカリフラワーの蒸し煮に気をとられているふりをする。

「かもね」彼女は言う。「別のことを話しましょうよ。この話はもうさんざんマイクとしたから」

ロンはポーリンは誰に似ているのだろうと頭をひねる。ちょっとリズ・テイラーに似ている？《ストリクトリー・カム・ダンシング》（有名人がプロダンサーと組んでダンスをするダンスコンテストショー）の新しい審査員長？　じっくり考えたあげく、まちがいなく自分には高嶺の花だという結論を出す。それでも、彼女は目の前にいる。「カリフラワーはおいしいかい？」

「思い切って想像してみて」

ロンはにっこりする。

「ゆうべは楽しかったわよね？」ポーリンが言う。昨夜ロンは彼女の家に初めて泊まった。ポーリンはカリフラワーの蒸し煮を思わせぶりに食べている。そんなことが可能だとは驚きだが。

ロンは頰が熱くなるのを感じる。「ええと、その、おれにとっては久しぶりだし、きみのこれまでの相手とはちがうんじゃないかと思って。ずっとこういうことはなかったんだ。ただ夜更かししてしゃべっているだけで楽しかったよ。それでよかったのかな？」

「あら、わたしだって久しぶりだったのよ。完璧だった。あなたは紳士よ。しかもハンサムで愉快な紳士。わたしたちのペースで進めていけばいいんじゃない？」

ロンはうなずき、さらにステーキを食べる。ケチャップは持ってきてくれなかったが、それを除けば、ロンは〈ル・ポン・ノワール〉にケチをつけることはできなかった。ありがとよ、ジェイソン。

「食後に海辺を散歩しない？」ポーリンが誘う。「太陽がまだ出ているうちに。波止場でアイスクリームを食べましょうよ」

膝のことがロンの頭をよぎる。ジェイソンが買ってくれたあのいまいましいステッキを使わないと、膝がすごく痛くなるんじゃないか？　そんな羽目になったら自分が年寄りだということを実感させられるだろう。一歩ごとに膝が痛み、それをポーリンに隠そうとしてよけいに痛む。明日は一日じゅうベッドで寝て過ごすことになりそうだ。

「いいね」ロンは言う。「ぜひとも」ポーリンには隠さなくてもいいんじゃないだろうか？

「それから、膝が痛いことは知ってるわ」ポーリンは言う。「だから、お願いだからステッキをとってきましょう。足手まといになるタフガイなんて必要ないのよ。ただ埠頭でアイスクリームとロン・リッチーのキスがほしいだけなの」

ロンはまた笑顔になる。やはりステッキは使わないだろう——自分なりの矜持《きょうじ》があるから——でも、そう言ってもらえるのはうれしい。

ポーリンはバッグを手で示す。「ここにマリファナ煙草が二本入ってるの。役に立つんじゃない？」

10

どのぐらいのあいだエリザベスは意識を失っていたのだろう？　見当もつかない。

では、わかっていることは何か？

スピードを出している車の冷たい金属の床に横たわっている。両手は背中で手錠をはめられ、足は縛られている。目隠しをされ、ヘッドフォンからは大音量でホワイトノイズが流れてくる。よくある拷問のテクニックだ。

しかし、いい面は死んでいないことだ。少なくともそれによって、いくつかの選択肢が与えられている。

今エリザベスにコントロールできるのは呼吸だけなので、とりあえずそれを実行する。ゆっくり、深く、規則正しく。パニックになっても得るものはない。どこに連れていかれるのかわかったときに、すべてのエネルギーを必要とするはずだ。

スティーヴンも襲われたのだろうか？　あるいはその必要はないと見てとった？　彼はいっしょにいるのか？

エリザベスは車の床で後方に体をずらしていく——バンにちがいないと推測した——すると、もうひとつの体にぶつかる。自分と背中合わせに横たわっている。スティーヴンだ。触れたとたん体に電流が走ったような気がしたから。

背中に回された両手で、エリザベスは夫の手を探る。彼も同じようにして、二人は手を握りあう。恋人同士が寝ぼけながら目覚めるときみたいに。エリザベスはぎゅっとスティーヴンの手を握ってから、もしかしたら弱気になっているのかもしれないと不安がこみあげてくる。彼の方がエリザベスの手を握るはずなのでは？　この状況では、たぶん彼女の方が頼りになる存在のはずだ。スティーヴンはこんな目に遭ったことは一度もないのだから。

エリザベスは指をスティーヴンの手首に置く。一見愛情あふれる仕草に見えるが、実は脈拍をチェックしている。彼がパニックになっているかどうか調べようとしているのだ。スティーヴンの脈拍は安定している。一分間に六十五回。当然だ。スティーヴンは呼吸もコントロールしているだろう。妻がこの窮地から救いだしてくれると信じているからだ。

しかし、それは可能だろうか？　まず、これがどういう状況かによる、とエリザベスは思案する。まちがいなく、彼女にメッセージを送ってきていた男が犯人だ。ついに脅しを実行したのだ。しかし、彼は何者なのだ？　それに、どういう仕事を与えようというのだろう？

バンはじょじょにスピードを落としはじめた。幹線道路をはずれて細い道に入ったようだ。エリザベスは記憶に刻みつける。

クーパーズ・チェイスでは、エリザベスがいないことに気づくだろう。それはいいことだ。ジョイスは今夜、部屋の明かりがつかないことを見てとるだろう。いや、そうだろうか？　ヘザー・ガーバットのことを調べるのに忙殺されているかもしれない。イブラヒムはコニー・ジョンソンのことで頭がいっぱい？　ロンも忙しい……まあ、理由は言うまでもない。仲間たちはエリザベスの不在にせめて気づくだろうか？　何かあったのではと心配するだろうか？

ともあれ、すでに家からとても遠くに来たことは確かだ。今回は彼女を救ってくれる仲間たちはいない。自分のせいでこんなやっかいなことになったのだから、自力で抜け出さなくてはならない。

バンが停止する。エリザベスは呼吸しながら待つ。肩に手が置かれ、乱暴に引き起こされるのを感じる。

だけど、誰の手なのだろう?

11

「じゃあ、あんたは《サンデー・タイムズ》の人じゃないんだね?」コニー・ジョンソンはたずねる。

イブラヒムからすると、それは当然の質問だ。彼女はガムを噛んでいる。こちらもイブラヒムにしてみればけっこうなことだ。無糖であるなら虫歯予防になる。

「ちがう、嘘をついた」イブラヒムは白状し、足を組んでから、片方のズボンの裾を引っ張り下ろす。

「ジャーナリストなら、話をしてくれる可能性が高くなると思ったんだ」

二人はダーウェル刑務所(イギリスでは未決囚も刑務所に収監される)の面会室にすわっている。テーブルとテーブルは離れているものの、その気になれば他人の鼓動を聞けるぐらいの近さだ。イブラヒムは周囲の話すべてに耳をそばだてながら、コニー・ジョンソンとの会話をこなしている。それが彼の習性なのだ。

「じゃ、何者なの?」コニーはたずねる。刑務所のジャンプスーツを着ているが、高級化粧品を手に入れる手段がないはずの人間にしては、驚くほどきれいにメイクしている。

「わたしはイブラヒム・アリフという。精神科医だ」

「へえ、それはおもしろいね」コニーは言う。本気で言っているようだ。「誰に送りこまれてきたんだい？　検察官？　あたしがクレイジーになってるかどうか確認するため？」

「きみがクレイジーではないことはもうわかっているよ、コニー。きみはとても自制心があり、頭がよく、意欲のある女性だ」

コニーはうなずく。「まあね、あたしははっきりした目標を持ってる。フェイスブックの検査じゃ、九十六点だった。それ、いいスーツじゃん。懐に余裕のある人間だね」

「きみはまず目標を定める、コニー。そして、目標を達成する。そうだね？」

「そのとおり」コニーは言ってから周囲を見る。「だけど、あたしは刑務所に入ってるだろ、イブラヒム・アリフ？　だから完璧じゃないんだ」

「完璧な人間なんて存在するのかな？　完璧じゃないと自覚するのは健全なことだ。きみは仕事をこなすのが好きかな、コニー？」

「仕事？　コカインがいるのかい？　あんたはコカインを必要としているようには見えないけど。誰かを殺してほしいの？　それだけの金は持っていそうだね」

「まったく違法なことではない」イブラヒムは犯罪者と話すのが大好きだ。それは否定できない。有名人相手の場合も同じだ。マイク・ワグホーンとの会話はとても楽しかった。「その正反対だ」

「違法の正反対、ＯＫ。で、あたしにどんな得があるの？」

「きみには何の得もない。ただ、きみはその仕事がとても得意なんじゃないかと思っただけだ。そのため、とても楽しめるだろうとね」

「だけどさ、あたしはとっても忙しいんだ」コニーは笑みを浮かべる。

「それはわかるよ」イブラヒムも微笑む。コニーの笑みは本物に見えるので、彼も心からの笑みを返す。

「ＯＫ、どういう仕事なんだい？　あんたの図々しさもスーツも気に入ったから、仕事について話そうよ」

イブラヒムは少し黙りこむと、声を落とし周囲の注目を浴びないようにする。「ここにはヘザー・ガーバットという囚人がいる。彼女を知っているかい？」

「ペヴァンジーの絞殺魔？」

「いや、そうじゃない」

「Ｄ棟にヘザーってのが一人いる。もっと年上で、もっと狡猾そうなやつだよ。銀行強盗をした教師ってとこかな？」

「とりあえず、それが彼女だと仮定しよう。彼女と親しくなれると思うかい？　わたしのために、あることを探りだせるかな？」

「それならできそうだ」コニーは言う。すでに彼女が計算しはじめているのがイブラヒムにはわかる。

「何を探ってほしいの？」

「彼女が二〇一三年にベサニー・ウェイツというテレビキャスターを殺したかどうか知りたいんだ。崖から彼女の車を落として」

「やるね」コニーは言う。にやにや笑いが顔に広がっていく。「とにかく訊いてみるよ。これ、おいしいお茶だよね、今の時期にしちゃ苦みも少ないしさ。で、あんたは人を殺したの、ってそんな感じ？」

「まあ、どう質問を切りだすかはきみに任せるよ」イブラヒムは言う。「きみの得意分野だ、わたしじゃなくて。それに、もしかしたら彼女は殺していないかもしれない――それも役に立つ情報なんだ」

「だけど、やってると思うよ。あたしは一度も崖から車を落としたことがないんだ。ずっとやってみたかったんだけどさ」

イブラヒムは両手を広げる。「まだ時間はあるよ、きっと」

「で、本当に何もごほうびはなし？」コニーはたずねる。「ＳＩＭカードか何かこっそり持ち込めない？」

「わたしにはできそうにないな。だけど、やり方をグーグル検索して試してみよう」

「無理しないでいいよ、どっさり持ってるから。それに、どうやってこっそり持ち込むか、あんたは知りたくないだろうしね」

イブラヒムはともあれグーグルで調べてみようと思う。彼は心から楽しんでいる。強盗に遭ってからあまり外出していなかったが、少しずつ自信を取り戻しかけているし、じょじょにかつての自分が甦《よみがえ》ってくるのを感じている。たしかに傷痕は残っているが、少なくともそれは出血が止まったということだ。そして、自分はこういうことが得意だと改めて感じるのは気分がいい。人の心を読むこと。相手の悩みを理解し、その方向を変えてやること。コニーが好きだし、コニーも彼を好きだ。ただ用心しなくてはならない。彼女は冷酷な殺人者だし、批判したくはないが、それは邪悪なことだ。でも、あとで仲間たちにいい知らせを持ち帰れるだろう。SIMカードについて考える。それがとても小さいことはイブラヒムも知っている。だとしたら、どうやって……さっきコニーが何か言っていたと気づくが、聞き流してしまった。彼らしくもない。彼にしては実に珍しい。少し神経を集中しなくては。

「すまない」イブラヒムは言う。「聞きそこなってしまったんだが？」

「あんた、夢の国に行ってたでしょ、イブラヒム」コニーが言う。「もう一度質問させて。精神科医として、あんたは何があたしのやる気になっていると思う？」

それはイブラヒムにとっては簡単だ。たしかに一人一人はちがうし、特別な人間は特別な人生を送るが、ひと皮むけばみんないっしょだ。

「わたしなら動機と言うだろうな。行動や変化への欲望」イブラヒムは両方の指先を合わせる。「何も変わらずにいることを望む人もいる――わたしはどちらかと言うとそのタイプだ。たとえば《海洋気象《シッピング・フォ》予報《ーキャスト》》の音楽が変わったら、過呼吸になるだろう。しかし、すべてが変わることを好む人もいる。きみはそっちだ。その混沌状態でなら、きみは自分自身を隠すことができるからだ」

「ふーん。なんて頭がいいの、イブラヒム・アリフ。だけど、正直さはあたしにとって重要だと思う?」

この話はどこに向かうのだろう? イブラヒムは気が滅入ってくる。「たぶんそう思うよ。きみの仕事の分野だと、正直さは皮肉にももっとも重要だ」

「そう思うんだね? あんた、どこであたしの名前を聞いたの? どうやってコニー・ジョンソンについて聞いた? 誰に送りこまれてきた?」

「あるクライアントからだ」イブラヒムは言う。彼は嘘が下手なので、できる限り嘘を避けようとしている。しかし、エリザベス、ジョイス、ロンと出会ってから、ますます頻繁に嘘をつかなくてはならない状況に陥っている。

「なぜって、あたしはあんたの名前を聞いたことがあるからだよ」コニーは言う。「イブラヒム・アリフ。どこでその名前を聞いたのか知ってる?」

イブラヒムが答えに詰まると、コニー・ジョンソンは体をのりだして耳元でささやく。「あんたの友だちのロン・リッチーからだよ、あたしが逮捕された日に」

彼女は椅子に寄りかかる。おまえの番だ、イブラヒム。

「彼があんたにここに来るように言ったんだね？」コニーはたずねる。「彼のために働いているの？」

「いや、わたしはエリザベス・ベスト、MI5の、あるいはMI6のために仕事をしている。彼女はその組織の一員なんだ」

コニーはそれをじっくりと考える。「てことは、MI5かMI6があたしにヘザー・ガーバットと話をしてもらいたがってるんだね？」

「間接的にはそうだ」

「そして、そのことが法廷であたしの役に立つの？　バラクラバをかぶった男たちの一団があたしを被告席から逃がしてくれる？」

「いや、残念ながらそれは無理だ」イブラヒムは言う。しかし、ふと思う、もしかしたらできるかもしれない。エリザベスならわかるだろう。ただ何も約束しない方が無難だ。

「イブラヒム」コニーは言う。「嘘をつかれるのは嫌いなんだ」

「逃すことはできない。申し訳ない」

「だったら」とコニーは続ける。「あたしが外に出たらすぐに、ここにあたしを送りこんだあんたの友だちのロン・リッチーを殺すつもりだってことをくれぐれも忘れないでほしいね」

「承知した」

コニーはちょっと考えこむ。「それからボグダンを知ってる？」

「知ってる」イブラヒムは認める。

「彼も殺すつもりだよ。あたしに代わって二人に伝えてもらえる?」

「メッセージは伝えよう、たしかに」

「今ボグダンは誰かとつきあってるの？　知ってる?」

「それはないと思うよ」

コニーはうなずく。刑務官がテーブルに近づいてくる。

「時間だ、ジョンソン、二十分たった」

コニーは刑務官の方を向く。「あと五分」

「刑務所を管理しているのはおまえじゃない。おれたちだ」刑務官は言う。

「あと五分くれたら、あんたの息子にiPhoneを手に入れてあげるよ」コニーは言う。

刑務官はちょっと考えこむ。「十分。それから息子はiPadをほしがっている」

「ありがとう、刑務官」コニーは言うと、イブラヒムの方に向き直る。「ここではすごく退屈してるし、それ、やろうよ。ヘザー・ガーバットについてわかっていることを洗いざらい話して。あんたの友人たちを殺すつもりなのは変わらないけどさ、それまでは協力して、ちょっとしたお楽しみを味わってもいいよ」

イブラヒムはうなずく。「わたしの友人たちを殺さないという選択肢もあるのはわかってるね、コニ

――？」

「どういう意味？」すっかり困惑しているようだ。

「これまでに起きたことは、きみが策略にはまったということだ。それはそんなに悪いことかな？　きみの強欲さが利用されたんだ。自己評価がそんなに低いと、いずれまただまされる可能性があるんじゃないかな？」

コニーは笑い声をあげる。「だけど、それがあたしの仕事だよ、イブラヒム。そうやって金儲けをしているんだ。もちろん、それはわかってるよね、あんたは頭がいいんだから」

「ありがとう。以前、ＩＱテストを受けたら――」

「ねえ、あたしがロンとボグダンを殺さなかったらどうなる？」コニーはさえぎる。「それについてじっくり検討してみなよ。フェアヘイヴンの怖い物知らずの連中は一人残らず、あたしに刃向かえると考える。あたしの会社のスローガンを知ってる？」

「きみが会社を所有していたことすら知らなかった」

「仕返しはただちに暴力で」コニーは教える。

「たしかに筋が通っている」イブラヒムは同意する。「倫理的なドラッグディーラーは存在しないのかな？」

「ブライトンには公正取引をしているコカインディーラーがいるよ。ブツにすべてスタンプを押したりしてさ。家族経営の農場からのコカインで農薬不使用とかなんとか」

「まあ、それが最初の一歩かもしれないな」

「それでも、自分の金を盗んだやつを立体駐車場から突き落とした」

「少しずつ進めばいい。そうだ、よかったらロンを面会に連れてこようか？　彼のことをよく知れば、殺したいとは思わなくなるかもしれない」イブラヒムはそれについてちょっと考えてみる。実際、ロンは人に正反対の印象を与えることが多い。

コニーは考えこむ。「あんた、おもしろいね。あたしの仕事、やってみないかい？」

「わたしには仕事がある。精神科医なんだ」

「でも、まともな仕事だよね？」

「いや、けっこうだ」イブラヒムは答える。とはいえ、犯罪組織で仕事をしたらおもしろそうだ。念入りに練られた計画、紫煙だらけの隠し部屋、室内でもサングラスをかけている連中。

「なら、あたしの精神科医になってもらえる？」

イブラヒムはたちまちやる気になる。ものすごく楽しそうだ。それに興味深い。「きみは精神科医に何を期待するんだ、コニー？　何を求めているのかな？」

コニーは考えこむ。「敵の弱さにつけこむやり方を学ぶとか？　陪審員の操り方や潜入警官の見分け方とか？」

「うーん……」

「どうしていつもまちがった男を選んでしまうのか？」

「その方がわたしの得意分野だな。誰かに助けてほしいと頼まれたら、まずひとつ質問をすることにしているんだ。あなたは幸せか？」

コニーは考える。「だって、刑務所にいるんだよ」

「しかし、それを除けば？」

「あたしはマジだよ。もっと幸せになれる？　たとえば五パーセントでも？　それならいいよ」

「その手助けならできる。五パーセント、十、十五、何パーセントになるにしても。それがわたしの仕事だ。きみを治すことはできないが、ちょっとだけよくすることはできる」

「治せないっていうの？」

「人間を治すことはできないんだ。われわれは芝刈り機じゃないからね。だったらいいのに、とよく思うが」

「おもしろそうじゃん。自分の秘密を洗いざらい打ち明けるなんて。料金はいくら？　そういうスーツを買うために？」

「一時間六十ポンドだ。払えない場合はもっと安くする」

「あたしは一時間で二百払うよ」

「いや、六十でいい」

「払えない人に料金を下げるんなら、払える相手にはもっと料金を上げなよ。あんたはビジネスマンだろ。どのぐらいの頻度で会える?」

「最初は週に一度がベストだ。それから、わたしのスケジュールはかなり融通がきくよ」

「OK、予定を立てるよ。ここじゃ推奨されているんだよ、メンタルヘルスってやつが。それからヘザー・ガーバットとも話してみる。女同士のおしゃべりって感じでさ、あんたは何座? とか、車を崖から落とした? とか?」

「ありがとう。またきみと話すのを楽しみにしているよ。それから、きみがロンを殺さないように説得できるかやってみよう」

「いいね」コニーは言う。「毎週木曜にしよう」

「いや悪いんだが、水曜にできないかな? 木曜だけは予定がある日なんだ」

12

最後にエリザベスが袋と目隠しをはずされたのは一九七八年だった。そこはぎらつく蛍光灯に照らされたハンガリーの食肉処理場の管理棟で、血で汚れたメダルを胸にいくつもつけたロシア軍の司令官によって尋問され拷問されることになっていた。結局、いろいろなことが重なり、拷問はおこなわれずにすんだ。というのも司令官は拷問道具を車に置いてきてしまい、その車はすでに走り去り、その晩はもう帰ってこなかったからだ。結局、エリザベスは軽い打ち身と、ディナーパーティー向けの逸話を手に入れて逃げおおせた。

司令官は何を求めていたのか？　エリザベスはもはや忘れている。当時はきわめて重要に思えたことであるのはまちがいない。農業機械の設計図のために命を落とした人々だっていた。自分の命を懸けるほど重要なことはほとんどないが、どんなことであれ、誰かの命を危うくするぐらいには重要なのだ。

今回、目隠しがはずされたときは、まぶしい蛍光灯も、にやにや笑いもない。司令官も血まみれのファイルキャビネットも。エリザベスは書斎のやわらかい革張りの椅子にすわっている。部屋を照らすのはジョイスが買いそうなキャンドルだ。目隠しと手錠をはずした男は無言で部屋から出ていき姿を消した。

エリザベスはスティーヴンの方を見る。彼は妻に向かって眉をつりあげる。「たしかに、こいつは大変な騒ぎだ」

「そうよね。あなた、大丈夫？」

「まったく問題ないよ、ダーリン。きみはただ冷静に行動してくれ。わたしはこれまでいた安全地帯からここに連れだされた。頭を殴られてね。しかし、害はない。おそらく分別がたたきこまれただけだろう」

「背中は大丈夫？」

「鎮痛薬で治らないものはないよ。ここで何が起きているか見当がつくかい？　わたしに手伝えることはあるかな？」

エリザベスはかぶりを振る。「これはわたし向けのことだと思うわ」

スティーヴンはうなずく。「士気が下がらないようにして、きみの指示に従うよ。殺すつもりなら、こんなに快適な椅子にすわらせないと思う。そういうことには、きみの方が詳しいだろうね？」

「何かのことでわたしと話し合いたいんだと思う」

「で、きみが言うことに基づき、われわれを殺すかどうか決めるのかな？」

「おそらく」

二人はちょっと黙りこむ。

「愛してるよ、エリザベス」

「そんなに感傷的にならないで、スティーヴン」

「ま、いずれにせよ、絶対に退屈はしないだろうね」

書斎のドアが開き、とても背の高い髭を生やした男が頭をかがめながら入ってくる。

「バイキングかな？」スティーヴンがエリザベスにささやきかける。

男はエリザベスとスティーヴンの向かいの肘掛け椅子にすわる。体が椅子からはみだしている。まるで教師が生徒用の椅子にすわったみたいだ。

「では、きみがエリザベス・ベストだね？」男はたずねる。

「あなたが誰かによるわ」エリザベスは答える。「これまで会ったことはある？」

彼はポケットから何かを取り出す。「電子煙草を吸ってもかまわないかな？」

エリザベスはどうぞと両方の手のひらを上に向ける。

「とても体に悪いんだぞ」スティーヴンが言う。「何かで読んだよ」

男はうなずき電子煙草を吸いこむと、スティーヴンの方を向く。

「そして、きみはスティーヴンだね？　きみまで引き込んで悪かった」

「ちっとも。この人といるとよくあることだ。きみの名前を聞きとれなかったんだが？」

男はスティーヴンの質問を無視して、エリザベスに注意を戻す。

「老婦人にしてはずっと忙しくしているね」

この訛りは何？　スウェーデン人？

エリザベスはスティーヴンが書棚を観察しているのに気づく。ときどき驚嘆のあまり目を丸くしている。

「さて。エリザベス」バイキングが言う。「ビジネスに入ろう。きみがダイヤモンドを盗んだ、それはまちがいないね？」

「なるほど」これで少なくとも立ち位置がわかる。過去のできごとではなく、たんに最新のささやかな冒険によるものだ。すべてをきちんとラッピングしてかわいらしいリボンをかけたと思っていたが、善行とはいえ罰せられないことはない。「結局マーティン・ロマックスではなく、あなたから盗んだという意味だと解釈していいのかしら？」

「いや、ちがう」バイキングは否定する。「きみはヴィクトル・イリーチという男から盗んだんだ」

「ヴィクトル・イリーチ？」エリザベスはさっきの考えを撤回する。全盛期の過去のできごとのせいだ。

〝ソビエト連邦でもっとも危険な男〟と彼は呼ばれていた。ただし、彼女は自分自身をほめてやらないわけにいかない。〝ヴィクトル・イリーチ〟という名前が口にされ、全身に電流が走ったにもかかわらず、観察していた人間は彼女がその名前を聞いたことがあるとはこれっぽっちも思わなかっただろう。

「では、あなたはそのヴィクトル・イリーチのために働いているの？」

バイキングは笑う。「おれが？　いいや。おれは誰のためにも仕事をしていない。一匹狼なんだ」

「誰もが誰かのために仕事をしているよ、きみ」スティーヴンが相変わらず本を眺めながら言う。彼は何かに気をとられている。ありがたい。

「おれはちがう」バイキングは言う。「おれがボスだ」気恥ずかしくなるほど長々と狼のような遠吠えをする。エリザベスは辛抱強く彼の遠吠えが止むのを待っている。

「で、どうしてわたしはここにいるの?」エリザベスはたずねる。「あなたのダイヤモンドでもない、あなたのボスのダイヤモンドでもない、あなたには関係ない」

「ダイヤモンドに関心はない。おれが二千万ポンドを気にすると思うか? どうでもいいことだ」

バイキングは椅子の中で身をのりだし、頭を傾げてエリザベスの目を食い入るように見つめる。

「きみがここにいるのは、しばらく前からヴィクトル・イリーチを殺す可能性を探っていたからだ」

「なるほど」

「そして、それは簡単ではない」バイキングは言う。

「そうでしょうとも」エリザベスは言う。「殺人が簡単なら、誰一人としてクリスマスを生き延びられないわ」

「というわけで」とバイキングは話を続ける。「きみにヴィクトル・イリーチをおれに代わって殺してもらいたい」

バイキングは手札をさらし、また椅子に背を預ける。エリザベスは猛烈な速さで考えている。これまでに何がわかっただろう? 今朝は監視カメラと行方不明の死体について考えていた。いまやバイキングに脅されている。というか、提案されている。彼女の仕事では、ふたつはしばしば同じことを意味するが。

なんであれ、少なくとも彼女とスティーヴンは明日まで生き延びられそうだ。では、この新しいゲームにとりかかろう。彼女は椅子に沈みこむと、両手を組み合わせる。

「わたしは殺人はしないの、残念だけど」

バイキングは椅子にもたれたまま、にっこりする。「お互いにそれは真実じゃないとわかっているだろう、エリザベス・ベスト」

エリザベスはその点を認める。「ただし、あなたは誤解している。わたしは自分を殺そうとした人間しか殺したことがないのよ」

バイキングはサイドテーブルのノートパソコンに手を伸ばし、大きな笑みを見せる。「じゃあ、われわれは幸運だ。まもなくヴィクトル・イリーチにメールを送るつもりだからだ。二枚の写真を添付して。一枚はきみがフェアヘイヴン駅にいる写真で、ロッカーを開けているところ。もう一枚は銃撃戦があった日のフェアヘイヴン埠頭でのきみの写真だ。ヴィクトル・イリーチに甚大な不都合をもたらした状況を説明する写真だよ」

「それは言い逃れできそうにないな、ダーリン」

スティーヴンが言う。

エリザベスはヴィクトルがマーティン・ロマックスとダイヤモンドの案件に関わっているとは知らなかった。しかし、それはありえることだ。最近のヴィクトルはフリーランスだから。

「つまり、わかるな」バイキングは言う。「この写真を受けとったら、ヴィクトル・イリーチはすぐにきみを殺したくなるだろう。復讐に燃えるはずだ。きわめて明快だろ。きみがやらねばならないのは、先に彼を殺すことだけなんだ」

「自分の手で殺したまえ、きみ」スティーヴンが意見を言う。「そんなに図体が大きいんだから」

「別の誰かにやってもらった方が、おれにとってはずっと楽なんだ。それなら元諜報員ほどうってつけの人間がいるかな。小柄な老婦人で、殺し方を心得ていて、しかも前代未聞の大窃盗を成功させた人間だぞ？ それ以上の適材がいるかな、スティーヴン？」

「きみは臆病だよ。スウェーデン人が意気地なしだとは知らなかった」

エリザベスは熟考している。少なくともそのふりをしている。最初の手札を切る前に、自分のカードを順番に並べてみる。すごい手はないが、エースは持っている。慎重に事を進めなくてはならないだろう。

「やっぱり、わたしには無理だわ、残念だけど」エリザベスはバイキングに言う。「拒否すれば、最悪、わたしを殺すしかないでしょうね。あなたにとっては迷惑でしょうけど。でも、正直なところ、もうさんざん楽しい思いをしてきたし、ここは死ぬにはすてきな部屋よ。居心地がよくて」

バイキングは笑みを浮かべる。「ご主人はそれに賛成しないんじゃないかと思うよ。たぶん、彼はきみに生きていてもらいたいだろう」

スティーヴンは肩をすくめる。「誰でもいつか死ぬものだ、バイキングの友よ。妻が臆病なスウェーデン人に殺されるのは本意じゃないが、まっとうなことをしてこの世を去るのがいちばんだ。彼女がいなくなると寂しいにちがいない。しかし、じきに誰かが現れるだろう。世の中、美しい諜報員だらけだ。ひょっこり新しい人が現れるよ」

エリザベスは微笑む。しかし、本当に死ぬことになったら？　どうしよう？　スティーヴンはどうなるの？　彼女の心臓は真っ二つに裂けるが、顔は平静を保っている。なぜなら彼女はバイキングが知らない、あることを知っているからだ。

「あなたにとってどちらでも同じなら」とエリザベスは言う。「わたしは夫を家に連れ帰って、ここでの会話はすべて忘れるわ。わたしたちの頭にまた袋をかぶせて。居場所を知る必要はないし、あなたが何者かについては興味がない。あなたの立場はわかっているから、わたしがヴィクトル・イリーチを殺すのに申し分のない女だということも理解できる。でも、それを実行するつもりはないの。だから、あなたにはふたつの選択肢が残される。ひとつはわたしを殺す――とても面倒で後始末がどっさりあり、たぶんMI6はわたしが消えたことを知ったら相当に腹を立てるでしょうね。あるいは、このままわたしたちを帰らせ、以後、それについては口をつぐむ」

「だがヴィクトル・イリーチはきみを殺すだろう」バイキングは言う。「きみが住んでいる場所を発見するだろう。おれでも簡単に見つけられたんだから」

「危険は甘んじて受けるわ」

ヴィクトル・イリーチが自分を殺さないことはわかっている。それがエリザベスのエースだ。バイキングはその点で不運だった。エリザベスとスティーヴンは夜明け前に無事に家に帰れるはずだ。もちろん、今どこにいるかによるが。「だから、わたしを殺すか、解放するかして。それがあなたの二択よ。どちらを選ぶ？」

「第三の選択肢を選ぼうと思う。ヴィクトル・イリーチにすべての写真を送るという選択肢だ」

「すべての写真？」

「ああ、そうとも。きみの友人のジョイス・メドウクロフトといっしょの写真だ。両方の写真に、両方の名前を入れて」

「反則気味だな」スティーヴンが非難する。エリザベスはそれでもまだ安全だという気がする。ヴィクトルはジョイスも追わないだろう。二人がいっしょに写真に写っているとしても。エリザベスの友人はヴィクトルの友人だからだ。

「もちろんヴィクトル・イリーチはジョイスを殺す気にならないかもしれない」バイキングは言う。「彼女はたしか一般人だね？　だから、こういう取り決めをしよう。あくまで保険としてだが、ヴィクトル・イリーチが二週間以内に死ななかったら、おれがきみの友人のジョイスを殺す」

13

なんと、二度目のデートは最初よりもずっとよかった。ポーランド映画を観るためにブライトンに行ってきたところだ。ドナはこれまでポーランド映画が存在することにすら気づいていなかったが、当然ながらあるに決まっている。あの大きさの国なら、誰かがときどき映画を作るはずだ。

もちろんアートシアター系の映画館で、ブライトンだったから、よりどりみどりでスナックを選ぶことはできなかった。チョコレートマイス（ネズミの形をしたチョコレート）も、コラ・キューブ（コーラ味の甘酸っぱいキャンディ）もなし。ヘルシーなスナックだけ。

でも、ワインの持ち込みが許可されていたので、ドナは無塩のカシューナッツでもいいかという気になった。おまけに映画のあいだじゅう観客はみな静かだったが、それはドナにとってはまるっきり初めての経験だった。

二人はフェアヘイヴンから電車に乗った。ドナは缶入りのモヒートを、ボグダンはプロテインパウダーをひと袋溶かした大きなエナジードリンクを飲んだ。

ドナはボグダンの腕に腕をからませ、駅から映画館まで歩いた。途中、トラファルガー・ストリートの一軒の家を通り過ぎると、ボグダンはここはクラックのアジトだと言った。さらにロンドン・ロードで古い鍛冶場を通り過ぎると、ここにはリトアニア人が埋められていると教えた。

ある特定の分野に関心がある観光客にとって、ボグダンはとてもすぐれたガイドになれそうだ。

ブライトンには他にも黒人がいて、姿を見るとほっとした。もっとも、すれちがうときに、互いに小さくうなずいて挨拶するぐらいだったが。ドナはブライトンが好きだ。ここなら、警官でいるあいだにクラックのアジトを手入れする自分の姿が思い描けた。

二人はベサニー・ウェイツとヘザー・ガーバットについて少し話をした。ドナはクリスのためにフェアヘイヴンのすべての交通監視カメラの地図を作っている。それは楽しいとは言えない仕事だ。

さて、ポーランドではたんに映画が撮られているのではない、とてもいい映画が制作されている、と判明する。これから観る映画が、田舎の農家の何世代にもわたる愛と喪失の胸が痛むような物語で、しょっちゅうボグダンの方を見て、いかにもわかったふりをしてうなずかなくてはならないかも、とドナは不安だった。しかし、まったくちがった。殺人が起き、けんかがあり、シャツを裂かれた警官が登場した。いや、全然悪くなかった。数分ごとにボグダンが体を寄せてくるので、ドナはキスを待ちかまえるのだが、ボグダンは字幕がまちがっているのを教えるだけだった。ドナは彼と手をつなぎ、赤ワインをおいしく飲み、恋人ができたことを実感しながら、ヘリコプターが撃ち落とされるのを観た。十人中八人にはお勧めできる映画だろう。

二人はボグダンの部屋に帰った。それについて質問はされなかった。どこで別れたらよかったのだろう？　それになぜ？

ボグダンは今バスルームにいて、ドナはせっせと水分補給しながら、これよりも幸せだったことなんてあったかな、と考えている。

二人はさらにベサニー・ウェイツについて話し合っていた。ドナは黒幕のジャック・メイソンについてのファイルを調べておいた。郵便局の列ぐらい長い犯罪記録。魅力的だが危険な男。

魅力的で危険な男と言えば、ボグダンが部屋に戻ってきてベッドにもぐりこんでくる。ドナは片腕を彼に回すと安らぎを覚え眠くなる。

二人は笑う。ああ、なんてしっくりくるのだろう。その笑いは自然で本物で心からのものに感じられる。恋愛についてこれまで本で読んできたことみたいだ。てっきり嘘だと決めこんでいたけど。

ベッドサイドテーブルに置かれたボグダンのスマートフォンが振動する。二人ともそっちに目をやる。午前二時だ。

ああ、まいったなあ、とドナは思う。夢がたちまちしぼんでいく。やっぱり嘘だったのだ。別の女性がいるのだ。当然よね。まただね、ドナ、でもがんばった。いつも必ず何かが起きるのだ。急に眠気が吹き飛び、安らぎもあまり感じなくなる。

ボグダンは番号を見て、ドナを振り返る。「これには出ないと。すまない」

ドナは肩をすくめる。朝までいるつもりだったけれど、もう自分の服を手にとろうとしている。

14

エリザベスとスティーヴンは大きな森の小道のわきで降ろされた。満月が空の高い位置に出ていて、頭上の冬枯れの枝越しに青い光がジグザグに射しこんでくる。

「彼がヴィクトル・イリーチと言ったとき、すごくぎくりとしたね」スティーヴンが言う。

「わたし、ぎくりとした？　とてもうまく隠しおおせたと思っていたのに。あなたが見逃すことってあるの？」

「知らないふりをする方が親切なときかな。古い友人なんだね、ヴィクトルは？」

「どちらかと言えば古い敵よ。KGBのレニングラード支局長、一九八〇年代に」エリザベスは説明する。吐く息が澄んだ空気にたなびく。「その後、どんどん出世したわ」

バイキングがくれたフォルダーに入っていたヴィクトルの写真の一枚は、全盛期のものだった。いや、正確には全盛期とは言えないかもしれない。頭はすでに禿げかけているし、分厚い牛乳瓶の底のような眼鏡は顔に比べて大きすぎた。しかし、まだ若かった。いちばん最近の写真は衝撃を受けるほど老けていた。年老いて皺だらけで、灰色の髪の房が絶壁の端にへばりついているだけだ。眼鏡は相変わらず大きいが、その奥をのぞけば彼がいた。あのヴィクトルが。その目にはいたずらっぽさと知性が宿っている。友人になったライバル。敵が……恋人になった？　本当に？　エリザベスは覚えていないが、だとしても不思議ではない。

ヴィクトルの方もエリザベスの写真を目にするにちがいない。この年老いた女は誰だ？

エリザベスのスマートフォンはつながらないし、スティーヴンはスマートフォンを持っていないので、二人は歩き続ける。

「口出しはしたくないが、きみは彼をあまり殺したくないような顔をしているね」

「ええ、そうよ」エリザベスは答える。

「それで、彼はきみを殺そうとすると思うかい？」

「いいえ、まさか。写真をひと目見て笑い転げるわよ」

二人はしばらくフクロウの鳴き声に耳を傾けている。それから暖を求めてぴったり寄り添うと歩き続ける。長年の恋人といっしょに初めての道を歩くことって、人生で何度ぐらいあるものだろう？　エリザベスは月を眺め、夫を見て、こんな非常事態に幸せを感じるとは、と自分自身にあきれる。

「だけど、きみが彼を殺さなければ、われらのバイキングがジョイスを殺すだろう？」スティーヴンが質問する。

「それこそ、わたしたちの腕の見せ所ね」エリザベスの高揚感はちょっぴりそがれる。

「やっかいな選択肢だ。それに、このバイキングが何者か、さっぱりわからない」

「まだ今のところはね」エリザベスは同意し、道の前方に電話ボックスを見つける。「だけど、まずあなたを家に連れ帰らなくちゃ。二十ペンス持ってない？」

スティーヴンはポケットを探り、エリザベスに硬貨を渡す。

「真夜中だよ、忘れないで。みんな眠っているだろう」

エリザベスは暗記している番号をダイヤルする。重要な番号はすべて暗記しているのだ。午前二時にちがいないが、最初のベルが鳴り終わる前に相手は電話に出てくる。

「もしもし、ボグダン」エリザベスは言う。

「もしもし、エリザベス」ボグダンは言う。「どうしましたか？」

「ちょっと助けてほしいの。可能ならすぐに」

「OK、家ですか？」

「ボグダン、後ろで物音がするわ。誰かいるの？」

「テレビです」

「いいえ、テレビじゃないわ。でも、そのことは今はおいておきましょう。今、電話ボックスにいるの、場所はわからないけど、番号は01785　547541よ。それがどこか見つけだして、できたら迎えに来てもらえないかしら？」

ノートパソコンが開かれる音が聞こえる。

「スティーヴンはどこですか？　彼を見ている必要はありますか？」

「彼もいっしょにいるの」エリザベスはスティーヴンの口に受話器をあてがう。

「やあ、相棒」スティーヴンは言う。「迷惑をかけてすまない。きみは迷子二人を抱えこんだわけだ」

「問題ないです。エリザベスに代わってください」

エリザベスがまた電話口に出てくる。

「わかりました。あなたたちはスタフォードシャーにいます。スタフォードシャーって聞いたことがありますか？」

「もちろん聞いたことはあるわ。できたら来てもらえないかしら？　とても寒いの」

「すでに服を着ています」

「ありがとう。どのぐらいかかるか見当はつく？」

ボグダンはちょっと黙りこむ。「グーグルだと三時間四十五分です。だから、おれは二時間三十八分で着きます」

「そこに誰かがいる物音がするわ、ボグダン、ほぼ確実に」

「回線のせいですよ。そこから動かないでください。できるだけ早く行きます。何か持ってきてほしいものはありますか？」

エリザベスはちょっと考えこむ。ヴィクトル・イリーチ、バイキング、ジョイス。すでに計画はちゃくちゃくと進行中なのか？　たぶんそうなのだろう。

「ええ、お願い」彼女は言う。「お茶を詰めた水筒と銃を持ってきてくれる？」

15

マイク・ワグホーンは暗くなった編集室で革張りの回転椅子にすわっている。吸いたくてたまらない煙草みたいにペンを手にしている。しかし、誰も彼もが高解像度テレビを持っている現在では、吸うわけにいかない。喫煙すると老化が激しくなるからだ。

目の前にはテレビモニターがずらっと並び、モニターの前には、エアバス380にあってもおかしくないようなコントロールパネルがある。最近、マイクはエアバス380のシミュレーターで飛んだばかりだ。ガトウィック空港でのデルタ航空主催の一日見学会で司会を務めたのだ。結局、いいところを見せようとして、アドリア海に機体を墜落させてしまった。

目の前のスクリーンにはベサニー・ウェイツの顔が大写しになっている。フィオナ・クレメンスといっしょにキャスターを務めたベサニーの追悼番組を見直しているところだ。自分のクイズ番組を持ち、広告に出て、雑誌の表紙を飾るフィオナ。最近は自身のダイエット本まで出版した。しかし、二〇一三年の二人を画面で見てみるがいい。マイク・ワグホーンは有名人、フィオナ・クレメンスはプロデューサーに実力以上の抜擢をされた新人キャスター。

フィオナはベサニーのファンではなかった、それはまちがいない。公平に言って、その反対だった。二人はよく大げんかをしていたものだ。長年のあいだにマイクはそれについて何度か考えたものだ。フィオナがベサニーを殺した可能性はあるだろうか？　突飛な考えだが、ベサニーの死によってフィオナは大ブレイクしたのだから、わかったものではない。テレビはもっとも順調にいっているときですら、生き馬の目を抜くような業界だ。先日の夜以後、さらにショートメッセージを遡《さかのぼ》ってみた。ベサニーの仕事場には匿名のメモがいくつも置かれていた。「すぐ辞めろ」「誰もおまえがここにいるのを望んでいない」「みんな、おまえを笑いものにしている」まるで学校のいじめのようだ。だが、そうではなかったら？　フィオナが書いたものなのか？　そして、フィオナでなければ、誰からなのか？

《サウス・イースト・トゥナイト》にベサニーが出演していた時代の映像素材《クリップ》がたくさんある。おもにアクション場面で、編集によって見栄えがするような映像だ。ケント州でいちばん大きいジェットコースターに乗っているベサニー、ブライトン・センターの楽屋でベサニーを口説いているトム・ジョーンズ、ドバイの摩天楼のてっぺんにいるベサニー、美容整形でひと財産築いたファヴァシャムの女性にインタビューしているベサニー、ディールの小学生たちにプールに突き落とされているベサニー。

しかし、本当の思い出は、映像を編集したハイライトではなく、ベサニーが仕事をしているのを見ていた静かな午後のものだ。ネタを見つけ、それを語る彼女のスキル。ちょっとしたジョーク、プライベートでの表情、毎晩「オンエアまで五秒前」のときに握りしめている手。「食堂で何か買ってくる、マイク？」「いや、けっこうだ、ベス、健康に気を遣っているんでね」という毎日のやりとり。そして、必ずツイックス（バタークッキーをカラメルとチョコレートでくるんだチョコバー）を彼に持ち帰ってきた。ジェットコースターでもなく、摩天楼でもなく、ささやかな瞬間の積み重ねが、知人を友人に昇格させるのだ。

マイクは泣くのがむずかしい。というのも、医師が技術をちゃんと習得しないうちにボトックスの治療を始めてしまったので、涙腺がふさがってしまったのだ。しかし、そこに涙がたまっているのはわかるし、それは歓迎すべきことだ。ベサニーがいたからこそ、涙は存在しているのだから。

本当にこの〈木曜殺人クラブ〉を信用してもいいのだろうか？　操られているという妙な感じはするが、とてもわくわくするし、しばらく調子を合わせてもいいのでは？　あの連中に実際のところ何ができるのか見届けてみよう。

目の前の映像を停止する。ベサニーの顔。それは微笑ではなく、笑いだ。その静止画は冷静な決断を浮かべ、まっすぐこちらの目を見つめている。画面の日時を調べ、それがベサニーが死ぬ一週間前だと気づく。

過去を遡れば、当然すべてが予測できる。ベサニーの顔を見ているマイクは、その一週間後に彼女が死ぬことを知っている。顔を近づけ、彼女の目を凝視する。その目は知っていたのか？　今になってみると知っていたにちがいないと思う。いったい彼女は何に巻き込まれてしまったのだろう？

編集室のドアが開く。

「ここにいると思ったわ」ポーリンがお茶のカップをふたつ持って入ってくる。

「自分に思い出させたかったんだ」マイクは言う。「ベサニーがただの物語ではなくて、現実の人間だったことを」

ポーリンはうなずく。「あなたが彼女を愛していたのは知っているわ」

「彼女ならありとあらゆることができただろうね？　野心にあふれ、アイディアにあふれていた」

「わたしたちを置いていきたかったのかしら、ちがうわよね？」

「きみはそう願いたいんだろう」マイクは言う。「彼女宛てのメモのことを覚えているかい？『誰もおまえがここにいるのを望んでいない』デスクの上やフロントウィンドウや、あちこちに置かれていただろう？」

ポーリンは首を振る。「お茶を淹れたわ」

「ありがとう。だけど、何があったんだと思う？　本当は何があったのかという意味だけど」

ポーリンは片手をマイクの手に重ねる。「それは永遠に解き明かされないってわかってるはずよ、マイク？　その覚悟をしなくてはならないのよ、でしょ？」

マイクは画面のベサニーの顔にもう一度目を向ける。その目をのぞきこむ。いずれちゃんと見つけるよ。

ポーリンはバッグを開く。「いっしょにもう少し観ない？」

マイクはうなずく。

ポーリンはバッグからツイックスをひとつ取り出すと、彼のお茶のカップの横に置く。

16

ダーウェル刑務所の再勾留された囚人たちは、たいてい独房に一日最大二十三時間まで入れられている。コニー・ジョンソンは夜の散歩で鍵のかかった独房のドアを通り過ぎながら、なんて非人間的で非生産的なのだろう、と考える。

スチールの通路をヘザー・ガーバットの独房めざして歩いていくと、看守の一人が帽子を持ち上げて挨拶する。プラダのローファーの靴音がだだっ広い建物に反響する。

コニーはノックすると、返事を待たずに独房のドアを開ける。ヘザーはコニーが思っていたとおりの人だ。黒髪は灰色になりかけ、肌はたるんで青白いが、ボトックスをちょっと打てば治せるはずだ。お望みなら、ここまでやって来て治療してくれる人をコニーは知っている。

ヘザー・ガーバットは金属製デスクの前でプラスチック椅子にすわっていて、不機嫌そうな目つきでコニーを見上げる。ショックも驚きもない。囚人の生活は予想外の訪問と不愉快な邪魔で成り立っているのだ。少なくとも、ふつうの囚人の生活は。コニーはドアベルをとりつけている。

「お金はないよ」ヘザーは言う。「煙草も持ってない。あんたの必要なものは何もないと思うけどね」

コニーはベッドの下段にすわる。「お金が欲しいの？　煙草が吸いたい？　よかったら用立てられるよ」

ヘザーがこちらを品定めしているので、これは簡単にはいきそうにないと気をひきしめる。初対面の人はたいていの場合、コニーを愛想がいいと思う。おもしろい人だとも。しかしヘザーは刑務所に長くいるので、コニーの危険さも嗅ぎつけられるようになっている。だから、用心しているのだ。それは当然だ。ヘザーの立場だったら、コニーだって怯《おび》えただろう。

「何もほしくないの、ありがとう。平穏と静けさだけで」

「挨拶したらすぐ行くよ。何を書いてたの？」コニーはたずねて、デスクの方に首を伸ばす。

「別に」とヘザー。

「あたしはコニー・ジョンソン」コニーは名乗る。立ち上がってヘザーの背後に歩いていくと肩をもみはじめる。「いい友人か、ぞっとする敵か。でも、あんたは幸運だよ。だって、あんたとあたしは友だちになるんだから。ところで、すごくガチガチに凝ってるね」

「お願い、あたしは何も持ってないよ」ヘザーは椅子の中でもっと小さくなり、消えてしまいたがっているようだ。

コニーはマッサージをやめ、独房の中央に戻る。「誰だって何かしら持っているもんだよ、ヘザー。あんたは詐欺でパクられたんだろ？　十年か。大がかりな詐欺だったにちがいないね」

「たしかに」

「お金も返さなくちゃいけないんだよね？」コニーはたずねる。「二年ぐらい少なくなるの？　犯罪収益法だっけ？」

「返せって言われたよ。だけど、収益なんてなかったんだ」

「だろうね」コニーは笑う。「だけど、もうじき出られるんだよね？」

ヘザーはうなずく。

「出られるのはうれしい？」

「夜、ドアに鍵をかけてもらえたらうれしいね」ヘザーは返す。

コニーはヘザーの独房を見回す。壁には家族の写真が一枚もない。デスクには刑務所図書館の本が数冊。一冊は『Ｓｍａｌｌ　Ｐｌｅａｓｕｒｅｓ（小さな喜び）』という本で、表紙にオレンジがいくつか描かれている。コニーは自分の独房の薄型テレビのことを思い浮かべる。それにミニバーも。

「あんた、すごく愉快な人だね」コニーは言う。「今度は元気が出るものを持ってくるよ。何が好き？　チョコレート？　男？　酒？　何でも手に入れられるよ」

「コニー、あたしは放っておいてもらいたいんだよ。それをかなえてもらえない？」

「もちろんだよ。すぐにあんたを一人にしてあげる。ただ、ひとつ質問したいんだけど」

「どこに金を隠したか？」

「ううん、金の隠し場所じゃない」コニーは言う。「だけど、どこに隠したんだい？」

「金はない。だから、まだここに入れられてるんだよ」

コニーはうなずく。「その説明で通しているんだね、やるじゃん。ううん、あたしが訊きたいのはもうひとつの方だよ、ヘザー」

ヘザーは床を見つめる。「いやだ」

「ねえ、顔を上げて、仲間同士だろ。あたしを見て」

ヘザーはコニーを見上げる。

「ヘザー、あんたがベサニー・ウェイツを殺したの？」

「それについては話せない」

「つまり、やったってこと、それともやってないってこと？」

「その件はあんたに話せないってことだよ。だいたい、たずねるなんて面《つら》の皮が厚すぎる」

コニーはヘザー・ガーバットを見る。床を見つめ、肩を丸めている。どうしてこの女の心をつかめないのだろう？　相手が自分の魅力に屈しないと、コニーは激しい怒りをかきたてられる。どうしても許せないのだ。コニーは泣きはじめる。案の定、ヘザーは顔を上げる。

「お願い、ここで泣かないで」ヘザーは言う。「涙はうんざりするほど見てきたんだから」

「ごめん」コニーは涙をふこうとする。「あんたを見てたら、ママのことを思い出しちゃってさ。しかも、去年亡くなったんだよ」

ヘザーはコニーを見て、首をごくかすかに振ると肩をすくめる。「そういうことで嘘をついちゃだめだよ、コニー」

コニーはたちまち泣き止んで、ため息をつく。「わかったよ。友だち同士になる必要はないけど、あたしは仕事を頼まれたから、それをちゃんとやりたいんだ。だから、教えて、そうすればもうおしまいにするから。ベサニー・ウェイツはジャーナリストだった。彼女はあんたたちがやっていることを探りだした。つまり、きれいなオフィスにすわって悪事を働き、何百万も儲けているってことをね。それを公表しようとしていた矢先に、何者かに崖から車ごと突き落とされた。あんたにはそれがどう見える？」

ヘザーはほんの少しだけ肩をすくめる。

「ねえ」コニーが言う。「あんたは彼女を殺して――」

「ちがう」

「それとも、やったやつを知ってるの？」

この質問にはノーと言わない、とコニーは気づく。

「ベサニーを殺したのが誰だか知ってるんだね？　誰かをかばってるの？」

「頼むよ」ヘザーは静かに言う。「命が危ないんだ」

「あたしといっしょなら安全だよ、プリンセス。どうして誰かをかばってるんだい？　何か弱みを握られてるの？　あんたの代わりにそいつらを殺してやってもいいよ、どう？」

ヘザーは長いこと黙りこんでいる。それから立ち上がると、ドアに歩いていって開ける。廊下の先の看守に叫ぶ。「ミスター・エドワーズ、独房に人が入ってきてる。脅されているんだよ」

コニーは足音が金属製の階段を上ってくるのを聞きつける。ヘザーはゆっくりと室内に戻っていき、またすわる。

「悪いけど、あんたには帰ってもらうしかないんだ」

外の足音が戸口まで来て、看守が現れる。「よし、さあ、戻って……あれ、コニー、あんただったのか」

「こんにちは、ジョナサン。友人のヘザーをちょっと訪ねてきただけなんだ」

「そうか」ジョナソンは言う。「じゃあ、ドアを閉めて、二人きりで静かに過ごさせてあげるよ」

ドアが閉まり、コニーはヘザーに向き直る。「ねえ、試してみる価値はあるよ。いいから教えてよ、ヘザー。あんたが犯人みたいに思われてるけど、殺人者には見えない。それに証拠がひとつもない。となると、どういう話になる？　あんたのボスがやった？　ジャック・メイソンが？　一度、彼にパーティーで会ったことがある。駐車場で誰かが彼を刺そうとしてたっけ」

ヘザーは長々と考えこんでいる。

「ここだけの話だよ、ヘザー」コニーは片手をヘザーの肩に置く。「誰にも知られることはない。誰をかばってるの？　ジャック・メイソン？　彼が怖いの？」

「あんた、仕事を頼まれたって言ってたよね？」

コニーはうなずく。

「誰に？」

「あんたが心配する必要のない相手だよ」

「あたしが誰を心配する必要があるか、あんたに言われたくないね」コニーはうれしくなる。ようやくヘザーは本心を少しだけ見せはじめている。

「そうだね、もっともな言い分だ。ヘザー、よく聞いて、あたしはとても頑固な人間なんだ」

ヘザーはうなずく。

「だから、あんたの刑期のあいだじゅう、毎日ここに来るよ、あんたが話すまでね。誰がベサニー・ウェイツを殺したの？」

「毎回、同じ答えを聞くことになるよ」

「あたしは辛抱強いんだ。それに、次は何か持ってくるよ。キットカット？　コーク・ゼロ？　銃？」

ヘザーは初めて小さな笑みを見せる。そうこなくっちゃ、とコニーは思う。やっとだ。

「あたしは編み物が好きなんだ」ヘザーは言う。「名づけ子に赤ん坊が生まれたばかりでね。何か編んであげたいんだけど――」

「だけど、あんたに編み針を持たせてくれない？　無理もないけどね。男の子、それとも女の子？」

「男の子」ヘザーは答える。「よりによってメイソンって名前」

「すぐに一式届けさせるよ、青い毛糸や何やかや全部そろえて。明日、どのぐらい編めたか見せて」

「ありがとう。人を信じるのがむずかしくてね。時間がかかるんだよ」

「まあね、あたしのことは絶対信じちゃだめだよ。だけど、あたしたち二人とも、時間はたっぷりある。しょっちゅう顔を出すよ。仕事を片付けたいんだ」

コニーは帰ろうと立ち上がる。片手を差しのべると、ヘザーはその手をとり握手する。

「またあんたに会えるのをすごく楽しみにしてるよ、コニー。ただし、あんたが知りたがっていることを話すつもりはないけどね」

「ま、それについちゃ、おいおいってことでさ」コニーは言うと、別れ際に小さくウィンクをする。

17

木曜日。ジグソー・ルーム。

「だけど、あなたの部屋の明かり、一晩中消えていたわよ」ジョイスが言う。

「大げさなこと言わないで」エリザベスは応じる。バイキングにどう対処するか決めたら、誘拐についてジョイスに打ち明けるつもりでいる。それまではベサニー・ウェイツの殺人事件という気晴らしがあるのでありがたい。

「大げさなんかじゃないわ。いつもとちがっていたっていうだけ。スティーヴンは大丈夫なの？」

「ロマンチックな夜を過ごしていたのよ。バスルームにキャンドルを灯して、早めに寝たの」

ジョイスはそれを信じていないが、とりあえずこれで矛先をかわせそうだ。いずれ話さなくてはならないだろうが。さて、仕事だ。

「それで、どういう情報を持ってきてくださったの、ミスター・ワグホーン？」

マイク・ワグホーンとポーリンがジグソー・ルームに来ている。ポーリンはマイクのグラスにワインを注ぎ足す。

「ちょっと思い出したことがあってね」マイクは言う。「何者かが、ベサニーに何枚もメモを送ってきていたんだ。ロッカールームに置かれているようなやつだったから重要じゃないかもしれないが」

「いじめね」

「おれはいじめには我慢ならないな」ロンが言う。

「それで、誰がやったのかわかったのかい?」イブラヒムがたずねる。

「いや。ベサニーはただ笑い飛ばすだけだった」マイクは言う。「その件を何度かメッセージで伝えてきたが、結局、真相を探ろうとはしなかった」

「そのメッセージはまだ保存している?」エリザベスがたずねる。

「もちろん。彼女のメッセージは永遠に保存しておくつもりだよ」

「わたしも同じよ」ジョイスが言う。「ゲリーが《ラジオ・タイムズ》に手紙を掲載されたことがあったから、ずっと保存してあるの」

マイクはスマートフォンをスクロールしている。

「手紙は《女刑事キャグニー&レイシー》についてだったの。まるでゲリーらしくなかった」ジョイスが話を続ける。

マイクはベサニーのメッセージを見つけて読みあげる。「『今日またメモがあったの、スキッパー。

バッグに入っていた。〝辞めないなら、辞めさせてやる〟』いつもそんな感じの文面だったよ。〝出ていけ。みんなおまえを嫌っている〟とか。学校での嫌がらせみたいだったが、真相はついにわからなかった。それに、当時は警察に言うようなことじゃないと思ったんだ」

「フィオナ・クレメンスってことはあるかしら?」ジョイスがたずねる。「そうじゃないといいけど」

「ポーリン、何か心当たりはある?」エリザベスが訊く。

「そのメモのことすら覚えてないわ」ポーリンは答える。

ジョイスは片手をマイクの腕に置く。「ワインのお代わりは、マイク?」

「ああ、頼むよ」マイクは言い、ジョイスはお代わりを注ぐ。

「あとでニュースを読むんだよな、マイク?」ロンがたずねる。

「ワイン三杯じゃ、マイクはニュースを読めなくならないわよ」ポーリンは言う。「いつものをやって、マイク」

マイクは体を起こし、ピンと背筋を伸ばすと、ロンの目をじっと見る。「一方、軍事作戦はボスニア=ヘルツェゴビナで続いており、セルビアの分離独立派の報道官は利害関係のある仲介者たちとともに武力介入にのりだしました」

ロンはグラスを持ち上げる。「この男に乾杯だ」

「ありがとう、ロン」とマイク。

「わたしが彼をしっかり鍛えたのよ」ポーリンが言う。

「ええ、みんな、すごいわ」エリザベスが言う。「だけど、先に進めてもいいかしら。わかったことを正確におさらいしましょう」

ジグソー・ルームは最近改装されていた。少なくとも一方の壁だけは。そこは「飾り壁」と呼ばれていて、ダックエッグブルーという緑がかった薄青色に塗られていた。ジョイスのアイディアだった。テレビでやっているのを見て、アメニティ委員会に提案したのだ。コストと審美眼の両面から反対意見が出たが、エリザベスがその連中を黙らせた。ジョイスが飾り壁をほしいなら、ジョイスに飾り壁を手に入れさせるまでだ。

本当にとても見栄えのするその壁は、現在、写真や書類で覆われている。ベサニー・ウェイツの写真と、シェイクスピア断崖の下にあるつぶれた車。粒子の粗い交通監視カメラの写真。写真の周囲には財務書類。イブラヒムによってきちんと時系列に整理され、プリントアウトされ、ラミネート加工されたものだ。以前はこうしたものをジグソーテーブルに並べていたが、最近になって、跡を残さずに壁に貼ったりはがしたりできる粘着テープをジョイスが導入した。エリザベスはこの方がずっと好みだった。多くの幸せな時間を過ごした場所、あの重大事件室を思い出させるからだ。

「彼女だけにしか、あるいは殺人者だけにしかわからない理由で」とエリザベスは説明をする。「ベサニーは部屋を出ることにした。建物のロビーにある防犯カメラには午後十時十五分に彼女が映っている。

そして数分後、建物の正面を彼女の車が通り過ぎるのが見える」

「それから、車は消えてしまったように思える」イブラヒムが言う。「数時間行方不明になり、ようやく現れたのは午前二時四十七分、シェイクスピア断崖からおよそ一・六キロの地点だ」

「つまり、車で四十五分の道のりを四時間以上かかったということね」エリザベスが説明する。

「ということは」とイブラヒム。「途中でどこかに立ち寄ったにちがいない。誰かに会うため、何かをするため、もしかしたら死ぬために。それから断崖の近くでまた交通監視カメラにとらえられていて、そこでは一人ではなく二人の姿が車内にあるように見える」

「ただし、とてもぼやけているけどね」とポーリンが言う。「客観的に言えば」

「翌朝」とエリザベスは言いながら、ポーリンの口出しを心に留める。「ベサニーの車は断崖の下で発見された。彼女の遺体はもう車内にない。でも、さほど意外ではないわね。運転席に死体がすわっているジープを採石場で押す羽目になったことがあるけど、たちまち死体がポーンと車から飛び出したから」

「どうしてジープを――」とマイクが言いかける。

「時間がないの、ミスター・ワグホーン、ごめんなさい」エリザベスは言う。「この部屋から出るのが一分でも遅れたら、フランス語会話クラスの連中にギャーギャー文句を言われるわ。ベサニーの血痕と、彼女が最後に着ていたのが目撃された服の切れ端だけが壊れた車から見つかる。千鳥格子のジャケットと黄色のパンツよ」

「ただ、ひとつ問題があるわ」ポーリンが言う。「黄色のパンツに千鳥格子のジャケットを合わせる人なんている？」

エリザベスはちらっとポーリンを見る。だめを出すのはこれで二度目だ。

「彼女の遺体はとうとう発見されなかった」イブラヒムが先を続ける。「たいてい、どこかの岸辺に打ち上げられるんだが、必ずというわけではない。彼女の銀行カードと銀行口座はそれっきり使われていないし、この事件の前にも口座に目立った動きはなかった。姿を消すのに備えて、お金を貯めこんでいたわけではなかったようだ」

「その秘密はヘザー・ガーバットの財務記録で見つかるかもしれない」エリザベスが言う。「コンサルタントと話したらすぐに、もっとわかるはずよ」

「彼女の言う〝コンサルタント〟というのは、わたしの娘よ」ジョイスが口を添える。

「で、今のところ、だいたいそんなところね」エリザベスがしめくくる。

「コニー・ジョンソンから何か言ってきたか？」ロンがイブラヒムにたずねる。

「役に立つことはまだ何も。編み物についてなにやら言っていたが、彼女のＷｉ－Ｆｉがひどく調子が悪くてね。そのことで内務省に文句をつけたようだ」

ドアがノックされる。少し早いが、〈木曜殺人クラブ〉のあとにジグソー・ルームを利用するフランス語会話の連中だろう。エリザベスはひとこと言ってやることにする。

18

クリスとドナは捜査本部の壁に貼られたフェアヘイヴンの地図を眺めている。

地図には、ベサニーのマンションの場所にピンが刺してある。さらにいくつかのピンは、彼女が死んだ夜にチェックされた交通監視カメラの位置だ。彼女の車はシェイクスピア断崖までひとつも監視カメラにとらえられていなかった。二人はフェアヘイヴンからのルートを割り出し、どこで停まった可能性があるかを探ろうとしているところだ。いったんフェアヘイヴンから出れば、監視カメラがないルートを選ぶのはとてもたやすい。裏道を使えばいいだけだ。しかし、町中では？　きわめて困難だ。

姿を消していた数時間にいったいどこにいたのだろう？　それに誰と会っていたのだろう？

「不可能だ」クリスが言う。「フェアヘイヴンには数えきれないぐらいのカメラが設置されている。ロザーフィールド・ロードかチャーチヒル・ロードまでしか行けないだろう。町を出てシェイクスピア断崖まで行くには、他のルートはないよ」

厳密に言うと、二人は全焼したミニバスで死んでいた男について調べているべきだった。しかし、まだ鑑識の報告を待っているところなので、朝のうちにベサニー・ウェイツの事件を検討しておくことにした。それにエリザベスに頼まれてもいた。エリザベスは多くの情報にアクセスできるが、フェアヘイヴンのすべての監視カメラの正確な位置までは把握できない。

ドナはベサニーのマンションから監視カメラを避けたルートを見つけようとしてみたが、角を曲がるたびに監視カメラがある。まるで出口のない迷路のようだ。「それで、カメラはすべて作動していたんですか？」

「今回ばかりはね」

「どうやっても」とドナは地図を指でたどっていく。「フォスター・ロードから先には行けません。彼女はそこを走ったにちがいないけど、そこからだと左折できないんです。それに右折するとカメラにぶつかります。なのに、どうやったんでしょう？」

クリスはパソコンのところに行き、フォスター・ロードのグーグル・ストリート・ビューを開く。

「地図には出ていない小さな抜け道がないか調べてみよう」

フォスター・ロードを移動していく。ほぼ住宅地で、道沿いには大規模な集合住宅、ヴィクトリア朝様式のテラスハウス、小さな商店街。見たところ抜け道はない。

「そこで止めてください」ドナが言う。今度は彼女がマウスを手にとり、画面の画像を回転させる。ジュニパー・コートという大きな現代的なマンションが現れる。建物の左側に地下駐車場の防犯格子に通じる傾斜路がある。

「建物の裏側に出口があるかどうか確認しておいた方がいいですね」ドナは言う。彼女は矢印をフォスター・ロード沿いに進め、ロザーフィールド・ロードに入り、監視カメラを通過し、ダーウェル・ロードに入る。その通りはジュニパー・コートの裏側を走っている。

「すごく操作が早いね」クリスが言う。

「ライトムーブ（オンライン不動産ウェブ）を何時間も見てますから。手が届かない家を眺めているんです」

すると、求めていたものがあった。ジュニパー・コートの裏側に。地下に通じる傾斜路。こちらには進入禁止の標識が出ている。地下駐車場の出口だ。

「駐車場を抜ければ、ロザーフィールド・ロードに右折でき、カメラに映らずにすむ」クリスが言う。

「それが唯一の方法だ」

「すると、ふたつの可能性がありますね」ドナが言う。「ひとつ、意図的にカメラを避けようとしていた。ただし、すべてのカメラの場所を知らなければ不可能です」

「あるいは……」クリスが口を開く。

「あるいは……」ドナがあとをひきとる。「その晩、ベサニー・ウェイツが会いに行った人物はジュニパー・コートに住んでいた」

「すると、それこそがわれわれの探している犯人だ」とクリス。

「ようするにベサニーは自分のマンションを十時十五分に出て、五分でフォスター・ロードまで行き、ジュニパー・コートの地下駐車場に入る。数時間後……」

「何者かといっしょに車に乗り……」

「……駐車場出口からダーウェル・ロードに出て、ロザーフィールド・ロードに右折し、まっすぐシェイクスピア断崖をめざす」

「われわれは天才だな」クリスは言う。「ジュニパー・コートまで行ってこよう。誰がそこに住んでいるか確かめるんだ」

「ええ──」

ドアが開き、テリー・ハレット警部補が紙を手に入ってくる。

「興味があるかと思いまして、ボス」テリー・ハレットは言う。「先日、この人物について聞いてましたよね？」

テリーはクリスに紙を見せる。これでジュニパー・コートは後回しにしなくてはならないだろう。彼はドナを見る。「計画変更だ。年配の友人たちに会いに行くことになりそうだ」

19

「あら、うれしい不意打ちね」ジョイスは言うと、クリスとドナをジグソー・ルームに招き入れる。

「元気そうね？」

「こんにちは、みなさん」クリスは挨拶する。

「みんなでワインとクッキーをいただいていたところなの」ジョイスが言う。「バーボン・クリーム・ビスケットには赤、ジャファケーキには白が合うわよ」

「ジャミードジャーズ・ビスケットはないんだ。頼んでおいたんだが」ロンは不満そうだ。

「今は遊べないの、アラン」ドナが言う。アランはドナが大好きなのだ。

クリスは椅子を引き、ドナも同じようにする。

「ずいぶん怖い顔をしているね、主任警部」イブラヒムが言う。「すごく悩んでいるようだ」

「とても大切な話をしなくてはならないんです」クリスは言う。「待って、あなたはマイク・ワグホーンですね！」

「ばれちゃったか」マイク・ワグホーンは手錠をはめられるときみたいに両手首をふざけて差しだす。

「どうしてこの人たちを——」クリスは言いかける。「いや、いいんです。当然、お知り合いでしょうね」

ロンはしぶしぶジャファケーキに手を伸ばす。

「きみはテレビに出たことがあるかな、クリス？」マイクがたずねる。「テレビ向けの外見をしているよ」

「ええと……その……いえ、ありません」

「わたしに任せてほしい」マイクは言う。

「あのう……わかりました」クリスは言いながらジャケットを脱ぎ、椅子の背にかける。「本気で？」

マイクはうなずく。「すばらしい髪をしている」

クリスは目下の問題にあわてて戻る。「大切な話をしなくてはならないんです」

「大切な話って、何についてなの、クリス？」エリザベスがたずねる。「あと七分半しかないんだけど」

「あなたたちはベサニー・ウェイツの死について調べてますよね」ドナが言う。

「慎重にとりかかっているところよ、たしかに」とエリザベス。「あなたたちの助けを借りて」

クリスは全員をぐるっと見回す。「ヘザー・ガーバットにも問い合わせをしていましたか？」

「というわけでもない」イブラヒムが言う。「ちょっと探りを入れてみただけだ。彼女は刑務所にいるのでね、知ってのとおり」

「他に言いたいことはありませんか？」クリスがたずねる。

「別にない」イブラヒムは言う。

「いやだわ、クリス」エリザベスが言う。「どうして叱責されているような気がするのかしら？　今まさにフランス語会話クラスの人たちが廊下にいるのが聞こえるわ。絶対に連中を待たせることはできないわよ」

クリスはひと呼吸おく。心を落ち着ける。

「今朝六時に、ヘザー・ガーバットが独房で死んでいるのが発見されました」

全員がショックをあらわにする。ポーリンは片手をマイクの腕におく。

「メモが残されていた」クリスは言う。「デスクの引き出しに」

「自殺？」ジョイスが言う。「どうして彼女は――」

ドナはノートに視線を落とす。

「こう書いてあります」ドナは言う。「『あいつらはあたしを殺すつもりだ。今はコニー・ジョンソンだけがあたしを助けることができる』」

第二部　新しい友人たちに乾杯

20

「おたくのエリアでは障害はまったく認められないのです。ですから、こちらでできることはあまりありません」

ヴィクトル・イリーチはうなずく。「わかるよ、わかる。しかし、テレビがね、映らないんだ。だから、わたしがどういう状況にあるか想像がつくだろう?」

電話の向こうの若い男はイライラしてきたようで、あきらかに、この知的な攻防にうんざりしている。

「何度も申し上げているんですが、ミスター・イル……ミスター・イル……」

「イリーチ」ヴィクトル・イリーチは教えてやる。

「ええ、そうでした」声はしゃべり続ける。「こう申し上げているんです。こちらのシステムに関する限り、ちゃんと作動していると。それから今日、エンジニアを派遣することはできません」

「え、今日はだめなのか？　今日はテレビなし？」

しかし、《ブリティッシュ・ベイク・オフ》（料理コンテスト番組）は今夜だ。しかも、準決勝なのだ。ヴィクトルは床から天井まである窓の向こうに広がるロンドンのスカイラインを眺める。こちらからは見えるが、誰もこちらをのぞけない。おかげで老いた元諜報員はとても幸せに過ごしている。

「ええ、今日は無理です。ヴァージン・メディアのアプリにログインしていただければ――」

「アプリはない」ヴィクトルは言う。「わたしはヴァージン・メディアのために仕事をしているんじゃない。きみたちに金を払って仕事をしてもらっているんだ」

「ええ、わかっています。インターネットでもできますよ。アカウントにログインして、〝エンジニアを予約〟のページを見つけて、次にご都合のいい日付を選んでください」

「OK、次に都合のいい日は今日だ」ヴィクトルはテラスを見る。彼のペントハウスから、建物と建物のあいだに浮いているプールが見える。それがお披露目されたとき、かなりの物議をかもした。地上三百メートルの宙に浮いているプールだって？　ヴィクトルはめったにプールを使わない。今、プールにいるのはサウジアラビアの王女一人だけだ。彼女は自撮りしている。実際に泳ぐ人は一人もいない。それには寒すぎる。

「申し上げているように」と電話の声は言う。「今日は不可能です」

「〝不可能〟とはだいそれた言葉だな」ヴィクトルはソファに両脚をのせてすわり直す。KGBで働いていたとき、彼はあだ名をつけられていた。〝銃弾〟だ。誰かを尋問したければ、必ず二人の諜報員を派遣するのが基本的な手順になっていた。「いい警官、悪い警官」とイギリスでは呼ばれている。たいていの場合、それで求めているものを手に入れられた。ときには拷問もしたが、ヴィクトルは拷問にはいまだかつて賛成したことがない。拷問では何も得られない。たしかに相手はしゃべるだろうが、それが真実かどうか知る術はなかった。大半の人間は歯や指の爪を守るために、あるいは電流を流されないために何かしらしゃべった。

「ええ、まあ、それはそうですが……」

しかし、どうしてもしゃべろうとしない、落ちないときがあった。どんなことをしようとも。どんなに口を割らせようとしても。そういうときには、モスクワに呼び出しがかかる。〝銃弾〟を寄越せ。ヴィクトルにはある手法があっただけだ。彼には独自のやり方があった。

「わたしは老人なんだよ」ヴィクトルは言う。「一人で暮らしている」ブランデーをグラスに注ぐ。

「それは充分に理解しています、ですが――」

「それなのにパソコンだと？ そういうものはよくわからないんだ」ヴィクトルはペンタゴンにあるIBMのメインフレーム・コンピューターにロシア人で初めてハッキングした男だ。

「やり方は簡単です。そこにパソコンがあるなら、お教えしますよ」

ヴィクトルのテクニックはいつも同じだ。部屋に入っていき、すわって、よもやま話をする。親密さを築く。ときには血をふいてやり、煙草に火をつけ、相手と意見の一致するところを探す。

「きみは息子のアレグザンダーみたいだよ」ヴィクトルは言う。KGBは結婚を推奨していたが、ヴィクトルは一度も結婚したことがないし、子どもも一人もいなかった。KGBは家族を持つことを、すなわち取引材料となるもの、亡命に誘われてもロシアに引き留める足かせとなるものを持たせたがっていた。彼の人生には多くの女性たちがいた。愉快で勇敢で美しい女たち。しかし、ヴィクトルの人生は嘘で塗り固められていて、嘘のあいだで愛は花開かない。愛でないなら、ヴィクトルは関心がなかった。

今はもうゲームから下りた。もはや遅すぎる。

「きみはたぶん二十一かな？　二十二歳ぐらい？　名前は何だね？」

「ああ、デイルです」声は言う。「二十二歳です。手順をご案内しましょうか？」

「きみは大学を卒業したのかい、デイル？　もしかしたら行かなかったのかもしれないな？」ヴィクトルはたずねる。ヴィクトルは人が好きだし、相手にできるだけのことをしてやりたいと思っている。最近は弱点だとみなされているが、長年にわたりそれは彼の最大の強みだった。

「ぼ、ぼく、大学にいたんですけど、退学しちゃって」デイルは言う。

「孤独のせいかい？」ヴィクトルはたずねる。相手の声にそれを聞きとることができる。「友だちを作るのがむずかしかったのかな？」

「あの、この通話は五分以下で終えなくちゃいけないんです。さもないと報告されるんですよ」とデイル。

「報告なんてしじゅうあるものだ。わたしはたくさんの報告書を書いてきたが、誰も見やしない。で、大学では友人がいなかったのかい？　わたしも二十二のときはとても内気だった」

「えっと、そうなんです、ええ」デイルは言う。「どこから始めたらいいかわからなかったんです。それでまいっちゃって。あの、ホームページを開いてますか？」

部屋に入っていくと、青年がぐったりと椅子にすわりこんでいることがある。シャツは血まみれで、腫れた目を閉じている。だから、とにかく心を通わせなくてはならなかった。すべての尋問が会話だ。会話は自分と相手のあいだでおこなうものだ。何かがほしくても、それを無理やり奪うことはできない。相手の方から差しだすように仕向けなくてはならないのだ。

「わたしも同じだった、何十年も昔の話だが」ヴィクトルは言いながら窓の外に目を向ける。サウジアラビアの王女はもうプールから消えている。今は青年が水を眺めている。ヴィクトルは彼を知っている。ラジオ番組のＤＪで、いつだったかヴィクトルの荷物を運ぶのを手伝ってくれた。ヴィクトルは彼に好感を持ち、その番組を聴こうとしたことがあった。青年の熱意をけなす気にはなれないが、彼向けではなかった。電話をかけてきたリスナーがフランスの首都を知っていたので、千ポンドあげたのだ。しかも、三択問題だ。「きみ以外のすべての人間が人生の極意を会得していると感じたんだろうね。でも、きみはどこかでそれを学びそこなったと思っている」

「そうなんです」ディルは同意する。「あの、ホームページを開いているなら、ぼくがご案内を――」

「わたしはいまだにそう感じているよ、ディル。生き方を知っている人々。彼らはダンスができるし、何を着たらいいのか心得ているし、どう髪をカットしたらいいかも知っている。わたしはその一人じゃない。きみはどうだ？」

「ちがいます」

「だが、それは一過性のものだ。やがて通り過ぎていき、きみはきみ自身になる。きみはかつて少年だった。今は大人にならなくてはならない。それは簡単にはいかない」

「そのとおりです」ディルは言う。「父さんが出ていって、ぼく、そのあとずっと寂しかったんです。以前はいっしょにいろいろなことをしていたから」

「きみは一人で泳いでいるんだ、ディル。誰もがそうだ。しかも向こう岸に着くまで泳ぎ続けなくてはならない。回れ右して、戻ってくることはできないんだ」

「戻れればいいんですけど」とディル。

「それは選択肢にないよ。本当はわたしみたいな老人と電話で話す仕事はしたくないんだろ、ディル――ちがうか？」

「たしかに。悪く思わないでください」

ヴィクトルは高い声でカラカラと笑う。「気にするな。何をしたいんだね？」

「わかりません」

「いや、わかってるよ」

「動物相手の仕事がしたいんです、たぶん」

「じゃあ、そうなるだろう」ヴィクトルは言う。「いずれきみは動物相手の仕事をするだろう。ただし、待たねばならない。しばらく、この仕事を続けなくてはならないかもしれない。きみのさまざまな部分がひとつになって落ち着くまで、待つんだ」

「そう思いますか？　すでに人生に失敗しちゃった気がしていて」

「きみはまだ若い。それに、聡明で親切なことは話していてわかる。歳月を重ねれば、人はダンスやヘアカットについてよく知っている人間よりも、聡明で親切な人間を求めていることがわかるだろう」

「じゃあ、ただ――」

「ただ、辛抱して、他人に示すのと同じやさしさを自分にも与えてやりたまえ。それはむずかしいし時間がかかるが、練習すれば上手にできるようになるよ……さて、この手順とやらを踏んで、エンジニアに来てもらえるかどうかやってみようか」

電話の向こうは沈黙しているので期待がふくらむ。「あの……」ディルは口を開く。「本当はいけないんですけど『緊急』ってフラグをあなたのリクエストにつけることができるんです。すると、順番待ちの列の先頭になれます」

「いや、きみがやっかいな目に遭うのは困るよ」ヴィクトルは言う。今年の《ベイク・オフ》にはキーウ出身のヴェラという女性が出ているので、いつもよりも多く賭けに投資している。

「身体的に弱っているか有名人のときだけ、そうしてもいいことになっているんです。あなたはそのどちらかに当てはまりますか？」

「わたしの見地からだと、両方だな」

「OK」ディルは言い、キーをたたく音が聞こえてくる。「九十分以内に誰かがそちらに行きます」

「ありがとう、ディル」

「いいえ、こちらこそ。話を聞いていただいてありがとうございました」

結局、最後にはこうなるのだ。人は常に何かを言いたくてうずうずしている。だから、こちらは相手に話をさせるだけでいい。

「どういたしまして」ヴィクトルは言う。「それから幸運を祈るよ――幸運はきみの目の前にあるからね」

ヴィクトルは受話器を置く。鏡に自分の姿が映る。その禿げた頭は肩幅に対して大きすぎる。牛乳瓶の底のような眼鏡も顔に対して大きすぎる。愛せるようになった顔。自分の顔に失望したら、いずれそれが顔に現れる。

ヴィクトルのパソコンがピンと鳴ってメールの受信を知らせるので、振り向く。

ヴィクトルは複雑な通知システムを設定している。毎日のメール、そこには当然《ガーデナーズ・クエスチョン・タイム》のニューズレター、〈ウェイトローズ〉のお勧め品なども含まれる。それから異なるクライアントには異なるサウンド、緊急度合いに応じたサウンドを割り振っている。きわめて特別なメールアドレス、たとえば重要なコロンビア人クライアントや短気なコソボ人のものもある。ヴィクトルはざっと百二十ほどのメールアカウントを持っていて、ひっきりなしに変えている。しかし、クライアントそれぞれのサウンドは同じままだ。

誰にも教えていないメールアドレスにも、通知が設定してある。そのアドレスは一連のセキュリティのために、ダークウェブの奥に隠してある。事実上、それは初期警告システムなのだ。そのメールアドレスが発見されることがあれば、セキュリティに不正アクセスされたことがわかる。だとしたら、彼はトラブルに陥っているというわけだ。

秘密のメールのアラートは銃声だ。ヴィクトルのちょっとしたおふざけだ。銃弾のための銃声。

今、ヴィクトルの部屋に銃声のアラートが鳴り響いている。ヴィクトルは眼鏡を鼻の上にずりあげる。

スカイラインを見る。何が？　誰が？　プールではラジオのＤＪまでが自撮りしている。

ヴィクトルは煙草に火をつける。その手がかすかに震えていることには、しばらく凝視しなくては気づかないだろう。

メールを開く。二枚の写真が添付されている。

21　ジョイス

ヘザー・ガーバットは殺されてしまった。

詐欺師の方よ、ホッケー選手じゃなくて。

独房で発見されたのだけど、とても残虐な方法で殺されていた。クリスは詳細を語ろうとしなかったけれど、編み棒が使われたようだ。

引き出しのひとつにメモが残されていた。


あいつらはあたしを殺すつもりだ。今はコニー・ジョンソンだけがあたしを助けることができる。


それはふたつのことを語っているように思える。

ヘザーは殺された。だけど誰に、そして何のために？　わたしたちが調査を始めた直後にこういうことが起きたのは偶然なの？

　そしてコニー・ジョンソンは情報を持っている。だけど、どんな情報？

　エリザベスはイブラヒムにもう一度ダーウェル刑務所に行き、「今度はもっと徹底的にやる」ように提案した。彼はそのことをこれ以上ないほどよく理解していた。

　当然、もうひとつの疑問が生じる。ベサニー・ウェイツを殺したのが誰にしろ、その犯人がヘザー・ガーバットも殺したのか？

　ロンは言った。「コニー・ジョンソンがヘザーを殺したんだったら？　彼女には当然機会があったということには賛成するだろ。しかし、その動機は何だったんだろう？」

　考えなくてはいけないことがたくさんある。まさにわたしたちの好むところだ。

　クリスはマイク・ワグホーンに会えて興奮し、帰り際にこう言った。「覚えていないでしょうけど、以前、あなたをアルコール検査したことがあるんです。まったくのしらふでしたけどね」マイクはお仕事ご苦労さまでした、と言った。

　明日、ZOOM《ズーム》で、ヘザー・ガーバットの財務記録から見つかったことについて、ジョアンナに聞くことになっている。だけど、ベサニーが送りつけられていたメモも調べるべきじゃないかしら？　それほど威嚇的ではなかったのはわかっているけど、いじめって、そうやって始まるものよ。最初は「誰一人あんたのことを好きじゃない」ぐらいでも、次に気づいたときは断崖から突き落とされている。大げさかもしれないけど、言いたいことはわかるでしょ？　物事はエスカレートするものなの。

　というわけで、誰がメモを送りつけてきたのか？　嫉妬深い恋人？　ニュース編集室の誰か？　フィオナ・クレメンス？

　正直なところ、そっちの方がVAT詐欺よりもおもしろそうよね？　わたしが調べてもかまわないか、エリザベスに訊いてみよう。ポーリンなら当時の逸話を知っているにちがいないし、いくつか質問してみるのは、彼女の人柄について知るにはうってつけの方法だ。今日ポーリンはここに泊まっていく気だとまでは言わないけど、ロンは乳液をつけていた。耳の後ろに少し塗り残しがあった。まずバノフィーパイ、次に乳液。これだけ言えば充分でしょ。

　ちょうどアランが入ってきた。舌を突きだし、通り過ぎるときに尻尾をドア柱にパタパタ打ちつけている。飼い主は自分の犬はとても頭がいいと考えたがるものだけど、まちがいなくアランは殺人があったことに気づいていると思う。

22

「ママ、ミュートになってるわよ」ジョアンナが言う。

「ミュートになっているって言ってるわ」ジョイスはエリザベスに言う。

「ええ、聞こえてる」エリザベスは言う。「あっちはミュートじゃないから」

「マイクのボタンを押して、ママ」ジョアンナが言う。ジョアンナにはやれやれと天井を仰ぐ以外のこともできるのだ、とエリザベスは発見する。ジョアンナは母親に対する忍耐力がほぼゼロだ。エリザベスにもときどきその気持ちがわかる。

「全然わからないわ」ジョイスはマイクのボタンとやらがどれなのか探している。「イブラヒムだといつもうまくいくんだけど」

「ときにはね」イブラヒムは訂正する。「というのも、いつも横からのぞいているからだよ」

「おれに見せてくれ」ロンが言う。

ロンは四秒、おそらく五秒、画面を見つめてから、後ろにさがる。「だめだ、さっぱりわからない」

「マイクの小さな絵なんだ、ジョイス」イブラヒムが言いながら、かがみこんでマウスを動かす。

「えー、そんなの見たことないわ。こっちの声、聞こえる?」ジョイスがたずねる。

「今度は聞こえるわ、ママ」ジョアンナが言う。「ああよかった。こんにちは、みなさん」

全員が挨拶を返す。エリザベスはジョアンナがオフィスの会議室にいると気づく。飛行機の翼で作られたテーブルと、高価そうだけどぞっとする抽象画。コーネリアスもいる。ジョアンナのアメリカ人同僚で、山のような書類を前にしてすわっている。裁判の財務記録だ。

「それから、こんにちは、コーネリアス」ジョイスが挨拶する。「あなたが結婚する予定だって、ジョアンナから聞いた気がするけど?」

「いいえ、妻はぼくを捨てるつもりなんです」コーネリアスは言う。「もうじき」

「まあ、お気の毒に」とジョイス。「たしか何か聞いたなと思ってたの」

「ママ、十五分しかないの」ジョアンナが言う。「始めましょうか?」

「もちろんよ。アランに挨拶したい?」

「いいえ」という言葉を言いかけたジョアンナの口が、かすかな笑みを浮かべる。「いいわよ、でも、手短にね」

ジョイスがダイニングテーブルを軽くたたくと、アランはこれから起きそうなことに興奮して両の前足をテーブルにのせる。ジョアンナとコーネリアスは手を振る。アランはロンをなめる。

「勘弁してくれよ、アラン」ロンは言うが、犬を押しのけようとはしないことにエリザベスは気づいている。

「ぼくからまず説明しましょう」コーネリアスは言うと、両方の手で書類の山をはさみこむ。「まず要約を。この詐欺事件は三年間で一千万ポンドの規模にまで急速に大きくなっています、まったくの無税で。お金はたったひとつの口座、ヘザー・ガーバット名義の口座に入れられ、あちこちに移動している。ジャージー島、ケイマン諸島、英領ヴァージン諸島、パナマ、そこらじゅうです」

「やはり、ヘザー・ガーバットの名義で?」ジョイスが質問する。

「どれもヘザー・ガーバットの名義ではありません」コーネリアスが言う。「どれも誰かの名義ではない」

「ええ、ただし……」ジョアンナが言う。

「ええ、ただし……」コーネリアスが言う。「でも、それについては後で話します」

「基本的なマネーロンダリングです」ジョアンナが言う。「お金は世界じゅうに送られ、別々の口座に入る。自分の銀行口座を秘密にしておけるすべての場所でね。でっちあげの会社、匿名の重役たち。いきなりそこで彼女の殺人者の名前を見つけることはできないでしょうね。わたしたちは手がかりを探すことしかできないんです」

コーネリアスは数枚の書類をめくる。「たとえば、こういう例があります。二〇一四年のたったひと月分です。八万五千ポンドがラムズゲート・コンクリート社に支払われ、六万が中南米アルバのマスターソン・フィナンシャル・ホールディングズに、十一万五千がパナマのアブソルート建設に、七万がケイマン諸島のダーウィン警備に支払われています」

「で、そうした会社を調べると?」エリザベスはすでに答えは知っているがたずねる。

「何もありません」コーネリアスが言う。「ただの登記されたオフィスで、アクセスできる口座は何もない。世界一のマネーロンダリングの専門家なら別ですが、ぼくはちがいますから」

「謙遜しないで」ジョイスが言う。

「そして、そこから金の流れを追えなくなる」コーネリアスは言う。

エリザベスがその場の主導権を握る。「つまり、わたしたちが知らないことがたくさんあるってことね。それを最初に説明してくれたのは正しいけど、そんなに大きな書類の山でしょ。他にもわかったことがあるんじゃないかと期待しているんだけど」

「いつもどおり正解ですよ、エリザベス」ジョアンナが応じる。それはもっぱら愛する母親を挑発しようとしているせりふだと、エリザベスは見抜いている。「ふたつわかっています。ヘザー・ガーバットの銀行記録は法廷で提出されましたから、わたしたちの知る限り、彼女は一千万ポンドのうち一ペニーも拝めなかった。不自然な出費や大きな買い物もない。同じ家に住み、同じ車を運転し、ローンも相変わらず残っていた。ヘザー・ガーバットがこのすべてのお金をロンダリングしていたとしても、一ペニーも使っていなかったんです」

「では、もうひとつは?」エリザベスはたずねる。スマートフォンに気がとられる。

ヴィクトル・イリーチに写真を送った。時間は刻々と過ぎている。二週間だ。きみがヴィクトルを殺すか、わたしがジョイスを殺すか。チクタク。チクタク。

一度にひとつにしてよ、お願いだから、とエリザベスは思う。今は殺人事件を解決しようとしているのだから。

再びコーネリアスが口を開く。「全体として、これはきわめて巧妙なやり方ですよ。法廷でも真相が解明できなかったし、ぼくもできなかった。しかし、もっと遡れば、はるかに雑なところが出てくる。常にそういうものなんです。詐欺を長くやればやるほど、詐欺師はお金を隠すのが上達する。ですから、詐欺事件の初期を調べれば、ミスを見つける可能性がずっと高くなります」

「どういうたぐいのミスだね？」イブラヒムが質問する。

「いちばんよくあるのはこういうやつです。こうした想像上の会社には当然ながら名前をつけなくてはなりません。新米のやらかすミスは、自分にとって意味のある名前を選んでしまうことです、ほんのわずかしか関係がないとしても。さて、最初のいくつかの支払いは、詐欺の初期にあたりますが、ジャージー島の秘密口座に支払われた。トライデント金融、トライデント投資、トライデント設備インターナショナル」

「さらに、もうちょっと探ってみたんです」ジョアンナが言う。「そしてジャージー島に別の会社を発見した、トライデント建設をね」

「そして、その会社は」とコーネリアスが補足する。「完全に合法的です。情報も公開されています」

「トライデント建設の役員は一人だけです」ジョアンナが言う。「誰なのか推測がつきます？」

「ヘザー・ガーバット」ジョイスが椅子から立ち上がりながら言う。

「はずれよ、ママ」ジョアンナが言うので、ジョイスはがっくり肩を落とす。

「ジャック・メイソン」イブラヒムが言う。

「ジャック・メイソン」ジョアンナがうなずく。

「つまり、金はヘザー・ガーバットの口座から出ると、ボスによって経営されている会社の口座にすぐさま移動したんだな」ロンが言う。

「おそらく、そう解釈できるでしょうね」ジョアンナが認める。

「そして永遠に消える」コーネリアスが言う。「それから、ヘザー・ガーバットの家が売られたとき、買ったのはジャック・メイソンの会社のひとつだというのも見逃せません」

「ジャック・メイソンがヘザー・ガーバットの家を買っているの？」エリザベスがたずねる。

「さらに、ふたつ手落ちを発見しました」コーネリアスが言う。「ごく初期に。指定受取人に二件の支払いがあった。どちらも偽装した身元に思えますが、不注意だと、そうした偽の身元は詐欺事件の犯人の手がかりにつながる可能性があるんです。四万ポンドの支払いは〝キャロン・ホワイトヘッド〟宛てで、もう一件の五千は〝ロバート・ブラウン理学修士〟に支払われている。口座から出金された最初のふたつの支払いです。しかし、詐欺が大がかりになるにつれ、すべてがしっかりロックされ、もはや指定受取人を利用しなくなった。ヘザー・ガーバットかジャック・メイソンは金をもっと上手に隠す必要があると気づいたにちがいありません」

「キャロン・ホワイトヘッドとロバート・ブラウン」エリザベスは考えこむ。イブラヒムはさっそくふたつの名前をノートに書き留めている。

「すばらしい仕事をしてくれたわ、コーネリアス」ジョイスが言う。

「それにわたしもね、ママ」ジョアンナが言う。「わたしも手伝ったのよ。十五歳じゃないんだから」

「ええ、あなたがすばらしいことはもうとっくに知ってるわ」ジョイスは言う。

「今、もう一度言ってくれたっていいのに」

「彼女がいなければここまでできませんでしたよ」コーネリアスが言葉を添える。

「となると、ジャック・メイソンを訪ねる必要があるわね」エリザベスが口をはさむ。「ヘザー・ガーバットとベサニー・ウェイツについてたずねてみましょう。キャロン・ホワイトヘッドとロバート・ブラウンについて訊いてもいいわね。どういう反応をするか見るのよ。さて、十五分たったわね。ジョアンナ、ありがとう」

「いえ、こちらこそ。殺人がからめば、いつだってわたしを頼れるって、ママは知っているんです」

「そのとおりよ」ジョイスは同意する。「それに、あなたがまたすぐにかわいらしい女性を見つけるってこともわかってるわ、コーネリアス」

「いや、探してませんけどね。でも、ありがとう」とコーネリアス。

「そんなのだめよ」ジョイスは言う。

「そうとも」イブラヒムが賛成してうなずく。「探さなくちゃだめだよ」

しばらくあれこれ試して、ようやくログオフすると、四人はお茶を飲むためにもっとやわらかい椅子に移動する。

「さて、ジャック・メイソンは？」エリザベスがたずねる。

「やつはおれに任せてくれ」ロンが言う。「同じ世界で生きているから」

「ええー」ジョイスが言う。「まさか」

「イブラヒムとわたしはキャロン・ホワイトヘッドとロバート・ブラウンを調べてみる」エリザベスが言う。

「じゃあ、わたしはベサニーが送りつけられていたメモについて調べるわ」とジョイス。「ロン、ポーリンと話してみようかと思っているの——いいかしら？」

「おれの許可なんて必要ないよ。ガールフレンドとかじゃないんだし」

「まあ、ロンったら」エリザベスが言う。

23

「きのうは駐車違反で罰金をとられてね」マイク・ワグホーンが言い、アンドリュー・エヴァートン警察本部長はスタジオの席につく。

「こんにちは、マイク」アンドリュー・エヴァートンは挨拶し、女性が彼のラペルにつけたマイクを直す。

「フェアヘイヴンの海岸だ」マイク・ワグホーンは話を続ける。「慈善ショップを開いていた——いいかい、慈善の店だよ。店の外に出たら、違反切符があった」

「なるほど」アンドリュー・エヴァートンは言う。《サウス・イースト・トゥナイト》のスタジオはテレビ画面で見るよりもずっと狭い。三台のカメラのうち二台は固定され、一台にはカメラマンがついている。カメラマンは自分のスマートフォンをスクロールしているところだ。「違法駐車をしたのかい？」

「いやどうかな」アシスタントディレクターがあと二分でインタビューが始まると伝える。「そうとは言い切れない。それに、さっきも言ったが、慈善ショップなんだ。義務じゃなくて、いわば……善意からのね」

アンドリュー・エヴァートンはスタジオのモニターで自分の姿を確認する。見栄えがする。入念にカットしたロマンスグレーの髪。キプロスの短いバカンスのあとでかすかに残っていた日焼けに、今日の午後、フェアヘイヴンの日焼けサロンで仕上げをしてきた。すべて虚栄心のせいだと自覚してはいるが、それでも六十近くなった今、役に立ちそうなことは何でも試してみるべきだと考えたのだ。

「スタジオに替わるまで、あと一分」とアシスタントディレクター。

アンドリュー・エヴァートンはひと月に一度《サウス・イースト・トゥナイト》に出演している。警察本部長は市民に説明する義務があるからだ。マイクとの生の会話は決まって火花を散らすが、常に公平だ。本当に必要でない限り、ジェレミー・パックスマン（ナンセンスなスタイルで有名なジャーナリスト、キャスター）のようなナンセンスは登場しないが、ときにはそうなることもある。アンドリュー・エヴァートンは警察の友好的な顔で、そういう顔が必要なときに登場する。彼はマイクが好きだ。マイクは一見、道化者のようにふるまっているが、実際は正反対だ。

「ヘザー・ガーバットについて教えてもらえることはあるかな？」マイクはたずねる。

「ヘザー・ガーバット？」アンドリュー・エヴァートンは訊き返す。

「ダーウェル刑務所で亡くなった人だ」

「それには触れないつもりだ」アンドリュー・エヴァートンは言う。「どのぐらい駐車していたんだ、マイク？」

「せいぜい三時間かな」

「店を開くために三時間も？」

「そのあと一杯やりに行ったから」スタジオのモニターでVTRが流されている。年配の男性がインタビューされている。彼はスーツのジャケットの下にウェストハムのシャツを着ているようだ。「埠頭でビールを二杯飲んだだけなんだ。戻ってきたら、違反切符。白昼の泥棒だよ。このあいだは制限速度五十キロのところを六十二キロで走っていてスピード違反をとられた。五十キロ制限なら、みんな六十二キロで走っているよ」

モニターにはウェストハムのシャツの男が村みたいなところを歩いている姿が映っている。緑に囲まれているが、モダンな建物が並んでいる。彼は三人の友人たちといっしょで、歩きながら笑ったり冗談を言ったりしている。おそらく撮影のためだろうが、心から幸せそうだ。ここはどこだろうとアンドリューは思う。とてもすてきな場所だ。

「あなたに違反切符を渡したら、目こぼししてもらえるかな?」マイクはこれからする質問リストに目を通しながらたずねる。

「駐車違反の罰金のせいで、わたしのキャリアが危うくなってしまう。無理だな」

マイクは顔を上げてにっこりする。「りっぱだ。いや、からかっただけだよ。わたしはあくまで公平であるために摘発されたんだ。フロントウィンドウに〝マイク・ワグホーン――《サウス・イースト・トゥナイト》〟という名刺まで置いてあったんだけどね。うまくいくこともあるので。さて、準備はいいかな?」

アンドリューはうなずき、ちらっとまたモニターに目をやる。ふと、あるものに注意を引かれ、目を凝らす。村を歩いている四人の友人たち。一人の顔に見覚えがある。あれはまちがいなく……視線が画面に釘付けになる。

「このレポートは何だね、マイク？　これはどこなんだ？」彼はたずねる。

マイクはちらっとモニターを見る。「引退者用ビレッジ、クーパーズ・チェイスだ。あれはロン・リッチー、昔、組合運動をしていた男だよ。彼に見覚えがあるのか？」

アンドリュー・エヴァートンは首を振る。ちがう、彼が目を留めたのはその男ではない。

「わたしの顔を立てて、ヘザー・ガーバットの件について見解を述べてもらえないかな？」マイクが言う。「頼むよ」

アンドリュー・エヴァートンはうなずく。もちろん、そうするだろう。友人たちは画面から消え、イギリスの田園風景の美しい映像とともにVTRは終わる。アシスタントディレクターが生インタビューのキューを出すために五から逆にカウントしていく。アンドリューは背筋を伸ばし、ネクタイをまっすぐに直して準備をする。しかし、その心は別の場所をさまよっている。

「なんて美しい場所でしょう」マイクがカメラに向かって語りかける。「実は取材後にあそこに残って、一、二杯やったことを白状しますよ！　年齢はただの数字でしかないと、思い出させてくれました。そして、数字と言えば、ケント州の犯罪統計データが最近発表され、それによると……」

しゃべる番を待っているアンドリュー・エヴァートン本部長は、統計データに示されているものを正確に知っている。そこには彼が敏腕だということが示されているのだ。もちろん自己満足などしていない――いつだって状況が悪化することはありうるし、その可能性はしっかり認識している。しかし、自分が達成してきたことは誇りだ。彼は笑顔を作るが、頭の中ではさっき見た顔について考えている。ぜひともクーパーズ・チェイスを訪問しなくてはならない。それも早急に。

24

ジャック・メイソンはがっちりして強靭だが、老いは隠せない。爆弾で破壊されたイースト・エンドの瓦礫の中に一軒だけしぶとく建っている家のように。ロンにはその感覚がよくわかる。灰色の髪を頭皮すれすれまで刈り込み、濃い茶色の目は何ひとつ見逃さない――ジャックを殺すには銃弾では無理だろう。ブルドーザーを使うしかない。

全体的に見ると、ロンが彼に会うためのルートは実に単純だった。

ロンはまず息子のジェイソンに相談し、ジェイソンは古いボクシング友だちのダニー・ダフに頼み、ダニーはパンプ＝アクション・デイヴという男にメッセージを送ってくれ、デイヴはときどきジャック

・メイソンの仕事をしているが名前は言いたくない、という男と飲むことになった。
メッセージが同じルートで戻ってきた——ただし、ダニー・ダフのところでちょっと滞ったが。ダニーがコカイン輸入容疑で逮捕されてしまい、スマートフォンの使用を二時間許されなかったせいだ。こうして、ジャックはラムズゲートでスヌーカー（ビリヤードの一種）のゲームをしよう、とロンに提案してきた。

イブラヒムがロンを車で送っていくと申し出たが、直前になってポーリンが自分が運転すると言いだした。というのもラムズゲートには興味深いアンティークショップがたくさんあるし、タトゥー店も一軒あるので、ぜひとも「あのあたりをぶらぶらして午前中を過ごしたい」からだった。イブラヒムもいっしょに来たらどうかとポーリンは誘ったが、イブラヒムは家にいることにした。イブラヒムはポーリンに対して少しそっけなくないか？　ロンは少し気になっている。

ロンが〈スティーヴィーのスポーツラウンジ〉の受付でジャック・メイソンと待ち合わせだと告げると、個室に案内され、ジャックはすでにスヌーカー台に玉を並べていた。

「ロン・リッチーだな？」ジャックは言うと、片手を差しのべた。「かの有名な」

ロンはジャックと握手する。「会ってくれてありがとう、ジャック——そんな義理はないのに」

「興味を引かれたもんだから」ジャック・メイソンは言う。「あんたみたいなじいさんが、おれみたいなじいさんに何を求めているんだろう？　ってさ」

「あんたの名前にぶちあたったもんだから」ロンは言う。

「今さらか？」ジャックは応じる。

ジャックが最初にショットする。スヌーカーができるのでロンはうれしい。二人の男が会話をするのはとてもむずかしいが、スヌーカー、あるいはゴルフやダーツをしながらだと、もっとスムーズに話せるものだ。実際、男同士で会ってコーヒーを飲んだりはしない。いや、最近の連中はそうしているのだろうか？　もしかしたらラムズデールのコーヒーショップは、希望や夢について語り合っている男たちであふれているのかもしれない。ロンにはとうてい信じられないが。ロンは台にかがみこんで、玉を打つ。

「あんたの弟とはよく飲んでた」ロンは赤い玉がポケットの入り口をカタカタとかすめたので舌打ちする。「レニーと。亡くなったと聞いて残念だ」

「誰もがいつか亡くなる」ジャックは言うと、ロンがはずした赤玉をポケットに沈める。「レニーがあんたを好きだったのは知っている。でなかったら、おれはここに来てないよ。で、どうしておれの名前が出てきたんだ？　特別な理由でも？」

「ヘザー・ガーバットだ」ロンは言う。ジャック・メイソンがその名前を聞いて動揺したとしても、顔には一切表れていない。ジャックは黒い玉をやすやすと沈めると、次は赤い玉に狙いをつける。

「死んだそうだな」ジャックは言う。

「そのとおりだ。それについて何か知らないか？」

「いやまったく。何も聞いてない」

「木曜の朝はどこにいた？」

　ジャックはちょっと手を止める。「木曜の朝にどこにいたかって？　好意であんたと会っているんだぞ、ロン。わかってるのか？　お互いに人生の荒波を乗り越えてきたんだから、あんたを軽蔑するつもりはない。しかし、次の質問はまともなものにしてくれ。さもないとおれたちの関係はこれっきりだ」

　ロンは笑みを浮かべる。まさにロンの得意とするところだ。二人の男が口論し、抗議の言葉がぶつけられる。ちょっとした諍《いさか》いほどいいものはない。ジャックに次のショットをさせる。はずす。

　ロンはスヌーカー台に片手をつく。「おれがつかんでいるのはこういうことだ、ジャック。ヘザー・ガーバットはあんたのために働いていて、そのあいだ何百万ポンドも儲けていた。その金の一部はどう考えてもあんたのものらしき口座に入金されたんだ」

「どの口座だ？」ジャックはたずねる。

「トライデント建設だ」

　ジャックは興味深げにうなずく。「その証拠を握っているのか？」

「ああ」ロンは言い、次の赤玉をはずす。

「で、その証拠とやらだが」とジャックは続ける。「他にもつかんでいる人間がいるのか？」

「いや」ロンは言う。「だが、おれたちは簡単にあんたとのつながりを見抜いた。だから、本気でヘザー・ガーバットの死を嗅ぎ回りはじめたら、他にも見つけるやつが出てくるだろうな」

「おれたちってのは誰なんだ?」ジャックはたずね、玉をもうひとつポケットに入れる。

「正直なところ、説明するには時間がかかりすぎる」ロンは言う。「今、あんたに負かされてるしな」

「ちょっと神経質になっているだろ」ジャックはブルーの玉を入れると、キューにチョークを塗る。

「それはないよ」ロンは言う。「それに話はまだ終わっていない。ヘザー・ガーバットが裁判にかけられる直前に、ある若いジャーナリストが死ぬ。ベサニー・ウェイツ、地元ニュースに出ていた女性だ。断崖から車ごと落ちたんだ」

「ろくでもない死に方だ」ジャック・メイソンは言いながら、またもや玉をポケットに沈める。

「彼女を殺したやつはついに見つからなかった」ロンは言う。「しかし、死ぬ数週間前に、ベサニーは上司に大きなネタをつかんだとメッセージを送っている。決定的な証拠をつかんだと」

「そして、そのネタはヘザー・ガーバットなのか?」ジャックは一瞬ゲームのことを忘れてたずねる。

「ヘザー・ガーバット以上のことだ。ずっと大物で、彼女とつながっている人物だ。そして、つながっているといえばあんただ。ジャック。偶然の一致かな?」

「そんな偶然の一致はない」とジャック。

「ああ、おれたちもそう考えている。というわけで、おれよりも頭のいい連中は、ヘザー・ガーバットがあんたのために金を盗んでいたと言う。ベサニー・ウェイツはそのつながりを暴く——たぶん、おれたちと同じようにして――だから、あんたはベサニー・ウェイツを殺させる」

ジャックはうなずく。「注意を喚起してくれてありがとよ」

「ただ、あれこれ訊かれるようになるかもしれないぞ、わかるだろ」ロンは言う。

「それは想像がつく」ジャックは同意する。

「だから思ったんだ。ここだけの話として、そのネタについてどう思う？」

今度はジャックが笑みを浮かべる番だ。「ここだけの話だと？　こう答えるよ。いいか、おれはVATの仕事にどっぷりはまっていた、もちろんそうさ。証拠はない、何もない。ただし、あんたがトライデントのことを持ちだすまではな。だが、そいつは偶然の一致って可能性がある。そのことでおれを逮捕することはできない。守りはしっかり固めてあるからな、ロン――金は永遠に見つけられないだろう。おれですら行方がわからなくなっているんだ」

ロンはうなずく。次にショットしたくてたまらないが、ジャックの話はまだ終わっていない。

「それからこのベサニー・ウェイツだが。名前を知らないふりはしないよ、もちろん知っている。ヘザー事件の証拠の多くが彼女から提出されたんだ。しかし、あんたが言う、死ぬ前にボスに送ったメッセージとやらだが、おれが誰からその内容を聞けたっていうんだ？　筋が通らないだろ」

「ベサニー・ウェイツとは会ったことがないのか？」

「一度も」

「話したことも？」

「一度もない、神かけて」ジャックは言う。

「だが、それを確認したことで怒っていないだろうね？」ロンは言い、またもや赤玉を入れそこねる。

「いや、理解しているよ、ちゃんと」ジャックは言う。「それにしても、おれの仕事にしちゃ、ちょっと素人くさいと思わなかったのか？　手がかりを残し、ジャーナリストを殺す。それがおれのスタイルだと思われたんなら、いささか心外だ」

「誰だってまちがいをするもんだ、ジャック。とりわけプレッシャーがかかるとな。だが、あんたの言うとおりだ。おれはあんたじゃないと思ってた。彼女は死んですらいないかもしれないな、ジャック。とうとう死体は見つからなかったんだ」

ジャック・メイソンはまたショットしようとする。ロンには目を向けない。

「いや、彼女は死んでるよ」

「なんだって？」ロンは聞きちがえたにちがいないと思う。

「死んでいるって言ったんだ」ジャックはまたもや玉を沈め、キューにチョークを塗る。

「事実として知っているのか？」

「事実として知っている」ジャック・メイソンは断言し、次のショットの狙いをつける。

「まちがいないとどうしてわかる？　あんたが彼女を殺したんなら別だが」

「よく聞け、ロン。おれは彼女が死んでいるのを知っている」ジャック・メイソンは言う。「それからおれが殺したんじゃない。ただ、あんたに話せるのはこれだけだ。探り出したけりゃ、自分でやりな」

どうしてジャック・メイソンはベサニー・ウェイツが死んでいると確信できるのか？　彼女を殺したのでないなら。あるいは少なくとも、誰が殺したのかはっきり知っているのでないなら。

ロンは台にかがみこみ、ゲームが始まってから初めて玉をポケットに入れる。当然だ、と言うように、軽くうなずく。スヌーカーをやる二人の男——これ以上楽しいことはない。だが最近はますますスヌーカーをやる人間が減っている。以前はギャングは誰も彼もスヌーカーをやっていた、ロンドンでもケントでも。いつでもギャングとゲームができた。だが、死んだり刑務所に入ったり、逃亡してコスタデルソルで暮らすようになったりして、ギャングの姿は消えてしまった。いまや、ときどきジェイソンが父親を気の毒に思って相手をしてくれるぐらいだ。ロンは黒い玉を沈める。よし、この調子だ。

「じゃあ、誰が彼女を殺したのか知ってるんだな？」ロンはたずねる。

ジャックはにやっとする。「おしゃべりはもうたくさんだ。だが、ゲームならいつでも相手をするよ、ロン。あんたが暇なら」

ロンが目を上げると、やはり友人たちに次々に先立たれてしまった老人の姿がそこにある。「いいとも、ジャック」

この新しいスヌーカーの相棒が殺人者だとわかったら、ロンにはツキがあるということだ。

25

アンドリュー・エヴァートン本部長はこちらを見上げているいくつもの顔を見渡す。まあ、そのうち二人は寝ているし、後ろの二人の年輩紳士は個人的な話をしているが、それを除けば全員がこちらを見上げている。彼はこういう場を愛している、心から。朗読会。頻繁に依頼されるわけではないし、正直に言うと今回は自分で売りこんだのだが、それでもわくわくする。それに、ほとんどすぐにあの顔を発見した。ついている。

もちろん彼は制服を着用している。その方が芝居がかった感じがするし、多少の威厳も漂わせられるからだ。それによって朗読にいっそうパワーが増すだろう。そもそも彼の文章はパワフルだから、何が何でもパワーが必要なわけではないが。ここに集まっているのは警察本部長というだけで尊敬する世代なのだ。新しい世代ではないが、いずれ自分もその世代になるのだし、信頼とは双方向的でなくてはならない。

たった今彼を紹介した女性はマージェリーという名前だった。アンドリュー・エヴァートンが手紙を送って、この朗読会を提案した。マージェリーは驚いていたが、すぐに「承知しました」と返信してきて、聴衆をたくさん集めると約束し、本日に至るというわけだ。クーパーズ・チェイス文学ソサエティでの前回の講演者は、魚についての本を書いた女性で大好評だったので、どうかがっかりさせないでくださいね、とマージェリーにさっき言われたところだ。アンドリュー・エヴァートンは失望させるつもりはなかった。四冊目の本『沈黙を守れ』から朗読することにしていた。過去の作品『証拠に降参』と『守りをくずす』、それにしゃれたタイトルをつけるようになる前の一作目『アーチボルド・デヴォンシャーの血塗られた死』の続篇だ。

部屋をぐるっと見渡して、時間を稼ぐ。彼の沈黙も制服も濃い茶色の目も、聴衆の期待を煽《あお》るはずだ。朗読を始める。

「『死体は身元がわからないほどめちゃくちゃにされていた……』」「おお」という声がいくつか聞こえ、前列のツイードのジャケットにパールをつけた女性が熱心に身を乗りだすのが見える。

「『黒ずんだ赤い血だまりが死体の周囲に広がり、手足はぞっとする角度に投げだされていた。まるで死の鉤《かぎ》十字のように。キャサリン・ハワード警察本部長は冷静な頭を保ちたかった。部下たちは理性を失い――』」

さっと手が挙がった。朗読会ではめったにないことだ。朗読は中断するが、アンドリュー・エヴァートンは質問を受けることにした。質問者に合図した。九十代の女性だ。

「すみません、キャサリン・ハワードとおっしゃったんですか？　王妃と同じ？　ヘンリー八世の奥さんの？」

「ええ」とアンドリュー・エヴァートン。「たしかに、そうですね」

「同じ名前？」部屋のずっと後ろの席の男性が訊く。「それとも同じ人物ですか？」

「名前が同じだけです。本の舞台は二〇一九年ですから」

それについて、ひそひそとささやきあう声がする。非公式の広報担当者が登場するようだ。例の前列のツイードのジャケットの女性だ。

「二点あります」前列の女性は言う。「ところで、わたしはエリザベスと申します。ひとつ、彼女がキャサリン・ハワードと呼ばれるのはまぎらわしい」

会場から賛同の声があがる。

「でも、わたしは――」アンドリュー・エヴァートンが説明しかける。

「いえ、そうです。そして、ふたつ目」エリザベスは続ける。「実在のキャサリン・ハワードが探偵をするシリーズだったら、ベストセラーになるかもしれないと思います。あなたの本はベストセラーですか、本部長？」

「その分野では、そうですね」アンドリュー・エヴァートンは答える。

「グーグルはその点で別の意見があるようですけれどね」とエリザベス。「でも、どうぞ続けてください。楽しんでいますから」

「本当ですか？」アンドリュー・エヴァートンがたずねると、とても楽しんでいると聴衆たちは請け合う。

「ただ、しょっちゅう中断させるだけです」アンドリュー・エヴァートンがここに来る理由となった、まさにその男が発言する。イブラヒム・アリフ。《サウス・イースト・トゥナイト》のVTRで、すぐに彼の顔がわかった。「われわれの性分《しょうぶん》なんですよ。どうか、手足を広げた死体に戻ってください」

「ありがとう……」

「ただし」とイブラヒムが言う。どうやら新しい思いつきが閃《ひらめ》いたようだ。『冷静な頭を保ちたかった』と言うのは、実在のキャサリン・ハワードが斬首されたことをほのめかしているんですか？」

「ちがいます」アンドリュー・エヴァートンは言う。「まったく……ちがいます」

「文学的な企みかもしれないと思ったんです」イブラヒムは言う。「そういう技巧のことはご存じでしょう」

「『彼女は――』」

「キャサリン・ハワードのことを聞いたことがないのはおれだけか？」ウェストハムのシャツを着た男がたずねる。

「そうよ、ロン」エリザベスが言う。「ねえ、本部長に先を続けさせてあげて」

「『彼女は――』」

「あとでサイン会があるのかしら?」エリザベスの隣の小柄な白髪の女性がたずねる。「魚の女性はサインをしてくれたでしょう?」

部屋じゅうの老人たちがたしかに魚の女性はサインをしてくれた、と同意する。

「残念ながら、わたしの本は電子書籍なのでサインできないんです。みなさんのキンドルをだいなしにしてもかまわないなら別ですが」アンドリュー・エヴァートンは言う。この数年で、何軒かのケントのパブや書店の奥の部屋で磨きあげた口上だ。しかし、まだ笑いをとれるに至っていないと思い知らされる。「ただし、朗読後に、わたしの本をかなりのディスカウント価格で買えるQRコードを全員に差し上げますよ」

その言葉にたくさんの手が挙がる。イブラヒムが振り返って聴衆に解説する。「QRコードというのは『クイック・レスポンス』コードで、スマホで読みこんで、特定のURLにリンクさせるものなんだ。二次元バーコードというのがいちばんシンプルな説明になるだろう」

ほとんどの手が下ろされるが、三、四人はまだ挙げたままだ。イブラヒムはアンドリュー・エヴァートンの方を向く。「残っている質問は、ディスカウントの具体的内容についてでしょう」

「五〇パーセントだ」アンドリュー・エヴァートンが言うと、残りの手も下ろされる。

「どうか続けてください」エリザベスが言う。「朗読のお邪魔をしているわ」

「いいえ、全然」アンドリュー・エヴァートンは言う。朗読後にイブラヒム・アリフに話しかける口実を見つけよう。とにかく会話にひきこむのだ。親しくなり、たずねるべきことをたずねる。ともかく自分はここにいる、それが重要なことだ。メモに目を戻す。

「最初からやり直しましょうか？」

「いえ、けっこうです」エリザベスは言う。「めちゃくちゃになった死体、キャサリン・ハワードは冷静な頭を保ちたい。もうよく理解できたと思います」

アンドリュー・エヴァートンはうなずく。

「『彼女は現場を見回した。ベテラン警官の顔がぞっとするほど青ざめているのをハワードは見てとる』」

舞台袖から、今度はマージェリーが中断させることを決断する。

「彼女が女性だと混乱しませんか？　だって、ハワードっていう苗字は男性の名前でしょう？　わたしなら考えそうです、『ハワードって誰かしら』って」

聴衆はその意見にうなずく。

「変更するにはもう手遅れなのかしらねえ？」白髪の女性が気の毒そうにたずねる。

「ええ、そうですね。すでに数年前に出版されたので」アンドリュー・エヴァートンは答える。「彼女はわたしのすべての本で活躍していますし、誰も気にしなかったようですよ」

数人が眉をつりあげる。

「続けてください」エリザベスが言う。

アンドリューはテキストに戻る。数部は売れるだろう、と考える。それからイブラヒムに質問の礼を言い、こちらの質問をする。演台に置かれている水をひと口飲む。なんとウォッカ・トニックだ。いや、この方がかえってよかったのかも。

『ここにいる人間は誰一人、これほどおぞましく、これほど身の毛がよだち、これほど邪悪な犯罪現場を見たことがなかった。キャサリン・ハワードをのぞいては。キャサリン・ハワードはこれとまったく同じ犯罪現場を目にしていた。実は、つい三日前の夜にだ。夢の中で』

いくつもの手がまた挙がった。

26

アンドリュー・エヴァートンは船の絵の下に置かれたおんぼろの肘掛け椅子にすわる。部屋を見回し、ガラス扉のついた棚を見つける。ボックスファイルがぎっしりと詰められている。

「とても楽しめましたよ」イブラヒムは言いながら、ミントティーを運んでくる。「実に楽しめた。あなたは希有《けう》な才能の持ち主ですね」

「一語、また一語と書き続けながら、あの人はもう終わった、と誰にも思われないことを祈るだけですよ」アンドリュー・エヴァートンは応じる。以前リー・チャイルドが同じようなことを言うのを聞いてから、そのせりふを愛用していた。「ファイルがずいぶんあるんですね。仕事関係ですか？」

イブラヒムはソファにすわる。「ええ、ライフワークですね。いわば多くの人生を扱う仕事。精神科医なんですよ、本部長」

「アンドリューと呼んでください」アンドリュー・エヴァートンは言う。イブラヒムが精神科医というのはよく知っている。「実はあなたにうかがいたいことがありましてね。ですから、できるだけ威嚇的に見えないようにしたいんですよ」

イブラヒムはクックッと笑う。「うまい作戦だ。朗読会は策略だったのかな？　わたしに会いに来るためだけの？」

「それもあります。あなたをテレビで見たんです」アンドリュー・エヴァートンは切りだす。テレビで見て、彼のファイルを詳しく調べた。「友人といっしょのところを。あなただとすぐにわかりました。で、実際、一石二鳥かなと」お茶に息を吹きかけてさます。「あなたと形式張らない話がしたかったんです。それに、何冊か本が売れるかもしれないという期待もあった」

「そうでしょうとも。キャサリン・ハワード本部長はとてもタフだ。トラウマを抱えているが、タフだ」

『証拠に降参』では〝チーク材なみにタフ〟と表現しています」

「まさにそうですな、アンドリュー」イブラヒムは言う。「〝チーク材なみにタフ〟。だが、文学の話はもうこれぐらいにしよう。わたしだとすぐにわかったと言いましたね？　好奇心をそそられます」

「二日前、あなたはダーウェル刑務所を訪問しましたね？」アンドリュー・エヴァートンはコニーの訪問者たちの詳細にすべて目を通している。刑務所の監視カメラの鮮明なクローズアップ画像にもだ。

「そっちですか」イブラヒムは言う。

「そうです」アンドリュー・エヴァートンは言う。「あなたは職業を〝ジャーナリスト〟と書いたが、その方面ではあなたを見つけられなかった。あなたはコニー・ジョンソンという勾留者を訪ねた。きわめて凶暴なドラッグ王で、現在、数多くの重大犯罪で再勾留中だ。彼女を三十分ほど訪問し、正式な報告を引用すると、〝ときに熱くなって〟話をした。合っていますか？」

「えーと、わたしならドラッグ女王と呼ぶだろうが、仕事の名称に性別を入れないことを学ばなくてはならないな。しかし、それ以外は正しい」

「あなたとコニー・ジョンソンは何について話したのか、お訊きしてもよろしいですか？」

イブラヒムはそれについて考えこむ。「お返しに訊きたいが、それが本部長とどういう関係が？」

「あなたは別の囚人、ヘザー・ガーバットを知っていますね？　その後まもなく死体で発見された女性です、ミスター・アリフ。しかも、そのコニーの名前がヘザー・ガーバットの独房にあったメモに記されていた。そこにわたしの仕事が関係してくるんです」

「たしかに、犯罪と見事な文章は、あなたの仕事だ」イブラヒムは言う。「葉巻は？」

アンドリュー・エヴァートンは首を振る。葉巻はまったく受けつけない。「コニー・ジョンソンはひょっとしたら、いや、確実に、うちの警察が追いかけたなかでいちばん危険な女性だ。幸運に恵まれれば彼女は有罪になり、長いあいだ刑務所にぶちこまれるでしょう。それをなんらかの方法で阻止するなら、あなたの生活をきわめて不快なものにすることもできるんです。だから、そうならないように助言したい。逆に、もしあなたがわたしを助けられる立場にあるなら、ぜひとも力を貸していただきたいんです」

「あなたの立場は理解していますよ」イブラヒムは言う。「どこから見てもはっきりしている。なぜあなたが人に好かれるかもわかりますよ。なぜ本部長を務めていらっしゃるかも。アメリカでは警察署長を投票で決めることもある、知ってましたか？　それは多くの風変わりな習慣のひとつで――」

「ですから、礼儀正しくもう一度おたずねします」アンドリュー・エヴァートンはさえぎる。「どうしてコニー・ジョンソンを訪ねたのですか、そして何について話したのですか？」

イブラヒムはソファの腕をトントンと指先でたたく。「苦境に立たされましたな、アンドリュー。まだアンドリューと呼んでもかまいませんか？」

アンドリュー・エヴァートンはうなずき、お茶をひと口飲む。

「いいですか、患者を診察するとき、われわれが話すことはすべて患者に関する守秘義務で守られているんです」

「彼女はあなたの患者なんですか？」

「ええ、そのとおりです。面会が始まったときにはそうではなかった。しかし、面会の最後には患者になった。となると、われわれはどういう立場になるのでしょう？　わたしが話したことをあなたに話せるのか、あるいは話せないのか？　守秘義務は遡及《そきゅう》的に適用されるのか？　やっかいなものです、アンドリュー、ねえ？」

「やっかいなものです」アンドリューはうなずく。「あなたのジレンマを解決できるように努力してみましょう」

「それはご親切に」

「朗読会場であなたと並んですわっていた紳士は……」とアンドリューは言う。

「ロンだ」

「彼もテレビで見ました。となると、お二人は親しいにちがいない。わたしばかりか、あなたもご存じでしょうが、今日、彼はマリファナの臭いをプンプンさせていた」

「あなたの言葉はそのまま受け入れますよ。ロンはいつも何かの臭いをさせているので」

「さらにご存じでしょうが、わたしの署で、あるいは他の署でも、マリファナの薬物検査の対象となるのは若い黒人男性に極端に偏っている。それはこの数年、取り組んできた課題で、大きなとまでは言わなくても多少の成功をおさめられた。ですから、老いた白人男性に薬物検査を認めれば、検挙率がよくなるのはまちがいない。わたしは一時間以内にロンの部屋に警官を送りこめますよ」

「これは驚いた。ずいぶん率直ですな」

「ロンは警官の一隊に下着をひっかき回されるのを望むでしょうか？」

「そんなことを望む人間は誰もいないでしょう。警官の一隊どころの話じゃない。しかし、あなたはそういう真似はしないと思いますよ。ロンは騒ぎを起こすだろうし、みんな、その写真を撮るだろう。友人のマイク・ワグホーンに興味を持ってもらうことさえできるかもしれない。どう考えても、やっかいなことになるのは目に見えていると思いますよ」

アンドリュー・エヴァートンはここで言い負かされたくない。「じゃあ、他の友人たちは？　ご婦人方は？」

「ジョイスとエリザベスかな？」

「あなたは警察本部長と話をしても居心地がいいかもしれない。ロンはしれっと受け流すかもしれない。しかし、年配のご婦人方なら？　わたしが二人に質問をすることにしたら、どういう反応を見せるでしょうね？　どうしてもとなれば、わたしは実行しますよ」

イブラヒムはふきだす。「だったら、ありったけの幸運を祈りますよ、アンドリュー。エリザベスにあなたが言ったことを教えてやらなくては——大笑いするだろう。仲間のどの人間よりも、まちがいなく、わたしは扱いやすい人間ですよ」

「あなたの助けが必要なんです、イブラヒム」アンドリュー・エヴァートンは言う。

イブラヒムは体をのりだす。「本部長。アンドリュー。わたしが邪魔しているように見えるのは承知しています。実を言うと、承知のうえなんです。ときにわたしはとても頑固になる。いわば、てこでも動かない。過去にそう言われたことがありました。ですから、コニー・ジョンソンと何を話したかは言うつもりはないし、できる限り状況を分析してみたところ、あなたはわたしにそれを強制する立場にはない。しかし、あなたが気をもむようなことは何もないと保証できます。心配するようなことは何ひとつありませんよ。コニー・ジョンソンが有罪かどうかは法廷が決めることです。彼女がヘザー・ガーバットの死になんらかの関わりがあるかどうかについては、おそらくないものと思っています。しかし、これだけは断言できるが、彼女との会話は無害なものでした」

「今度はいつ彼女と面会するつもりですか？」

「予定はありません」イブラヒムは答える。

アンドリュー・エヴァートンはうなずく。これからどうしたらいいか決めかねている。

ただ、ひとつ確かなのは、イブラヒム・アリフはたった今嘘をついたということだ。

27

ジョイス

キャロン・ホワイトヘッドとロバート・ブラウン理学修士。

ずっとグーグル検索しているけど、あまり情報がない。せっぱつまって、ビング検索も使ってみたけど、結果は同じだった。かえって、検索が遅くなったほど。イブラヒムは検索は役に立たないと言っている。名前は暗号みたいに変えられていると考えているのだ。だけど、そもそもイブラヒムは何もかもが暗号化されていると考える人だ。

マイク・ワグホーンのメールアドレスは知っているけど、やたらにメールしないようにしている。リスがアーモンドを初めて食べたときの動画がとても滑稽だと思って送ったら、これは仕事用のメールアドレスなのでインターネットの動画は観られないし、すでにその動画なら観た、と返してきた。

それっきりメールをする勇気がない。だから、ホワイトヘッドとブラウンという名前についてメールする機会ができてうれしかった。その名前にピンとくる？　って。

彼はメールにお礼を言ったけど、どちらの名前も聞いたことがないそうだ。となると、おそらく本当に暗号化されているのだろう。彼はポーリンにもその名前を伝えたようだ。

大きなニュースは、文学ソサエティ主催で朗読会があったこと。しかも、とてもいい会だった。ケント州の警察本部長が来たのよ、信じられる？　彼の本をキンドルにダウンロードした。一冊九十九ペンスだなんて、どうもありがとう。

イブラヒムは水曜にダーウェル刑務所に行き、コニー・ジョンソンと話す予定でいる。彼女はどういう雑誌が好きだろうと相談されたけど、よくわからなかった。わたしは『ウーマン＆ホーム』が好きだけど、コニー向けには思えない。だからジョアンナに連絡して、コニーは三十代のドラッグディーラーで、いつもすてきな靴をはいていると説明したら、『グラツィア』を勧めてくれた。

ロンはジャック・メイソンとの話を報告してくれた。ジャック・メイソンはベサニーが死んだということを事実として知っているそうだ。だとしたら、誰が彼女を殺したかを知っているにちがいない。エリザベスはまたジャックに会って、もっと探りだして、とロンに言ったけれど、それによって全員が事件に集中することになった。

《ア・プレイス・イン・ザ・サン》（夢の休暇の家を探す手伝いをする番組）でも観ようかしら。きのうはクレタ島の家を探していた。奥さんは小さな農場に夢中になったけれど、ご主人のハンググライダーを保管するスペースがなかったので、購入申し込みは見送った。奥さんが失望しているのがありありとわかったけれど、そういう夫と結婚したのだから、彼女にも責任の一端はあるわね。

フィオナ・クレメンスとどうやったら話ができるかについても思案している。フィオナとジャック・メイソンには接点があるかわからないけど、彼女が何年も前にベサニーにああいうメモを書いたなら、やはり容疑者だ。容疑者には一人残らず質問をしなくてはならない。

だけど、どうやって？　インスタで彼女にメッセージを送ったけれど、受けとったかどうかもわからない。

こう書きながらも、エリザベスに言われそうなことは予想がつく。マイク・ワグホーンに会いたいからベサニー・ウェイツ事件を調べたがっているだけだし、今度はフィオナ・クレメンスに会いたいから彼女が怪しいと思いたがっているんでしょ。昔、彼女があいうメモを書いたとしても、それを確かめる術はないのよ。ええ、たしかに、それは当たっている。でも、わたしがフィオナ・クレメンスに会いたがっているからといって、即、彼女は殺人犯じゃないとは断言できない。たくさんの有名人が殺人犯だ。たとえばクレイ兄弟（イギリスのギャングで犯罪者でナイトクラブのオーナー）とか。

日曜のランチにジョアンナがこっちに来る。だからフィオナ・クレメンスに会うにはどうしたらいいのか訊いてみるつもり。フィオナの番組《ストップ・ザ・クロック》の録画を観覧するチケットを申し込むことはできるけど、観覧席から殺人についての質問を叫ぶわけにはいかないもの。

売店にひとっ走りしてきた方がいいかしら？　今ではアーモンドミルクを置いているの。前回、ジョアンナが来たときは、自分専用のミルクを持ってきた。なぜって「もう誰も牛乳なんて飲まないのよ、ママ」だからよ。わたしは反論し、たくさんの人がまだ牛乳を飲んでいると言った。でもねえ、ジョアンナの「誰も」とわたしの「誰も」の定義はたぶんちがう。わたしはこう言ってやりたかった。「つまりロンドンでは一人もいないってこと?」だけど、そこまで騒ぐ問題じゃないわね。

いずれにせよ、ジョアンナが冷蔵庫を開けるときの顔を見るのが待ちきれない。今は誰もアーモンドミルクを飲む人がいないのなら別だけど。たしかにその可能性はある。時代に追いつくのはとても大変だわ。

でも、ドラッグディーラーにふさわしい雑誌を選ぶときには、ジョアンナは役に立つ。それはほめてあげたい。

明日、ポーリンと会う約束をしたので、とても楽しみにしている。ポーリンの提案で、波止場近くのホテルでアフタヌーンティーをいただくことになった。調べてみたら、プロセッコ(スパークリングワイン)が一杯つくみたい。ジャッキー・コリンズ(ハリウッドの内幕物を得意とするベストセラー作家)みたいな気分を味わえそうね。

28

ジャック・メイソンはネットでヘリコプターを眺めている。一機買ったら楽しいだろう。もちろんその金はあるが、実際のところ、どのぐらい利用する?

昔は車を運転し、英仏海峡トンネルで渋滞にひっかかりながらアムステルダムへ往復したり、リバプールまで北上したりしていた。ヘリコプターだったら楽だった。最高だっただろう。

しかし、今は？　実際、今はどこに行く？　スクラップ置き場か？　それならベントレーで十五分だ。信号にひっかかれば二十分くらいか。ときにはロンドンに足を伸ばし、向こうにいる数少ない友人たちを訪問することもある。スペインに逃亡していない、あるいは死んでいない、わずかな友人たちだ。

玄関ホールの時計が夕方六時のチャイムを鳴らす。そこでジャックはスコッチを注ぐ。

ロン・リッチーにしゃべりすぎただろうか？　同年配の人間と話すのはとにかく楽しかった。ジャックは誰がベサニー・ウェイツを殺したのかを知っているが、彼の口からその名前が明かされることは絶対にないだろう。規範は守らねばならないし、誰に伝えようとも、密告は密告だ。

それでも、ジャックは何かしら言いたかった。というのも、じっくり考えてみれば、何もかもがとんでもなく無軌道だったからだ。ベサニー・ウェイツが死ぬ必要はなかった。

ジャックのスクラップ置き場はきちんと役目を果たしている。ときどき、いくつかの雑用が入ってくる。依頼がされ、依頼はかなえられる。カジノのほとんどは売却してしまったし、まだ残っているものはたっぷり金を稼いでくれている。しかし、かつてのようには電話は鳴らない。人々は彼を必要としないのだ。それはそれでかまわない。ドラッグ業界を牛耳《ぎゅうじ》るエネルギーなんてもうないだろう？　そういうことはすべてガキどもに任せておこう。ジャックには自宅があり、英国海峡を見晴らす眺望があり、スヌーカー台がある。厩舎まで所有している。万一馬がほしくなったときに備えて。それに夕方六時になるまでは酒を飲みはじめない。密告はなし、六時まではウィスキーもなし。守るべきルールだ。

ヘリコプターのスペースは充分にある、それはまちがいない。クロッケー用芝生に着陸させればいい。小さなゴルフ用バギーを買って、屋敷まで運転していく。いや、本当にうっとりするような美しい機体だ。エストニアの誰かが金と紫のベル430を売ろうとしている。これなら何人かを感心させられるだろう。

いや、そうだろうか？　ジャックは残りのスコッチをあおる。最近はそもそも見に来る人なんているのか？　誰が訪ねてくる？　ロンを屋敷に招いてスヌーカーをやろうかと考える。ロンは喜ぶだろうか？　二人はウマが合った。

ジャックはこれまで莫大な金を稼いできたが、考えてみると、あまり多くの友人はできなかった。犯罪者としてずっと生きてきて気づいたのだが、取り巻き連中は本当の友人ではない。

一年に二度しか使わないヘリコプターに本気で六十万ドルも投資したいのか？　機体が芝生を枯らすのを見るために？　ううむ。

「ゴルフバギー、イギリス、価格？」とグーグルに打ちこんでいると、画面にメールの受信通知が現れる。

そのアドレスなら見覚えがある。ベサニー・ウェイツの殺人者からだ。かつては頻繁に連絡を取り合っていた。今はぐんと減ったので、安堵めいたものを感じている。だが、この数日間に起きたあれこれを踏まえると、連絡がくるのは予想していた。

メールにはこう書かれている。

久しぶりだな。目をしっかり開いておけ、と友人として警告したかったのでね。近いうちに話そう。

こっちのせりふだ、とジャックは思う。ジャック・メイソンが人生で片をつけていないことはそれほど多くないが、これはまちがいなく、そのひとつだ。

ジャックは考えこむ。もしかしたら、そろそろ真実を話すべき頃合いなのだろうか？

29

ジュニパー・コート、交通監視カメラを調べて突き止めた建物は、フェアヘイヴン警察署からほんの十五分ほどなので、クリスとドナは歩いていくことにする。

「ところで謎の男は何者なんだ？」クリスはたずねる。

「まだ鑑識から返事が来ていません」ドナは答える。「死体は何も身につけていなくて、身分証も。メディアに写真を配布しました。そのことはすべて知ってますよね？」

「ミニバスの男じゃないよ、やれやれ」クリスは言う。「きみが会っている男は？」

「あきれた優先順位ですね。まったくもう」

二人はフォスター・ロードに曲がる。ジュニパー・コートは一九八〇年代に居住用に建てられた大きな建物で、あと二十年もしたら、レトロでおしゃれに見えるようになるかもしれない。百ほどの部屋、前面には芝生、例の地下にある広い駐車場。

ジュニパー・コートはこれまで警察の記録にはあまり登場していなかった。二、三の盗難自転車、妙な物音の苦情、郵便で偽バンクシーを売っている男ぐらいか。あとは市長についてのいたずら書きで、それは真剣に対処しなくてはならなかった。管理会社の詳細をネットで見つけることすらできない。まさに静けさと特徴のなさを体現した建物だ。しかしここにはベサニー・ウェイツを殺した犯人の手がかりが存在する可能性がある。

駅に近くて便利なので、多くのロンドンやブライトンへの通勤者が住んでいる。すなわち、二人が訪ねていく時間帯には人気《ひとけ》がないということだ。

「オーディションのことで不安なんですか？」ドナがクリスにたずねる。クリスは《サウス・イースト・トゥナイト》のスクリーンテストを受けることになっていた。すぐそこの角を曲がったところで、水曜日に。

「いや、わたしは悪者を追いかけるのが仕事なんだぞ」クリスは言う。「テレビカメラを恐れると思うのか？」

「ええ、思います」ドナは言う。

「そうだな。実は怯えている。取りやめにしてもらえるかな？」

「そんなこと、あたしが許しません。とてもテレビ映えしますよ」

大きな両開きドア越しに、ジュニパー・コートのエントランスにあるデスクが見える。茶色のオーバーオールを着た男がデスクの前にすわり、《デイリー・スター》を読んでいる。

「ロンドンでは、コンシェルジュって呼ばれてる人間だ」クリスは言い、入れてもらおうとブザーを押す。身分証を掲げるが、その必要はない。男は視線を向けようともせずに二人を中に入れる。

「おはよう」クリスは言う。男は相変わらず顔を上げない。「建物の管理人と話をしたいんだが？」

男はようやく目を上げる。「おれだよ。でも、話は好きじゃない」

クリスはもう一度身分証を見せる。「ケント警察だ」

男は新聞を置く。「おれの隣のやつか？　彼を逮捕するつもりなのか？」

「いや……そうじゃないが、そいつは何をしたんだ？」

「温室を作ったんだ」男は言う。「建築許可なしで。おれはレンだ。そのことでさんざん電話しているのに、警察が来たのは初めてだよ」

「それは役所に言うべきよ、レン」ドナが言う。「警察じゃなくて」

「そうなのか？」レンは言う。「もしおれがやつを殺したら、すぐに飛んでくるんだろうね？」

「まあ、そうだな、まちがいなく」クリスは応じる。「あんたが彼を殺したら、われわれは来るよ。殺人なら、イエスだ。しかし温室はノーだ。この場所の管理会社の詳細について知りたいんだ。あんた、役に立ってくれないかな？」

「持ちつ持たれつだろ」レンは言う。「あんたたちが隣のやつと話してくれたら、たぶん、おれも思い出すかも――」

「アーリントン不動産」ドナが掲示板を読み上げ、電話番号をメモする。

クリスはいくつかの郵便分類棚の中をのぞいて、名前をメモしていく。本当は違法だが、背後のデスクにいるレンは合法性に対して非常にゆるい考えしか持っていないようだ。

「そんなことをするのは許されているのか？」レンがたずねる。

「ああ、令状があればな」クリスは言う。実はそんなものはないが。〈木曜殺人クラブ〉に悪影響を受けているとときどき思う。

「とりわけやっかいをかけている人っている？」ドナがたずねる。

「十七号室のやつはトイレの便座をふたつ壊した」レンは言う。

「協力をありがとう、レン」クリスは言う。「仕事に戻ってくれ」

二人が帰ろうとすると、レンが呼びかける。「おい、おれがやつを殺しても責めないでくれよ。あんたらのせいなんだからな」

寒い戸外に戻ると、クリスとドナは車のナンバーをメモしはじめる。クリスが絶対に見覚えがあると思う車が停まっている。白いプジョーで、ナンバープレートには炎の絵。そのナンバーを書き留める。エリザベスが見落とした手がかりをクリスは見つけたかった。それにしても、本気で七十代後半の女性にそれほどの競争意識を抱いているのか？

しかし、これが遠回りな調査でしかないということはわかっている。ある人間が今ジュニパー・コートに住んでいても、十年前、ベサニー・ウェイツが死んだ夜も住んでいなければ無意味だ。

それでもクリスはナンバーをメモし続ける。警察の仕事のほとんどはナンバーを書き留めることなのだ。

30

「彼はバイクが好きだった」ポーリンは言う。「バイクいじりが好きだったの。しょっちゅうばらばらに分解するくせに、また組み立てるのを忘れちゃって」

「ゲリーはジグソーパズルではそんな感じだったわ」ジョイスは言う。「いっつも彼に口を酸っぱくして言ってたものよ。ジグソーを始めたら、ちゃんと終わらせてね。オペラハウスが完成したら、お願いだから次は橋をやってよって。結局、わたしが完成させる羽目になったわ。バイクじゃ、たぶん無理よね」

「週末には友だちとよく遠乗りに出かけた」ポーリンは言う。「仲間全員と――〝死の無法者〟って名乗ってたわ。そのうち二人は会計士だった」

「でも、あなたのことを気にかけてくれたんでしょ」

「そうだったのかしら、ジョイス？　わからない。当時はわたしを愛してくれていたし、彼と別れようとしたら大変だったでしょうね。でも――」

「でも？」

「まあね、わたしたちはうまくいっていた。ましな方だったんじゃないかしら」ポーリンは言う。「ただ、それが若いときに夢見ていた愛かどうかはわからない。当時、結婚は必須だったでしょ？　お相手を見つけなくちゃならなかった」

「申し訳ないけど、わたしの方はすごく退屈な話なの」ジョイスは言う。「わたしは結婚したかったのよ」

「やだ、それは退屈な話じゃないわ、ジョイス。本気で言ってるんだけど、まさに夢よ。どんなふうにゲリーと恋に落ちたの、覚えてる？」

「ああ、恋に落ちたんじゃないのよ。そんなんじゃないの。部屋に入っていったら、そこに彼がいて、彼がわたしを見つめ、わたしも彼を見つめた。それだけで充分だったの。ずっと前から彼と愛し合っていたみたいだった。恋に落ちるとかは必要なかった。足にぴったり合う靴を見つけたみたいな感じかしら」

「まあ、ジョイス。なんだか泣けてくるわ」

「だけど、彼にも短所があったのよ」

「彼はミンティって名前のタトゥーアーティストと浮気したことがある？」

「いいえ、でも使ったティーバッグをいつも流しに放置していた。それにジグソーパズルのこともね」

二人の女は笑う。ポーリンはグラスを持ち上げて乾杯する。

「ゲリーに」ポーリンは言う。「彼に会ってみたかったわ」

ジョイスはポーリンのグラスに自分のグラスをカチリと合わせる。「それから、ええと……ごめんなさい、あなたのご主人の名前を聞きそびれたわ」

「ルシファーって名乗っていた。デュランのコンサートスタッフだったの」

「本名は何だったの？」

「クライヴ」

「そう、わたしもクライヴに会いたかった」ジョイスは言う。「彼とゲリーは話が合ったかしらね？」

ちょっと沈黙が落ち、また二人の女は声をあげて笑う。ウェイターが小さなペストリーとサンドウィッチが山盛りになったケーキスタンドを運んでくる。ジョイスは拍手する。

「わたしはアフタヌーンティーが大好きなの」ポーリンは言う。「ねえ、この小さなエクレアを食べているあいだに、どうしてわたしたちがここにいるのか教えてもらえない？」

「ちょっとおしゃべりできたらいいなと思ったの。あなたをもっと知って、噂話をしたいなって」

ポーリンは片手を上げる。「ジョイス、ごたくは勘弁して」

「わかった」ジョイスは言い、ふた口で食べられるサンドウィッチをひと口かじる。「ベサニー・ウェイツのことで話をしたかったの」

「あなたにはほんとに驚かされるわ、ジョイス」ポーリンは言う。「そのエクレア、食べる？　ビーフとホースラディッシュのサンドウィッチと交換するわよ」

二人は交換する。

「マイクが言っていたメモについてずっと考えているの」ジョイスは切りだす。

「なるほど」ポーリンは言う。「ところでレモンタルトは食べたい？」

「いいえ、どうぞ」ジョイスは言う。「何かを探しているときって、たいてい思いがけないところから見つかる場合が多いでしょ？　たとえば、このあいだテープメジャーを見失ったんだけど、それはいつもキッチンの引き出しに入っていたの。いつもよ。ところが、どっちのテレビが大きいかっていうイブラヒムとの議論に決着をつけるために必要だったのに、引き出しを開けたら、どう？　なかったのよ。お決まりの場所にはなかった。結局、本棚にあったわ、理由はわからないけど。わたしはそこに置かなかったし、もちろんアランだって置かないわよね？」

「話が脱線しちゃった、ジョイス？」

「いいえ、全然。みんながジャック・メイソンに注目しているあいだに、《サウス・イースト・トゥナイト》に目を向けてみようかと思っただけなの。つまり、そこに彼女を殺した人間がいないかどうか。まったくちがう理由からね。筋が通っているかしら？」

「そういう考え方もあるかもね。何でも訊いてちょうだい」

「何者かがベサニー宛ての脅迫メモを置いてたでしょ。バッグの中とか、デスクの上に」

「そう聞いてる」とポーリン。

「もしやあなたがやったの？」

「いいえ」

「フィオナ・クレメンスって可能性はあった？」

「フィオナ・クレメンスだったかもね」ポーリンは言う。「ちがうとは思うけど、ありえなくはない」

「嫉妬から？」

「嫉妬というのはふさわしい言葉じゃないと思う。どちらも強い女性だったし、あのころは世間が強い女同士を競わせたがった。同じ部屋に強い女性を二人同時にいさせることはできないという感じね。爆発が起きてしまうから」

「フィオナ・クレメンスと話してみるべきかもしれないわ」ジョイスは言う。「あなたの考えはどう？」

「あなたは彼女と話したいんでしょ、ジョイス。それがわたしの考えよ」

ジョイスはポーリンにレモンタルトをあげる。「話してみてもいいわよね。ところで、このあいだのことだけど。ベサニーの服のことで何か言っていたでしょ？」

「さあ、なんのことかしら」

「千鳥格子のジャケットと黄色のパンツのことで」ジョイスは言う。「そんな服装をする人がいるかしらって言ったでしょ？」

「だって、わかるでしょ」

「わからないわ。どうしてそう言ったの？」

「プロセッコのお代わりはいかがですか？」ウェイターがたずねる。

「ええ、お願い」ジョイスとポーリンは言う。彼が注いでいるあいだ、二人の女性はグラスが満たされていく様子に「わあ」とつぶやくだけで、礼儀正しく黙りこんでいる。

「妙な服装だなって思っただけ」ポーリンは言うと、ぐいっとグラスを傾ける。「彼女らしくないのよ」

「ポーリン」ジョイスが言う。「わたしに話していないけど、何か知っていることがあるんじゃない？」

「あなたならそれを見つけだすと思うけど？」

「そんな自信ないわ、全然。あなた、誰かをかばっているの？」

「ベサニーの服について意見を言うことで？　いいえ。たんに服に興味を引かれただけ。わたしはそういうところに目がいくから」

「みんな、パンツのことよりも海外口座の方に注意を向けているわ」

「ああ、それはあなたたちが仲間だからよ。誰もが同じものに注意を向ける必要はないでしょ」

「それから、交通監視カメラの映像がとてもぼやけているって言ったでしょ？　それってふつう口にしないことじゃない？」

「ジョイス」ポーリンは言う。「あなたたちがいろいろな推理をもてあそんでいたから、わたしはたんに仲間になりたかっただけなの。何かお役に立てればいいなって。四人そろうと、かなり威圧感があるわね」

ジョイスは笑う。「かもしれないわ。おもにエリザベスのせいよ、わたしじゃなくて」

「たしかに」ポーリンは同意する。「ロンについて話して」

「何を知りたいの？」

「悪いこと」ポーリンは言う。「あの美しい目をのぞきこんでいるときに見逃しちゃったこと」

「どれから始めようかしら」ジョイスは言う。「きちんとした服装ができない、健康的な食生活をしたがらない、反対意見を受けつけない、声が大きすぎるときがある、とりわけ公の場では。ときには古くさい態度をとるし、一時間もわたしにお説教したことがあった。地元の選挙で自由民主党に投票したって言ったときよ」

「だけど、それは――」

「わたしをときどきからかうけど、エリザベスをからかうときは、わたしもやるわね、と思うから、それは欠点じゃないのかもね。メッセージの返信がものすごく遅くて、すぐ機嫌を損ねる。とりわけおなかが減っているとね。しょっちゅう、おならをする。クーパーズ・チェイスで撃たれた暗殺者の死体を見せてもらえなかった、といって丸一日不機嫌だったこともあった。音楽の趣味は最悪で、夜にやって来るとテレビをつけたまましゃべる」

「クーパーズ・チェイスに暗殺者がいたの？」

ジョイスはその質問を手を振ってしりぞける。「売店に行かせたら、まちがったものを買ってくる。それって、ミルクチョコレート・ダイジェスティブの代わりにダークチョコレート・ダイジェスティブを買うとかじゃないの。四パック入りトイレットペーパーを頼むと、パイナップルを買ってくるのよ」

「それならよく理解できるわ」ポーリンは言う。「長所は？」

「もっと長いリストになるわ。だから、あなたのために要約するわね。彼は誠実で、親切で、おもしろい。だから、どういう理由にしても、彼がわたしの友だちでいてくれることをとっても、とっても誇りに感じている。これはひとつの意見にすぎないけど、彼は王子さまなの。ときどき夢見るのよ、馬鹿げていると思われるかもしれないけど。ロンがわたしのソファにすわって、ゲリーが自分の肘掛け椅子にすわって、二人が夜遅くまで笑ったり議論したりしているところを想像するの。その光景がありありと目に浮かぶ。ゲリーはロンを大好きになったでしょうし、それはわたしにとって最大の賛辞だわ」

ジョイスの目には涙が浮かんでいるので、ポーリンはその手をとる。「あなたも彼を愛しているみたいね、ジョイス」

「もちろん、そうですとも。ロンを愛さないでいられる？　もちろん、わたし向けの男じゃないわ、ポーリン、列挙したたくさんの理由のせいでね。でも、パイナップルが好きで、トイレットペーパーの在庫はもう充分あるなら、あなたにふさわしい男よ」

「そうね、あなたの言うとおりかもしれない」ポーリンは言う。

いまやジョイスは涙を浮かべながら微笑んでいる。「なんてすてきなの、本当にすてき。結婚式用の帽子を探さなくちゃ」

「先走りしないでちょうだい」ポーリンがにっこりする。「時期尚早よ」

ポーリンはジョイスの手を離す。だがジョイスは自分の手をポーリンの手に重ねる。そして、まっすぐ相手の目を見つめる。

「わたしに洗いざらい話していると約束する、ポーリン？」

「ご婦人方、お代わりが必要なようにお見受けしますが？」ウェイターが言う。

「ええ、お願い」ジョイスとポーリンは声をそろえる。

31

「昔のコンピューターで彼らを調べたんだろう？」スティーヴンがたずねる。「何も出なかったのか？」

「何も」エリザベスは言う。まだ保安部にいる友人が彼女のために名前を調べてくれたのだった。〝キャロン・ホワイトヘッド〟と一致するものはなかった。〝ロバート・ブラウン〟の方はあまりにもたくさんの候補があった。すべて調べると約束してくれたが、頼めることは限られているし、すでにエリザベスはこのところたくさんの依頼をしていた。警察本部長を訪問するべきかもしれない。そして、彼が知っていることを探ってみる？　面会の約束をとりつけられるだろうか？　何かしら方法があるはずだ。

「きみの友だちが解明してくれるだろう」スティーヴンは言う。「クロスワード好きの人だよ」

イブラヒム。彼とスティーヴンはかつていい友人同士だった。イブラヒムは今でも訪ねて来たがっているが、エリザベスはあれこれ言い訳をして断っている。

「おれはここでチェスをしようとしているんですが」ボグダンが言う。「おしゃべりばかりだ」

ボグダンはスティーヴンの相手をするために、丘の上の建設現場から下りてきたのだ。

「相変わらずいい匂いがするわね」エリザベスが言う。「しかも、以前と同じ匂いだわ。定期的に誰かと会っているみたいじゃない？」エリザベスは一度にひとつ以上の謎に対処する余裕がある。

ボグダンは駒を動かし、椅子に寄りかかる。「殺さなくてはならない男のことはどうするつもりですか？」

「先に質問したのはわたしの方よ、ボグダン」エリザベスは言う。

ボグダンからは何も聞きだせないだろう。もしかしたら尾行してみるべきかもしれない。ちょっとやりすぎかしら？　少し考えてみて、結論を下す、ええ、ちょっとやりすぎね。でも、実のところ、エリザベスは秘密を知らないままでいるのが大嫌いなのだ。諜報員は犬に似ている。閉ざされたドアには我慢できない。

「あのバイキングはすばらしい本を持っていたな」スティーヴンが次の手を考えながら言う。「いや、まったく驚嘆したよ」

もちろんスティーヴンはエリザベスの秘密だ。彼女の閉ざされたドアだ。当分は。

「おれが渡した銃を使うつもりですか？」ボグダンがたずねる。「おれにくれた女は長いあいだ埋めておいたから、ちゃんと作動するか確かめてくれって言ってました」

「いまや、銃についてアドバイスをくれるようになったのね」エリザベスは言う。だが、実際のところ点検しなくてはならないだろう。今夜、森に持っていこう。フクロウとキツネを驚かすことになるが。

「なあ、ボグダン」スティーヴンがチェスボードをしかめ面でにらみながら言う。「またきみに負けたようだ。わたしは頭がだめになってしまったにちがいない」

「だめになりかけているのはゲームだけですよ」ボグダンは言う。

キャロン・ホワイトヘッドとロバート・ブラウン。盗まれた金のいちばん最初の取引先。そこに手がかりがあるはずだが、エリザベスは袋小路にはまったような気がしている。

皮肉にも、助けてくれそうな人を一人だけ思いつく。

ヴィクトル・イリーチだ。この手のことには天才だ。記録を漁り、金の流れをたどること。

しかし、ぐずぐず言っていないで、そろそろ行動に移る頃合いだ。ヴィクトルを殺し、それによってバイキングによる脅威を消す。エリザベスは今夜森に行き、銃をテストするつもりだ。それからジョイスにメッセージを送り、明日ロンドンに行くと知らせる。ただし理由はまだ言うつもりはない。

ヴィクトル・イリーチを殺すときが来た。しかも決行のときは、ジョイスにその場にいてもらう必要があるのだ。

32

朝のラッシュアワーは過ぎていたが、電車はそれでも混んでいる。たった今、エリザベスは誘拐されたことを話し終えたところだ。

「だけど、頭に袋をかぶせられて、さらに目隠しをされたの?」ジョイスは質問する。電車はイギリス独特の横殴りの雨の中を走っていく。「やり過ぎでしょ」

「念には念を入れろ、よ」エリザベスは言う。

ジョイスはうなずく。「わたし、レインコートとさらに傘もバッグに入れてきたの。だから、どの口が言うってところよね。スタフォードシャーはどうだった?」

「ほとんど見られなかったのよ、ジョイス」エリザベスは言う。「猛スピードの車で連れていかれ、頭に銃を突きつけられて家にひきずりこまれ、そのあと午前二時に凍えるように寒い道ばたに放り出されたから」

エリザベスのスマートフォンが振動し、非通知の番号からショートメッセージが入る。

ロンドンに向かう電車に乗っているのが見えるよ、エリザベス。あらゆるところに部下を配置しているんだ。どうか、わたしをがっかりさせないでほしい。

脅そうとしたのだろうが、なんだか懇願しているようにも感じられる。それでもエリザベスは車両の端から端まで視線を移動させ、乗客全員の顔を順番にチェックしていく。

「スタフォードシャーに行ったことがあるかどうか、よくわからないの」ジョイスが続ける。「だけど、何かの折に絶対に通過したことがあるわよね、そうじゃない？」

理想的な筋書きはヴィクトル・イリーチを殺さなくてすむことだ。しかし、バイキングは二週間後にジョイスを殺すだろう、そうしなくてすむすばらしい理由を与えない限り。選択肢はヴィクトルかジョイスかで、まったく選択の余地はなかった。

というわけで、二人はポールゲート駅九時四十四分発のロンドン・ヴィクトリア駅行きの電車に乗っていた。エリザベスはジョイスの命を奪うという脅迫については、まだ言わないつもりでいる。それで正しかったのだろうか？　ジョイスなら殺しの脅迫にも対処できただろうか？　エリザベスはまだジョイスの能力の限界について知らないが、絶対に限界があるのでは？

「ええ、いつかスタフォードシャーを通るわよ、ジョイス。すごく広いから」

ジョイスはエリザベスに新しい推理を話していた。フィオナ・クレメンスはベサニー・ウェイツの殺人に関係していそうだから、あらゆる面を考慮して彼女と話してみるのは有益じゃないかしら？　しばらくそれについて検討するのは楽しい。これからしようとしていることを考えるよりは。

エリザベスは膝にのせているバッグの中の拳銃の重みを感じている。拳銃、ペン、口紅とクロスワードの本。まるで古きよき時代みたいだ。

「この電車は車内販売が来るの？」ジョイスがたずねる。「それとも食堂車まで行かないとだめ？」

「車内販売があるわ」

「あら、よかった」ジョイスは言うと、肩越しに振り返る。おそらくワゴンが来ているか確認するためだろう。「それから、このロンドンへの旅はあなたの冒険と関係しているの？　それとも買い物をするため？」

「関係しているわ。その埋め合わせに、別の日に買い物に連れていくわね」

エリザベスのスマートフォンにまたメッセージだ。

ところで、実行にはいい日だな！

バイキングは他にやることがないの？　二人は椅子に背中を預け、窓から濡れそぼった灰色の風景を眺める。ああ、イギリスというのはその気になれば、とことん気を滅入らせることができるのだ。

ジョイスはついに沈黙を破る。「で、これからどこに行くの？」

「わたしの古い友だちに会うの」エリザベスは言う。「ヴィクトルよ」

「以前の牛乳屋さんがヴィクトルって名前だったわ」ジョイスは言う。「もしかして、同じ人っていう可能性はある？」

「おおいにありえるわ。あなたの牛乳屋さんは八〇年代にKGBレニングラード支局長だった？」

「ちがうヴィクトルみたいね。ただ、牛乳の配達ってすごく早く終わるでしょ？　もしかしたら副業としてやっていたとか？」

二人は笑いころげ、そこに車内販売がやって来る。ジョイスはカートの女性にたて続けに質問する。お茶は無料なの？　ビスケットはある？　それは無料？　そこに見えているのはバナナ？　電車内ではバナナはよく売れるの、それともビスケットの方が人気？　列車のこちら側では、向こう側に比べてどのぐらいコーヒーが熱い？　さらに補足的な質問をいくつかして、カートを押している女性が出産後、最近仕事に復帰したばかりで、空港の建設現場で働いている夫はあまり育児に協力的ではなく、義母はどうしようもない人で、ことあるごとに夫の味方をする、という情報を引き出した。さんざん質問したあとでジョイスは、けっこうよ、実は何もいらないの、ありがとう、と言った。エリザベスは水を買い、販売員の女性は二人に旅の無事を祈ると、ワゴンといっしょに先に進んでいった。

「それで、どうしてヴィクトルに会いに行くの？」

エリザベスはワゴンが見えなくなるのを確認する。

「残念ながら、彼を殺さなくちゃならないのよ」

「冗談言わないで、エリザベス。わたしたちは調査の真っ最中でしょ。それに最近、そういう物騒なことはいやというほど経験したじゃない」

ジョイスの言うとおりだ。エリザベスはトニー・カランの殺人まで遡って考える。さらにイアン・ヴェンサム。ウィロウズ棟のペニーと彼女の手を握っていたジョン。何もかもちょっとした冗談に思えたが、長い一連のできごとの始まりでしかなく、その結果、バッグに拳銃を入れて、ポールゲート駅九時四十四分発の電車に親友と乗るに至ったのだ。親友？　それは新しい概念だった。そうね、とエリザベスはジョイスにうなずく。

「わかってる。ただ、あと少しやらなくちゃならないのよ。すべてに片をつけるために」

「でも、人を殺すことなんてできないでしょ、エリザベス」

「できるってことはお互いにわかってるでしょ、ジョイス。それに、今回はどうしてもしなくてはならないの」

「なぜ？　彼を殺さないとどうなるの？」

「わたしが殺されるのよ（あなたが殺されるのよ、ジョイス。ただし、そんな真似はさせないわ）」

「あなたって、ほんとにおもしろいことを言うのね。いつから言われたことをするようになったの？誰がヴィクトルを殺すように命じてるの？」

「わからない」

「MI5？」

「それを言うなら、たぶんMI6の方ね、ジョイス。ただし、申し訳ないけどちがうの。背の高いスウェーデン人の男なのよ」

「スウェーデンではみんな背が高いわ。《ジ・ワン・ショー》でやってた。じゃあ、彼があなたにお金を支払うの？」

「いいえ、たんに殺すって脅しているだけ（あなたをね、親切で、おそろしくおしゃべりな愛すべき友よ）」

「ふうん、全体像はつかめないけど、わたしはたぶん手を貸すためにいるのね、それが親友の役目だから」

「というか、わたしたちは親友同士なのねって考えているところよ、ジョイス。これまでそう考えたことがなかったから」

「もちろん、わたしたちは親友同士でしょ」ジョイスはきっぱりと言う。「わたしの親友は誰だと思っていたの？　ロン？」

エリザベスはまた微笑む。これまで親友がいただろうか？　ペニー？　たぶん。でも実を言うと、二人は同じ趣味と互いへの尊敬を分かち合っていただけだ。これまで夫たちと恋人たちがいた。仕事のパートナーたち、監房の相棒たち、ボディガードたち。でも、親友は？

「待って、ストークってスタフォードシャー州？」ジョイスがたずねる。

「そうよ」

「じゃ、スタフォードシャーに行ったことがあるわ。ストークまでバスツアーで行ったの、何年も前に。かわいい陶器をたくさん売ってた。ゲリーの名前がついている保存容器を買ったのよ」

「すっきりしてよかったわ」エリザベスは言う。

「ヴィクトルはどこに住んでいるの？」

「あなたがとても気に入るはずの場所よ」

ジョイスはうなずく。「本気で彼を殺すつもりじゃないわよね、エリザベス？　本当に殺すつもりだったら、わたしを連れてこないんじゃない？」

エリザベスは一瞬、ジョイスを見つめる。「だったら、誰を連れてくると思うの？　ロン？」

そう返せば友人を笑わせられると期待していたが、ジョイスは怯えた顔になった。

ロンドンに近づくと、雨は小降りになりはじめた。

33

「〝あいつらはあたしを殺すつもりだ〟」イブラヒムは読む。「〝今はコニー・ジョンソンだけがあたしを助けることができる〟」

「彼女は怯えていた、それははっきり言える」机に足をのせたコニー・ジョンソンは言う。二人は個室面会室の利用を許されていた。「メンタルヘルスを良好に保つこと」が重要だからだ。

「怯えていた」イブラヒムは繰り返す。「きみに怯えていたのか？」

コニーはかぶりを振る。「相手があたしを怖がっているときはわかる。でも、彼女は誰かを怖がってた」

「たぶん、きみは人々に怖がられるのが好きなんだろうね？」イブラヒムはメモをとっている。「そのことについてはどう答える？」

「セラピーをしているの？　それとも殺人を調べてるの？」

「ふたつを合体できるかと思ったんだ。セラピーでは重大局面を絶対に見逃してはならない」

「人が怖がるのは、あたしの問題じゃない」コニーは言う。「ところで『グラッツィア』、ありがとう、ばっちり好みだった。あたしを怖がる連中にはスリルを感じない。たんに金を手に入れるのが簡単だから、怖がらせているだけだよ」

「じゃあ、彼女は誰を怖がっていたんだろう？　どう思う？」

コニーは肩をすくめ、刑務官が淹れてくれたカプチーノをひと口飲む。チョコレートスプリンクルまでトッピングされている。「あまりにも恐ろしくて口にできない秘密を抱えている感じがした」

「彼女はその秘密をきみが知っていると信じていた、そう思えるよ」イブラヒムは言う。「『コニー・ジョンソンだけがあたしを助けることができる』彼女はきみに何を話したんだ？　手がかりを与えたんじゃないかな、おそらく？」

「だとしても、気づかなかった。だけど、ずっと考えているよ」

「差し支えなかったら」とイブラヒムが言う。「きみには秘密があるかい、コニー？」

「ないよ」コニーは言う。「せいぜいガレージの金庫の暗証番号ぐらい。でも、それは勘定に入らないよね？　あんたの秘密は何なの？」

「それはまた改めて。最初から始めよう。何が起きたかを耳にしたとき――」

「編み棒で？」

「そう、編み棒で。どう思った？」

コニーはちょっと黙りこみ、別の刑務官が持ってきてくれたキットカットをひとかけら折る。ちゃんと皿にのせてある。「うーん、まず、その巧妙な計画に感心した。編み棒で人を殺すのは簡単じゃないからね」

「たしかに」イブラヒムは同意する。

「そして、次に編み棒をあげるべきじゃなかった、って思った。だけど、後悔先に立たずだ」

「なかなかいいことを言うね」

「もう、彼女にとっては手遅れだった」コニーは顔をしかめてカプチーノを飲み干す。「もっと詳しいことを探れたら、新しいコーヒーメーカーを持ってきてもらえる？　ネスプレッソを持っているんだけど、デロンギの方が好きなんだよ」

「無理なんじゃないかと思うよ」イブラヒムは言う。

コニーはうなずく。「じゃあ、やれるだけやってみて。ひとつだけ覚えていることがあるんだ。独房に入っていったとき、ヘザーは何か書いてたんだよ」

イブラヒムはメモをとる手を休め、彼女を見上げる。「どんなことを？」

コニーは肩をすくめる。「さっと隠しちゃったから。だけど、探してみる価値はあるよね。彼女の私物は全部袋に詰められるのかな」

「すると彼女は何を書いていたのか？　残したメモとは別のものなんだね？」

コニーは首を振る。「たくさん文字が書かれていた。すごい勢いで書きまくっていたんだ」

「すると、きみはどう思う、コニー？　なぜヘザー・ガーバットが殺されたのか、しかも今になって殺されたのか？」

「あたしはこう考えてる。これはあたしがお金を支払っているセラピーじゃない。あたしは無報酬のメンバーとして、あんたの仲間になったみたいだって」

「たしかに、われわれ全員が無報酬だが、きみの言い分はもっともだ。合理的な観察だ。少し、きみについて話そう。きみから話すかい、それともわたしから？」

「あんたから」コニーは言う。

イブラヒムはちょっと考える。「きみは不幸せだと思う」

「はずれ」コニーは言う。

「きみは他の人々を不幸にしていると思う」

「それは確かにそうだね」

「つまり、きみは自分が他人を不幸にしていると承知している。それでもきみは幸せなのかい？　その事実と折り合うのはむずかしいにちがいない」

「他人のことはそれぞれの責任だよ」

「コニー。きみはとても聡明だ。勤勉だし、機を見るに敏だ。きみは多くの人々よりも力があると言ってもいいと思う」

コニーはテーブルを指先でコツコツたたく。「かもね」

「それゆえに、きみはいばりちらしている。強ければ、きみは人生で選択肢が持てる。すなわち、弱者を守る、あるいは弱者を食い物にする。きみは与えられた力を弱者を食い物にするために利用しているんだ」

「誰だってそうだよ」

「わたしはちがう」とイブラヒム。「それはサイコパスだけがすることだ」

「じゃ、あたしはサイコパスなんだ。あんたもやってみな、すごく儲かるよ」

「きみはヘザー・ガーバットが怯えていることを感じたね、コニー。そして、彼女が真実を言えずにいることも察した。そして、そのことを気にしていたんだと思う」

コニーはちょっと黙りこむ。「いや、それほどは」

「心配しなかったのか?」

「あんまり」

「『あんまり』それでも、ヘザーが書いていたものをわたしが見つけるべきだと考えているんだろう? 彼女の死には、目に見える以上の何かがあると考えているんだろう?」

「そうかも」とコニー。

「いい知らせと悪い知らせがあるんだ、コニー」イブラヒムは言いながら、メモ用紙を閉じる。

「教えてよ」

「いいニュースは、きみは他人を心配している。すなわち、きみはサイコパスじゃないということだ」

「で、悪い知らせは？」

「悪い知らせは、そうなると、どこかの時点で、きみはこれまでの人生でやってきたすべてのことと向き合わねばならなくなるということだ」

コニーは長いあいだイブラヒムを見つめている。イブラヒムも見つめ返す。

「あんたはペテン師だ」コニーは言う。「いいスーツだってことは認めるけど、ペテン師だよ」

「そうかもしれない」イブラヒムのスマートフォンが振動する。

「それに、もう時間切れだ。また来週に。それとも、もうおしまいかな？　きみ次第だ。もしかしたらわたしはきみにとって我慢できないほどのペテン師かな？」

コニーは雑誌を集め、キットカットの残りをエルメスのクラッチバッグにしまう。立ち上がり、片手をイブラヒムに差しだす。

「また来週に」彼女は言う。「よろしく」

「仰せのとおりに」

「あたし、あんたのために調べてみるよ」

「そして、こちらもきみのためにそうするよ」

34

「ポーリンのこと、どう思った？」エリザベスがたずねる。

「彼女のことは好きよ」ジョイスは言う。

「そうね、わたしも好きだわ」エリザベスは言う。「だけど、どう判断したの？」

「このあいだのコメントについてたずねたの。ベサニーの服についての。だけど、一笑に付した。それから、メモについては覚えていないって言った」

「何かにわたしたちを導こうとしているように思えるわね。あるいは何かから遠ざけようとしているか」

「でも、フィオナ・クレメンスと話すことには賛成してくれたわ」ジョイスは言う。「すばらしい考えだって」

エリザベスは疑わしげに友人に向かって眉をつりあげる。

黒いタクシーが停まり、エリザベスとジョイスは降りる。エリザベスはじっくりと見回す。誰が見張っている？　前方のアメリカ大使館のドアには警備員たちがいる。左手にある出版社の回転ドアを若い女性たちのグループが通り抜けていく。見上げれば、ずらりと窓が見える。隠れて見張る場所は無数にある。狙撃者のパラダイスだ。ジョイスもきょろきょろ見回しているが、まったくちがうところに注目している。

「プールがあるわ！」ジョイスは声をあげる。

「知ってる」エリザベスは言う。

「空の中に」ジョイスはまぶしい冬の太陽を手で遮《さえぎ》りながら見上げている。

「あなたは気に入るだろうって言ったでしょ」とエリザベス。

プールは二棟の高層マンションのあいだに作られている。底がガラスでできているので、まるで宙に浮いているかのようだ。エリザベスの好みではない。ただの土木工学とお金が合体したものだ。多少の想像力も加わったかもしれないが、すでにどこかにあるものを真似たにちがいない、とエリザベスはにらんでいる。もし一般人が使うために建設されたのなら、驚嘆しただろう。しかし、天空で泳ぐことができるのは金持ちだけだ。お金があれば、ほぼどんなことでもできるから、エリザベスが興奮しなくてもご容赦いただきたい。

「それで、ここが彼の住んでいるところなの？」ジョイスはたずねる。「ヴィクトルが？」

「わたしの情報によるとね」

「プールで泳いでもいいって言ってくれるかしら？」

「水着を持っているの、ジョイス？」

「必要だとは思わなかったから。またいつか来られる？」

エリザベスはバッグの中の拳銃の重みをまたもや感じる。「いえ、当分無理ね」

二人は片方の住宅棟の巨大な両開きドアを通り抜け、大理石のロビーを突っ切り、光沢仕上げのクルミ材と銅でできたコンシェルジュのデスクに近づいていく。建物全体はとびきりの高級感を漂わせているが、不快感をまったく与えない。まるで離婚した男が自殺するのに選ぶビジネスホテルのように。

コンシェルジュの女性はとても美しい、おそらく東アフリカの出身だろう。エリザベスは最高に親しみのこもった笑顔を彼女に向ける。ジョイスのようにはできないが、最善を尽くす。

「ミスター・イリーチに会いに来たんです」

コンシェルジュはとても愛想よく、だがきっぱりとエリザベスを見る。「この建物にはミスター・イリーチはいらっしゃいません」

実際、それは筋が通っている、とエリザベスは考える。ヴィクトル・イリーチは百ぐらいの名前を使っている。ここで本名を使うはずがないだろう？

「あなた、とてもきれいね」ジョイスがコンシェルジュに話しかける。

「ありがとう」コンシェルジュは言う。「あなたたちも。他にご用はありますか？」

エリザベスのスマートフォンが振動する。またもやバイキングだ。メッセージを見る。

彼の建物にいるそうだな。自宅で殺すというのはいい案だ。じきに報告が来るのを楽しみにしている。

どうやって上に行こう？

「プールを使ったことはある？」ジョイスはコンシェルジュにたずねる。

「何度も」コンシェルジュは言う。「ちょっとお知らせしておきますけど、スタッフの一人ができるだけ早く出口にご案内するために、こちらに向かっているところです」

「プールに感銘を受けたのはわたしなの、エリザベスじゃなくて」ジョイスは言う。

「エリザベス？」コンシェルジュは訊き返す。「エリザベス・ベスト？」

「ええ、そうよ」エリザベスは答える。状況が上向きつつあるようだ。

「ミスター・イリーチからエリザベス・ベストが訪ねてきたらすぐに案内するように、と指示を受けているんです。彼女は」――コンシェルジュはリストに目を落とす――「ドロシー・ダンジェロ、マリオン・シュルツ、コンスタンティナ・プリスコヴァ、あるいはヘレン・スミス師と名乗っているかもしれない、とおっしゃいました。さらに、見て学べ、エリザベス・ベストはこれまで知り合った中でもっとも頭の切れる女性だから、ともおっしゃいました」

　エリザベスはジョイスが目玉をぐるっと回すのを見る。

「わたしたちが入ってきてヴィクトル・イリーチに会いたいと言ったとき、わたしがそのエリザベス・ベストだと思わなかったの？　ちらりとも頭をよぎらなかった？」

「ええ、本当に申し訳ありませんでした。ミスター・イリーチの話しぶりから、エリザベス・ベストはもっとずっと若い女性だと思っていたものですから」

「そうね」エリザベスは言う。「かつてはずっと若かった。だから、許すわ」

「ミスター・イリーチはペントハウスにお住まいです。わたしがご案内します」コンシェルジュはジョイスの方を向く。「それからお帰りのときにプールにご案内します。お客様用の予備の水着もございますよ」

　友人がぱっとうれしそうな顔になるのをエリザベスは見てとる。でも、今日泳ぐことはないだろう。ただ、タオルは必要になるかもしれない。

　小さめのリビングぐらいの広さがあるエレベーターで上がっていくと、ヴィクトル・イリーチ自身がドアを開け、コンシェルジュにありがとうと言ってエリザベスとジョイスをペントハウスに招じ入れる。二人に会えて、とてもわくわくしているようだ。

「なんと彼女だ！　こんな幸運に恵まれるとは！　何年ぶりぐらいかな、エリザベス？」

「二十年？」

「二十年、二十年か」ヴィクトルはうなずき、エリザベスの両頰にキスする。「わたしはひどく年をとっただろう。そう思わんかね？」

「前からひどく年とって見えたわ」エリザベスが言う。

ヴィクトルは笑う。「たしかに！　ずっと前からだ！　ようやく実際に年老いた。やっと辻褄が合ったよ。さて、あなたがジョイス・メドウクロフトだね？」

ジョイスは片手を差しのべるが、ヴィクトルはジョイスの両頰にキスする。

「お会いできてうれしいです、ヴィクトル」ジョイスは言う。「ベルギーでは三回キスするってご存じ？　最近、それを知ったところなんです」

ヴィクトルはにっこりして、ジョイスの肘をとる。

「どうか、こちらにおすわりください。外は寒すぎてすわれないが、ここでも眺めを楽しめる。灰色の雲と赤いバスを気に入ってもらえるかな」

ヴィクトルはジョイスを一段低くなった床にしつらえられたソファに案内していく。そこからは、天気によってはロンドンの大パノラマが見晴らせるだろう。今日は灰色の雲で眺望がほぼ隠されてしまっている。見分けられるほど近くにある唯一のものといえば、バターシー発電所（発電所の跡地を利用した巨大複合施設）の建物群だけだ。テムズ川の岸辺にロンドンのまったく新しい一帯が出現したのだ。エリザベスは二人の後についていく。

「ジョイス」ヴィクトルが話しかける。「あなたはジントニックがお好きなのでは？　わたしはそう予想したが。正解かどうか教えてほしいな」

「当たりよ！」

「じゃあ、それを飲むとしよう。お二人がここに来てくれて、本当にうれしいよ。エリザベス、こっちに来ないか？」

「すわって、ヴィクトル」エリザベスが言う。

「わかった、わかったよ」ヴィクトルは言う。「いいかい、わたしは興奮しているんだ。飲み物を作らせてくれ、それからゆっくり話そう。二人の老諜報員。われわれの話を聞いたら、ジョイスは身の毛がよだつぞ」

「すわって、ヴィクトル」エリザベスはもう一度言う。いまや銃が片手に握られている。

35

「こっちがしゃべったら、そっちがしゃべる」プロデューサーが言う。彼はカーウィン・プライスと呼ばれているし、クリス・ハドソン主任警部はその名前でまちがいないと思う。というのもカーウィン・

プライスは自分のことを三人称で話すのを好むからだ。「こっちがしゃべる、そっちがしゃべる。こっちがしゃべる、そっちがしゃべる。こっちがしゃべる、そっちがしゃべる」

「了解」クリスは言う。

「こっちがしゃべる、そっちがしゃべる。それがおれの唯一のルールだ。それがカーウィン・プライスのルールだ」カーウィン・プライスは言う。

「わたしはカメラの方を見ますか?」クリスは質問する。

「いいや、おれを見てくれ、それがもうひとつのルールだ」カーウィンは言う。「アピールしているとき以外はね。『この男を見たことがありますか?』とかさ。そのときは銃口をじっと見る」

「銃口?」

「レンズをまっすぐ見るんだ」カーウィンは言う。「ニュース現場ではそう呼ぶんだよ」

「警察では銃口を見るっていうと、まったくちがう意味になります」

カーウィンは室内でニットキャップをかぶっている。ドナはそれについてひとこと言いたいだろう。ドナは《サウス・イースト・トゥナイト》の狭いスタジオわきの椅子で見ている。クリスに電話がかかってきて、スクリーンテストの依頼をされたとき、電話の男はこう言った。「カーウィン・プライスがあんたを気に入るかどうか試したいんだ」

「カーウィン・プライスとは誰ですか?」クリスがたずねると、電話の男は言った。「おれだよ」

「OK、おれはいくつか質問をするつもりだ」カーウィンが言う。「あんたは質問をビシバシ返す。で、カメラがあんたを気に入るか見てみよう」

「がんばって」ドナがスタジオのわきから叫ぶ。

「セットでは静かに。おれたちは動物園にいるんじゃない」カーウィンが返す。

どうして承知したんだろう、とクリスは後悔している。もちろん、今となってはもう遅すぎる。口がありえないほど渇いている。長距離フライトでとぎれとぎれに眠って起きたばかりみたいだ。

「ここで部長刑事のクリス――」

「主任警部です」クリスはどうにか声を発する。

「いいから中断させるな」カーウィンは言う。「こっちがしゃべる、そっちがしゃべる」

「すみません。でも思ったんです、正確な方がいいかと」

「生放送でか？」とカーウィン。「それはあんたが思ったことだろ。おれの番組にあんたを出すと、こういうことになるのか？　五秒ごとに口をはさむのか？」

「でも、これは生放送じゃないですよ。そうだったら、中断なんてさせません、約束します」

カーウィンは「まったくもう」と小さい声でつぶやく。これはまずいことになりそうだ。クリスはトイレに行きたいことにも気づく。口の中がこんなにカラカラなのに、どうしてトイレに行きたくなるんだ？　ドナの方を見る。ドナは親指を立ててみせるが、あまり確信がなさそうだ。

「ケント警察の主任警部クリス・ハドソンをお招きしています」カーウィンが言う。今度は顔を上げようともしない。「主任警部、強盗が増え、凶悪犯罪が増えていますが、もちろんケント州の住民たちはこんな目に遭ういわれはありませんよね？」

「きわめて当然の質問です、マイク、わたしが思うに――」

「マイク？」カーウィンが訊き返す。それは中断のように思えるが、クリスはその点は指摘しない方がいいだろうと考える。

「ええ、あなたはマイク・ワグホーン役をしているのかと思ったので。すみません」

「おれはカーウィン・プライスだ」カーウィンは言う。「だから、カーウィン・プライスをやっている」

「すみません」またクリスは謝る。「ただ、あなたはプロデューサーだと思ったので――」

「だから、おれが存在しないとでも？」カーウィンは訊く。「おれをテレビで見たことがないからか？」

「いいえ、わたしはただ……」クリスはまたドナの方を見るが、彼女は自分のスマートフォンを見るふりをしている。「すみません、こういうことは初めてなので」

「それはよくわかるよ」カーウィンは言う。「マイクに頼まれたから、おれはやっているんだ、わかるかい？　このために柔術のクラスを休んだんだぞ」

クリスはうなずく。「すみません。本当に」

このとき、驚くべきことに、クリスは自分がテレビに出たいと思っていることに気づく。彼はカーウィンも、彼のニットキャップも、怒りっぽいところも好きではないが、このスタジオにいることも、カメラがこちらに向けられていることも気に入っている。数カ月前まで鏡を見ないようにしていた男なのに、まったくもって意外だ。カーウィンがほっぺたをふくらませるのが目に入る。〝最後のチャンスだ、クリス。さあ、うまくやれ〟

「わたしはカーウィン・プライスです。そして、ケント警察の主任警部コリン・ハドソンをお招きしました……」

クリスは聞き流す。すでにそのぐらいは学んでいた。

「強盗が増え、凶悪犯罪が増えていますが、もちろんケント州の住民たちはこんな目に遭ういわれはありませんよね？」

「そうですね、カーウィン」クリスは言う。「それは当然の質問です。わたしが明快な答えを持ち合わせていれば、それを差しあげたいところです。まず最初に、わたしたちは世界でもきわめて安全な地域に住んでいると申し上げておきましょう——視聴者のみなさんには過剰に心配していただきたくありません。しかし、たった一件の強盗も望ましくないし、たった一件の凶悪犯罪も……」

クリスは目の隅でちらっとドナを窺う。今回は本気で親指を立てている。

「……起きてほしくない。ですから、こうお約束します。仲間の警官たちとわたしは休みなく――」

スタジオのドアが勢いよく開き、マイク・ワグホーンがすたすた入ってきて、バッグを椅子に放り投げる。

「おっと、彼がいる！　わたしの掘り出し物が！」

カーウィンはマイク・ワグホーンの前だとクリスには見せなかった礼儀正しさを発揮するようだ。

「マイキー、やあ！」カーウィンは挨拶する。「そう、彼の能力を試していたところなんだ！」

「まちがいない、絶対だよ」マイクは言う。「こんにちは、クリス、こういうことをやってみてどう思う？」

「いやあ楽しいですね。本当に。意外にも、おおいに気に入りました」

マイクはドナを見る。「それから、きみの相棒は？　どう思うかね、ドナ？」

「彼は本当にとてもいいです」ドナは言う。

「スクリーンテストの必要はないよ、カーウィン。わたしが請け合う――わたしの直感のことは知ってるだろ」

「もちろんです、マイク」カーウィンは言う。「彼にはまちがいなく未知の能力がありますね」

「二日後に刃物による犯罪について話すことになっているんだ」マイクは言う。「彼を出演させてくれ。それでかまわないかな、クリス？」

「ああ、はい」二日後？　テレビに？　刃物による犯罪？　一度にクリスマスが来たみたいだ。パトリスに話すのが待ちきれない。

「やりましたね、ボス」ドナが椅子から立ち上がって、クリスをハグする。

クリスはギャロップ並の速さで先走る。もしかしたらこれはレギュラー出演につながるかもしれない。親切なおまわりさんとして、番組でアドバイスをし、おそらくちょっとした見識も披露する。クリスはスタジオの床に置かれたモニター画面を見る。なかなか映りがいい。目が輝いていないか？　絶対にそうだ。マイクもモニターを見ている。しかし、マイクが見ているのはクリスではないようだ。

「ドナ」マイクは言う。「きみは画面で爆発しているよ。本当に爆発している」

「爆発？」ドナは訊き返す。クリスは重苦しい気分になってくる。

「輝き、生き生きし、爆発している」マイクは言う。「最後にこういうのを見たのは若いときのフィリップ・スコフィールド（イギリスの有名テレビ司会者）だ。ワオ」

「あ……えっと……ありがとうございます」ドナは言う。

「刃物による犯罪について知っているかね？　クリスの代わりに出てもらいたいんだ」

ドナは両手を持ち上げて、とんでもないという身振りをする。クリスはそれを評価してくれるだろう。

「すみません、マイク。クリスを指名してください」

マイクはドナの両肩をつかむ。「わたしは誰も指名しない、ドナ。指名するのはカメラだ。そして、カメラはきみを選んだ」

マイクはカーウィンの方を向く。「カーウィン、ドナを衣装部屋に連れていってくれ。映りを見てみよう」

カーウィンはドナをスタジオから連れ出す。ドナは連れていかれながら、申し訳なさそうな表情で肩越しに振り返る。マイクはクリスの肩に片手を置く。

「すまない、クリス」彼は言う。「これがショービジネスなんだ」

クリスはうなずく。名声のうっとりするような期待が体から消えていく。

36

「エリザベス、冗談でもそんなことを言わないでくれ」ヴィクトル・イリーチは頭に拳銃を向けられながら言う。

「冗談だったらいいんだけど、ヴィクトル」エリザベスは言い、彼がすわるのを見つめている。ジョイスは口をポカンと開けたままだ。

「エリザベス」ジョイスが声をかける。

「首を突っ込まないで、ジョイス、今回ばかりは。わたしを信用してほしいの。ヴィクトルを殺すことしか選択の余地はないのよ」

「たくさんの選択肢があるよ、エリザベス」ヴィクトルは言う。「すわって話そう、解決できるよ。写真を受けとったあとで、わたしはきみを殺さないという選択をしたんだ。殺すこともできたんだよ、わかるだろ？」

「写真って？」ジョイスがたずねる。

「わたしを殺せたことはわかってる、ヴィクトル、だから残念ね」エリザベスは言う。「殺すべきだったのよ。だけど、あなたに死んでもらいたがっている男は、わたしがここにいることを知っている。ありとあらゆるところに人を配置して見張らせているの」

バッグからスマートフォンを取り出し、それを持ち上げる。「それを証明するメッセージを見せるわ。だから、あなたを殺さなくちゃならない。すばやくすませるし、ちゃんと埋葬するわ」

「エリザベス……」ジョイスが口をはさむ。

「ごめんなさい、ジョイス」エリザベスはスマートフォンをかたわらのテーブルの上に置く。「わたしは本気なの。さて、他に選択肢がないとなったら、わたしにどんなことができるかを見せてあげる。どこですませる、ヴィクトル？　どこがいちばん静か？　きれいなコンシェルジュを警戒させたくないの」

「わたしなら、バスルームだな。静かだ。それに、掃除するのが楽だ」ヴィクトルが提案する。「だが、こんなことをする必要はないよ。わたしたちは友人同士だろ、ちがうか？」

「友人同士よ、ヴィクトル、まちがいなく」エリザベスは言う。

「きみを寄越した男だが」ヴィクトルが言う。「スウェーデン人だろ？」

「話せないの、ヴィクトル。このあと彼から連絡が来てほしくないし、彼のことは二度と考えたくない」

「手を組もうよ。いっしょに彼を殺さないか？　その方がいい計画だろ。どうだ」

「もう手遅れよ」エリザベスは言う。「彼の正体はわからないし、あなたも知らないみたいだから。とにかく終わらせてしまいたいの。そのあと夫と家で安らかに過ごしたい。本当にごめんなさい。バスルームに行きましょう。お先にどうぞ」

ヴィクトルは立ち上がる。ジョイスも立ち上がる。

「彼はどこにも行かないわ」ジョイスが言う。「わたしがここにいるあいだは」

ヴィクトルは片手をジョイスの肩に置く。「ジョイス・メドウクロフト、お礼を言いますよ。だが、これはビジネスなんだ。いつか、わたしは誰かに撃たれるだろうし、少なくともエリザベスは友人だ。このスウェーデン人がわたしに死んでほしいなら、たぶんそれが最善の方法なんだろう」

ジョイスがエリザベスを見ると、エリザベスはうなずく。「いつもゲームではすまないのよ、ジョイス。ごめんなさい」

「あなたを絶対に許さない」

「わたしを信じてくれなくちゃだめよ、ジョイス」エリザベスは言う。「親友同士でしょ」

「もうちがう」

ジョイスはエリザベスに背を向ける。それを目にしてこれほど胸が痛いとは、とエリザベスは意外に思うが、納得はできる。

ヴィクトルはバスルームへ歩いていき、エリザベスは拳銃をかまえて後ろをついていく。

「急に動かないでね、ヴィクトル。とにかく、終わらせてしまいましょう」

「今が中止する最後のチャンスだぞ。わたしがきみを愛していたのは知ってるね、エリザベス？」ヴィクトルが言う。

「愛によってたどり着いたのはどこ？」エリザベスはヴィクトルの後から部屋を出る。「縛られてバンの後部に乗せられた。ペントハウスで人を撃つ。愛なんてもうたくさん」

ヴィクトルはバスルームのドアを開ける。その声はいまや大きくなり、懇願している。「頼む、どうか振り返らせてくれ、そうすれば――」

エリザベスは引き金を引く。

37

実をいうと刑務所では充分なビタミンDを摂取できないので、コニー・ジョンソンの視点からすると、人権に反している。

鏡が伝えてくることがまったくもって気に入らない。あまりにも顔が青白い。ここを出たらモルディブに行くつもりだ。人生は仕事ばかりではないはずだし、そろそろ稼いだ金を使う頃合いでは？　カリブ海のセントルシアはどうだろう？　あるいはフランス？　一般人はどこで休暇を過ごすのか？

コニーはこれまでに二度しか海外に行ったことがなかった。一度は学校の修学旅行でフランスのディエップへ。フェリーで船酔いをし、地理の教師が大型スーパーマーケットの裏手でキスをしようとした。もう一度はBMWのトランクに閉じこめられて、リバプール出身の兄弟にアムステルダムに連れていかれた。兄弟と意見がちがったせいだ。地理の教師もリバプール出身の兄弟も、その行動をたちまち後悔することになった。

たっぷり日焼けクリームを塗り、ボトックスを打ち、ヒアルロン酸を注入しても、三つのものがなければ肌の若さを保てない。ビタミンD、野菜、大量の水、それもできたらスパークリングウォーターだ。刑務所では新鮮な野菜は出されないが、つてのつてをたどり、コニーは週に一度〈アビル&コール〉のオーガニック野菜を届けてもらい、さらに別のつてによって調理場でカブやナスをすばらしい料理に仕立ててもらっている。ビタミンDの錠剤も飲んでいるが、一日に二十三時間閉じこめられていると、太陽の光の代わりにはならない。スパークリングウォーターを作るマシンは持っている。

刑務所はお金やVIP待遇がなければ、とてもとてもつらい場所だと、コニーは実感している。それらがあってもすばらしいとは言えないが、列車の一等車で旅するのと似たようなものだ。当分ここに閉じこめられることになりそうだし、トイレは理想的ではない。しかし、少なくともときどき誰かがお茶を運んできてくれる。

遅かれ早かれ、ここを出ていくことになるだろう。顔に当たる日差し、腰にはさんだ拳銃、マシンを使うリフォーマー・ピラティスができるジム。彼女がほしいのはそのぐらいだ。

セキュリティゲートを通り抜けてD棟に向かいながら、コニーはイブラヒムについて、あの賢くてもったいぶった老人について考えてみる。振り返ると、何をするべきで何をするべきではない、と命じる権威のある連中には嫌な記憶しかない。でもイブラヒムは？　すてきなスーツとやさしい目は？　生まれて初めて、コニーは説教されているように感じていない。

高圧洗浄機で放水されている独房を通り過ぎる。スエードを着ているので飛沫がかからないようによける。どんなに大量にマリファナを仕入れてやっても、刑務所の洗濯場では限られたことしかできないのだ。

イブラヒムと話すときみたいに誰かと話したことは、これまで一度もなかった。どこがちがう？　正直さのせいかもしれない。コニーはその気になれば、いくつものまるで異なる人間になれる。脅したいとき、寝たいとき、看守に〈ナンドス〉のチキンを持ってきてほしいとき、それぞれちがう顔を見せる。でも、誰だってそうだよね？　誰もが常にそうしているんじゃない？　他人には自分のある面だけを見せているよね？

となると、イブラヒムにはどの一面を見せているのだろう？　それに、どうしてそれがいつもとちがう気がするのだろう？　コニーはヘザー・ガーバットの階に通じる金属製階段を上がっていく。通路のはずれの独房で誰かがわめいている。亡命希望者について辻褄の合わないことを。メンタルヘルスに問題のある連中をすべて外に出したら、ここを閉めなくてはならないだろう。ここに入っている大半の人間は、いずれまた混沌とした人生に足を踏みだすことになるはずだ。彼らを求めてもいないし必要ともしていない世間にもみくちゃにされながら。コニーのような人間は、ここではほとんどいない。きわめつけの悪人は。

コニーはヘザーの独房のドアに手を伸ばす。ヘザーの死について内部調査がおこなわれているので、まだ空っぽのままだ。管理部の男、ティンダーでボルボといっしょの写真をアップしている男は、鍵を開けておくと約束してくれた。コニーは独房に入っていく。ヘザーがいない空間は寒くてがらんとしている。

〝今はコニー・ジョンソンだけがあたしを助けることができる〟じゃあ、何ができるかやってみるよ、ヘザー。あんたが書いていたものを見つけられるかどうか。

独房には何かを隠せる場所はほとんどない。コニーは壁をコツコツたたいて、空洞がないかと耳を澄ます。しかし、壁は厚すぎる。穴を開けるのは無理だ。

ヘザー・ガーバットのトイレの配水管の裏に腕を突っ込む。何もない。

コニーはどんな相手だろうと一人残らずだますことができる。そのことにとびぬけて長《た》けているおかげで、長年にわたって利益を得てきた。父親がいなくなったとき、コニーは笑顔のままでいた。家じゅうの人間がそうだった。母親が亡くなったときは先に進むことにして、ビジネスを始めた。誰一人、彼女の痛みに気づかなかった。

ベッドの枠は安物の金属チューブでできている。空洞のチューブ。

もちろん、じっくり考えれば、イブラヒムのやっていることはお見通しだ。彼は鏡を差し出している。コニーに自分自身と対話させ、自分自身を見せようとしているのだ。すべての人間をだまそうとするなら、実際にはたった一人だけをだましていることになる、つまり自分自身を。それをわからせようとしている。イブラヒムはこう言ったことがある。「いちばん大きな長所は、いちばん大きな弱点でもある」そのときコニーはあきれたとばかりに天井を仰いだ。しかし、なぜかその考えがずっと頭にこびりついて離れない。

コニーはベッドをひっくり返し、金属製の脚のひとつからゆるんだゴム製ストッパーをはずす。空っぽだ。捜索を続ける。

自分が極悪人じゃなかったら？　自分にずっと言い続けてきたことが嘘だったら？　だとしたら、それはもはや受け止められないほど重い。イブラヒムに会うのをこれっきり止めることはできるが、彼は二度と閉められることのないドアを開けてくれたような気がする。

ベッドの二番目の脚からストッパーをはずす。何もない。

コニー・ジョンソンよりもずっとひどいことをしてきた人間はたくさんいる、それはわかっている。彼女が生活のためにしていることは見下げ果てた行為だ。どうやって金を儲けたか、人々をどう扱ってきたか、いかにして自分が与えた痛みについて考えないようにしてきたか。ただ、それは避けがたいことだと感じていた。あたかもそう生まれついているかのように、自分には異なるルールが適用されているかのように。

三番目のストッパーをはずす。やはり何もない。

でも、すべてがごまかしだったら？　本気で自分はこれまでやってきたことと向き合いたいと思っているのだろうか？

コニー・ジョンソンは最後の脚からストッパーをはずす。

やはり、それは知りたくない――たぶん、このまま自分に嘘をつき続けていくのがいちばんいいのだ。

昔、父親に捨てられたとき、小さな女の子が創造したコニー・ジョンソンのままでいるのがいちばんいいのだ。イブラヒムに、もう面会はしたくない、と伝えよう。ありがとう、だけど、もうけっこうだよと。

空洞のベッドの脚に指をつっこむと、すぐに紙に触れる。固く巻いてある。たぶん五、六枚あってゴム輪で留めてある。それをひきずりだす。ゴム輪をはずし、できるだけ紙を平らにのばす。几帳面な筆跡がびっしり並んでいる。青いインク。最初の行を読む。

鉄格子越しに、鳥の声を聞く。

四方を厚い壁に囲まれたがらんとした独房で、コニーはまちがいなくイブラヒムの興味を引くものを発見した。イブラヒムはコニーに仕事を与え、コニーはそれをやり遂げたのだ。ヘザー・ガーバットが書いたものにすばやく目を通すが、なんと、それは詩のようだ。コニーはベサニー・ウェイツの殺人事件を解決する簡潔明瞭な告白か、共犯者の名前を期待していた。しかし、そういう幸運には恵まれなかった。でも、これが役に立つことはわかる、直感的にそう感じる。

それに、今は意味がわからなくても、わかる人を知っている。もう一度イブラヒムと会わねばならない。そして詩を見せる。ともかく、ここで何が起きていたのかを二人で解明するまでは。

38

ジョイス

どこから始めようかしら？

わたしのソファにすわって、電車の番組を観ているのはヴィクトル・イリーチっていう男性。彼は元KGBの諜報員で、ウクライナ人よ。

日記を書いてくると言うと、今日はどっさり書くことがあるね、と笑った。彼にはシェリーのグラスとチェリー入りダークチョコレートのケーキひと切れを渡してきた。インスタで見て、これはロンの大好物にちがいないと思って焼いたの。でも、結局ヴィクトルが最初のひと切れを食べることになった。つまり計画というのは変更できるものなのよ。でも残りはロンのためにタッパーにしまってある。

ちょっと待ってて。

OK、戻ってきたわ。リビングに行ってたずねたら、ケーキはとてもおいしいって。どっちみち、そう言うことはわかっていたけど、きれいに平らげていたから本心だと思う。ふだんはダークチョコレートを使わないけれど、今日はいい仕事をしてくれたし、キルシュも入れたから風味が増した。ヴィクトルが観ているのは、カナダのロッキー山脈を走っていく電車の番組よ。見せてあげたいような絶景だわ。

たった今クマを見つけたところだ、とヴィクトルは教えてくれた。
今日、エリザベスとロンドンに行った。古い友人に会いに行き、彼を殺すつもりだ、という説明だった。わたしは本気にしなかったけれど、数日前の夜にエリザベスとスティーヴンは縛られてバンに乗せられていたので、いずれにせよ計画はまちがいなく進行中だったのだ。さっきも言ったように、わたしはどう受け止めるべきかわからないまま、エリザベスを信頼することにした。そうそう、電車では食堂車ではなくて車内販売があったのよ。

ロンドンに着くと、ヴィクトルの住んでいる部屋に行った。その建物にはプールがあるんだけれど、それについてはまた別のときに。起きたことについて、とにかく話を進めるべきだと思うから。

また、ちょっと待ってて。

戻ってきたわ。ヴィクトルがトイレに行ったんだけど、水を流せなかったの。コツがあるのよ。だから、教えてきた。そおっと、そおっと、そおっと、そこで一気に。トイレに行くときはテレビを一時停止できると言ったら、もう知っていた。わたしは《カウントダウン》（クイズ番組）のときは一時停止を利用している、緊張を和らげるためにね。イブラヒムといっしょに観ているときは、利用させてくれない。それはずるをしていることだ、と言うのよ。

ヴィクトルは最上階のペントハウスに住んでいて、とてもおもしろい顔をした人だ。たとえるなら、とても幸せそうなカメかしら。彼はエリザベスに会えて大喜びで、わたしには二度もキスしたから、エリザベスはまさか彼を殺さないだろうと思って、過去の話を聞くのを楽しみにしていた。ヴィクトルがジントニックを作ると言ったときに、エリザベスが銃を取り出した。わたしは止めたけれど、彼女は耳を貸そうとしなかった。ヴィクトルはすべてを冷静に受け止めているようだった。

正直に言うと、わたしは怯えていたし、エリザベスに腹を立てていた。絶対に許さない、とまで彼女に言った。そのことを彼女は帰り道に思い出させた。「常にわたしを信頼するべきよ」というのが、それに対する彼女の見解だったけど、たまたま、わたしの怒りは役に立った。

二人ともバスルームに行ってしまい、ヴィクトルが何か叫び、銃声が響き、ヴィクトルが床に倒れる音が聞こえた。

わたしは震えていた。それは認める。全部白状すると、実は泣いていた。それもまた、あとからわかるんだけど役に立った。

エリザベスは部屋に大急ぎで戻ってきて、あれこれ指示をした。たとえば「涙を流している暇はないのよ、ジョイス。これはやるしかなかった。ヴィクトルもそれをわかっていた。だけど、今はあなたの助けが必要なの」彼女はバスルームをきれいにしなくちゃならない、と言ったので、少なくともそれについてはほっとしたけど、彼女はわたしに電話をかけるように指示した。彼女のスマートフォンでボグダンにかけて、こう言う。「エリザベスがタクシーを必要なの」それから彼女のスマートフォンからSIMカードを抜いて、細かく切り、スマートフォンをきれいにふいてから、それをキッチンのごみ処理シュートに入れる。これでわたしたちが部屋にいたという物理的あるいは電子的な証拠は何もなくなる。コンシェルジュについて聞こうと思ったけど、聞かなかった。答えが怖かったから。

またエリザベスがいなくなったので、ボグダンに電話すると、彼はもしもしと言って出てきた。「エリザベスがタクシーを必要なの」と言うと、泣いているんですか、と訊くので、いいえ、と答えると、よかった、何も泣くようなことはない、一時間でそっちに行きますと言う。だから、どうやって、とたずねるけど、彼はもう電話を切っていた。

だから、SIMカードを取り出した。手が震えていたのでむずかしかった。細かく切り、スマートフォンをキッチンに持っていって、ごみ処理シュートに放りこんだ。エリザベスが叫んでいるのが聞こえた。「もうすんだ、ジョイス？」わたしはとても低い声で、叫び返した。すんだわ。すると、エリザベスとヴィクトルがリビングに戻ってきたの、平然として。

わたしは幽霊を見たみたいな顔をしていた。でも、当然でしょ？　そこでエリザベスは洗いざらい話してくれた。

バイキングからのメッセージでピンときたのだ。バイキングはわたしたちの一挙手一投足を知っている、あらゆるところで手下に見張らせていると言っていた。だけど、エリザベスはそれを見抜いた。気づかないうちに尾行されていることなんてありえない、それほどまぬけじゃないからって。たとえば電車では誰もいなかった。それでバイキングはもっと単純なトリックを使ったんだとわかった。彼の家にいるあいだにエリザベスのスマートフォンの複製を作っただけなのよ（わたしは「だけ」と言ってるけど、言わんとすることはわかるでしょ）。だから、話していることを聞けたし、ときどきこちらの様子を見ることもできた。わたしがスマートフォンを破壊する瞬間までに起きたことをすべて。

それで、エリザベスはわたしにすべてを教えなかったの。だからわたしの反応は自然で、バイキングにとって説得力のあるものだった。それどころか、そもそもわたしがあそこにいたのは、それが理由よ。すべてが完全に本物だと思わせるためだった。演技できたのに、とエリザベスに言ったけれど、笑われた。ヴィクトルもグルだったの、と訊いたら、スマートフォンを持ち上げてメッセージのことを言ったとたん、エリザベスの計画を理解したんだそう。その前まではエリザベスが本気で殺すつもりなんじゃないかと不安じゃなかった？　とヴィクトルに訊くと、たぶん殺さないだろうと思ったけれど、エリザベスの場合、何をしでかすか確かなことはわからないからね、と答えた。エリザベスはふんと鼻で笑い、「まるであなたを殺しかねなかったみたいじゃないの」と言った。するとヴィクトルは「きみならやりかねない」と返し、エリザベスはそんなことない、とずっと議論していた。最後に、ヴィクトルはわたしに約束してくれていたジントニックを注いでくれた。

一時間ぐらいして、コンシェルジュがボグダンといっしょに上がってきた。彼はとても大きな旅行かばんを持っていた。ヴィクトルが自分は死んだとコンシェルジュに言うと、彼女はうなずき、どのぐらい死ぬつもりかとたずね、彼がエリザベスを見ると、二週間ぐらいは必要ね、と答えた。

それでわかったのだけれど、コンシェルジュはヴィクトルのために働いていて、結局ボグダンが旅行かばんを車に運ぶのまで手伝った。その中でヴィクトルはできるだけじっとしていた。万一建物を誰かが見張っているといけないから。ヴィクトルは強力な睡眠薬を二錠飲んだ。これまでにもこういう状況を経験していたし、それが狭い場所に閉じこめられるのを耐え抜く唯一の方法だったからよ。

三十キロぐらい走ってエリザベスが誰にもつけられていないと判断すると、イースト・クロイドンの立体駐車場のてっぺんまで行って、トランクを開け、バッグのファスナーを開いてヴィクトルを外に出した。これ、すべて本当のことよ。ヴィクトルはぐっすり眠っていて、起こすのにひっぱたかなくちゃならなかった。その睡眠薬を一錠試してみたいわ、とわたしが言ったら、きみには強すぎると言われてしまった。アメリカから取り寄せているものですって。

というわけで、彼はここにいる。ヴィクトルはエリザベスのところには泊まれないから、〝死んでいる〟あいだはわたしの予備の寝室に滞在することになっている。わたしたちはこれからこのバイキングが何者か、そしてどこに住んでいるのか、突き止める計画になっている。その後、彼を殺す計画なんだろうと思うけど、よくわからない。永遠にヴィクトルを死んだままにはしておけないと思う。

バイキングについて、それにヴィクトルについて、山のように質問があるけれど、明日は木曜だから、全員がここに集まるまで待とう。

この一件で、ベサニー・ウェイツの調査はどうなるのかしら？　調査の邪魔になるんじゃないかと思らけど、エリザベスが言うには、ヴィクトルがここにいるあいだ調査を手伝ってもらえるから、実はすばらしい幸運なんですって。

わたしが日記を書いていると必ずアランはのぞきにやって来るくせに、今夜は顔を出さない。理由は明らかよ。いまや新しい関心の対象ができたから。部屋にいるウクライナ人男性。なんて気まぐれなのかしら。向こうに行ってビスケットの袋を揺すってやれば、誰がボスかわかるわね。

隣の部屋で電車の番組が終わり、ヴィクトルが立ち上がる物音がする。どうやら自分で洗面をしているようなので、ほっとする。

今日、わたしがだまされたことはわかっているし、それが不可欠だったことも理解している。でも、心から安堵できずにいる。何かが心にひっかかっているのだ。もちろんショックだったし、そのせいで調子が狂っちゃったけれど、午後じゅう、頭を悩ませていたことが他にもある。ようするに、こういうことなんだと思う。

いい、エリザベスが引き金を引いたとき、わたしは本気で信じた。彼女がヴィクトルを殺すつもりだと本気で信じた。自分が助かるためだけに、長年の知り合いだった男を親友が殺すことができると。実を言うと、わたしはただ信じたのではない、わかっていたのだ。

となると、そのことはエリザベスについて何を物語っているのだろう？　そして、わたしについては？

39

〈木曜殺人クラブ〉はジグソー・ルームで午前十一時に集まることになっている。本来はそうだ。ときには変更があるが、それについてはイブラヒムも納得している、もちろん了解しているとも。これまでいくつもの殺人事件と取り組んできたのだから、融通がきかないとは誰にも言わせない。

しかし、〈木曜殺人クラブ〉のミーティングをよりによって朝の八時にジョイスの部屋で開くとは？　現在進行形の殺人の調査があるというのに？　議論は避けられないだろう。

イブラヒムは途中でロンを迎えに行き、このままだと歯止めがきかなくなるんじゃないか、と口にする。ロンは同意する。少なくともはっきり反対はしないようだ。だから、イブラヒムは心強く感じる。

スケジュールはあくまでスケジュールで、尊重されるべきものだ。ラミネート加工されたスケジュールはさらにそうだ。これにもロンは異を唱えない。というか、ロンはいつになく口数が少ない。

「それ、マリファナの臭いなのか、ロン？」イブラヒムはたずねる。

「かもしれない」ロンは白状する。

「このミーティングは非公式だと言ってやろうかと思うんだ。もっともな理由を提示されない限りは」

「当然の権利だよ、相棒」ロンは言う。「ぎゃふんと言わせてやれ」

「ありがとう、ロン、そうするよ。最近、しょっちゅうマリファナの臭いをさせてるのはどうしてなんだ？」

「ポーリンだ」

「ああ、なるほど。それで説明がつく」

「おれが慣れているやつよりもかなり強くてね。彼女のバスルームの床でいつも寝ちまう」

イブラヒムがジョイスの建物のブザーを押し、二人は中に通される。

「エレベーター、それとも階段？」イブラヒムがたずねる。

「エレベーターだ。然だろ」ロンは言う。ロンは足をひきずるのを隠そうとしている。それでも、彼はステッキを使おうとしない。

二人がエレベーターから降り右の最初のドアをノックすると、ジョイスが迎えてくれる。彼女は二人を順番にハグする。

「あら、ロン、香水をつけているの？」ジョイスはたずねる。「以前ジョアンナがつけていたものを思い出すわ」

ロンはううむとうなり、コートを脱ぐ。アランが興味しんしんで近づいてきて、やけに熱心にロンの手をなめはじめる。イブラヒムはエリザベスがリビングにすわっているのを見つける。

「さて、悪いが、ちょっとひとこと言わせてもらいたい――」

「どうしても？」エリザベスがさえぎる。

「ああ。おはよう、エリザベス。ただし、ずいぶん早いね、忌憚《きたん》のない意見を言わせてもらえるなら」

「おはよう」とエリザベスは応じると、続けて、と身振りで示す。

「われわれは〈木曜殺人クラブ〉だ。それはみんなが知っている。毎週木曜日の午前十一時にジグソー・ルームで集まっている。三点について、ひとつずつ指摘させてもらい――」

「お茶は？」ジョイスがたずねる。

「ありがとう、ジョイス、いただくよ」イブラヒムは言う。「その一、われわれは木曜日に集まる。その点は満足している、今日は木曜日だ。したがって、それについてはこれ以上何か言う必要は――」

「ロン、あなた、上等なマリファナの臭いをプンプンさせているわよ」エリザベスが指摘する。

「髪の毛に臭いが染みついちまったんだ」ロンが言う。

「その二、われわれは午前十一時に集まる。ところが、ここで齟齬《そご》が生じている。今、午前八時だ。何か理由、あるいは説明があるのかな？　何も聞かされていないが」

「ポーリンは元気？」ジョイスがやかんに水を入れながらキッチンから叫ぶ。

ロンはうなり声であいまいな返事をする。

「では、その三に移ろう」イブラヒムは話を続ける。「集まるのはジグソー・ルームと決まっているのに、ぶしつけなことは言いたくないが、ここにジグソーパズルはひとつも見当たらない」

「マリファナは関節炎にとても効くのよ」エリザベスが言う。

「おれは関節炎じゃない」とロン。

「だったら、わたしはＪＦＫ暗殺についての機密ファイルを一度も見たことがない。わたしをだまそうとしてもだめよ」

「したがって、話を進める前に」とイブラヒムが続ける。「もっともな理由があるのかどうか知りたいんだ——なぜここに、今、集まったのかに関して。というのも表計算ソフトがめちゃくちゃになったからだ」

アランがのんびりと部屋に入ってくる。尻尾を振り、すぐさまイブラヒムに近づいていく。アランはイブラヒムの袖をくわえてひっぱりはじめる。

「困惑している男がここにもいるぞ」イブラヒムはアランの頭をくしゃくしゃとなでる。「やはり不変性の大切さを知っている男だ。今はミーティングではなく、散歩の時間だと知っている男だよ」

アランは床に寝そべり、おなかを見せてイブラヒムに掻いてもらおうとする。ジョイスは彼のお茶のカップをサイドテーブルに置く。

「ありがとう、ジョイス。つまり、わたしが言いたいのはこういうことだ。こちらは午前十一時に集まって、ベサニー・ウェイツ事件における最新の展開を話し合うつもりでいる。ヘザー・ガーバットが残したメモについても検討したい。ロンからはジャック・メイソンについて聞く。ダーウェル刑務所の情報源からは興奮するニュースを手に入れている。ジョイス、アランの首輪は少しきつすぎないかな？」

「いいえ」ジョイスは答える。「あなたがスーパー獣医よりも物知りなら別だけど」

「しかも、この二十四時間以内にかなりすごいことが起きているなら、わたしはそれを目にしたはずだと思う。となると、いつもの時間といつもの場所にミーティングを移動できない理由が見つからないんだ」

「見つけていたかしら？」エリザベスがたずねる。「もしすごいことが起きていたら？」

「ああ、わたしは注意深いからね」イブラヒムは言う。「さて、見せたいものがあるんだが……」

「玄関に何足の靴があった？」

「靴にはあまり注意を払っていない」イブラヒムは言う。「わたしだって完璧じゃないんだ、エリザベス」

「なぜわたしたちは朝の八時に集まっているのか？」エリザベスはたずねる。「しかも、なぜジョイスのところに集まっているのか？　あなたはもっともな理由がほしいんでしょ？」

「四足だったかな？」イブラヒムは言う。「とりあえず、そう推測するよ」

「何日も前」とエリザベスが話し始める。「あなたがコニー・ジョンソンに向かってまつげをパチパチさせ、ロンがおそらくたぶらかされていたとき……」

ロンがその言葉にお茶のカップで乾杯する。「だが、スヌーカーもちょっとやったぞ」

「……わたしは誘拐されていたの、スティーヴンもいっしょに。で、なんとスタフォードシャーに車で連れて行かれた。今はだめよ、アラン、話をしているから。意識を取り戻したあとで、わたしたちがバイキングと名づけたとても大きな紳士に会った。彼の正体はまだわからないけれど、調べるつもりでいる。バイキングはわたしにある提案をした。ヴィクトル・イリーチという男を殺すようにって、元KGBの支局長よ。そして、彼を殺しそこなったら、あるいは殺さないことを選択したら、わたしが殺されるだろうって」

「OK」イブラヒムは言う。「だけど、それでも」

「話はまだ終わっていないの。きのうの朝、ジョイスとわたしはロンドンまでヴィクトル・イリーチを訪ねていった」

「プールの話を聞いたらびっくりするわよ」ジョイスが言う。今、アランは彼女の膝に窮屈そうに寝そべり、思いがけないお客たちにわくわくしながら、あちこち見回している。

「そのとおり」エリザベスが言う。「ミスター・イリーチのペントハウスに入っていき、いくつもあるバスルームのひとつで彼を撃ち殺すふりをした」

「そのときはわたし、ふりだって知らなかったの」ジョイスが言葉を添える。

「それからボグダンが親切にもロンドンまで来てくれて、ヴィクトル・イリーチをスーツケースに押し込むと、彼の運転でここまで戻ってきた」

「よくやった、ボグダン」ロンが言う。

「わたしたちの知る限り、バイキングはヴィクトルが死んだと信じているから、とりあえず危険はなくなった。でも、その状況は長く続かないでしょう。バイキングを発見して、無力化する必要があるのよ。向こうがわたしたちのしたことに気づく前に。だから朝の八時に集まっているの。なぜなら一秒もむだにできないからよ。そしてジョイスの部屋に集まっているのは、元KGB支局長の犯罪専門家を彼女の予備の寝室にかくまっているから。彼はマネーロンダリングと尋問については膨大な経験を積んでいるから、ベサニー・ウェイツとヘザー・ガーバットの死についてすぐに調べてもらうつもりでいる。以上であなたが受け入れられる説明になっているかしら、イブラヒム？」

イブラヒムはうなずく。「そんなことだろうと思ってたよ。状況を考えて、反論は放棄する」

「それはご親切に、ありがとう」とエリザベス。

イブラヒムが顔を上げると、戸口にヴィクトル・イリーチがお茶のカップとトーストを持って立っている。ヴィクトル・イリーチは満面の笑みをイブラヒムに向ける。

「全員がそろった！　これで仲間全員だね。アラン、おまえはジョイスの膝には大きすぎると思うよ！」

「ヴィクトル、わたしはイブラヒムです」

「あなたはハンサムだって、さんざん聞かされていたんだ」ヴィクトルは言う。「だが、これほどハンサムだとは思っていなかったよ」

イブラヒムはうなずく。「ええ、ときどき、みなさんに驚かれます。死ぬのはどんな気分ですか？　解放感がありますか？」

「そうだね。これは死んだ男として最初のトーストなんだ。しかも、おいしい」とヴィクトル。

「〈ウェイトローズ〉の種子入りパンよ」ジョイスが言う。「特別なときのために冷凍しておいたの、だから、いつも出てくるとは思わないで」

「もっと頻繁に撃たれるべきかもしれないな」ヴィクトルは言う。「たぶん天国ではジョイスが朝食を作ってくれるのかな？」

「お互い、それを確認するために天国に行くつもりはないでしょ、ヴィクトル」エリザベスが言う。

「おそらく地獄では、ロンが朝食を作ってくれるのかな？」イブラヒムが言い、全員が笑う。ロンをのぞいて。

「どうも、おれはロンだ」

「勇敢な心《ハート・オブ・ライオン》の持ち主だね」とヴィクトル。

「自分じゃよくわからないが」ロンは返す。

「ロンはイブラヒムほどほめ言葉に弱くないの」エリザベスがヴィクトルに言う。

エリザベスが最初にヴィクトルと出会ったのは一九八二年頃、ポーランドのグダニスク近辺だった。彼はすでに恐るべき男だという評判を手に入れていた。暴力よりはむしろ知力のせいで。それによって注意するべき人物としてマークされていた。当時はKGBレニングラード支局の一兵卒から出世し、スカンジナビアの諜報員たちを管理していた。その後どんどん出世し、ついにKGBの上層部《トップ・テーブル》にまで昇りつめた。そのテーブルにはごちそうが並んでいたが、結局組織に愛情を失って、フリーランスになった。彼がペントハウスを所有している理由はそれで説明がつく。

当時、煩雑な手続きなしで捕虜を交換するために、二人は港近くのバーで会ったのだった。その後、ウォッカのボトルを何本か空けるうちに友情が生まれた。結局、不倶戴天《ふぐたいてん》の敵にもかかわらず親しい友人になった。エリザベスはヴィクトルの死をロンドンのペントハウスで偽装することになるとは思ってもみなかったが、BBCラジオ4を聞かない親友ができることも想像していなかった。ときには流れに身を任せることも必要なようだ。

「口をはさんでもかまわなければだが、ひとつ質問があるんだ」イブラヒムが言う。「なぜエリザベスはあなたを殺さねばならなかったんだ？　今はだめだ、アラン」

「犯罪の地下組織はすべてつながっているんだ」ヴィクトルが言う。「コロンビア人、アルバニア人、ニューヨークマフィア。全員が異なる仕事をしていて争っているが、お互いを必要とすることもある。ときにはお互いをつないでくれる人間が必要になる。金を組織外に動かすときに信頼できる人間が不可欠なんだ。それがわたしだ。全員が感じよくふるまい、誰もが儲かるように手配し、互いに殺し合わないように目を配る」

「だが、実際にはお互いに殺し合ってるぞ、相棒」ロンが指摘する。

「わかっている」ヴィクトルは言う。「だが、やりたい放題にはなっていない。わたしは自分にできることをやっている。さて、どの国にもわたしはマーティン・ロマックスのような男たちを置いている。わたしの下で働く連中だ」

エリザベスはマーティン・ロマックスのことを思い返す。仲間たちと訪れたあの美しい屋敷。

「で、まあ、あなたたちはわたしの手下の一人を殺したわけだ」ヴィクトルが言う。

「ごめんなさい、ヴィクトル」ジョイスが謝る。

「当然、理由があったんだろうね」とヴィクトル。

「あったわ」エリザベスが言う。

「彼のダイヤモンドはどうなったんだ?」ヴィクトルがたずねる。

「話せば長いの」とエリザベス。

「それでバイキングとは何者なんだ?」ロンがたずねる。「なぜあんたを殺したがってるんだ?」

「新しい世代の犯罪者はわたしとはちがう。だから、彼らは新しい方法でマネーロンダリングしたがっている。わたしがこれまでマネーロンダリングに利用してきた金塊も、ダイヤモンドも、両替所も、車工場も使わない」

アランがくしゃみをする。

「お大事に、アラン」ヴィクトルが言う。「新世代はすべての金を仮想通貨によってきれいにしているんだ」

「ああ、ビットコインみたいな」とジョイスがうなずく。

「そう、ビットコインみたいなやつだ」ヴィクトルが言う。

「それにドージコインやイーサリアムとか」ジョイスはつけ加えてお茶をひと口飲む。「それからバイナンスコイン、今朝、急騰してたわ」

エリザベスは友人を見る。これについてはあとで話し合おう。

「すると仮想通貨がバイキングの仕事なの？　そういう事情なのね？」エリザベスはたずねる。

ヴィクトルはうなずく。「だけど、わたしは仮想通貨には手を出さないようにと周囲に警告している。あまりにも危険すぎるからだ。わたしは自分の仕事をしているだけで、個人的な含みは何もない。ただ、わたしのせいで彼は大金を失った。そして、わたしが死ねば、彼は大金を稼げるだろう。もちろん、誰もが仮想通貨を信頼するようになるまで数年待つことだってできるんだがね」

「あなたはどうして仮想通貨を信頼しないの？」ジョイスがたずねる。

「しかし、彼はわたしを排除したがっているらしい。なるほど、彼は若い、辛抱ができないんだ」

「仮想通貨は破滅に通じると言っている記事はひとつも読んだことがないわ」ジョイスが言い募る。

「それどころか、その反対よ」

「つまり、あんたがまだ生きているうちに、そのでかいやつにたどり着かなくちゃならないわけだ」ロンが言う。

「そう、あるいは彼がわたしを殺す前に」ヴィクトルが言う。「それから正しく理解しているなら、彼はエリザベスも殺すだろう」

エリザベスはうなずく。それに彼はジョイスを殺すだろう。みんなにばれないようにこっそり、クロワッサンのかけらを溺愛するアランにあげているジョイスを。

「今回はまちがいなく〈木曜殺人クラブ〉の異例のミーティングだな」イブラヒムが言う。「今日のミーティングの議事録は書かずにおいた方がいいだろうね？」

「それがいちばんだと思う」エリザベスが答える。

「〈木曜殺人クラブ〉というのは何だね？」ヴィクトルがたずねる。「なかなか語呂がいいね」

「毎週木曜ごとに集まっているんです」イブラヒムが言う。「ふだんは午前十一時にジグソー・ルームで。でも、今回はあなたの参加も許された。それから、われわれは殺人事件を解決しようとしている。ただ今日は殺人を犯すことについて話しているから、議題は柔軟だな」

「今は何を調べているんだね？」ヴィクトルがたずねる。

「ベサニー・ウェイツというニュースキャスターについて話し合う予定だった。彼女は二〇一三年に殺されたんです」

「どうかしら、ロン」とエリザベスが口を開く。「次にあなたがジャック・メイソンに会うときに、ヴィクトルを連れていったらおもしろいんじゃない？　ジャックは何かしゃべる気になるかもしれないわよ」

「やつはしゃべらないよ」ロンは言う。「あいつから引き出せることはすべて聞いた」

「そうとも限らないわよ」エリザベスは言う。「それから、ヴィクトル、あなたに調べてほしい山のような書類があるの。ここにいるあいだ仕事をしてもらった方がいいかもしれない」

「何なりと申しつけてくれ」ヴィクトルは言う。

「だけど、まず最初に」とエリザベスは言う。「あなたの死体の写真をバイキングに送る必要があるの。わたしがあなたを殺したことを証明するために」

「すばらしい」ヴィクトルは言う。「浅い墓を掘って、そこに放りこんでくれ」

「そして仕上げに」とエリザベスはロンの方を向く。「誰かわたしたちを助けてくれそうなメイクアップアーティストを知らない？　今日はポーリンと会う予定はないのかしら？」

「ううむ……そうだな」ロンは言うが、自信なげな口調だ。「たぶんボウリングにでも行くかもな。実はそろそろ出ないと」

エリザベスはうなずき、ロンは本当はどこに行くのだろうと首を傾《かし》げる。

40

ロンはボウリングに行けばよかった、と思う。ここ以外のどこかにいたかった。マッサージは絶対に気に入る、とポーリンに説得されたのだ。

空気はユーカリの香りがして、湿って暖かく、熱帯雨林の雨音や鳥のさえずりが聞こえてくる。厚手の白いバスタオルを巻いただけの格好で、モロッコ製タイルの上を裸足で歩き、青いプールの脇を通り過ぎながら、リラックスできるというが、どうやったらそんな気持ちになれるのだろう、と不安がこみあげてくる。こんな試練をくぐり抜けるよりも、殺人についてジャック・メイソンに話を聞く方がましだ。

ポーリンにマッサージは好きかと訊かれたので、一度もしたことがないと答えると、笑われたので、いや、真面目に言っているんだ、何のためにマッサージなんて受けるのか、とたずねると、自分にごほうびをあげるため、という返事だった。だったらビールをおごる、と言うと、ポーリンが、あなたをスパに連れていきたいと言いだしたので、ロンは絶対に嫌だ、百万年たってもね、と突っぱねると、彼女はロンにキスをして、一度でいいから、わたしのために試してみて、ときた。それでも、嫌だ、と言い張っていると、ポーリンはまたキスをした。というわけで、二人はここにいるのだ。

スージーというのが担当女性の名前だ。ロンとポーリンを〈エルム・グローヴ・スパ・アンド・サンクチュアリー〉のフロントで出迎えてくれた。どうやらこのぞっとする苦難へやさしく導いてくれるようだ。

ハーバルアロマスクラブとトルコ式クレンジングというのは、金持ちが大金を支払う贅沢な施術らしい。ロンはたびたびこのスパを通り過ぎていたが、てっきり売春宿だと思っていた。ロンはスパにも売春宿にもまったく関心がなかった。他人が自分の体に触りたければ、医師か妻になるか、どうしてもというなら、イングランドが点を入れたときにパブで隣にすわっているかだ。

ポーリンは彼の手をとって、リラックスできるわよ、何も心配することはないから、と言う。何も心配することはないだって？　タオルが滑り落ちたらどうする？　体重が重すぎてマッサージ台がつぶれたら？　マッサージ師が女性だったら？　それならどうする？　あるいはもっと悪いことに、マッサージ師が男性だったら？　裸体に何をされるのだろう？　タオルはずっと巻いたままでいいのか？　仰向けにならなくてはいけないのか？　ロンは鏡で自分の体を見たことがあり、人には見られたくないと思っていた。会話をしなくてはいけないのか？　マッサージ師はどんな話をするのだろう？　サッカーの話をしてもかまわないのか、それともエッセンシャルオイルとウィンドチャイムのことだけか？　海草と焦がした土のフェイスマスクが肌に浸みていくのを感じながら、ロンはこの拷問が終わることを祈る。熱帯雨林のやわらかな音は永遠に続くのだろうか？

ポーリンには、ちゃんとリラックスしているし、心配なんてこれっぽっちもしていないと嘘をつく。待ちきれないよ、と。ポーリンは笑い、やってもらっているうちに楽しめるようになるわよ、と言うので、きっとそうだね、と応じる。スージーが〝デトックス・スイカジュース〟を二人に注いでくれ、山のようなクッションの上にすわるように言う。ロンはここから立ち上がれるのだろうかと不安になる。

「では、四十五分のカップルマッサージのご予約ですね、ジャヴァ・スイートで。リカルドとアントンが担当させていただきます」

野郎か、いいだろう。おそらくそれがいちばんいい。やつらによって、何もかもが薄気味悪くなるだろう、絶対に。

「全身から始め、次にジェントルフェイシャル、最後にカップル・スチームバスで仕上げとなります」

スージーが低い声で落ち着き払ってしゃべっているので、ロンは窓から身を投げたくなる。ただ、窓はどこにもない。壁のあちこちにペルシャ製の凝ったタペストリーがかけられ、鏡にはアロマキャンドルのやわらかく温かい光が映っている。もはや逃げ出すことはできない。彼はこれから体を触られ、会話をしなくてはならない。リラックスしなくてはならないのだ、神よ救いたまえ。

昔、警察のバンの荷物室に労働運動家のアーサー・スカーギルといっしょに八時間閉じこめられたことがあった。そのときの方が、今よりもリラックスしていた。

スイカジュースをひと口飲む。悪くない。

一人で起き上がれるとさんざん抗議したにもかかわらず、ポーリンは手をとってロンをソファから立ち上がらせてくれる。スージーは二人をジャヴァ・スイートに案内していく。二台のマッサージ台が隣り合わせに並んでいるが、リカルドとアントンの姿はまだない。

いいニュースは熱帯雨林の音が止んだこと。悪いニュースはそれが鯨の歌に変わったことだ。

「うつ伏せに寝ていただければ、アントンとリカルドがすぐに参ります。ナマステ」

「ナマステ」ポーリンが言う。

「ありがとう」ロンはぶっきらぼうに言いながら、マッサージ台の穴に顔を入れ、無事にすみますようにと祈る。

「大丈夫、ダーリン?」スージーが出ていき二人だけになると、ポーリンがたずねる。

「うん」とロン。「スイカジュースはおいしかった」

「必要なものはある?」

「いや、ない。ただ、話しかけた方がいいのかな? マッサージ師たちに?」

「話しかけたければね。わたしはいつも寝ちゃう。すやすやと夢の国」

「わかった」とロン。ひとつだけ確かなのは、自分は眠らないだろうということだ。ここでは用心して目を光らせていることが肝心だ。

「それか、ただ心をさまよわせるか」ポーリンが言う。

心をさまよわせるだと？　どこにさまよわせるんだ？　ロンの思考はさまよったりしない。ロンが実際に考えごとをしなくてはならないときは、もっともな理由あってのことだ。たとえば、保守党員は現在まで何をしてきたか？　一月の移籍市場でウェストハムはどう強化する必要があるか？　レストランではどうしてオムレツを出さなくなったのか？　オムレツはロンの大好物なのだ。彼が耳にしていない卵不足があるのか、それとも誰かが勝手な真似をしているのか？　重要な問題だ。それに、彼の心は重要な問題を考えていないときは、何もしていない。関心を向ける次の問題に備えて充電している。さまよわせる、というのは一度も選択肢になったことがない。

ポーリンの方を見るとすでに目を閉じている。「キャロン・ホワイトヘッドって聞いたことがあるかい？　あるいはロバート・ブラウンは？」

「いいからリラックスして、ロニー」彼女は目を閉じたまま言う。

アントンとリカルドが部屋に滑りこんでくるのを感じる。タオルが腰に巻かれているのでほっとする。最近、自分の尻がどんなふうに見えるかは神のみぞ知るだ。月面の風景か。この連中の賃金が高いことを祈る。組合はあるのか？　挨拶を待つが、それはなく、ただ、オイルをつけた温かい両手が肩に触れる。ＯＫ、四十五分がたった今始まったらしい。両手がじっくりと時間をかけて背中を滑り下りていく。

ロンはいつか拷問は終わる、と自分に言い聞かせる。リカルドかアントンはロンの首と肩にとりかかる。それが現実に起きているという事実は否定できない。外には車や商店や吠える犬や子どもを怒鳴っている母親がいる。しかし、ここではぞっとする鯨の声だけが響いている。ベサニー・ウェイツ事件について考えるべきではないだろうか？　そうすれば時間つぶしができるのでは？　ポーリンが満足そうに深いため息をつくのが聞こえる。少なくとも、それでロンは幸せな気持ちになる。

いまや片手が背骨を滑り下りていく。リカルドかアントンは自分の仕事をしっかりこなすつもりのようで、ロンも認めざるをえないが、なかなかの腕前だ。堂々たる仕事ぶりだ。たぶん、これまでにもロンよりもひどい客に施術したことがあるのでは？　鯨は歌い続け、慣れてくると、それほど耳障りではない。鯨は孤独だと、どこかで読んだことがあった。

ジャック・メイソンについてちょっと考えてみよう。彼のことは好きだ。ジャックはいつも何かしら企み、買ったり売ったり、火をつけたりしていた。何年もたち、今では合法的な商売をして、すばらしい大きな屋敷、あちこちに行く大型トラックを所有している。いまだに何か企んでいるのか？　もちろん、そうだろうとも。どうして彼はベサニーが死んでいると知っているのか？

ふたつの手はロンの太腿をたたいている。またジャックに会いに行こう、そうするつもりだ。ＫＧＢの男も連れていき、買ったり売ったりしていた昔話をする、全員が若かった頃の話を。彼は大きな家を持っている、レニーは。いや、それは弟の方だ、倉庫の屋根から落ちて死んだ男。何年も前だ。考えてみると、ウェストハムはこれまでにマーク・ノーブル以上に優秀なキャプテンがいたか？　本気で考えてみよう。そう、ビリー・ボンズ、当然、ボビー・ムーア、しかし、ノーブルについては異論がある。今度ジャック・メイソンに訊いてみよう、彼ならわかるだろう。

いまやロンは鯨と泳いでいる。鯨を引き連れているが、全員が孤独で、温かい流れに漂っている。何もかもうまくいきそうだ。ベサニー・ウェイツのように潮の流れにもまれる。かわいそうなベサニー。何年も前に、誰が彼女を殺したのか？　ジャック・メイソンは知っている。ジャック・メイソン。ロンは彼の弟を知っている……なんていう名前だっけ？

「ロニー」学校に行くので母親が起こそうとしているようだ。あと二分だけ、ママ。バスには間に合うよ、約束する。

ロンはとても暖かく、何かに包まれているような気がしている。もしかしたらジャック・メイソンは自分でベサニー・ウェイツを殺したのでは？　ただ、それはないという気がする。ベサニー・ウェイツが殺された真相は本当にそうなのか、それともちがうのか？　その瞬間、何かが閃く、見逃していた何かが……ロバート・ブラウン？　ロンはその名前を知っている。

「わたしよ、ロニー」誰かの手が髪をなでていて、ロンは目を開ける。おれは死んだのか？　きっと死んだにちがいない。遅かれ早かれそうなる運命だ。はっと気づく。

「眠っていたのよ」ポーリンが言う。「前側はやらなくていい、って言ったの、とても安らいでるように見えたから」

「目を休ませていただけだ」ロンは言うが、体は新しい曲を歌っている。この感覚は何だろう？　昔経験したことがある懐かしいものだ。ロンはそれを突き止めようとする。

「ねえ、四十五分間、子豚みたいにいびきをかいてたわよ」ポーリンが言う。「さ、スチームルームに行かない？」

ロンは顔を向けてポーリンの笑顔を見る。思わず息をのむ。そういう笑顔は人生でそうそうお目にかかれるものではない。ロンが片手を出すと、ポーリンはその手をとる。この感覚が何なのかロンは気づく。もう痛みはない。ガタの来た年老いた肉体は少しも彼を苦しめていない。

「来るように勧めてくれてありがとう」ロンは言う。

「きっと気に入るって言ったでしょ。また来てもいいんじゃない？」

「それはない」ロンは首を振る。男には限度というものがある。

「スチームルームのあとでも、まだそう言えるかしら」

ロンはマッサージ台から下りる。目が覚める直前に何を考えていたんだっけ？　思い出そうとするが、もはや記憶にない。

ま、いいか。重要なことなら、いずれまた頭に浮かぶだろう。

41

「だけど、刑務所にいる人間をどうやって殺すんだ？」マイク・ワグホーンが質問する。

アンドリュー・エヴァートンは約束していたとおり、ヘザー・ガーバットについていくつか問い合わせをしてくれた。二人はお茶のカップを手に、フェアヘイヴンの埠頭にいる。マイクは興奮している通行人たちに「どうも」とうなずきかける。

「思っているより簡単だよ」アンドリュー・エヴァートンはカップの蓋の小さな穴から息を吹きかけようとしながら言う。「ただし、内務省からも同じ質問を受けているところだが」

「監視カメラはないのか？　彼女の独房に入っていった人間は？」マイクは午前十一時にスケートボード場の落成式に出る予定なので、アンドリュー・エヴァートンはその前に会うことを承知してくれた。誰もが意のままになってくれる警察本部長と知り合いなわけではないことは、マイクも承知している。職業上の特権というやつだ。

「監視カメラはそこらじゅうにある」アンドリュー・エヴァートンは言う。「だが、必要な部分がどういうわけか『行方不明』なんだ。ヘザー・ガーバットの独房に行く階段の踊り場の二時間分が消去されていた」

「畜生」マイクは言う。「そういうことはよくあるのか？」

「以前はもっと頻繁にあったが、今もまだ起きている。データを消去するために、誰かのポケットに数ポンドねじこむんだ」

「しかし、それだとあきらかに殺人ってことだろ」マイクは言う。「それに、彼女が書いていたメモのこともあるだろう？」

「そう考えるのが当然だな」アンドリュー・エヴァートンは認める。

「ベサニーの一件とからんでいるにちがいない」マイクは言いながら、シニアカーの女性に手を振る。

「それしか考えられないだろう？　ヘザー・ガーバットは刑務所からもうすぐ出ることになり、ものすごく怯えていた。そして死んだんだぞ？」

「正直なところ、刑事施設内のことはよくわからないんだ。独自の世界があるからな。しかし、あえて質問されるなら、答えはイエスだ。関係があるにちがいない。公式見解ではないが、友人としての答えだ」

「感謝するよ、アンドリュー」マイクは言う。「じゃあ、ヘザー・ガーバットを殺した犯人をつかまえれば、ベサニーを殺した犯人をつかまえることになるのかな？」

「おそらく」アンドリュー・エヴァートンは言う。トラックスーツを着た若い男が両手をポケットに深く突っ込んで、ゆっくりと埠頭を歩いてくる。こんな朝早くにどこに行くのか？　あのポケットには何が入っているのか？　埠頭のはずれは秘密の話し合いにはうってつけの場所だ。あの若者は誰と会うのか？　アンドリューは現場がときどき恋しくなる。捜査のまっただ中に身を置き、直感を信じていた頃が。組織のトップであることはうれしいが、刑事でないことが寂しい。

「では、誰が彼女の独房に近づけたのか？」マイクがたずねる。

「看守だ。連中を調べているところだ。信用されているなら、他の囚人も近づけた」

「別の囚人が彼女を殺した可能性があるのか？」

「刑務所内ではよく殺人が起きている」アンドリュー・エヴァートンは言う。

「しかし、監視カメラを止めることも可能なのか？　絶対に囚人にはできないだろう？」

「特別なコネのある囚人もいる」

「すると、別の囚人が彼女の独房に入っていき、編み針を握り――」

「すみません」内装業者らしい作業着の男がスマートフォンを手に声をかけてくる。「ふだんはこんなことしないんですけど、お袋が熱心なファンなもんで」

マイクはうなずき、男といっしょに笑顔で自撮りにおさまる。

「捜査を続けるよ、マイク」アンドリュー・エヴァートンが言う。「約束する」

作業着姿の男はカフェの方に歩いていく。ペンキがはげた鉄製のオーナメントのわきに缶を置くと、塗装をこすり落としはじめる。さっきのトラックスーツの若者が彼に加わり、ポケットからブラシを取り出してペンキを塗りはじめる。アンドリューはこっそり口元をゆるめる。すべてを手に入れることはできないようだ。そういえば。

「実は……」アンドリュー・エヴァートンはためらう。「わたしの方もお願いがあるんだ、マイク、できたらでいいんだが」

「言ってくれ」

「テレビ業界のことはよく知らないんだが、もしかしてネットフリックスの人間を誰か知らないかな？ わたしの本をずっと送り続けているんだが、一度も返事をくれないんだよ」

42

「もう少し土をかけてくれ」ヴィクトルはボグダンに指示する。「暖をとるために」

骨の髄までプロのヴィクトルは裸で埋められるべきだと主張した。プロとして自尊心のある殺人者なら、墓の中にできる限り手がかりを残さないようにするからだ。バイキングに疑いを抱かせないですむなら、それは当然やるべきことだ。もちろんぎりぎりまでしっかり厚着をして、ボグダンが墓を掘るのを眺めていた。ヴィクトルはこれまで多くの人間が多くの墓を掘るのを目にしてきたが、ボグダンに並ぶほどのスピードと手際を備えた人間はほとんどいなかった。一件落着したら、ボグダンは自分の仕事を受けてくれるだろうか。

「お茶をあげたいけれど」とジョイスが水筒を手に墓の縁からのぞきこむ。「そこで飲めるものかしら？」

「親切な申し出だが、ジョイス」ボグダンの鋤《すき》から土くれが胸に落ちてくる。「あとで頼むよ」

「じっとしていて」ポーリンがブラシと赤と黒のべとついた塊ののったパレットを手に、かたわらにひざまずいている。五分ほど前から彼の額に銃弾の穴を慎重に描いていた。

「凍えるように寒い穴の中で裸の男にメイクをさせて悪いね」ヴィクトルが言う。

ポーリンは肩をすくめる。「わたしはテレビで働いているのよ」

「でもいい匂いがする」ヴィクトルが言う。「ユーカリかな」

さっきポーリンは居心地のいいジョイスの部屋で銃創を描いておいた。ロンによって状況が説明されると、ポーリンはそれを冷静に受け止めた。今やっていることは違法なのかとポーリンがたずねると、エリザベスが「まちがいなく違法ね」と言い、彼女は納得した。ポーリンはヴィクトルの顔にパウダーを塗り、どんどん青ざめ、やせた顔にしていき、しまいには全員が幽霊の目をのぞきこんでいるようだ、と口を揃えた。それから、布でくるんだヴィクトルを例の旅行かばんに入れ、ボグダンがそれを四輪バイクにのせて森まで運び上げた。もしかしたらバイキングが見張っている場合に備え、残りの人々はしかるべき距離をとってついていった。

「これで完成よ」ポーリンは仕上げを施すと、最後にさまざまな角度からヴィクトルを検分する。「ぞっとする顔ね」

ミスに気づいたのはジョイスだった。当初ポーリンはヴィクトルの額に射入口を描いていたのだ。バイキングに聞かせた録音は、エリザベスがヴィクトルを背後から撃ったにちがいないと思わせるものだった。そのせいでポーリンは墓のかたわらにひざまずき、射入口を射出口に変えることになった。ヴィクトルとエリザベスが銃弾の射出口をきわめて正確に描写したことに驚いていたとしても、顔には出さなかった。

ロンとボグダンはポーリンが穴から出るのに手を貸す。おもにボグダンの筋肉のおかげだったが、ほとんどロンがやっているように見せたことに、ヴィクトルは気づく。ヴィクトルは自分をのぞきこんでいるいくつもの顔を見上げる。

ボグダンがヴィクトルの体にさらに土をかける。〝埋めたばかり〟の様子に見せるためだ。イブラヒムがスマートフォンを取り出し、それを穴の底のヴィクトルに向ける。「横？　それとも縦？」

「横」ヴィクトルは言う。「その方がリアルだ」

「縦よ」エリザベスが反論する。「わたしが写真を撮るんだし、縦の方が好きだから」

「鼻持ちならないやつだな」エリザベス」ヴィクトルが穴の底から叫ぶ。

イブラヒムがまた質問する。「クローズアップ、それとも全身？」

「両方」エリザベスは言う。「だけど、顔には近づきすぎないで、万一ってことがあるから」

「万一って何？」ポーリンが聞きとがめる。「好きなだけズームインして、イブラヒム。いい仕事をしてあるから」

「うん、ズームインしてくれ」ロンが言い、ぎゅっとポーリンの手を握る。

「もちろんフィルターについても相談する必要がある」イブラヒムは言う。「個人的にはクラレンドンが完璧だと思う、土の茶色を考えるとね」

「お手数でなければ」とヴィクトル。「それについてはあとで相談しないか？」

イブラヒムはうなずく。「低体温症だね、よくわかるよ。ヘザー・ガーバットの詩についても相談したいが、それも服を着てからにしよう」

ヴィクトルはのぞきこんでいる顔、顔、顔を眺める。エリザベス、愛する人、またしばらくの時間を彼女とともに過ごせるとは、なんと幸せなことだろう。人生ではさまざまな人と出会っては別れるが、もっと若いときはまたすぐに会えると思っていた。だが、いまや年老いた友人はそれだけで奇跡だ。

ロンとポーリン。二人は手を握りあっている。ヴィクトルは何年も前にロンの名前を聞いたことがある。あるリストに載っていたのだ。長いリストだったが、まちがいなく載っていた。どこかの時点で誰かが彼と接触して、探りを入れたはずだ、ソビエトのやり方に共感を持っているかどうか。今彼と会ってみて、失敗に終わったのだろうと推測している。鋤に寄りかかっているボグダンは、穴を埋めるのを辛抱強く待っている。イブラヒムは完璧な角度を見つけようとしている。居候をさせてもらっている新たな庇護者のジョイスは、穴に飛びこもうとしているアランを制止している。

ヴィクトルは見上げながら、自分のペントハウスはとても孤独だと痛いほど感じる。彼の人生はなんとわびしくなってしまったのだろう。若くて美しい人々はみんなから見えるプールで写真を撮っているが、誰も彼を訪ねてはこない。友人たちはどこにいったのだ？

ずっとここにいられるだろうか？ この写真でバイキングが満足してくれるなら、ヴィクトルは名前を変え、昔の世界を捨てて、クーパーズ・チェイスに引っ越してこられるのでは？ 頭に銃弾が貫通した痕をつけて墓に横たわっていると、いやがおうでも自分の人生について考えさせられる。

本当に何十億ポンドもの取引が必要だったのだろうか、ジョイスとエリザベスとアラン、それにみんなが仲間なら？ 彼らはこの殺人事件を解決するのでは？ ヴィクトルはアランを連れて森を散歩できるかもしれない。それにロンはスヌーカーの話をしていた。もはやヴィクトルにはいっしょにスヌーカーをする相手がいなかった。昔はシデナムで宝石店をしていた老カザフ人とよくやったものだが、三年前に彼は亡くなってしまった。もう一度、みんなの顔を見上げる。おそらく幸運がやって来たのだ。

「お願いだから、ヴィクトル」エリザベスが言う。「にやにや笑うのはやめて目を閉じて。あなたは死んでいるのよ」そう、死んだんだと思う、たしかにそうだ。ヴィクトルは目を閉じ、苦労しながら笑いをひっこめる。

43

他の連中はどこかで暖まっている、お茶のカップと毛布とゴシップで。だが、イブラヒムにはやることがある。

彼はヘザー・ガーバットの詩を目の前に広げている。ここには秘密が隠されている。それはまちがいない。巧みに隠された秘密のメッセージ。ヘザー・ガーバットは誰を恐れていたのか？　誰が彼女を殺そうとしていたのか？

ヘザー・ガーバットの詩を解釈して、秘密を解き明かすには時間がかかる、それは覚悟している。誰かととことん話し合いたいが、エリザベスもジョイスもロンも乗ってこない。ただの目くらましだとみなしているのだ。

掘り出されたヴィクトルにも相談してみた。暗号学をまったく知らずにKGBでえらくなれるわけがない。しかし、ヴィクトルは泥だらけの指でちらっと見ただけで、「メッセージはない。ただの詩だ」

と紙を返してきた。

よくあることだが、またもやイブラヒムの声は荒野でただひとつの声となる。それならそれでいい、それが彼の背負うべき十字架だ。預言者も自分の土地ではたいてい無名だ。彼がヘザーのメッセージを解いたときには、みんなさんざん詫びを入れてくるだろう。イブラヒムは寛大にうなずき、浴びせられる賛辞に応じるかのように、わずかに頭を下げる。イブラヒムはその場面を想像してみる。エリザベスは彼を賞賛する(「わたしはまるっきりまちがっていたわ、勘違いしていた」)。ジョイスはビスケットを盛った皿を差しだし、アランは無言で誇りと尊敬をこめたまなざしを向けてくる。ヴィクトルですら、イブラヒムに負けたと認めざるをえないだろう。

しばし夢想にふけっていると、ふとある考えが閃く。相談するべき相手がはっきりとわかる。決して彼を批判せず、常にアイディア豊富な相手。手助けしてくれそうな人物。

腕時計を見る。四時半だから、ロンの孫息子、ケンドリックは学校から帰ってはいるが、お茶の時間まではまだ少しあるだろう。八歳の男の子にとってはゴールデンアワーだ。

イブラヒムはケンドリックにフェイスタイムで連絡をとる。ダイヤモンド泥棒と殺人者を見つけようとして、防犯カメラの映像を何時間もいっしょにチェックした、あの幸せなひとときが思い出される。

「イブラヒムおじさん!」ケンドリックが叫び、椅子にすわったまま跳ねる。

「元気かい?」イブラヒムはたずねる。

「うん、すごく元気だよ」

イブラヒムは目下の仕事についてざっと説明する。ケンドリックが生まれる数年前に殺人があったこと（「また殺人なんだね、イブラヒムおじさん」）。それから、もっと最近に刑務所で殺人が起きたこと（「ミリー・パーカーのママは刑務所にいて、ミリーは学校を休んでるんだ」）。刑務所の女性はミリー・パーカーのお母さんじゃなくてヘザー・ガーバットで、詩を残していた。イブラヒムはそれが暗号だと信じているので（暗号という言葉には感心したような低い口笛）、ケンドリックといっしょに暗号を解読できたら、彼女を殺した犯人や、VAT詐欺で盗まれた大金のありかも突き止められるかもしれない（ここで少し寄り道をして、VATについて世界の課税の原則から始めて、ケンドリックに説明する）。二人ともとても忙しくなる。イブラヒムはブランデーと葉巻を用意する。ケンドリックはオレンジスカッシュだ（「これ、砂糖なしなんだけど、飲むとわからないんだよ」）。

イブラヒムは読み上げる。

わたしの心は羽ばたくワシのようによろめき歩かなくてはならない
心は聞いてもらいたがっている、歌う黒ツグミのように
でも、わたしの心は破れ、車輪の周囲で真っ二つに割れた
ワシは飛べないが、わたしの心はよろめき歩く

「ほら、これが興味深い理由はわかるだろ、ケンドリック。すごくひどい詩だ、技術的にはね。だが興味深い。彼女の心はワシのようによろめき歩きたいと言っている」――イブラヒムはケンドリックに詩のコピーを送信していたので、自分の手元の紙を読んでいる――「しかし、その二行あとでは『車輪の周囲で真っ二つに割れた』とある」

「イヌワシとハゲワシとクロコシジロイヌワシがいるよね」ケンドリックは言う。「ネズミを食べるんだ。他にもワシの種類を知っている？　ぼくの知っているのはそれだけだ」

「オオタカはワシの一種だよ」イブラヒムが言うと、ケンドリックはメモをする。

「これで四種類のワシを覚えたよ」ケンドリックは言う。

「車輪の周囲で心が割れるか」とイブラヒムは言う。「あ、ただ声に出して考えているだけだよ、ケンドリック。ヘザー・ガーバットは『心（heart）』のアナグラムをして、それを『車輪』を表す別の言葉と結びつけてもらいたいのかな？」

「かもね」ケンドリックは言う。「そうしたいのかもしれない」

「あるいは」とイブラヒムは言う。「『真っ二つに割れる』なら、『車輪』に相当する言葉を『心』がふたつに割れた場所に置いてほしいのかな？」

「かもしれない」ケンドリックはうなずく。「彼女は汚い字だね。ぼくの方がもっと上手だ、集中して書けばだけど」

「『車輪』の別の言葉が必要だ」イブラヒムは言う。「名詞だと『円盤』、『フープ』、あえて言えば『円』も入るかな。動詞なら――」

「動詞は何かをする言葉だよね」ケンドリックが言う。

「そのとおり」イブラヒムは同意する。「『回転する』、『旋回する』、それに『回る』かな。英語という言語の喜びだな」

「百かける百かける百は何？」

「百万だ」イブラヒムは答えて、葉巻を吸う。「『心』のアナグラムがえぇと『a-t-h-e-r』だとして、『車輪』に相当する言葉を加えるとしよう。『フープ』だとうまくいくかな？『a-t-h-e-r』に『フープ（hoop）』をはめこむと、『アス・フーパー（Ath Hooper）という名前ができる。これは名前じゃないな、ケンドリック。それに、『周囲』という言葉はしばしば暗号クロスワードでは〝c〟を示すことがある、ラテン語の『circa』から」

「剣闘士はラテン語をしゃべったんだよ」ケンドリックは言う。「だからジュリアス・シーザーもね」

「すると、この答えの前に〝c〟をつける。じゃ、『キャス・フーパー（Cath Hooper）』という名前を探してもらえるかな、ケントかサセックス出身の人物か、組織犯罪と関わりのある人がいたら教えてほしい」

ケンドリックはしばらく忙しくなる。「すごくたくさんいるよ」

「ううむ――最初のふたつを教えてくれ」イブラヒムは言う。

「OK」ケンドリックは言う。「一人はオーストラリアに住んでいて、一人は死んでいる」

「ううむ」イブラヒムはまたつぶやく。「死んだやつ。彼女は最近死んだのかい？　殺されたのか？」

ケンドリックはページをスクロールしていく。「一八七一年に死んでる。アバディーンで。アバディーンってどこ？」

「スコットランドだ」

「もしかしたらそれが手がかりかな？」

イブラヒムは詩を読み続けながら、おそらくただの詩にすぎないという気がしてきてぞっとする。そのとき手がかりを発見する。

「彼女は他にも何か書いていたの？」ケンドリックがたずねる。「だって、これ、とてもむずかしいもん」

「メモを書いていたよ、死ぬ前に」イブラヒムは新しい手がかりを眺め、それが手がかりになるかどうか試しながら答える。

「メモ？」

「メモだ、うん。自分の死を予言するものだ。だが、おじいちゃんはそれをきみに見せてほしくないだろうな」

「見せてよ、お願い」ケンドリックはねだる。「おじいちゃんには言わないから」

「見せても害にはならないだろう」イブラヒムは言う。彼が暗号を解読するあいだケンドリックをおとなしくさせておける。イブラヒムはクリスの最初のメールを見つけて、ヘザー・ガーバットのメモの写真を送る。それから目下の問題に戻り、再び詩を朗読しはじめる。

子どものとき、遊んだ小川を覚えている
秘密が守られていた場所で、約束が交わされた
太陽が決して隠れない場所では、雨は決して降らない
わたしたちが遊んだ小川で、それを鮮やかに思い出す

「『秘密が守られていた場所』、なるほど、調べてみる価値があるな。『小川(brook)』を繰り返しているのは当然、複数形〝brooks〟を示している。そして『太陽が決して隠れない場所』は〝n〟のない『太陽(sun)』を示しているのか? だとしたら〝su〟だ。スー・ブルックス(Su Brooks)という人物を探していたのだろうか?

ケンドリック、スー・ブルックスをグーグルで——」

「ぼくをからかったんだね、イブラヒムおじさん」ケンドリックが言いだす。

「からかった？」スー・ブルックス。スー・ブルックス。彼女はヘザーの仲間の経理担当者なのだろうか？　ハンドルネームか？

ケンドリックはメモから顔を上げる。「ねえ、文字がちがうよね？　詩の文字とメモので。詩はすごく汚くて、メモはとてもきちんとしている。だから、メモと詩は別々の人が書いたんだよ」

イブラヒムはメモと詩を見比べる。たしかに。そのとおりだ。これ以上ないほどはっきりしている。メモと詩の両方を目にしたのはイブラヒムだけだった。しかし、彼は目の前にあるものではなく、そこにはないものを見ていたのだ。

秘密のメッセージなどなかった。ただ、希望を捨てた女によって書かれた孤独な詩があっただけだ。そして、死を警告するメモ、コニー・ジョンソンの心に訴えかけるメモ。まったくの別人によって書かれたのだ。

「それに気づいてくれてうれしいよ、ケンドリック」イブラヒムは言う。「きみなら気づくとわかってた」

「ただのテストだったんだよね。何をグーグルで調べてほしかったの？」

ケンドリックの母親でロンの娘のスージーが「お茶よ」と呼んでいる声が聞こえる。スー・ブルックスか、やれやれ。イブラヒムは今に始まったことではないが、ときどき自分は物事を複雑にしてしまう、と改めて反省する。

「グーグルの必要はないよ。それから、筆跡のことはしばらくここだけの話にしておこう」イブラヒムは提案する。

「いいよ、秘密ってことだね」ケンドリックは賛成する。「じゃね、イブラヒムおじさん、愛してるよ」

ケンドリックの画面が暗くなる。「わたしも愛している」イブラヒムは言う。またもやケンドリックはこの仕事にうってつけの人間だった。人生があまりにも複雑になったと感じたら、誰も助けてくれないと思ったら、頼るべきは八歳の子だ。

ヘザー・ガーバットは詩を書いた。それについては疑いがない。コニーは彼女が書いているのを目にしていた。すなわち、ヘザー・ガーバットはあのメモを書いていないということだ。すると誰が書いたのか？　そしてなぜ？

イブラヒムはこの発見をすぐに仲間たちに知らせるつもりだ。

ただし、どうしてそういう結論に至ったかについては、いくつか詳細を省くことになるだろう。

44

「とてもきれいだ」

「幸せなのかい?」マイク・ワグホーンがたずねる。

「これまでにないほど幸せです」ドナは答え、スタジオのモニターに映る自分をちらっと見る。なかなか悪くない。休みだからいっしょに行ってドナのメイクをする、とポーリンが言い張ったのだ。

「こちらのスタジオに切り替わるまで二分です」アシスタントディレクターが言う。《サウス・イースト・トゥナイト》は現在、フォークストーンの町を席巻しているグルテンフリーのベーカリーについて紹介している。

「まず、ナイフによる犯罪が増えていると言うつもりだ」マイクはドナに説明する。「きみは、それほど単純じゃないですよ、とマイクと言う。わたしは、冗談だろ、甘い話を聞かせないでくれ、と返す。きみは何か安心させることを言い、それからフェアヘイヴンで文句を言っている人のVTRを流す。そのあとで、そうした人々へのメッセージはないかとたずねるので、悪い想像はしないでくれ、とか何でも思ったことを言ってほしい。すごく映りがいいよ、緊張しないで」

「ありがとう」ドナは言う。緊張している? 緊張は感じていない。緊張するべきなの? 狭いスタジオを見回す。クリップボードを手にしたアシスタントディレクター、ティンダーを見ている女性のカメラマン、ぶらぶらしているプロデューサーのカーウィン、そして忠実な猟犬みたいなクリスは隅にすわって見学している。今回は彼がドナに親指を立ててみせる。お返しにドナも親指を立てる。機会を奪われてがっかりしていたとしても、クリスはそれを表に出していない。

アシスタントディレクターが十秒カウントダウンを始める。カメラマンはティンダーの相手をおだてている最中だが、しぶしぶスマートフォンを置く。

「ヘザー・ガーバットの件は進展があったのかな？」マイクが今度は小声でたずねる。

「努力中です。あたしたちの事件じゃないんですが、手がかりがあるので調べているところです」ドナは午前中ずっとジュニパー・コートから出てくる車両ナンバーを調べていた。

「ちょっと気になって――」マイクは言う。

「わかってます」ドナは言う。「ベサニー・ウェイツはあなたにとって大切な人だったんですよね」

「彼女には才能があった。もう調べたかな――」

アシスタントディレクターがキューを出す。

「ベーカリーにはたくさんのナイフがあります、それは当然です」マイクがカメラに向かって言う。「かたや、ケントの通りでもたくさんのナイフが存在します、しかし、それは〝日々のパン《デイリー・ブレッド》〟のせいではなく、〝日々の死《デイリー・デッド》〟のせいです。この界隈の不安をかきたてるナイフによる犯罪の統計値について解説していただくために、フェアヘイヴン警察署のドナ・デ・フレイタス巡査にお越しいただきました。

デ・フレイタス巡査、ナイフによる犯罪は増えているんですか？」

「実は、それほど単純ではないんです」ドナは言う。「その――」

「おっと、冗談はやめてください。わたしには単純至極に思えますし、《サウス・イースト・トゥナイト》の視聴者にとってもきわめて単純に思えるでしょう」

「《サウス・イースト・トゥナイト》の視聴者のことをもう少し信頼してあげるべきだと思いますよ」ドナが応じると、マイクはカメラに映らないところで小さく親指を立ててみせる。「この半年間、非常に多くの人員を投入して、ナイフを使った犯罪を追いかけてきました。すなわち、より多くの捜査がおこなわれ、より多くの報道がされ、より多くの検挙があったということです。ですから、一見して数字は増えています。しかし、ナイフによる犯罪はフェアヘイヴンあるいはミッドストーン……それにフォークストーンの通りではめったに見られないほど減ってきているのです。ところで、次にフォークストーンに行くときは、あのベーカリーを訪ねるつもりです、おいしそうでしたよね？」

「ごいっしょしますよ、デ・フレイタス巡査、ぜひとも」マイクは言う。「いい匂いをみなさんにお伝えしたいものですね」

「それから、よろしければドナと呼んでください」ドナはそう言うと、まっすぐカメラを見つめる。

「ご自宅でごらんになっている方も同じです。わたしはみなさんのために働いているのです」

「今日は《サウス・イースト・トゥナイト》に初登場でしたね、ドナ」マイクが言う。「しかし、おそらく最後ではないでしょう。フェアヘイヴンの人々がナイフによる犯罪についてどんな意見なのか見てみましょう」

VTRが始まる。マイクは人差し指を賞賛するように振る。「よかった。とてもよかった」

「ありがとう、マイク。すごく楽しかったです」

クリスが腰をかがめて近づいてくる。さもないと画面に入ってしまうと思っているみたいだ。

「すごいよ」クリスは言う。

「ほんとに？」

「本当に。ベーカリーの話も、カメラをまっすぐ見るところも。ああいうことはいつ計画したんだ？」

「計画はしてません」ドナは言う。「ただ感じただけです」

「VTRはあと三十秒」アシスタントディレクターが言う。「セットからハケてください」

「天賦の才だよ」クリスは言う。「きみのママがたった今スクリーンショットを撮って送ってきてくれた」

「犯罪者をつかまえているときより、テレビに出ているときの方が感心してもらえるみたい」ドナは言う。

「きみはどっちも得意だ」とクリス。

「あと十秒でハケて……」アシスタントディレクターがうながす。プロデューサーのカーウィン・プライスがドナに近づいてくる。

「すばらしい。本当に見事だった」カーウィンは話しかけてくる。「二人きりで、このあとちょっと一杯どうかな？」

「予定がいろいろあって、残念です」ドナは言う。そして、いかにも残念そうな口調になったことで自分を責める。

ドナのスマートフォンにメッセージが入る。ボグダンからだ。自宅でテレビを観ていたのだ。こっそりスマートフォンを見たとき、スタジオのカウントが五秒前になる。彼のメッセージは絵文字三つだ。

星、ハート、立てた親指。

ハート、え？　まさにそのときカメラがドナの笑顔をとらえる。

45

写真は上出来だ——実に本物らしい。ヴィクトル・イリーチは死んで埋葬された。いや、ヴィクトル・イリーチは埋葬された、それだけは確実だ。バイキングはそれをスマートフォンのロック画面にしている。
これがフェイクという可能性はあるだろうか？　もちろん、ある。なんだってありだ。髭を掻きながら、バイキングはシリコン・ヴァレーのパーティーでブラッド・ピットに紹介されたことを思い返す。

ブラッドは自撮りを断った。「プライベートなパーティーだし、ただリラックスしていたいから」とかなんとか、ハリウッド風のたわごとを並べた。だから家に帰ると、自分のジョークにブラッドが大笑いしているところをブラッドと自分の写真を使ってフォトショップで作った。その写真は今、キッチンに飾ってあるし、彼を訪ねてくる人がいたら、そのちがいはわからないだろう。誰かに会っても会わなくても、最近ではまるで同じなのだ。リアリティは一般大衆にも手が届くものになっている。

前方の建物を偵察しながら、ブラッド・ピットに対するいらだちはとりあえず抑え、手近の問題に集中しなくてはならないと思う。さらに、外出して町中にいることに気後れも感じている。みんなが彼を見ている。生まれつき大きすぎるのだ。一刻も早く家に帰りたい。

そもそも殺害はしたのか？　はるかかなたのスタフォードシャーの書斎で聞いていたときは、まちがいなく本物らしく聞こえた。しかし、なぜエリザベス・ベストはその後スマートフォンを処分したのか？　たんなる卓越した用心である可能性もある。あるいは、エリザベスとヴィクトルが彼をだましている可能性もある。二人の老諜報員が新参者をあざむけると考えているのだ。バイキングはときどき自信を失うことがある。詐欺師症候群（人の評価ほど自分が有能ではないと感じ、詐欺師であることがばれるのではないかと恐れる気持ち）を呪いたい。

バイキングは顔を上げ、空中に浮いているプールを眺める。あそこめがけてロケットランチャーを発射したら、構造物全体が崩壊し、全員が死に至るだろう。もっとも現在は誰もプールの中にいないようなのでロケットランチャーのむだ遣いだ。ブラッド・ピットめがけてロケットランチャーを発射することを想像する。「これはプライベートパーティーだよ、ブラッド。リラックスして」そしてドカン、次からはファンにもう少し敬意を払いたまえ。

しかし、人を殺すことはどんなに誘惑的でも、やはり悪いことだ。それにむずかしい。

建物に入るのは簡単だ。ここの十二階に高級車泥棒のクライアントが住んでいるのだ。クライアントはバイキングに金を送ってきて、バイキングはそれをビットコインか、その週に高騰している仮想通貨に注ぎこみ、完全にきれいにしてからクライアントに送り返す。もちろん、実際はもっと複雑な手順を踏んでいる。でなければ、誰もがバイキングのしていることを真似するだろう。しかし、ダークウェブによる取引を重ねるアルゴリズムのおかげで、悪巧みが実質的に追跡不能になるところが、彼が天才だというゆえんだ。実際これまでのところ、完璧に追跡不能だと証明してきた。それを「実質的に追跡不能」と言うのは、彼がスウェーデン人で、スウェーデン人はひけらかすのを好まないからだ。

クライアント数はどんどん増えていき、それにともない個人資産も膨れ上がった。バイキングはすべての取引から分け前をもらっているし、取引が大きく複雑であればあるほど、分け前は大きくなる。十年前、バイキングはパロ・アルト・ネットワークスで、AIポルノの立ち上げのために働いていた。現在は三十億ドルを超える資産がある。

バイキングは十二階を迂回して、ペントハウス階行きのエレベーターに乗る。ヴィクトル・イリーチの元の住居だ。どこで訊いても、ヴィクトルは信頼され、崇拝すらされていて、めまぐるしい業界内で真っ正直な人間と目されていた。彼が話をすれば犯罪者たちは耳を傾け、アドバイスを与えれば、犯罪者たちは受け入れた。

だからこそ、バイキングは彼に死んでもらう必要があるのだ。ヴィクトルはいつも古くさいやり方で金をきれいにすることを勧めていた。不動産、カジノ、〝スマーフ（少額に分けて複数の口座に移すこと）〟、麻薬の運び屋、ペーパーカンパニーを通して。宝石や金塊、両替所など、とてもレトロなやり方で。たしかに、どれもかなり安全だが、非常に時間がかかり、コストがとてもかかる。仮想通貨への投資の方がいい、その方がはるかに金を儲けられる。

ヴィクトルはバイキングに莫大な金を損させた。たしかに三十億ドルの資産はあるし、おそらく今後もそれだけあれば充分だろう。しかし、ジェフ・ベゾスは二千億の資産を持っている。バイキングは誰かよりも千九百七十億ドルも貧乏なのは気に入らない。ヴィクトルはバイキングが存在していることを知っているし、彼のビジネスも知っているが、正体についてはまったく知らない。

ヴィクトルの巨大な玄関ドアはイスラエルのテクノロジー会社から購入し、取り付けてもらったものだ。錠前は破ることができない。ブロックチェーン（仮想通貨のためのソフトウェア）技術もグラファイトやケブラーも、このドアの前ではベニヤ板さながら安っぽく見えるだろう。ヴィクトルはアラスカ製チークを選んでいた。まちがいなくその会社は見事な仕事をして、国際的マフィアの一員が必要とするセキュリティを提供している。バイキングがこれほど熟知しているのは、それが彼の会社だからだ。

バイキングは中に入る。

確認のためにここに来たのだ。エリザベス・ベストはヴィクトル・イリーチを殺す動機がおおいにあった。友人を殺すという脅しは秀逸な作戦だった。しかし、こういうことは必ず点検しておくべきだ。しかもヴィクトル・イリーチのアパートメントはバターシーのヘリポートから近いので、バイキングにとっては楽な旅だ。これがすんだら鮨を食べに行こう。スタフォードシャーではなかなか食べられない。ストークに〈ミソ〉というおいしい店があるが、トイレでうっかり銃を発射してから出入り禁止にされた。彼は銃の扱いがうまくない。本音を言えば持ち歩くべきではないのだ。

バイキングはペントハウスを見回す。すてきだ、たしかに。いかにも男の住まいという感じだ。眺望は本当にすばらしい。あれはロンドンアイ、あそこにビッグベン、イングランド銀行も見える。ヴィクトルのバルコニーからなら、そのどれでもロケットランチャーで攻撃できる。けっこうな騒ぎになるのでは？　ここのところ、ロケットランチャーのことばかり考えている、とバイキングはふと気づく。たぶんロケットランチャーを買ったばかりだからだ。衝動買いだったが、彼のように莫大な金を持っていると、もはや目新しいものはほとんどなくなるし、ロケットランチャーならビットコインで直接買えるのだ。今のところ、それで納屋を吹き飛ばしただけだ。

バイキングは彼が聞いた生の音声から狙撃の場所を割り出している。エリザベスはヴィクトルを右手にある大きなアーチを通り抜けて絨毯敷きの廊下を歩かせ、シャワールームに向かわせた。その経路をたどってみる。

あの狙撃以来、誰もヴィクトルから連絡をもらっていないから、幸先がいい。彼は死んだという噂が広まりつつある。そのせいで、あちこちでちょっとしたパニックが起きかけていて、それを目にするのは小気味いい。バイキングはシャワールームに入っていく。

もちろん片付けてある。エリザベス・ベストはプロだ。いずれどこかで権限のある人間がヴィクトルがいないことに気づき、手がかりを求めてペントハウスが捜索されるはずだ。エリザベスは何ひとつ残していないだろう、とバイキングは推測する。壁に飛び散った赤い血痕もないだろうし、排水溝に詰まった脳漿《のうしょう》もないだろう。

しかし、どこかに弾痕はあるはずだ。たぶん銃弾も。

バイキングは想像上の銃を引き抜き、ヴィクトル・イリーチの想像上の頭に狙いをつける。引き金を引き、銃弾がとるだろう軌跡を計算する。シャワースクリーンをまっすぐ貫通したはずだが、貫通の跡はない。あるいはトルコ製大理石タイルのどこかに深くめりこんだはずだが、やはり銃弾の跡はない。

銃弾がヴィクトル・イリーチを貫いたことはわかっている。射出口という証拠も見ている。では、どこにある？　エリザベス・ベストはヴィクトルよりも背が高いのか？　下向きに撃ったのか？　バイキンは視線を下に向け、壁を調べていく。ない。

銃が上向きだったのか？　諜報員はそうやって人を殺すものなのか？　バイキングは視線を上に向け

るが、やはり銃弾の穴はない。奥の壁の鏡を見たとき、それを発見する。天井の穴。立っている場所のほぼ真上を見上げる。エリザベス・ベストが立っていただろう場所だ。銃弾の穴。銃弾は天井にまっすぐ撃ち込まれたのだ。

バイキングは穴をじっくり検分する。それは数々のことを示している。

まず、ヴィクトル・イリーチが死んでいないこと。彼が聞いたのは銃弾がヴィクトル・イリーチではなく天井に撃ち込まれた音だった。さらに、エリザベス・ベストはバイキングをこけにしたということも意味する。彼女はバイキングの能力を誤解している。バイキングはそれが全然気に入らない。彼はため息をつく。

いちばん重要なのは、これで自分の手でヴィクトル・イリーチを殺さねばならなくなったということだ。それに、もちろんエリザベスに罰を与える。すなわちジョイス・メドウクロフトも殺さなくてはならないだろう。

やっかいな話だ。やっかいきわまりない。

46

ジョイス

今日、ジョアンナがサッカーチームの理事長の彼氏を連れてランチにやって来た。わたしはご存じのように元KGB将校を予備の寝室にかくまっている。だから、何かしら説明が必要だった。

ヴィクトルが泥まみれになった日にジョアンナがいなくてよかった。強力なシャワーはあるけれど、それでも悪戦苦闘したから。

ヴィクトルはエリザベスの古い友人で、部屋を改装しているので一時的にここに滞在しているのよ、と説明しておいた。ジョアンナに住まいはどこか、とたずねられ、ヴィクトルがエンバシー・ガーデンズだと答えると、ジョアンナはプールのある建物かしら？　と訊いた。ヴィクトルがそうだと言うと、サッカーチームの理事長（スコットという名前だ）が、あそこの部屋は何百万ポンドもする、と言い、ヴィクトルはそれにも同意し、ジョアンナは、何百万ポンドもする部屋を改装しているのに、ママの部屋に泊まっているのね、と発言した。ヴィクトルがイギリスじゅう探してもここよりもすばらしい場所は思いつかない、と答えると、ジョアンナは正直に話して、何か怪しいことが起きているんでしょ、と追及してきた。だから、そのとおり、怪しいことが起きている、と白状するしかなかった。わたしはお墓に横たわるヴィクトルの写真を見せ、ランチを食べながらすべて話してあげると約束した。ジョアンナはスコットに向かって、ほら、警告しておいたとおりでしょ、と言ったけど、あの子は以前はこんなふうじゃなかった。スコットにどのチームを応援しているのかと訊かれ、ヴィクトルはチェルシーだと答えた。するとスコットがチェルシーの人たちを知っているので、ヴィクトルにVIPシートを用意して、いつかゲームにご招待しますよ、と言ってくれたけど、ヴィクトルはご心配なく、すでにシートは持っていると応じた。

口実をこしらえてジョアンナを冷蔵庫に行かせると、あの子はすぐにアーモンドミルクに気づいた。低糖アーモンドミルクを買うべきよ、と指摘はしたけれど、正しい一歩だと考えているのはまちがいない。

ところでアランはスコットが気に入っているので、いい前兆じゃないかと思う。もっとも、これまでのところアランは誰のことも好きなようだ。

二人はたった今帰っていった。スコットはポルシェを持っている。それをヴィクトルに見せると、ヴィクトルは男性がよくやるようにうなずいていた。ジョアンナはわたしを脇に引っ張っていって、ママとヴィクトルは特別な関係なのか、とたずねるので、それはないと答えると、安堵と失望の中間のような表情を見せた。とてもいい人よ、ヴィクトルは。それにとても親切だけど、わたしのタイプではない。ゲリーはわたしのタイプだった。バーナードもわたしのタイプだった。たぶん、そのうち別の人が現れるだろう。でも、その人には少し急いで来てもらった方がよさそうね、だってわたしはもうすぐ七十八だもの。

ゆうべ、イブラヒムはみんなを集めた。ヘザー・ガーバットの詩、コニー・ジョンソンが見つけたものよ、それを見せてくれた。それからメモを見せた。メモはヘザー・ガーバットによって書かれたものではなかった。では、誰が書いたのかしら？

わたしはエリザベスに頼んで、ちょっとした外出につきあってもらうことにした。エルスツリーまで。そこでフィオナ・クレメンスが《ストップ・ザ・クロック》を撮影しているの。向こうまでは電車で行ける。ジョアンナの知り合いの知り合いの知り合いがいるので、挨拶をする機会があるんじゃないかと期待しているところ。それに、わかるでしょ。わたしたちに必要なのはちょっとした機会だけなのよ。

ところで、今、『証拠に降参』を読んでいるところなの。警察本部長の著書の一冊よ。たまたまキンドルを手にとったの。ベッドサイドテーブルにヒラリー・マンテルの分厚い本がドスンと置いてあって、まだそれを読む気力がわかなかったから。

全然悪くないわ、作品に引き込まれる。

グラスゴーの暗黒街のファミリーで、ボスのビッグ・ミックが何者かに殺されそうになり、ボディガードが銃弾の前に身を投げる。だから、もっぱら暗黒街のボスが自分を撃とうとした犯人を見つけようとするさまが描かれていく。そのせいでギャング同士の大きな抗争が勃発するので、アンドリュー・エヴァートンはやっぱり警官なのねと思う。だって、すべてがとてもリアルだから。

結末はおもしろいの。というのも、これだけ流血騒ぎや罵《のの》り言葉がやりとりされたのに、ボディガードは結局、自殺したのだとわかるから。ガールフレンドに裏切られたせいよ。だから、そもそも誰もビッグ・ミックを殺そうとしていなかったし、大虐殺はすべてむだだった。

もっとひどい作品なら読んだことがある。わたしに言えるのはそれだけ。目の隅にヒラリー・マンテルが見える。絶対に楽しめるのはわかっているけれど、助走が必要だ。

アンドリュー・エヴァートンの小説を読んでいて、もうひとつ何を考えたかわかる？　もしかしたらわたしも本を書くべきかもしれないと思ったわ。

47

エリザベスがベッドに入りかけたときショートメールが届いた。バイキングからだ。

あんたは大きなミスをしたな。

そうなの？　エリザベスは写真について考える。

銃弾だ。逸れた銃弾。

バイキングはヴィクトルの部屋に入ったのだ。どうしてそんなことが可能なのだろう？　彼は銃弾の穴を見つけたのか？　注意を怠ってしまった。でも、実際、彼はどうやって中に入ったのだろう？

これはわたしからの最後のメールだ。あんたたち全員に会いに行くつもりだ。

こうなったらバイキングを見つけなくてはならない。彼がこちらを見つける前に、彼を見つける。スティーヴンが彼女の方を見る。

「トラブルかい？」

「ジョイスのサーモスタットが作動しないんですって」

「リセットしなくちゃいけないんだ。勝ち目のない戦いなら、やめて自分の戦いを始めないとな」

エリザベスは何を知っているだろう？　貴重な詳細のうち。もちろんバイキングには会っている。それは有利だ。しかし、自分の姿を見せたということは、それでも充分に安全だと考えていることを示している。彼なりの理由があって、スタフォードシャーのどこかにいる。しかも、とても大きな屋敷に。屋敷には書斎がある。彼女が知っているのはそのぐらいだ。スティーヴンが蔵書を眺めていたとき、目が輝いたのを思い出す。

「バイキングの蔵書についてどう思った？」

「もう一度言ってくれ」

「バイキングの蔵書よ。あれを見てびっくりしていたでしょ。何か理由でも?」

「きみの考えにはさっぱりついていけないよ」スティーヴンは言う。「バイキング? 蔵書? ジンでも飲んでいたのかい?」

「彼の本を見ていたでしょ」エリザベスは言う。

「勘違いしているよ、あるいは誤解か」

エリザベスは起き上がって彼を見る。「スティーヴン、このあいだの夜のことよ。バン、髭を生やした男。覚えてるでしょ?」

スティーヴンはクックッと笑う。「さすがのきみも、妙なことを言うもんだね。明日はどうする? 母さんのところに顔を出そうかと思ってるんだが。あんな状態だからね」

エリザベスはもう一度呼吸を整えようとするが、うまくいかない。今にも泣きだしそうな気がする。スティーヴンがエリザベスの肩を抱く。

「急にどうしたんだね?」スティーヴンが訊く。「わたしはここにいるよ、馬鹿だなあ、ちゃんとそばにいるじゃないか。何か困ったことがあるなら、解決してあげるよ」

エリザベスはベッドから下りると、急いでバスルームに駆け込む。ドアに鍵をかけると、そこにもたれてすわりこむ。ついに涙があふれそうになる。でもすぐには出てこない、これまで手放しで泣いたことは一度もないからだ。今でも覚えているのは、父親にぶたれて泣いたことだ。父はエリザベスを愛していたから、とても愛していたからぶった。父は何度も彼女を殴った、彼女が泣き止むまで殴り続けた。ある日、彼女がまったく泣かなくなるまで。

父親の枕元にすわっていたことも覚えている。何年もたち、ベイルートから休暇をとって駆けつけた。父は癌で死にかけ、ハンプシャーのホスピスにいた。かつて残酷だった父の骨ばった手をとり、この男がこれまでにやってきたことを残らず思い返した。そして、彼女がやってきたことも残らず。しかし、それでも泣けなかった。泣いたら父に何をされるか怖かったのだ。

いつか病室でスティーヴンの手を握ることになるのだろうか？　もちろん、そうなるはずだ。でも、二人で笑うだろう、彼を愛するだろう、彼に感謝するだろう、彼がこういう女性にしてくれたことで。そして、これまで見せないようにしてきた一生分の涙を流すことだろう。

48

ボグダンは恋をしている。それについては議論の余地はない。そう確信している。

いや、本当に？

恋だという気がする。

だが、人は感覚を信じるべきだろう？

これからジャック・メイソンに会いに行くところだ。今回はヴィクトルも連れて。ボグダンはロンのダイハツを運転している。

ボグダンはどう対処したらいいのか教えてくれる人がいたらいいのに、と思う。学校時代には恋をしたことがあった。いまだに当時の記憶がまざまざと甦るが、それっきり、はっきりと恋だと感じたことはなかった。もうじきスティーヴンとチェスをすることになっている。スティーヴンなら教えてくれるだろう。

まちがいなく、ドナのことがとてもとてもとても好きだ。しかし、何回「とても」がついたら、「好き」は「愛している」になるのだろう？　四回？　五回？　明快な答えがあればいいのに。銃には六発の銃弾が入っていて、レンガ箱には一ダースのレンガを入れられ、卵一個には十三グラムのタンパク質が含まれている。しかし、愛は？　グーグルで調べてみるがいい。なんの答えも得られない。実際、ボグダンは調べてみたのだ。

ロンは助手席にいる。振り向いてヴィクトルに話しかけている。

「昔から彼女を知ってたのかい、エリザベスを？」ロンは訊く。

ヴィクトル・イリーチは伸びをして関節をポキポキ鳴らす。さっきトランクから旅行かばんを出して、ファスナーを開けて解放してやったばかりなのだ。尾行されていないと確信すると、クーパーズ・チェイスから一・五キロほど離れた森のわだちだらけの小道に駐車して、それをおこなった。エリザベスはボグダンにそうするように厳しく指示していた。

「昔からだ」ヴィクトルは言う。「別の人生でね」

「じゃあ、秘密を教えてくれよ」ロンが言う。「彼女が知られたくないようなやつをさ」

ヴィクトルはちょっと思案する。

「ＯＫ、エリザベスはわたしがこれまでつきあった中で最高の恋人だった」

「なんだ、まいったな」ロンが言う。「おれが聞きたかったのはロシアの諜報員を撃ち殺したとか、そのたぐいの話だ」

「彼女はとても繊細だ」ヴィクトルは言う。「だが同時に檻に入れられた動物みたいなんだ」

ロンはラジオをつける。トーク・スポーツ・チャンネルだ。

ヴィクトルは思い出に浸っている。「彼女はどんな女性もしてくれなかったようなことをして――」

ロンはラジオの方にうなずきかける。「リバプールはサンチェスを引き抜くつもりなのか？　金のむだだよ」

ボグダンは会話に加わりたくなる。愛について語りたい。ひとつ質問をしてもかまわないだろうか？ただし、本心は一切伝えずに。愚かに見えるだろうか？　大柄なポーランド人の荒くれ者が、愛について何を知っているというのだろう？　とりあえず何か言うことにする。何も考えずに、とりあえず口を開く。

「サンチェスにいくら払うつもりなんですか、ロン？」ああ、ボグダン。

「三億だ」ロンは言う。「分割だが、それにしてもな」

ボグダンはうなずく。彼は運転するためだけにここにいる。それにヴィクトルを車まで運んでいき、車から運んでくるために。

売春宿で暮らしていたオウムについてロンがジョークを飛ばしているあいだ、ボグダンは事件についてもう少し考えてみる。ヴィクトルは旅行かばんに入れられる前に、ボグダンに頼んでいくつかのものを運んできた。今ではクッションと『エコノミスト』と小さな懐中電灯がかばんの中に備えてある。

ヴィクトルはマネーロンダリングについての基本について、たとえば匿名のペーパーカンパニーの複雑なネットワークや、汚い金をきれいな金に変えるオフショア口座について説明してくれた。その口座はほぼ追跡できないらしい。ほぼ。

ボグダンはオウムのジョークのオチを聞きそこない、ロンは尼さんと電車のジョークに移ってしまった。

時間軸を遡り、過去へ過去へと金をたどっていき、いちばん初めの犯罪を発見することが重要だ。初期の取引には脆弱《ぜいじゃく》な部分があるものだ。ヴィクトルに言わせると、それは絨毯を引き寄せるようなものだとか。その際には隅の小さな布地の下に指先を入れなくてはならず、ときには一気に全体を持ち上げることもできる。トライデントに関してはそういうことが起きた。初期の取引、ミス。しかし、何も出てこなかった。となると、さらに過去へ遡らねばならない。

二時頃に屋敷に着く。ケントの崖の上に建つエリザベス朝時代の屋敷で、はるか眼下には英国海峡が広がっている。一・五キロほど手前の雑木林で駐車し、ヴィクトルを旅行かばんに戻す。旅行かばんに入ったウクライナ人についてジャック・メイソンにどう説明するかは、ボグダンの知るところではない。彼はただそれを運んでいくだけだ。

ボグダンはダイハツで長い私道を進んでいき、入り口の石階段にできるだけ近いところに駐車する。旅行かばんがくしゃみをしたので、ボグダンは言う。「お大事に」

大柄なポーランド人が旅行かばんのファスナーを開けて小柄なウクライナ人を出したことに驚いたにしても、ジャック・メイソンはそれを巧みに押し隠した。

「今夜また迎えに戻ってきます」ボグダンはロンとヴィクトルに言う。

「ありがとう、世話をかけるな」ロンは言う。「でも、クーパーズ・チェイスには戻らないつもりなんだ。ポーリンのところに泊まる予定で、フェアヘイヴンなんだが。遠回りにならないかな？」

「まったく問題ないです」とボグダン。

「あんたはいいやつだ」ロンは言う。「ジュニパー・コートだ、ロザーフィールド・ロードから一本入ったところだよ」

49

ジョイスはビジネスと楽しみを合体させている。何年も前、こういうテレビコマーシャルが流れていた。たぶんお菓子だったと思うが、そのコマーシャルソングは「ひと粒で二度おいしい」だった。まさにそのとおり、ジョイスはこれからテレビ番組の収録を観覧するばかりか、殺人の容疑者に話を聞こうとしてわくわくしているところだ。

前回エリザベスといっしょに電車に乗ったとき、エリザベスはバッグに銃を入れていた。たぶん今日も持ってきたのでは？　あきらかに何かに気をとられている様子だ。

「心ここにあらずみたいね」エリザベスが車内をきょろきょろ見回していると、ジョイスが話しかけてくる。

「心なんですって？」

「ここにあらず」

「まさか」とエリザベス。

「わたしの勘違いね」ジョイスはひきさがる。

二人はロンドン・ブリッジで乗り換え、さらにブラックフライアーズでまた乗り換えた。ブラックフライアーズ駅は川にせりだしているので、ジョイスは興奮している。ただ、〈コスタ・コーヒー〉しかない。どうやら〈WHスミス〉もあるようだが、エスカレーターの下だったので、次の電車に乗り遅れる危険は冒したくなかった。帰り道に寄れるだろう。二人はイブラヒムの発見について話し合った。ヘザー・ガーバットの引き出しで発見されたメモは別の誰かによって書かれたものだった。おそらく殺人犯だが、なぜ殺人犯はコニー・ジョンソンの名前を出したのか？　殺人犯がコニー・ジョンソンだったのなら別だが、それでもやはり筋が通らない。

今二人は通勤電車に乗って、エルスツリー&ボアハムウッドに向かっている。そこでフィオナ・クレメンスが《ストップ・ザ・クロック》の収録をしているのだ。これで十回目ぐらいにジョイスはエリザベスにルールを説明している。

「まったくもう、教育のある女性にしちゃ本当に飲み込みが悪いわね、エリザベス」ジョイスは言う。

「四人のプレイヤーそれぞれが、ゲーム開始のときには百秒ずつ持っているの。質問に時間がかかれば時間を失っていき、ゼロになったらゲームから抜ける」

「いえ、それぐらいは理解してるわ」エリザベスは言う。「ただ、何もかもがナンセンスで」

「ナンセンス？　とんでもない」ジョイスは言う。「それぞれが四本のライフラインを持っているの。

対戦相手から十秒を奪ってもいいし、自分の時計をフリーズすることもできるし、対戦相手の時計を早めることもできるし、質問を交換することもできる。奪う、フリーズ、早める、交換、明快でしょ。だけど対戦相手がこちらの時間を奪うか、時計を早めたら、追加のライフラインが手に入る、リベンジよ。それによってゲームを抜けていてもプレイすることができる。勝者の残り時間はすべてお金に換算され、そのお金を手に入れるには十二の質問に答えなくてはならない。秒針が一周して時間がなくなる前にね。これ以上ないほどわかりやすいゲームよ」

「で、それがテレビで放映されているの？」エリザベスは二人の脇を通り過ぎていく男をしげしげと見る。

「毎日ね」ジョイスは言う。「ニュースの代わりに見られるから、とっても人気なのよ」

電車はヘンドンで停止する。有名な警察養成学校のある町だ。ジョイスはクリスにショートメールを送る。「どこにいると思う？　ヘンドン！」クリスはこう返信してくる。「わたしはヘンドンでは訓練を受けませんでした」ジョイスは同じことをドナに送るが、返事はまだない。

「フィオナ・クレメンスについて教えて」エリザベスが言う。

「彼女はベサニーが《サウス・イースト・トゥナイト》のキャスターだったとき、アシスタントプロデューサーだった。ベサニーが亡くなると、キャスターになった。ものすごく野心家だったけど、『野心家』って言葉、女性を批判するときにしか使わないわよね？」

「わたしは何度も野心家って呼ばれたことがあるわ」エリザベスは言う。

「彼女は二年ぐらい番組のキャスターをしていた――やがて、いろんな人と寝ているのが画面からでもわかるようになって――そうしたらスカイ・ニュースで働くようになったの。ずっと彼女を追っていたのよ、だって、もしかしたら《サウス・イースト・トゥナイト》のことを言うんじゃないかと思って。そのうちBBCで《ブレックファースト・ニュース》を始めて、いまじゃ、ありとあらゆる番組に出ている。このあいだはクラフツ（イギリスで開催される国際的な犬のイベント）の司会までやっていたわ」

「彼女は有名人にちがいないわ、ジョイス。だけど、わたしにとって興味があるのは、ベサニー・ウェイツについて何を語るかってことだけ」

「本当に彼女のことを知らなかったの？　とうてい信じられない」

「ベリル・ディープディーンって聞いたことがある？」

「いいえ」ジョイスは答える。

「じゃあ、人によって興味の対象はちがうってことよ」

「ベリル・ディープディーンって誰なの？」

「一九七〇年代にモスクワにいたとびぬけて勇敢なイギリス人諜報員の偽名よ」エリザベスは教える。

「わたしの業界ではとても有名なの」

「ベリル・ディープディーンはテレビ・チョイス・アワードは獲得してないと思うけど」

「でも、フィオナ・クレメンスはジョージ十字勲章を授けられてない。人には向き不向きがあるってことよ。あら、見て、着いたわ」

エルスツリー&ボアハムウッド駅からエルスツリー・スタジオまでは徒歩十分だった。ジョイスはこれまで来たことのない目抜き通りを歩くことをこよなく愛しているので、次々にいろいろなものをエリザベスに指さした。「〈スターバックス〉、〈コスタ〉、おまけに〈カフェ・ネロ〉、期待どおりね」「〈ホランド&バレット〉はいつも利用しているところより大きく見えない?」「驚いた、まだ〈ウィンピー〉があるわ、エリザベス」

スタジオの防犯ゲートから列が延びているが、ジョイスとエリザベスはまっすぐフロントに歩いていける。ジョアンナの友人のお姉さんが制作部長で、それが番組のどういうポジションなのかわからないが、二人は特別なゲストチケットをもらえたのだ。まっすぐバーに案内され、お茶かコーヒーはいかがですか? と訊かれた。ジョイスは目を丸くしている。

「これってすごくない? これまでテレビに出たことある、エリザベス?」

「国防特別委員会に証拠を提出するために呼ばれたことが一度あるわ」エリザベスは言う。「ただ、法的に顔はぼかしを入れなくちゃならなかった。それから、人質の映像に出たこともある」

二人はスタジオに案内されていき、前列の席をあてがわれる。凍えるように寒いのに、手袋をはずしてくれと言われる(「でないと、拍手をしても聞こえませんから」)。スタジオでは食べ物の持ち込み禁止だが、ジョイスはバッグを大きく開けて、エリザベスにフルーツ・パスティルズ（グミのようなお菓子）をこっそり忍ばせてきたのを見せる。待っているあいだにジョイスはスマートフォンを取り出す。彼女は警備員にたずねる。

「写真を撮ってもいいですか？」

「だめです」警備員は言う。

「わかりました」とジョイス。

「ジョイス、そういうのには我慢できないんじゃない、絶対に？」エリザベスがたずねる。

「もちろんよ」ジョイスは言いながら写真を撮る。「すぐにインスタにアップするつもり」

「ある意味、どうして訊いたのかが不思議」

「ただの礼儀よ」ジョイスはまた写真を撮る。「フィオナ・クレメンスはインスタに三百万人のフォロワーがいるって知ってた？　想像できる？」

「あまり」

ジョイスがスマートフォンをしまうときに、ようやくドナから返信が来る。「あたしはヘンドンでは訓練しませんでした、ジョイス」最近はみんなどこで訓練を受けているのかしら、とジョイスは首を傾げる。

ロンとヴィクトルも楽しい日を過ごしているといいのだけど。今朝、ボグダンの運転で出かけていく二人を見送った。ジャック・メイソンがスヌーカー台を持っているので、どうやらそこで一日を過ごすらしい。ジョイスにはスヌーカーの魅力が理解できる。試合のときに着るベストもすてきだし。もし機会があったら、プロプレイヤーのスティーヴン・ヘンドリーと結婚してもいい。

スタジオで流されていた音楽が消えていき、フィオナ・クレメンスがセットに入ってくると観客は拍手をする。

「染みひとつないお肌ね」ジョイスはエリザベスに言う。「染み、ないわよね？」

「録画にどのぐらい時間がかかるのかしら？」エリザベスはたずねる。「質問をするためだけに、ここに来たんだけど」

「そんなに長くかからないわよ」ジョイスは言う。「三時間かそこらでしょ」

有名なテーマ音楽が流れはじめる。

50

二人はどうにか引き分けに持ちこもうとして激しく闘っている。ボグダンはビショップとポーンで、スティーヴンはルークで。お互いに最終的に引き分けになるとわかっていても、ゲームは楽しい。スティーヴンはやせたように見える。誰も家にいないときは食事をするのを忘れてしまうし、エリザベスは最近忙しいのだ。ボグダンが作ってあげたサンドウィッチをガツガツ食べた。キッチンカウンターにシェパードパイがあるので、ボグダンは一時間ぐらいしたらそれも出すつもりでいる。

「ひとつ、質問してもいいかな、友人として」スティーヴンがチェスボードから目を離さずにたずねる。

「必要なら、何でも」ボグダンは言う。

「おかしな質問だけどね」スティーヴンは言う。「あらかじめ警告しておく」

「それにはもう慣れてます。あなたはおかしな人ですから」

スティーヴンはうなずきながら、自分の駒とボグダンの駒を見比べ、存在しない手を探している。顔を上げずに言う。「わたしには問題があるんじゃないのかな、どう思う？」

ボグダンは一瞬黙りこむ。以前にもこのやりとりをしたことがあった。少なくとも、毎回、微妙にちがう言葉だったが。「問題のない人なんていませんよ。あなたは大丈夫です」

「きみが言うなら」とスティーヴンは応じるが、目を合わせようとはしない。「だが、何かがどこかで混乱しているんだ。なんとなくすっきりしない。その感じ、わかるかい？」

「もちろん、おれもその感じはわかりますよ」

「たとえば、こういうことだ」スティーヴンは言ってから、ちょっと口をつぐむ。「今日、エリザベスがどこにいるのかわからない」

「彼女はテレビ番組の観覧に行ったんです。ジョイスと」

「ああ、ジョイスとは会った」スティーヴンは言う。「このあいだ。彼女はどこでエリザベスと知り合ったんだろう？」

「ご近所さんですよ。とてもいい人です」

「それで出会ったのか」スティーヴンは納得する。「だとしてもだ。エリザベスがどこにいるのか知らなかったのは奇妙だ。ふつうじゃないだろ？」

ボグダンは肩をすくめる。「もしかしたら彼女はあなたに言わなかったんじゃ？　エリザベスは秘密が大好きですから」

「ボグダン」スティーヴンはついに顔を上げる。「わたしは馬鹿じゃない。まあ、みんなと似たり寄ったりだ。ときどき物事が理解できなくなるんだ、人がしてることの意味がわからなくなる」

ボグダンはうなずく。

「わたしの父は晩年、自分を失った。当時は『痴呆になった』と言った――おそらく最近じゃ、そう呼ばないだろうね」

「そうだと思います」ボグダンは同意する。

「『母さんはどこだ？』と父はときどき訊いた」スティーヴンはボードの駒を動かす。可もなく不可もない動きだ、危険はまったくないが得るところもない。「ただ、母はもう亡くなっていたんだ、何年も前に」

ボグダンはボードを見る。スティーヴンに話をさせておこう。訊かれたら答えるだけにする。

「だから、わかるだろ」スティーヴンは言う。「エリザベスが今日どこにいるかわからないので、わたしが心配になっている理由が？」

OK、それは質問のようだ。ボグダンは顔を上げる。「人は覚えていることもあれば、忘れることもありますよ、スティーヴン」

「ううむ」

「人は生まれて初めて恋をすると」ボグダンは話を続ける。最近彼はそのことばかり考えている。「いいですか、病気になるんです……」

「わたしはないなあ」とスティーヴン。

「その子は学校がいっしょで、おれたちは九つでした。ノヴァク先生のクラスで、おれの左前方にすわっていて、とても几帳面に鉛筆を並べていた。字を書くときは唇の間からちょっとだけ舌を突き出す。おれの家の隣の通りに住んでいたんで、ときどきいっしょに学校から帰った。そういうとき、彼女は銀のバックルがついた靴をはいていたので、水たまりに入ろうとしなかった。おれは水たまりに入るのが好きだったけれど、彼女と帰るときは嫌いなふりをしていた。おれは病気だったんです、スティーヴン、病気だった。彼女の父親は空軍にいたから海外に派遣されて、彼女は学校を辞めた。さよならも言わずに。おれたちが恋に落ちていたことを知らなかったからです——知るわけないですよね？　でも、いまだにあの感じを思い出します。彼女がどんな匂いがしたか、彼女の笑い声、そうした細々したことをすべて。ひとつ残らず覚えています」

スティーヴンは微笑む。「きみはロマンチックだな、ボグダン。彼女の名前はなんといったんだ？」

ボグダンはボードから目を上げ、両手を広げてのろのろと肩をすくめる。「誰でもいろんなことを忘れるんですよ、スティーヴン」

スティーヴンはにっこりしてうなずく。「きみは実に頭がいい。だが、教えてくれるな？　何かがあったら教えてくれるだろう？　エリザベスには訊けない。彼女を心配させたくないんだ」

まただ、スティーヴンはこの質問を何度もボグダンにしていた。そして、ボグダンは毎回同じように答えている。

「おれが教えるかって？　正直言って、わかりません。あなたならどうしますか、愛している相手だったら？」

「それが相手の役に立つと感じるなら言うだろう」スティーヴンは答える。「そして役に立たないと思うなら、黙っているだろうな」

ボグダンはうなずく。「賛成です。それが正しいと思います」

「だが、きみはわたしが大丈夫だと思っているのかい？　何でもないことで騒いでいると？」

「まさにおれはそう思ってますよ、スティーヴン」ボグダンはポーンのひとつをボードの隅に動かす。

スティーヴンはボードをじっと見つめる。「しかし、それによってもうひとつ質問が出てくる。もっと悪い質問だ」

「今日一日たっぷり時間はありますから」

「エリザベスの方は問題ないのか？」

「もちろん」ボグダンは言う。「いや、エリザベスが問題なかったことは一度もありません。でも彼女は元気です」

「取り乱していたんだ」スティーヴンが言う。「このあいだの夜だが。彼女は書斎とバイキングのことを持ちだしたが、まったく意味をなさなかった。で、わたしがそれについて質問すると、部屋を出ていってしまった。涙が出てきたから、それを隠そうとしたんだよ。彼女らしくもない。何だったんだろう、どう思う？」

「思い当たることはないんですか？」ボグダンはたずねる。

「実にいい質問だ」スティーヴンは言いながら、また駒を動かす。「今日の質問大賞だよ、まちがいなく。『バイキング』の方は――たいしたことは頭に浮かばない。しかし書斎の方はね。そのときは思いつかなかったんだが、最近、わたしはどこかの書斎にいたんだよ。エリザベスにはまだ言っていないはずだが」

「どういう書斎ですか?」ボグダンは質問する。

「友人のだ。ビル・チヴァーズ、知ってるかい?」

「ビル・チヴァーズ? いいえ」

「どこできみと知り合ったんだっけ、ボグダン?」スティーヴンがたずねる。「どこで出会ったんだ?」

「部屋の何かを直しに来たんです」ボグダンは言う。「それでチェスボードを見つけてプレイするようになった」

「そうだった」スティーヴンは言う。「そのとおり。じゃあ、きみがビル・チヴァーズを知っている理由はない。彼はブックディーラーなんだ。九シリング札さながらずる賢いやつだ、ここだけの話だが」九シリング札さながらずる賢い。ボグダンはいつもしゃれた新しいイディオムを見つけると、うれしくなる。

「彼がわたしを家に招いてくれたんだ、場所は忘れたが、たしかスタフォードシャーだったと記憶しているが、そんなはずはないな。古い大邸宅で羽振りがよさそうだった。で、彼の書斎で、あちこち見て回った。詮索がましいが、わたしはこういう人間だし……」

「どんな発見があるかわかりませんからね」ボグダンは応じる。

「ずっと、そんなふうに生きてきたんだ」スティーヴンは認める。「で、ともあれ、ここからが肝心なんだが、書棚にはあるはずがない本があったんだよ」

「どうしてあるはずがないんですか？」

「高価だからだ。とてつもなく高価だ。初版本どころじゃない、一度限りの本だ。博物館におさめられるべきだが、プライベートコレクションに入れている人間もいる。すべてを手に入れたければ何千万ポンドもの値がつくだろうが、そこはビル・チヴァーズの書斎なんだよ。そこから何がわかるかな？」

「書斎で、スタフォードシャーの大きな屋敷ですね？　その本を見たんですね？」

「見たという気がしている、たしかに」

「書名は覚えていますか？」

「もちろんだ。ティムール朝コーラン写本だ、驚いたね。それに永楽大典のうちの一巻。わたしの分野じゃないが、シェイクスピアのファースト・フォリオも所有していた。うん、たしかに書名を覚えている。まだわたしは頭がおかしくなっていないよ」

「わかってます」

「昔は『痴呆』と呼ばれたものだ」

ボグダンはうなずく。エリザベスはバイキングの正体を見つける必要がある。この情報は役に立つだろうか？　この本から正体を突き止められるだろうか？　エリザベスが戻ってきたらすぐに伝えよう。そうしたらエリザベスは計画を立てるだろう。

「それがいつだったのかわからないんだ」スティーヴンは言う。「だが最近だと思う。ただ、もうあまり外出していない気がするんだよ」

「いつも外に出かけてますよ。エリザベスといっしょに散歩したり、あれこれと」

「これもまたまぬけな質問かもしれないから、許してもらいたい」とスティーヴンは言う。「わたしは車を持っているかな？」

ボグダンは首を振る。「免許証が失効しました」

「畜生。きみは車を持ってるか？」

「車を利用することはできます、ええ」

「いつエリザベスは戻ってくる？」

「今夜です」

「そうか。ブライトンまで乗せていってもらえないかな？」

「ブライトン？」

「古い友だちがアンティークショップをやっているんだ。実に信用できないやつだが――」

「九シリング札さながらずる賢い？」

「それほどぴったりの言葉はないな。この本のことを訊いてみたいんだ。ビル・チヴァーズがそれを買いに来たかどうか。ちょっとした探偵仕事だ、おもしろそうだろう？」

いいだろう、ボグダンはエリザベスが計画を立てるのを待たなくてもいいかもしれない。

「それから、探偵とおもしろいことと言えば」とスティーヴン。「ドナも誘ったらどうだ？　彼女に会いたくて死にそうなんだろ。エリザベスはきみたち二人がデートしていることにまだ勘づいていないんじゃないか？」

「何か起きていることは察していますが、まだ真相にはたどり着いてません」

「ああ、エリザベスときたら」スティーヴンは言う。「わたしが彼女のことを心配している理由はわかるね？」

ボグダンとスティーヴンは引き分けにして握手をする。それからスティーヴンを着替えさせ、ひげ剃りをして、ブライトンに出発だ。エリザベスの許可を求めるべきだろうか？

いいや、スティーヴンの許可を得ている。スティーヴンが望むようにしよう。

51

「本当にご迷惑をかけて。お詫びのしようもないわ」エリザベスはエルスツリー・スタジオの楽屋のソファに横になったまま言う。

「そんなこと言わないでください」女性の救急救命士はエリザベスの腕から血圧計をはずす。「血圧はまったく正常です。でも、人はありとあらゆる理由から失神するものです。よくあることですよ」

「ひとことで言えばまぬけだわ」エリザベスは言う。「まぬけな老女がみなさんのお楽しみをだいなしにしちゃって。食べ物を禁止されたせいだと思うの。わたしは年寄りですからねえ」エリザベスは体を起こそうとするが、救急救命士はそれを制止する。

「そんなことありませんって」彼女はジョイスに話しかける。「誰のお楽しみもだいなしにしてませんよね？」

「たしかに、楽しんでいたけど」ジョイスは言う。「でも、こういうのはよくあることよ」

「あなたにとってもショックだったでしょう？」救急救命士は気遣う。「収録が始まって二十分後に、お友だちが卒倒したんですから」

「イエスでもありノーでもあるわ」ジョイスは答えてから、エリザベスをじっと見つめる。「イエスでもありノーでもある」

「しばらく、お二人だけにしておきましょう、また少ししたら戻ってきます。きっと制作側の誰かが番組の合間に様子を見に来ると思いますよ」

「本当にご親切にしていただいて」エリザベスが言い、お礼を言おうと頭を持ち上げようとする。「何か食べ物を持ってくるべきだったわ。わたしのミスです」

救急救命士が出ていくのを見送り、ドアが閉まる音がするやいなや、エリザベスは冷たいタオルを額からはがし、体を起こす。

「なんて感じのいい女性かしら」エリザベスは言う。「賞賛ものね」

「本当に待てなかったの？」ジョイスは問いつめる。「まだ二十分よ？　最初の回すらろくに見られなかった」

「あなたは残っていてもよかったのよ」

「そんなことしたら、さぞすばらしい友人に見えたでしょうね」ジョイスは言う。「みんな、仮病《けびょう》だって知らないのよ。ああ、彼女は諜報員だから、こういうことをしょっちゅうやっているんです、なんて言えるわけないでしょ。まったくもう、床にくずおれてうめくなんて。事前に言っておいてくれればよかったのに」

「ねえ、ジョイス」エリザベスは控え室のフルーツボウルから勝手にバナナをとって食べながら言う。「観客のあいだにいて、どうやって質問するつもりだったの？」

「ここにいたって質問できないわよ。何もかも見逃しちゃったわ」

「フィオナ・クレメンスがわたしの具合を見に、そのドアから入ってきたら感謝してくれるでしょ」エリザベスは言う。

「彼女がどうしてそんなことをするの？」

「ジョイス、虚弱な老婦人が彼女の番組のセットで倒れたのよ。何も食べてはいけないと言われていたせいで、か弱い老婦人は倒れた。フィオナ・クレメンスがドアからのぞいて容態をたずねてくれれば、倒れた老婦人は気分がなだめられるでしょうね」

「それからどうするの？」

「そのあとは臨機応変にやるのよ、ジョイス」エリザベスは言う。「いつものように」

「ビットコインの口座半分を賭けてもいいけど、フィオナ・クレメンスは来ない――」

ドアがノックされる。エリザベスがソファにバタンと倒れて横になったとたん、ヘッドホンとマイクをつけた男性がドアからのぞきこむ。

「ええと、お二人はエリザベスとジョーンですね？」

「ジョイスです」ジョイスが訂正する。

「わたしたち、笑いものですよね、ほんとに」エリザベスが言う。

「いえ、そんな。ご挨拶したいって言ってる人がいるんですが」男は言う。「ご気分がよろしければ」

「大丈夫です」ジョイスは言う。

「それはよかった」男は言うと、また消える。今度ドアが開くと、フィオナ・クレメンスの顔が見える。シャンプーのコマーシャルでとても有名な、あのとび色の髪、歯磨き剤のコマーシャルで有名な満面の笑顔、遺伝とハーレー街の技術による高い頬骨。

「トントン、誰でしょう」フィオナ・クレメンスはおどける。「エリザベスとジョーンね」

「ええ」ジョイスは言う。エリザベスはジョイスが恍惚としているのを見てとる。

「深刻なダメージがなかったかどうか、様子を見ておきたかったの」フィオナは温かい笑顔を向けてくる。ドアからのぞいているだけで、中には入ってこない。長居をするつもりはないようだ。「またすぐ戻らないといけないんですけど」

「ちょっとだけお時間いただけますか？」エリザベスが言う。

「そろそろ戻らないと」フィオナは笑顔のままだ。「ボスに鞭でぶたれるから。ちょっと顔を出しただけなんです」

「お写真をいっしょに撮っても？」ジョイスが提案する。いいぞ、ジョイス、うまい。エリザベスはフィオナの目に迷いとあきらめを読みとる。

「もちろんよ」フィオナは言う。「手早くね。急いでいてごめんなさい」

フィオナは渋っていたにもかかわらず、その場を仕切り、ソファにエリザベスといっしょにすわり、ジョイスはスマートフォンを探してカーディガンのポケットを探る。フィオナの写真用笑顔はすでにビシッと決まっている。

「さて」エリザベスが口を開く。「時間はないけど、たくさんの情報を伝えなくてはならないの」

「なんですって？」フィオナはまだ笑顔のままだ。今のところは。

「わたしは失神したんじゃない、病気でもない、写真はどうでもいい」エリザベスは早口に言う。「あなたに危害を加えるつもりもないし、悪意もない。実際、今日まであなたが誰かも知らなかった」

「わたし……」フィオナの笑みが消えかける。「もう失礼しないと」

「お引き留めするつもりはないわ」エリザベスは言う。「わたしと友人のジョイスは……あ、ちなみにジョーンじゃなくて……」

「ジョーンと呼んでもかまわないわよ」ジョイスが言う。

「わたしたちはベサニー・ウェイツの殺人事件を調べるためにここに来たの。あなたは彼女を知っているでしょ」

「OK、これがどういうことかわからないけど……」フィオナが言いかける。

「フィオナ、フィオナ」エリザベスが言う。「すぐ終わるわ。わたしたちはずっと待っていて、あとであなたと話をしてもいいのよ」

「警備を呼ぶわ」フィオナは言う。「いい加減にして、こんな真似は正しくないってわかってるでしょ」

「あら、あきれた、正しいかまちがってるかなんて誰が気にする？」エリザベスは言う。「二人の人畜無害な老婦人があなたとは一切関係がないと信じている殺人について、ふたつ質問をするだけよ」

「わたしが関係していたなんて言う人は誰もいない」フィオナは言う。「それに、こんなことって……

異常よ」

「同僚が殺され、あなたは彼女の仕事を引き継いだ」エリザベスは言う。「何度も脅迫メモが置かれていた。あなたはまちがいなく容疑者になるでしょうね。ジョイスの話から、それは確実だと思えた」

「いえ、はっきり言ったわけじゃ――」ジョイスが言いかける。

「そして、もう一人の女性、ヘザー・ガーバット、彼女もまた殺された」エリザベスは言う。「そこであなたの以前の同僚、マイク・ワグホーンと話をしてみて、あなたとぜひ話をしてみたくなったの。わたしはその機会を手に入れるために失神するふりをするしかなかった。あなたはどう答える？」

「ノーと言うわ、きっぱりと」

ドアがノックされる。「フィオナ？　そろそろスタジオに戻ってください」

「着替えなくちゃいけないの」フィオナは立ち上がる。

エリザベスは彼女といっしょに立ち上がる。「フィオナ、こんなことは打ち明けるべきじゃないけれど、もしかしたら興味を持ってもらえるかもしれないから話すことにするわ。そこにいる友人のジョイスは当然、自分の口からは言えないけど、実は長年にわたってイギリス保安局のきわめて優秀なメンバーだったの」

フィオナはジョイスを見る。

「ええ、彼女の外見からは信じられないでしょうね」エリザベスが言う。

「いえ、喜んで信じるわ」フィオナは言う。「だから、わたしたちにはいろいろな顔があるの。たしかに、やっかい者よ。人生にどうしても必要な存在でもないわ、当然。うざい二人組と言ったらよくわかるかしら、それをあなたは抱えこんでしまった。だけど、それでもわたしたちは真剣なの。しかも脅威ではないし、信じるかどうかわからないけど、親しくなればとても楽しい人間よ」

またドアがノックされる。「フィオナ？」

「だから、わたしはあなたにスタジオに出ていき、収録を無事に終えてほしいと願っている。ジョイスは観客のあいだにすわって観覧するでしょう。そのあと三人で一杯やりながらおしゃべりして、あなたにベサニー・ウェイツ殺人事件の解決に手を貸していただけたらと思っているの」

フィオナは二人を交互に見る。

「ボアハムウッド・ハイストリートには〈ウィンピー〉があるのね」ジョイスが言う。

「認めてちょうだい、わたしたち、おもしろそうな人間でしょ？」エリザベスが言う。「それに本当に二件の殺人事件を調べているのよ」

フィオナはジョイスを見る。「あなた、本当にMI5にいたの？」

「言えないのよ」ジョイスは言う。「話せたらいいんだけど」

「彼女のバッグの中を見て。信じられないなら」エリザベスが言う。

フィオナが彼女のバッグをのぞいているあいだ、ジョイスは当然ながらとまどった顔をしている。バッグのど真ん中にはエリザベスの銃が入っている。

「うわあ」フィオナが言う。

「わかるわ」エリザベスが言う。「わたしがバッグに入れている最悪のものはフルーツ・パスティルズぐらいだもの」

ジョイスはすばやく自分のバッグをのぞき、エリザベスがこっそり忍ばせておいた銃を見つけると首を振り、あきらめたような目つきで友人を見る。

「で、あなたたちはマイク・ワグホーンと話したの？」フィオナはたずねる。

「最近はそれ以外のことをほとんどしてないわ」エリザベスは答える。

フィオナは決心する。「いいわ、了解。番組のあとでちょっと飲みましょう。わたしはマイク・ワグホーンが大好きなの」

「で、ベサニーは？」エリザベスはたずねる。「彼女のことは好きだった？」

フィオナは答えようとして思い直す。「まあ、それについては番組のあとで話せるわ、でしょ？」

「気長に相手をしてくれてありがとう、フィオナ」エリザベスが言う。「わたしたちと話すと楽しいって保証する」

「それは疑ってないわ」とフィオナ。

「ただし、あなたがベサニー・ウェイツを殺したのなら別よ」エリザベスは言う。「だとしたら、わたしたちはあなたにとってとんでもない悪夢になるでしょう」

「もしわたしがベサニー・ウェイツを殺しておいて、これほど長いあいだ逃げおおせるほど頭が切れるなら、って考えてみて」フィオナは言い、またもや部屋じゅうを照らしだすほどまばゆい笑みを浮かべる。「とんでもない悪夢になるのはわたしの方よ、あなたたちにとって」

エリザベスはうなずく。「じゃあ、この話の続きを心から楽しみにしているわ。またあとで。収録がんばって」

52

「それはありえない」カルデシュ・シャルマは言う。八十近くて格好よく禿げ、ライラック色のスーツにシルクの白いシャツをふつうの男性なら自信を持てない位置までボタンをはずして着ている。「ありそうもないことだ、たしかに」スティーヴンは言う。「だが、ありえなくはない。この目で見たんだから。大量の本がそこにはあった」

ドナは暗い店の奥をぶらついている。「美しい」ドナは言いながら、ブロンズ像を手にとる。

「アナーヒターだ」カルデシュは振り返って言う。「愛と戦いのペルシャの女神」

「愛、それに戦いか。すごいね、アナーヒター」ドナは言う。「彼女のこと、すごく気に入りました」

「二千ポンドの彼女を気に入っているんじゃなければ、それを置くように頼んだ方がよさそうだ」カルデシュは言う。

ドナはとても慎重にアナーヒターを下に置きながら、眉をつりあげる。

「たくさんの品があるんですね、あなたの店には」ボグダンは言う。「とても美しい。本当に」

「時間をかけてさまざまなものを手に入れてきた」カルデシュは言う。

「で、あなたが手に入れたものをすべて警察のパソコンにかけたら、やばいものがありますか？」ドナが訊く。

「時間のむだだよ」カルデシュは言う。「この店で古くてうさんくさいものといえば、スティーヴンとわしだけだ」ドナは微笑む。「さて、目下の仕事にとりかかろうか」

スティーヴンはカルデシュに車で書いたリストを渡す。「これはわたしにわかった本だけだ。部屋じゅう本だらけだった」

カルデシュはリストを指でたどっていき、頬をふくらます。「『サー・ジリヨン・ド・トラズニーの冒険』？」

「数百万かな？」スティーヴンが推測する。

「最低でも」カルデシュはまだリストから目を離さない。「このリストは完全にいかれとる。すべてを買うには何十億も必要だろう。『マニーペニー聖務日課書』だと？　ビリー・チヴァーズがどうやってこうしたものを手に入れられるんだ？」

ボグダンが木製の椅子をひきずっていき、カルデシュとスティーヴンといっしょにすわろうとする。

「わしならそれにはすわらんよ」カルデシュが警告する。「そいつは一万四千ドルの値打ちがあるし、あんたは並はずれてでかいからな。どこかに乳搾り用のスツールがあったはずだ」

ボグダンは乳搾り用スツールを見つけて持ってくる。「ビリー・チヴァーズのことは気にしないでいいと思います。たぶん買ったのは別の誰かです」

「チヴァーズはその管理をしているだけだ」スティーヴンは同意する。

カルデシュはリストをたたみ、スーツの上着のポケットに入れる。「ちょっと聞き回ってみるよ。だが、これはかなりでかい頼みだ、わしにとっても」彼はドナの方を見る。「わしはただのしがない骨董店主だ。犯罪者なんて誰も知らんよ」

「それに、あたしは愛と戦いの女神です」ドナは言い、今度はチワワの形をした錫《すず》のインク壺を眺める。

「だが、知り合いの知り合いを知ってるだろう？」スティーヴンがカルデシュにたずねる。

「かもしれない。喜んで手伝おう」

ドナがぶらぶら近づいてくる。「それから警察の手助けをしたいって気になることはありますか、ミスター・シャルマ？」

カルデシュは小さく肩をすくめる。「ある話を聞かせてやろう、ドナ。たぶん、きみは驚かないだろうがね。この店は一九七〇年代に開いて五十年近くやってきた。〈ケンプタウン骨董〉店主ミスター・K・シャルマ、ウィンドウの上にとても美しく書いたんだ、イギリス人の店みたいにね、わかるだろ？映画で見た店みたいに。わしが自分で書いた。開店した晩にレンガがウィンドウに投げこまれた。修理し、ペンキを塗り直し、また店を開いた。開いたとたん、またウィンドウからレンガだ。連中が退屈して別の誰かを標的にするまで、毎晩それが続いた」

「お気の毒に」ドナは言う。

「いや、全然」カルデシュは言う。「はるか昔のことだ。しかし、おそらくきみなら一九七〇年代にどのぐらいブライトン警察が役に立ったか想像がつくだろう」

「ほとんど何も？」ドナが推測する。

「ほとんど何も」カルデシュは応じる。「警察がレンガを投げこんだと言われても、ショックを受けなかっただろうね。そこで、それ以来、警察を避けているんだ。そしてだいたいにおいて、向こうもわしを避けている。全員にとって、それがいちばんいいことだと思う」

ドナはうなずく。彼女には想像することしかできない。

「スティーヴン」ボグダンが言う。「おれはカルデシュと二人きりでちょっと話したいんですが、いい

「好きにしたまえ」スティーヴンは言う。「わたしが車をとってこよう」

「よければ……」ボグダンは言う。「よければドナといっしょに行ってもらえないですか？　話し相手として」

ドナはボグダンにウィンクすると、スティーヴンの腕をとる。

「ありがとう、カルデシュ、相棒」スティーヴンは言う。「この仕事はあんたにぴったりだとわかってたよ。プリシャによろしく伝えてくれ。いずれディナーでも？」

「いずれディナーを」カルデシュは答えると、立ち上がってスティーヴンを抱きしめる。「プリシャに伝えるよ。あんたに会ったというと、彼女は顔を輝かせるだろう、絶対に」

「ああいう奥さんがいてあんたは幸せだ」スティーヴンは言う。

ドナがスティーヴンを店から連れ出す。ボグダンとカルデシュはドアについたベルの残響が消えるまで待っている。

「プリシャはもう亡くなったんですね？」ボグダンはたずねる。

「十五年前にな」カルデシュは言う。「だが、わしは報告するよ、スティーヴンと会ったと。プリシャはにっこりするだろう」

ボグダンはうなずく。

「それに、わしは幸運な男だった、それは当たっとる。彼はどのぐらい悪いんだ？　悪化してるのか？　長年にわたってスティーヴンがどんなに親切にしてくれたか、言葉では言えないぐらいだ。儲けさせてももらった。しかし、親切こそ本物の宝だ」

「彼は覚えていることはしっかり覚えています」ボグダンは言う。「そして、今のところ、忘れていることをはっきりわからずにいる」

「それは救いだ」カルデシュは言う。「今のところは」

「スティーヴンのリストに力を貸していただけますか？」ボグダンはたずねる。

「一人の人間がこの本すべてを所有しているなら」とカルデシュは言う。「それが何者なのかは見つけだせるだろう。むずかしいが。でも、たぶんビル・チヴァーズじゃないな？」

「いいえ、ビル・チヴァーズじゃありません」ボグダンは言う。「スティーヴンの奥さんを殺したがっている何者かなんです」

「エリザベスを？」

ボグダンはうなずく。「エリザベスを」

「じゃあ、きっと見つけるよ」カルデシュは言う。「約束する。彼女は相変わらず大活躍しているのかな」

「ほぼそうですね。警官を店に連れてきてすみません。でも、ドナだけなので」

「スティーヴンの友人はわしの友人だよ。たとえ制服を着ていても。調べてみるから、二日くれ」カルデシュはボグダンと握手してからドアに案内しようとする。だが、ボグダンはまだ帰るのをためらっている。

「まだ何かあるのかい？」

ボグダンは片足から片足に体重を移す。それから店の奥の方にうなずきかける。

「ドナが気に入っていたあの像なんですけど」ボグダンはたずねる。「現金だといくらですか？」

53

ジョイス

今日フィオナ・クレメンスに会った。それが今日のビッグニュース。それから、バッグに銃を入れた、それはいつであってもビッグニュースだろう。三番目のニュースは、ブラックフライアーズ駅に、これまで見たこともないほど小さな〈WHスミス〉の支店があったこと。

それにしても、大変な一日だった。十時ぐらいに出発して、帰ってきたのは夕方七時過ぎ。ヴィクトルはジャック・メイソンに会いに行ったきり、まだ戻っていない。彼の書類が床じゅうに散らばっている。財務記録。今朝、幸運に恵まれたかとたずねたら、幸運がからむことは何もなかったよ、と言ったので、ただ会話をしようとしていただけ、と答えたら、うん、きみの言うとおりだ、と応じ、彼はやかんを火にかけた。こんな具合に、まあなんとかやっている。

　ふだんだと、アランはこれだけの書類があれば大騒ぎするところだ。紙をガシガシ嚙み、引き裂いて。でも、礼儀正しくよけて歩いている。ヴィクトルがその大切さをアランに説明し、よく注意してくれ、と頼んだのだ。ヴィクトルの話し方にはまちがいなく説得力がある。たとえば、このあいだわたしは《F1》を見るように説得されてしまった。ITV3で《名探偵ポワロ》をやっていたにもかかわらず。どんなことでも、彼はもともと相手の考えだと思わせることができる。アランとわたしはただすわって、ほぼずうっとうなずいているだけだ。

　今では部屋に入る前に、わたしだと知らせるために特別なノックをしなくてはならない。すばやく四回のノックはムーンピグ（グリーティングカードのブランド）のCMのリズムと同じだ。ノックなしでドアが開くのを聞きつけたら、ヴィクトルは銃を手にソファの陰にいると言っている。「まちがってきみを撃ちたくはないが、もしかしたら撃ってしまうかもしれない」

　エリザベスとわたしは《ストップ・ザ・クロック》の収録を観に行ってきた。三話分を収録したので、わたしは二話と三話を見た。一話目はエリザベスが失神するふりをしたので見られなくなった。あとでわかったけど、もっともな理由があってのことだ。二話のカップルは二千七百ポンドを獲得し、結婚する予定なので、賞金は結婚式に使われることになるだろう。彼は彼女よりも十五歳は年上にちがいない。

難癖つけるべきじゃないけれど、やっぱりねえ。彼女に叫びたかった。「逃げられるうちにやめなさい！」って。

失神のふりをし、銃を見せたおかげで、エリザベスは収録後に話をすることをフィオナ・クレメンスに承知させた。わたしたちが控え室にいると、学校を出たばかりみたいな子がハーブティーを運んできてくれた。わたしはカモミールとラズベリーのお茶を選んだ。最初に言われたのがそれだったし、長いリストをずらずら読まれても、頭のスイッチが切られちゃうの。

さて、はっきり言うわ、わたしはフィオナ・クレメンスが嫌いではない。テレビで観ているときほど感じよくはないかもしれない。カメラのためだけに演技している部分もあるのだと思う。でも、失神のふりをされたり銃を見せられたりしたなら当然なのに、無礼な態度はとらなかった。

フィオナはボノにインタビューしなくてはならないので、三十分しか時間がとれなかった。だから、エリザベスとわたしは交互に矢継ぎ早に質問をした。ベサニー・ウェイツについての質問はすべてエリザベスに任せた。たぶんフィオナ・クレメンスに二度と会う機会はないだろうから、わたしはそのチャンスを最大限生かしたかったから。

だから、話はこんなふうに進んだ。

エリザベス　ベサニー・ウェイツとの関係を話して。

フィオナ　お互いに嫌いあってた。
わたし　《ストップ・ザ・クロック》で獲得した最高賞金は？
フィオナ　さあ。たぶん二万ぐらいじゃないかしら。
エリザベス　どうしてお互いに嫌いあっていたの？
フィオナ　頭が空っぽだと思って、ベサニーはわたしを嫌っていた。そして、頭が空っぽだと思われていたせいで、わたしは彼女を嫌っていた。
わたし　数週間前の番組で赤い靴をはいていたでしょ、覚えているかどうかわからないけれど。でも、どこで買ったのかと思って。
フィオナ　わからない、ごめんなさい。
エリザベス　ベサニーがいなくなれば、自分が番組の次のサブキャスターになれると気づいていた？
フィオナ　スクリーンテストを受けたことはあった。気に入られたのはわかった。ただし申し訳ないけど、ジョイス、わたしは《サウス・イースト・トゥナイト》のサブキャスターにそこまで強いあこがれを抱いていたわけじゃなかった。
エリザベス　じゃあ、何も危害は加えなかったのね。
フィオナ　ＯＫ、自分が地元のニュースを読めるように彼女を殺したわ。
わたし　番組ではイヤホンで指示を出されるの？

フィオナ そうよ。

わたし 何を言っているの？

フィオナ いろんなこと。点数のことを思い出させて参加者を励ませとか、観覧者の一人が失神したことを伝えてきたり。

エリザベス ベサニーが亡くなった夜はどこにいた？

フィオナ ホテルでカメラマンとコカインをやっていた。

わたし わたしたち、最近、一万ポンド分のコカインを買ったのよ。これまでインタビューした中で、誰がいちばん感じがよかった？

フィオナ トム・ハンクス。

エリザベス ベサニーが死ぬ前に受けとっていたメモについて何か知らない？ 職場で？

フィオナ どういうメモ？

エリザベス 「出ていけ」「みんなおまえを嫌っている」その手のもの。

フィオナ （笑いながら）彼女も受けとってたの？ わたしだけかと思ってた。

エリザベス 同じメモを受けとったの？ 誰が書いたのか見当がつく？

フィオナ 全然。でも、わたしは誰にも崖から突き落とされなかったわよ。

わたし トム・ハンクスってどんな人だった？

エリザベス　（たぶんわたしにうんざりしたんだと思う）ベサニーを殺す理由がありそうな人を思いつかない？

フィオナ　ファッション警察？

わたし　インスタグラムでライブ動画をアップして、みんなが見てコメントできるのがあるでしょ？　どうやってるのかしら？　ボタンが見つからないんだけど。

フィオナ　「ストーリーズ」っていうのでしょ、調べられるわよ。

エリザベス　当時、現場にいて話を聞いた方がいい人っている？

フィオナ　カーウィンね、プロデューサーの。彼女を殺さなかったとしても、あいつは刑務所にぶちこまれるべきよ。それに、マイクのメイクアップアーティスト。パメラだかなんだか。あの連中はいつもうさんくさかった。

エリザベス　ポーリン？

フィオナ　かもしれない。

わたし　《ストリクトリー・カム・ダンシング》に出てみたい？

フィオナ　わたしが司会ならね。

というわけで、状況を考えれば彼女はとても礼儀正しかったけれど、少しもときめくような人じゃなかった。インスタでのライブ動画のやり方をちょっと調べたけれど、まるでちんぷんかんぷん。写真だけにしておこう。今日、口に二個ボールをくわえたアランの写真をロンに勧められてアップした。ジョアンナは気に入ってくれたけど、そんなことは初めて。

〈ウィンピー〉に寄ってから駅に戻り、電車に乗るとわたしは眠りこんでしまった。エリザベスに寝てもいいわよ、降りる駅には目を光らせている、と言ったけれど、彼女は起きていたかったようだ。

いつヴィクトルは帰ってくるのだろう。ジャック・メイソンとうまくやっているのならいいんだけど。エリザベスはヴィクトルに大きな信頼を寄せているようだ。彼と寝たことがあるの、とたずねたら、正直なところ思い出せない、と答えたけど、たぶん寝たことがあるのよね。わたしはこれまでに寝た相手全員の写真を財布に入れて持ち歩いている、とエリザベスに言った。それから財布を開けて、唯一の写真を見せた。ゲリーの写真だ。すると彼女は言った。「ええ、最初から答えはわかってたわ」

ヴィクトルはエリザベスと寝たことを覚えているかしら。どちらかはたぶん覚えていると思う。

54

三人の男たちは月光に照らされたジャック・メイソンのベランダにすわっている。体を温められるように、それぞれヒーターとウィスキーのタンブラーをかたわらに置いて。海では光が点滅している。ロンはウィスキーで胸が温まり、まぶたが重くなってくるのを感じる。いつだろうと、マッサージよりもこっちの方がうれしい。

なんとすばらしい日を過ごしたことか。暖くしたテラスでBBQ、スヌーカー、カード。これ以上望めないほどだ。ヴィクトルはさりげなく探りを入れ、ジャックは質問をかわす。

スヌーカーは夜になって終わる。これは第一回だ、今後は定期的に集まってゲームをしよう、と全員の意見が一致した。三人の老人たち、三人の新しい友人たち。ギャング、KGBの将校、労働組合の役員。

「さぞ負担に感じているだろうね、ジャック」ヴィクトルが言う。

「何がだ?」とジャック。

「あんたの計画だ。きわめてクリーンだったにちがいない。ところがベサニーが死ぬ。さらに今度はヘザーが死ぬ。それが心に重くのしかかっているにちがいない。あんたの責任なのか?」

ジャックはうなずき、グラスを掲げる。

「おれは人を殺さないよ、ヴィクトル」ジャックは言う。「平気で人殺しをするやつもいるが、おれは殺しでスリルを感じたことはない。だが法を破るのは好きだ、金を儲けるのは好きだ、人をまんまとだますのは好きだ」

「まさにわたし好みの人間だ」ヴィクトルは言う。「たぶん、それで悩んでいるんだろうね。少しだけ」

「少しだけ」ジャックは認める。

「わかるよ」ヴィクトルは言う。「それに、あんたは怒っているにちがいない。わたしなら怒る、殺人者に対して」

「あれは馬鹿げていた」ジャックは言う。「不要なことだった」

「ベサニーが崖から落ちたことを考えただけで、ときどき夜中に目を覚ますんじゃないか？」ヴィクトルはたずねる。

「それはない。あんたは誤解してるよ」

「たしかに、わたしは早とちりすることがある」ヴィクトルは認める。「だが、どこがまちがっているのか、今ぜひとも知りたいんだ。頭を悩ますことになりそうだからな」

「あんたたち」ジャックが小さな笑みを浮かべて言う。「ひとつ話をさせてもらえるかな？　少し肩の荷を下ろさせてくれないか？」

これは胸の内をさらけだすということに近いんじゃないか、とロンは少し居心地が悪くなる。ヴィクトルはそう仕向けることができる人間だ。そもそも犯罪を調べているのだから、ロンはそのことに我慢しなくてはならないだろう。

「警察に話すつもりはない」ジャックは言う。

「おれたち三人だけの話だ。それを聞いてどうするかは、おれには関係ない」

「ここにいる人間は警察になんて漏らさないよ」ロンは言う。「聞かせてくれ、ジャック」

「車が崖から落ちたとき、車内には誰もいなかったんだ」ジャック・メイソンは言い、もうひとロウィスキーを飲む。「ベサニー・ウェイツは、その何時間も前に死んでいた」

ロンはいまやすっかり目がさめている。彼はヴィクトルを見やる。自分よりもKGBの将校の方が適切な質問を知っているだろう。

「ほう、それは興味深い展開だな」ヴィクトルが言う。「それを事実として知ってるのかい、ジャック？」

「そのとおりだ。誰が彼女を殺したのかも知っているし、その理由も知っているし、どこに埋められているかも知っている。墓がどこにあるかを知っているんだ」

「だとすると、まるできみが彼女を殺したように聞こえるんだが、ジャック。それには同意しないのか？」

「したいところだが、そこが肝心なところなんだ、そうだろう？　ウィスキーのお代わりはどうだ？」

ヴィクトルとロンはどちらも、医者にまさに命じられていることだ、と答える。ジャック・メイソンはお代わりを注ぎ、また椅子に寄りかかる。

「あんたたちはある人間を見落としている」ジャックは言う。「おれのささやかな計画には別の人間が関わっているんだ」

「男か？　女か？」ヴィクトルがとても慎重にたずねる。

「そのどちらかだ、むろん」ジャック・メイソンは言う。ＫＧＢ将校の尋問に抵抗できる人間がほしいなら、ロンドンっ子ってのは悪い選択じゃないな、とロンは思う。

「じゃあ、その人物はたぶん男だな、認めようや」ロンは言う。「ベサニー・ウェイツはやつらに殺されたんだな？」

「こういうことなんだ」ジャック・メイソンは言う。「その計画にはほころびが出てきていた。ベサニー・ウェイツは全貌をつかみかけていた。とはいえ、いつ手を引くかは心得ているべきだ。そうだろ？」

「必須だ」とヴィクトル。

「おれには伏せられていたんだと思う。何があったにしろ、彼女はこっちには言ってこなかったから、おれはただおしまいにして先に進んだ」

「しかし、あんたのパートナーは？」

「おれのパートナーはもっと心配していた。それにおれを巻きこんだんだ。おれは大きなミスはしなかったが、パートナーはやっちまった。彼は――〝彼〟と呼ぶつもりだが、深読みはしないでくれ。おれはこのゲームを長年やってきた——彼はおれがしゃべるのを、ヘザー・ガーバットがしゃべるのを心配していた」

「あんたはしゃべったことなんてないだろ」ロンが言う。

「これまでもないし、今後もないだろう」ジャックは認める。

「今、しゃべっているよ、ジャック」ヴィクトルがとてもやさしく言う。ジャックは手を振ってそれをしりぞける。

「すると」とロンが話を続ける。「あんたのパートナーとやらがベサニー・ウェイツを殺したのか？」

「彼女がトラブルの元にならないうちにな」ジャックは言う。「彼女を殺して、シェイクスピア断崖まで運転していき、車を突き落とした。パートナーはそういうタイプじゃなかったが、パニックを起こしたんだ。どんな人間にも起こることだ」

「しかし、どうして車内に死体がなかったんだ？」ヴィクトルがたずねる。「その説明はできるのかい？」

「そこが問題なんだ」ジャック・メイソンは言う。「大きな問題があるんだ、誰も気づいていないが。パートナーはおれのところにやってきて。ベサニー・ウェイツを殺したと言う、ニュースをつけて、それが本当かどうか確かめろと言う。言われたとおりにすると、本当だった。おれはうれしくない」

「うれしいやつなんているか？」ロンが言う。

「そうとも、あんたの言うとおりだ」ジャックは同意する。「もちろん、おれは怒る。いささか自制心を失う。誰も死ぬ必要なんてなかったんだ、そのまま逃げさせればよかったんだ、と。すると彼はにやりとして言う。誰も逃げだせないよ。だから彼はおれも殺すつもりなんだろうと思う。お笑い草だが、よくあることだ」

ロンとヴィクトルはそろってうなずく。

「すると彼は言う。『死体を見たいか?』おれは『車の中になかったのか?』すると彼は『いや、死体は安全な場所に埋めた』」

「なんと」ロンは言う。ウィスキーのせいで、かすかな頭痛がしている。海で瞬いている光はいまや冷たく寂しげに見える。

「ようするに、彼はそういうことをしたってわけだ」ジャックは言う。「ベサニー・ウェイツを殺し、彼女を埋め、その正確な場所をおれに伝えた。そして、そこは認めてやらないわけにいかないが、狡猾にも、ベサニーをヘザー・ガーバットの指紋だらけの携帯といっしょに埋めたんだ。その電話にはおれの個人的な電話の履歴が残っている。しかも、どこかに埋めてあった銃でベサニーを撃った。そいつもヘザーの指紋まみれだ」

ヴィクトルが体をのりだす。「するとベサニーは死に、もうちょっかいを出せない。さらにパートナーは殺人をヘザーに押しつけ、あんたを従犯にした、そういうことか?」

「わかってきたようだな」ジャック・メイソンは言う。「彼はヘザーに言う、この詐欺罪は裁判になる。おまえには罪状を認めてもらいたい、すべてを認めるんだ。ただし、誰の下で働いていたのかはひとことも言うな」

「さもないと、ベサニーの墓へ警察を向かわせる?」

「そこにあるすべての証拠がヘザーの犯行を示している。だから、刑務所で十年おつとめをするのと、終身刑とどっちがいい? 地下二メートルに埋められた脅迫だ」

「すると、彼女が刑務所にいるあいだじゅう、それが頭上に垂れこめていたってわけだな?」ロンが言う。

「彼女はひとこともしゃべらなかったし、一ペニーも儲けなかった」ジャック・メイソンは言う。「ただすわって、刑期をつとめていた。一歩まちがえば、殺人者にされるとわかっていたからな」

「それだけ待ったのに、彼女は何者かに殺される。それは、不運以外のなにものでもないな」ロンが言う。

男たちはうなずく。三匹の賢い猿のように。

「で、彼はあんたに何を求めたんだい?」ヴィクトルがたずねる。

「金を求めてきた」ジャック・メイソンは言う。「一千万ポンドぐらいあるんだが、彼はそれを手に入れられないんだ」

「で、あんたにはできるのか」

「だめだとわかった。二〇一五年に規則が変わり、すべてのものを申告しなくてはならなくなったんだ、すごく面倒な手続きでね。それに他の障害がひっきりなしに起きた、どれもこれも経験したことがなかった。マネーロンダリングについては詳しいかい？」

「ああ」ヴィクトルは言う。

「完全にきれいにしたせいで、金はちりぢりになった。ヘザーはとても仕事がうまかったんだ。しかし、きれいな金として反対側からたどっていくと、それを取り戻すためにやらねばならないことはもはや合法ではなかった。それに一部はどこかに消えてしまった。あまり巧みに隠したので、見つけることすらできなかったんだ」

「じゃあ、まだどこかにあるんだね？」ヴィクトルはたずねる。

「おそらく」とジャック・メイソン。

「あんたのパートナーが誰なのかを打ち明ける可能性はあるかな？」ロンが訊く。

「もちろんだめだ。こんなにしゃべるべきじゃなかったが、あんたたちが探りだせるなら、幸運を祈るよ」

「探りだすつもりだよ」ロンは言う。遠くから車が近づいてくる音がする。

「彼女は死ぬべきじゃなかった。あれはおれのせいだ」ジャック・メイソンは言う。「それに、ヘザーも死ぬべきじゃなかった。あれもおれのせいだ」

「そうじゃないと言ってやりたいよ、ジャック」ロンは言う。「でも無理だ」

ジャックはうなずき、屋敷を、庭園を、眺望を眺める。「こうしたものは必要なかったんだ」

ロンのダイハツのヘッドライトが芝生を照らしだす。ボグダンが到着した。ジャックは立ち上がって、友人たちに別れを告げる。だが、ヴィクトルには最後にもうひとつ質問がある。

「どうして自分で死体を掘り出さないんだ？　たぶんそれで問題解決だろ」

「見つけようと努力したんだ。何年もかけた。信じてくれ、努力はした。どこにあるのかはわかったので、掘って掘って掘りまくった。だが――」

「彼女が埋められた場所を教えてもらえないか？」ヴィクトルが頼む。

「手がかりになることはもう充分にしゃべったよ」ジャックは言う。「あんたたちならわかるはずだ」

「あんたの率直さには敬意を表しないわけにいかんな」ヴィクトルが言う。

ジャックはヴィクトルの肩に腕を回す。「この告白で、今夜のあんたのスヌーカーの勝利に水を差すんじゃないかと心配だけどな。それにロンの驚くべきプレイぶりに」

「また招待してもらえるかな？」ヴィクトルはたずねる。

「こんなに楽しいことなんてないからな」ジャック・メイソンは言う。「二人の友人、ウィスキー、スヌーカーのゲーム。それ以外のことはすべてエゴと欲だ。そのことに気づくのに、ずいぶん時間がかかったよ」

「だが、ヴィクトルに賞金の十ポンドを借りたままだぞ」ロンが指摘する。

「借金は他にもどっさりあるが」とジャック・メイソンはお辞儀をする。「それはしっかり心に留めておくよ」

55

エリザベスは眠気も吹き飛び、考えている。

ヴィクトルは今夜遅く、ニュースとウィスキーではちきれんばかりになって帰ってきた。ロンは別の場所にいて、次第にそれが習慣になりつつある。短い作戦会議がイブラヒムのところで開かれた。ジョイスとアランも参加し、どちらも夜遅くの外出に興奮していた。

事件は大きな進展を見せた。

つまりベサニー・ウェイツはそもそも車の中にはいなかった。彼女は殺人者によって、いわば保険としてどこかに埋められた。ヘザー・ガーバットとジャック・メイソンが彼女の殺人に関わっているという証拠とともに。

巧みなトリックだ。死体を探す者はなく、何年も前に海に流されてしまったのだろうと推測されている。しかし、ジャックかヘザーが警察の聴取に協力したくなっても、殺人者は、二人の未来が自分の手に握られていることをちらつかせるだけでいい。自分の関与については沈黙しろ、さもないと痛い目に遭うぞ。しかし、どこかに瑕疵《かし》があるはずだ。致命的なミスが。

エリザベスは家への帰り道に計画が形になっていくのを感じた。同時にバイキングにも警戒の目を光らせていた。今、殺されるのはタイミングが悪い、ちょうどおもしろくなりかけてきたところなのだ。

これ以上ジャック・メイソンからは何も聞きだせないだろう。エリザベスはそのことを確信した。ジャックに対するヴィクトルの仕事は終わった。となると、残るはふたつの選択肢だ。

改めて財務記録を見て、パートナーが関与していないかを調べる。もちろん「キャロン・ホワイトヘッド」という名前はつかんだが、彼女を殺人者と結びつけるものは他に何もなかった。「ロバート・ブラウン理学修士」という名前もあった。だが、他にもあったのだろうか？　ヴィクトルは明日の朝にはまた事件に取り組んでくれるだろう。まだ調べることはたくさんある。

二番目の選択肢はやはり困難だが、少なくともエリザベスにも手伝える。ジャック・メイソンが話していた墓を発見することだ。どこだって考えられるということで、全員の意見が一致した。しかし、エリザベスは全員の意見に従うことはめったにない。

しばらく前から頭を悩ませている疑問が、またも浮上してきた。なぜジャック・メイソンはヘザー・

ガーバットの家を買ったのか？　きれいにした金の代わりに、家の売却金はそのまま政府に没収されたし、ヘザーの沈黙を買ったわけでもなかった。ジャック・メイソンはそこには住んでいないし、貸してもなく、改装もせず、売って利益を得ることもなかった。

となると、ジャック・メイソンは他の誰かがそこに住むのを阻止するために家を買ったにちがいない。そこに住み、パティオのタイルを張り替えたり、気まぐれに池をひとつふたつ掘ることを防ぐために？　ヘザー・ガーバットの庭をちょっと掘ってみるのはまんざら無駄骨ではないかもしれない、とエリザベスは思う。ボグダンが鋤《すき》で手伝ってくれるだろう。

しかし、許可なく他人の庭を掘るにはどうしたらいいのか？　死体があるなら、ジャック・メイソンはそこに絶対に彼らを招待しないだろう。

エリザベスはベッドに横になり、スティーヴンと指をからませて手をつなぎ、力を貸してくれそうな人を思いつく。

それに、よく考えてみれば、その同じ人物がもうひとつの問題についても助けてくれるだろう。バイキングを阻止すること。スティーヴンが目を覚まし、エリザベスを抱きしめる。スティーヴンは明日、友人のカルデシュに会いに行くと言っている。きみが使わないなら、車を借りてもいいかな？　エリザベスはそれはいいわね、と返事し、夫がまた眠りこむまで髪をなで続ける。

56

「帰り道はずっと噂話をしてたんでしょ」ドナは言う。彼女の頭はボグダンの膝にのっている。ボグダンはユーロスポーツチャンネルで国際バイアスロンを観たがったのだ。いっしょに学校に通った人が出場しているそうだ。今、バイアスロンの種目はスキーで、そのあとはライフル射撃だ。ドナも夢中になりかけている。

「言わないって約束させられたんだ」ボグダンは言う。それからテレビを手で示す。「ジャージーは苦戦しているな」

「だけど、あたしになら話せるよね」ドナは言う。

「警察にはだめだ」

「あたしは警察じゃない。あなたの彼女でしょ」

「これまでおれの彼女だって一度も言ったことがなかった」ボグダンは言う。

ドナは頭を回して彼を見上げる。「じゃあ、今後は何度も聞く覚悟をしておいて」

「じゃあ、おれはきみの彼氏なのか?」

「正直なところ、あなたが天才だって思われている理由がわからないよ」ドナは言う。「そう、あなたはあたしの彼氏」

ボグダンはうれしそうな笑みを浮かべる。「おれたちはドナとボグダンだ」

「そうだね」ドナは言うと、彼の顔に触れる。「さもなければ、ボグダンとドナ。どっちでもいいよ」

「ドナとボグダンの方が響きがいいよ」ボグダンは言う。

ドナは体を起こし、ボグダンにキスする。「じゃ、ドナとボグダンで決まりね。ねえ、ロンとヴィクトルが何を発見したのか教えて」

「だめだ」ボグダンは言う。またテレビに注意を向ける。「このリトアニア人はずるいやつだな」

「何でもいいから教えて。骨を投げてよ」

「OK。ロンは今夜家に帰らなかった。彼はポーリンのところに泊まっている」

「うわあ」ドナは言う。「ありがと。許してあげる」

ボグダンは画面に向かって首を振る。「ジャージーは四位までに入らないと、スウェーデンのマルメーで開かれるヨーロッパ射撃大会に出る資格を得られないんだ」

「かわいそうなジャージー。がんばってちょうだい。彼女はどこに住んでいるの?」

「え?」ボグダンは気もそぞろだ。

「ポーリンのこと」ドナは眠たげに言う。「このあたりに住んでいるの?」

ボグダンはうなずく。「ロザーフィールド・ロードを入ったところだ、大きな建物で。ジュニパー・

コート」

「ジュニパー・コート？」

「うん。聞いたことある？」

ドナはもちろん聞いたことがある。ポーリンはベサニー・ウェイツが殺された晩に訪ねた建物に住んでいるのだ。

57

オフィスは深みのあるオークと深紅の絨毯で装飾されている。エリザベスの目は勇敢な行為を称えるポリス・ブレバリー・メダルをつけた犬の大きな絵に釘づけになる。さらに、「犯罪は割に合わない」と記された額入りの標語。長いこと生きてきて、それがたわごとだとエリザベスは学んでいた。たとえば、ヴィクトルのペントハウスを見るがいい。

警察本部長との面会を取り付けるのはむずかしいはずだ。多忙だし、スケジュールは慎重に管理されている。緊急番号の９９９に電話して、警察本部長と話をしたいと言ってみたらわかる。その後、どうなることか。

その朝、エリザベスはアンドリュー・エヴァートンのオフィスに電話して、著作権代理人だと名乗り、マッケンジー・マックスチュアートの作品をすべて読み、とても気に入ったので少しお時間を割いていただけないだろうか、と言った。

一分もしないうちに折り返しの電話がかかってきて、なんとその日の午後、彼のスケジュールが魔法のように空けられた。アンドリュー・エヴァートンが何をする計画だったにしろ、もしかしたら連続殺人犯をつかまえることかもしれなかったが、それは後回しにされたのだ。

エリザベスが部屋に入っていくと、彼の目にありありと失望が浮かぶのがわかった。朗読会にエリザベスがいたことを覚えていたのだ。だが、たしかに先日の朗読会にいた老婦人だが、実は代理人かもしれない、文学界の大御所かもしれないと考え直して、一瞬だけ希望がまたふくらみかけたようだ。しかし、彼女がこう言ったとたん、彼の虚栄心はぺしゃんこになった。「わたしは実はあなたの本を一冊も読んだことがないんですけど、ジョイスは楽しんでいたようです」しかし、このときにはすでにエリザベスは椅子にすわっていたので、一般的な礼儀から、質問をふたつするぐらいは許されるだろうと判断していた。

「ベサニー・ウェイツ」エリザベスは言う。「あの事件を覚えていますか？」

「覚えている」アンドリュー・エヴァートンは言う。「しかし、あなたにここに来て、それについて話すように頼んだ覚えはないが？」

エリザベスは手を振ってそれを一蹴する。「わたしたちみんなが納税者でしょう？　何か話していただけることはありますか？」

「ううむ。あなたは警察の捜査方法について詳しいのかな？」

「ええ、とても」エリザベスは言う。

アンドリュー・エヴァートンはペンでデスクをコツコツとたたきはじめる。「では、この会話は警察のやり方に反していると思わないか？　あなたのご存じのことからすると？」

「わたしはこう考えているんです。あなたはケントの警察本部長です。おそらくその気になれば、さまざまなことを話すことができるでしょう。さらに、あなたはベサニー・ウェイツ事件を解決できなかった、そうも考えています――」

「公平に言えば、わたしのせいじゃない」アンドリュー・エヴァートンは反論する。「当時のわたしは歯車のひとつにすぎなかった」

「たしかに」エリザベスは同意する。「でも、あんなに注目を浴びた事件がいまだに未解決です。わたしはあなたを手助けしたいと思っているので、代わりにあなたも力を貸してくれるのが公平だと思いますが」

「どんな手助けをしてくれると言うのかね？」

「それについてはのちほどご説明しましょう」エリザベスは言う。「ヘザー・ガーバットが死んだことわたしの知らないどんなことを知っているんだね？」

「彼女は容疑者だった。改めて訊くが、どんな手助けをしてくれるのかな？」

「それからジャック・メイソンは？」エリザベスはたずねる。「やはり容疑者ですか？」

「彼には聴取した。アリバイはあったが、彼は自分の手でそういうことをするタイプではない。だから、アリバイはまったく意味をなさない。ところで、こういう会話をしている理由がまったく理解できないんだが」

「他には？」エリザベスはたずねる。「わたしたちが見落としている人がいますか？」

「わたしたちとは誰のことだ？」

「友人たちとわたしです」エリザベスは言う。「あなたが好きになりそうな人たちよ。たとえば、イブラヒムには会ったことがあるはずです」

「ああ、あるとも」アンドリュー・エヴァートンは言う。「イブラヒム・アリフ。コニー・ジョンソンの友人だね？」

「職業上の知り合いです。わたしたち、いろんなことに首を突っ込んでいるんです、本部長。あなたもわたしたちがとても役に立つと思うはずです」

アンドリュー・エヴァートンはエリザベスをためつすがめつ見る。エリザベスはこれまで数えきれないほどそういう視線にさらされてきた。人は彼女を見極めようとする。むだな試みだ。

「ＯＫ」アンドリュー・エヴァートンは言う。「話に乗ろう。コニー・ジョンソンはヘザー・ガーバットの死について何か言っているのか？　あなたはその情報を持っているのかね？」

「コニー・ジョンソンはヘザー・ガーバットが誰かを恐れていたと考えています」エリザベスは言う。

「だが、申し訳ないが、それはメモからも読み取れた。新たな情報じゃない。彼女はそれが誰なのかを話したのかな？」

「残念ながらその情報はありません。だけど、メモについてお力を貸せると申し上げたら、喜んでいただけますよね」エリザベスは言う。「あれは偽物だったんです」

「偽物だった？」アンドリュー・エヴァートンがじっくり考えながら、あらゆる角度から検討している様子をエリザベスは見守る。経験から、彼は馬鹿ではないとわかる。それどころか、自分たちにとって役に立つ人物かもしれない。

「彼女が書いたんじゃないのか？」アンドリュー・エヴァートンはまだ困惑しているようだ。「じゃあ、誰が書いたんだ？」

「それを調べているところです。だけど、とりあえず、あなたに別の質問があるんです。お金はどこにあると思いますか？　ベサニー・ウェイツの死体は発見できなくても、せめてお金を発見できるのでは？」

「警察がその努力をしたのは知ってるだろう。われわれは能なしじゃないんだ。鑑識の経理担当者にあらゆるファイルのあらゆるページを調べさせた。やつらは足跡を隠したんだ」

エリザベスは笑う。「正直に申し上げて、警察の捜査でわかったすべての事実以上のことを、わたしたちはたった二週間で発見したわ」

「まさかそれはないだろう」

「疑念はお捨てなさい。事実は変わらないんですから。キャロン・ホワイトヘッドに四万ドルが支払われたことは発見しなかったでしょ。ロバート・ブラウン理学修士に五千ポンドが支払われたことも。ジャック・メイソンの建設会社とのつながりも発見しなかった。実際、あなたたちは何ひとつ発見しなかったんですよ」

アンドリュー・エヴァートンは返事をしようとする。「わ……わたしはもっとそうした名前が必要だ。詳細が。どこで発見したんだね？」

「わたしたちがどんなふうに手伝えるか、というあなたの質問への答えがこれです」エリザベスはバッグからファイルを取り出して、デスクに置く。「ここから始められるわよ」

アンドリュー・エヴァートンは目の前のファイルを見る。「ここにすべてがあるのか？」

「そうです」エリザベスは言う。「それから、それはあなたに差し上げます。ただし、お返しにふたつばかりお願いがあるんですけど」

「ああ、そうくると思ったよ。わたしにできることなら力を貸そう」

「ジャック・メイソンはヘザー・ガーバットの家を買ったんです。しかも異常な高値で。どうしてだと思います？」

アンドリュー・エヴァートンは答えようとしない。「本当かね？　わたしは知らなかった」

「たぶん知っておくべきだったのでは？」

「たぶんそうだった。たしかに」

「今それを知って、あなたの捜査官としての直感はどう言っているかしら？」

「おそらく彼はそこに何かを隠している？　あるいは、ヘザー・ガーバットがそこに隠したのを知っている？」

「まさにわたしの直感もそう告げています」エリザベスは言う。「掘ってみても、わたしたちにとって損はないという気がしますけど？　あなたが手配できるなら？」

アンドリュー・エヴァートンはちょっと考えこむ。それを実行するために記入しなくてはならないさまざまな書類があるのだろう、とエリザベスは推測する。手続きだ。

「手配はできるだろう。とてもいい考えだと思うよ。何が見つかるか確かめてみよう」

「何が見つかるか確かめましょう」エリザベスは賛成する。「わたしたち、馬が合うってわかってたわ」

「もうひとつの頼みとは何だね？」アンドリュー・エヴァートンがたずねる。

「あるマネーロンダリング業者がわたしを殺そうとしているんです」エリザベスは言う。「ジョイスも殺そうとしているんですけど、それはここだけの話で。しばらくのあいだ警官二人にわたしたちを警護していただけないかしら？」

「マネーロンダリング業者だと？」アンドリュー・エヴァートンはたずねる。

「世界一だって言われています。殺人の方はそれほど腕がよくないことを祈りたいわ」

「ちょっと検討させてくれ。それについては説明がかなりむずかしいかもしれない」

「きっとベストを尽くしてくださると信じています。だって、世界最大のマネーロンダリング業者を逮捕できるかもしれないんですよ。あなたのキャリアにとってもプラスになるでしょう」

アンドリュー・エヴァートンは笑顔になる。「それは予想外の喜びだ」

「じゃあ、しっかりお願いしますね」エリザベスは言う。「今度お会いするときは、あなたの手に鋤が握られていることを期待しているわ」

エリザベスは帰ろうとして立ち上がる。ここまでは実に順調に進んだ。誰かの裏庭を掘ることを許可できる人間がいるとしたら、警察本部長だ。アンドリュー・エヴァートンも立ち上がる。

「帰る前に、ひとつ質問があるんだが」

「いつでも誰でも質問があるものよ」エリザベスは言う。アンドリュー・エヴァートンが神経質になっているのが感じられる。「どうぞおっしゃって」

「正直な答えが聞きたい」アンドリュー・エヴァートンは念を押す。

「正直な答えがあるものなら、それをお聞かせするわ」

「あなたの友だちのジョイスだが……」

「彼女が何か？」

「彼女は本当にわたしの本を楽しんだと言ったのかな？」

58

テレビ局のメイクルームは、ありとあらゆるゴシップの拠点という重要な機能を果たしている。ドナはそのことをたちまちにして発見した。

ただし、今回は慎重に歩を進めるつもりだ。

ドナはオンライン詐欺について話すために、《サウス・イースト・トゥナイト》にまた出演することになった。銀行を装った危険なメールやショートメッセージ。偽の出会い系プロフィール。基本的に実際に会わずに相手にお金を出させようとする数々の手口。彼女は午後じゅう事前準備という宿題をやっていた。

「あなたがジュニパー・コートに住んでいるって、ある小鳥から聞いたんですけど」ドナは水を向ける。

ポーリンはちょっと黙りこむ。ドナはごく軽い調子で話をしなくてはならない。すでにすべての車の登録番号を調べていた。ナンバープレートに炎がついた白いプジョーはポーリンのものだ。

ポーリンはドナの髪を整える作業を続ける。「その小鳥ってボグダンじゃない？」

「もしかしたら。あたしたち、誰にも知られないようにしているんです」

「メイクアップアーティストからは何ひとつ隠せないわよ。あなたは両足で着地したのね、すごいわ。わたしだったら木みたいに彼によじ登ったかな」

ドナは微笑み、おしゃべりを続ける。「長く住んでいるんですか？」

「ジュニパー・コートに？　ずうっと前からよ。スタジオまで歩いてこれるの、完璧でしょ」

ほら、思ったとおり、手に入れようとしていた情報だ。ポーリンは何年も前からジュニパー・コートに住んでいる。すなわち、ベサニーが亡くなった夜もそこに住んでいたということだ。となると、ポーリンはベサニー・ウェイツ殺人の重要容疑者になる。ドナにとって事態は不安になるほど急速に変化しつつある。

ポーリンはドナの額をトントンとたたく。「リラックスなさい、しかめ面になってるわよ。メイク用の椅子は考えごとには向かないわ」

てくる。

「ごめんなさい」ドナは言う。鏡の中のポーリンをちらっと見る。ポーリンは励ますような微笑を向けてくる。

ポーリンにはベサニー・ウェイツを殺すどんな理由があるのだろう？　過去に何が隠されているのか？　脅迫メモのことは？　ポーリンがああいうものを書いたのか？　クリスとドナはこの新たな捜査の線を〈木曜殺人クラブ〉には秘密にしている。明らかないくつもの理由から。しかし、あの夜ベサニー・ウェイツがポーリンを訪ねていたのなら、さほど長くは秘密にしておけないだろう。ベサニーがポーリンの住んでいる建物を訪ねたというのは、偶然にしてはできすぎている。何かつながりがあるにちがいない。

「だから、そもそもジュニパー・コートに引っ越したのよ」今はドライヤーの音に負けじと、ポーリンは声を張り上げる。「スタッフがたくさんあそこに住んでいるから。カメラマン、音声さん、ありとあらゆる人たちがね。番組でも二部屋確保していたほどよ。数カ月単位で来るフリーの人たちが、あそこに泊まれるように。ずっと以前にはマイクもあそこに部屋を持っていた。ちょっと大学寮みたいだったわ」

ドナはうなずく。なるほど、それだと事は複雑になる。それが本当だとしてだが。ベサニーが知っていたはずのありとあらゆる人々。彼女が訪ねそうなありとあらゆる人々。ドナにはもっと情報が必要だ。

「ベサニーが訪ねてきたことは？」ドナはたずねる。さりげなく、だが、ドライヤーの音にかき消されないように。

「どういう意味？」

「ベサニーはジュニパー・コートを訪ねてきたことがあります？」

「たぶんあったでしょうね。みんな出たり入ったりしていたから。フィオナ・クレメンスはあそこに住んでいたカメラマンの一人とつきあっていた。オープンハウスみたいだったわ」

「ベサニーはあなたを訪ねてきました？」ドナはたずねる。

「わたしを？　いいえ」ポーリンはドライヤーのスイッチを切る。「わたしがあそこに住んでいたことすら知らなかったと思うわ」

「ときにはばったり会うこともあったでしょう？　もし彼女が頻繁に来ていたら？」

「わたしは人より家にいることが多いから」ポーリンは肩をすくめる。

ドナはクリスに報告することをたくさんつかんだ。いいニュース。ポーリンはベサニー・ウェイツが行方不明になった当時、ジュニパー・コートに住んでいた。悪いニュース。他にもたくさんの人たちが住んでいた。ポーリンには都合がいい。都合がよすぎる？

「さ、できたわ、ダーリン」ポーリンは言う。「きれいよ、どう？」

ドナは鏡の中の自分を見る。まさに完璧だ。ポーリンはとてもとても腕がいい。

59

彼は犬を殺さなくてはならないかもしれないと思ったが、結局、その必要はなかった。押し入った瞬間から、犬は彼を見てとてもはしゃいでいた。銃に弾を詰めている手をなめさえした。初めて錠で鍵が回る音がしたときには、犬はすでにぐっすり眠っていた。バイキングは犬を好きになれそうだったが、とても手がかかる。散歩やら何やら。しかも、犬の具合が悪くなることだってある。そうなっても、気づかなかったらどうするのだ？　バイキングは絶対に自分を許せないだろう。猫の方が世話が楽だと聞いたことがある。もしかしたら猫を飼ってもいいかもしれない。

最初にドアを入ってきたのはジョイスだ。写真を見ていたのですぐわかる。ジョイスは買い物袋を片手にさげ、かすかに体を揺らしながら、楽しげな曲を口笛で吹いている。銃を目にすると口笛が止むので、バイキングはうしろめたくなるが、力も感じる。うしろめたさが大部分だとしても、力を手に入れたと感じていることは否定できない。だからこそ、弱い人間は銃をこれほど愛するのだ。しかし彼が弱いというわけではない。

犬が跳ねていき出迎えるので、ジョイスは自分のリビングに忽然と現れた髭を生やし銃を構えた男から目を離さずに、犬の毛をくしゃくしゃとなでてやる。

「驚いた」ジョイスが言う。「あなたバイキングね?」

　バイキングは困惑する。「バイキング?」

「エリザベスを誘拐したでしょ」ジョイスは言う。「それにスティーヴンも。とても卑怯よ。銃を下ろしなさい。わたしは七十七歳なの、わたしが何をすると思うの?」

　バイキングは手を下ろすが、銃は握ったままでいる。時刻は午後七時ぐらいで、外は暗い。すでに彼はカーテンを閉めておいた。予想していたほどジョイスは怯えていないようだ。犬にえさまでやっている。「アラン」という名前のようだ。彼女はバイキングにお茶を飲むかとたずねるが、毒を盛られるのを恐れて断る。アランが食べているあいだ、ジョイスは彼の向かいにすわる。犬の金属ボウルがキッチンのタイルにこすれて大きな音を立てている。

「で、あなた、ヴィクトルを殺しに来たの?」彼女はたずねる。「彼はいないわよ」

「ヴィクトルを殺しに来た、たしかに。それからあんたも殺しにね」

「あらまあ」ジョイスは言う。

「聞いてなかったのか?」

「知らなかったわ」ジョイスはきっぱりと言う。「なんだか大変な騒ぎね。とても重大なことが理由だといいけど?」

「仕事のせいだ。エリザベスにヴィクトルを殺せと言ったんだ。彼女は彼を殺さなかった。彼を殺さなかったら、あんたを殺すとエリザベスに言っておいた」

「そう、そのことはわたしに黙っていたわ」ジョイスは言う。「これまでに人を殺したことがあるの？」

「ああ」バイキングは言う。声は震えもしない。我ながらほめてやりたい。

「それでも、自分の代わりにエリザベスにヴィクトルを殺させようとした」ジョイスは言う。「ねえ、本当に誰かを殺したことがあるの？」

「ない」バイキングは白状する。どうして彼女にはわかったのか？「その必要がなかったからだ。だが今は必要がある。だからやるまでだ」

「じゃあ、まずわたしから殺すつもり？　それはやぶれかぶれってことよね、はっきり言って。年金生活者なのよ」

バイキングは肩をすくめる。「じゃあ、ヴィクトルを殺すだけでいい」

「できたら、わたしたちのどちらも殺さないでほしいんだけど」ジョイスは言う。「彼のこと、好きになったから。やたらに電車の番組ばかり観てるけれど、欠点がない人なんていないでしょ？　ヴィクトルのどこが気に入らないの？　本当にお茶はいらない？　ヴィクトルを待っているなら、しばらくここにいることになるし、毒は入れないって約束する。キッチンに意識不明のスウェーデン人がいたら、わたしだってうれしくないもの」

バイキングはお茶一杯ぐらいならかまわないだろうと思う。今こうして銃を手にして、小柄な老婦人から礼儀正しい質問をされていると、計画全体がまずかった気がしてくる。「OK、うん、頼むよ、ミルクを少しだけ。おれはヴィクトルと対立しているんだ」

ジョイスはアーチ形の通路からキッチンに入っていき、肩越しにしゃべりかける。「どういう対立？」

「おれは金をきれいにする」バイキングは言う。「仮想通貨を使って。ヴィクトルはクライアントたちにおれには関わるなと警告している。危険すぎるって。そのせいでおれは大金を儲け損なっている。彼を殺せば、おれの問題はなくなるんだ」

「まあ、気の毒に、それはつらいでしょうね。アラン、たった今、ごはんをあげたばかりでしょ」

「いつ彼は帰ってくるんだ？」

「知りたいのはこっちの方よ」ジョイスはマグカップのお茶をスプーンでカチャカチャかき回している。

「彼はオペラに行ったの、信じられないかもしれないけど。腰をすえて待った方がよさそうよ。ひとつ質問してもいいかしら？」

「彼を殺さないように説得するつもりならむだだぞ。それはおれの宿命なんだから」

「いいえ、ちがうの」ジョイスはお茶のマグカップをふたつ持って部屋に戻ってくる。片方はバイクの絵、もう片方は花模様だ。「どっちのカップがいい？」

「バイクで」バイキングは言う。ジョイスは満足そうなため息をつきながらすわる。「質問って何だ？」

「仮想通貨よ」ジョイスは言う。「それ、本当にそんなに危険なの？」

「とても危険だ」バイキングは言う。「だからマネーロンダリングにはうってつけなんだ」

「イーサリアムも？」ジョイスはたずねる。「それも危険？」

バイキングはお茶をひと口飲む。「あんた、イーサリアムを知っているのか？」

「一万五千ポンド、投資したの」ジョイスは言う。「インスタグラムだと、みんな、自信満々に見えるから」

「あんたのアカウントを見せてもらえるかな？」バイキングは言う。これだから素人は彼の足をひっぱるんだ。仮想通貨は複雑だ。いつかとても重要になるだろうが、今は未開の西部みたいなものだ。小柄な老婦人はイーサリアムに投資するべきじゃない。ジョイスはノートパソコンの画面を開き、彼に渡す。

「トレーディングと日記を書くときだけノートパソコンを使っているの」彼女は説明する。「わたしを殺さなければ、今夜の日記にあなたも登場するわよ」

「あんたは殺さないよ」バイキングは言うが、それでも殺さなくてはならないかもしれないと思う。ジョイスのイーサリアムの口座を調べると、現在は二千ポンドの損になっている。「少し手を加えてもかまわないかな？　あんたのパスワードが必要なんだが」

「Poppy82、最初は大文字のPよ。それから、よかったら何か食べていって。ヴィクトルを殺さないと約束するなら、ビスケットもあるわよ」

「すまない、もう決心したんだ」バイキングは言いながら、さらにお茶を飲み、ジョイスのノートパソコンでダークウェブのもっといかがわしい片隅に入りこむ。パソコンを操作していると、少しリラックスしてきて、まるでわが家にいるような気分だ。心臓の鼓動がゆっくりになり、自分がどんなに神経質になっていたかに気づく。犬は彼の手をなめている。やさしくアランを押しやり、なめられていない手で目をこする。

バイキングはジョイスの金をふたつの別々の口座に移動する。どこを見ればいいのかわかっていれば、するべき取引がまだあった。流れにはまだ金がきらめいていたが、それは他の連中が砂金を掘っている場所ではない。ジョイスの部屋に押し入ったのだから、せめてこれぐらいはやってあげよう、とバイキングは思う。殺さなければ、彼女はちょっとした利益をあげられるだろう。ジョイスが何か言っているが、意味がわからない。また喉が渇いてくる。ジョイスを見上げるが、頭が重い。言葉を口にしようとする。

「もらえるかな……?」何をもらう? 何を言いたいんだ? 「あの……」

今アランは彼の顔をなめている。どうしておれは床に寝ているのだろう?

60

ロンは自分たちが性的信条のまばゆい新世界に住んでいることを認識している。

多種多様なジェンダーとセクシュアリティ、ロンの世代では想像もできない自由。本来の自分でいられれば、人は花開くことができる。しかし、こうしたより幸せな時代ですら、バイクのマグか花模様のマグかを男性に選ばせれば、バイクのマグを選ぶだろう。幸運なことでもあった。というのも、ヴィクトルの錠剤がバイキングを倒すことができるなら、それを飲んだジョイスがどうなっていたかは神のみぞ知るだからだ。

「彼を殺しかねなかったのよ、ジョイス」エリザベスは言う。

「睡眠薬と虫下しで？　それはないでしょ」ジョイスは反論する。

バイキングが身じろぎしはじめる。ボグダンはジョイスのダイニングルームの椅子に彼を縛りつけた。彼が眠りこんでしまうとジョイスは仲間たちに連絡したので、こうして全員がそろっていた。

ボグダンは用心棒として来ている。オペラ（「繊細で、ほとんど超自然的だった」）から帰ってきたヴィクトルは、自分を殺したがっている男と対面し、エリザベスはバイキングがジョイスも殺す計画だったことを黙っていた理由を説明したところだ。ロンとイブラヒムもその場にいる。おれたちが招かれなかったら、ジョイスとエリザベスとは縁を切っただろう、とロンは思っている。

ポーリンもいる。なぜなら、なんというか、最近はしょっちゅうここに来ているからだ。クーパーズ・チェイスだろうがジュニパー・コートだろうが、彼女とロンはいっしょにいるのが好きなようだ。彼女は仕事先からまっすぐやって来た。今、ボグダンはどこかに姿を消した。

ヴィクトルはバイキングの銃を手にしている。ロンはちょっとだけ持たせてくれと頼む。彼は銃を壁に向け、片目をつぶって「バン」と言うと、ヴィクトルに返す。

バイキングはひどい有様だ。大きな顎鬚。意識は朦朧《もうろう》。ロンは何年も前に顎鬚を伸ばそうとしたことがあったが、うまくいかなかった。鬚を伸ばせない男もいるのだから、そのことで深読みしない方がいい。彼らを男らしくないと判断してはならない。

ジョイスはバイクのマグカップを念入りに洗ってから、みんなにお茶を淹れた。

「やあ、眠れる森の美女」バイキングが目覚めると、ヴィクトルは声をかける。「やあ」

バイキングは目を開く、ほんの少しだけ。それから、目にした光景をすぐには受け入れられず、また目をつぶる。

「大丈夫だ」ヴィクトルは言う。「目を開けてかまわないよ。水を飲みたいかね?」

バイキングはまた目を開け、ジョイスの絨毯に焦点を合わせようとする。苦労しながら頭をもたげ、ジョイスの方を見る。「何か入れたな」

「ええ」ジョイスは認める。

「入れないって言ったのに」バイキングは言う。

「ごめんなさい。ヴィクトルを殺すつもりだって言ったでしょ。それに、とても威圧的だったから」

「りっぱな顎鬚だな」イブラヒムが感心する。「そんなふうにどうやって伸ばすんだ？　オイルは使うのかい？」

「質問は別のときにしてもらえるかな、イブラヒム」ヴィクトルが言う。

「鬚なんて誰だって伸ばせるよ」ロンは言う。

ヴィクトルはしゃがみこむ。ロンは自分にもしゃがめた時代があったと思い出す。ヴィクトルは膝が丈夫で幸運だ。「名前は何だね、バイキング？」

「誰もおれの名前を知らない」バイキングは言う。

「うむ、それはどうかな」ヴィクトルは返す。

「誰にもおれの名前を口にさせない」バイキングは言うと、雄叫びをあげる。

「あら、起きちゃったわ」ジョイスが言う。アランが物音を調べに寝室からとことこ出てくる。

ロンはポーリンを安心させようとウィンクする。彼女は演劇を楽しんでいるかのように身をのりだしている。

「最高のデートだわ、ロン」彼女は言う。

「どうしてわたしをそんなに殺したいのかについて話し合おう」ヴィクトルが言う。「いいね？」

「おまえたちは後悔するぞ」バイキングが言う。「一人残らず、このことを後悔するだろう」

「わたしはきみに金を損させている、それは理解している」ヴィクトルが言う。「きみをクライアントに推薦しないようにしている。だが、理由がわかるか？　仮想通貨は危険だからだ」

「あら、そんなことないわ」ジョイスが言う。「それは主流のメディアを読んでいる人の意見よ」彼女はアランの毛をくしゃくしゃにする。「そうよね、アラン？　ええ、そうなのよ」

「あんたたちは過去に生きているんだ」バイキングが言う。

「それは真実だ」ヴィクトルは言う。「わたしは自分が心地よいと感じる場所で生きている。わたしのスキルが通用する場所で生きている。三十年か四十年したら、きみもそうなる。若者たちに笑われながら、仮想通貨について話すだろう。だが、そのどこがすばらしいか、きみにわかるかな？　わたしは年寄りだから過去に生きている。わたしは年寄りなんだ、バイキングくん、それが何を意味するのかわかるかい？　きみはわたしを殺す必要がないという意味だ。ただちょっと辛抱していればいいだけだよ。わたしの全身の細胞は、こうしてしゃべっているあいだにもどんどん衰えている。今会っている全員が、きみの知らないうちに死ぬだろう」

「もっと軽い話にして、ヴィクトル」ポーリンが言う。

「わたしは愚かだ。だから、わたしはきみの邪魔をして、損をさせた」ヴィクトルは肩をすくめる。

「きみはちゃんとやっているじゃないか、屋敷のことを聞いたよ。そのまま自分のビジネスを続けるがいい──よくやっていると思う。どうしてまだわたしが殺されていないかわかるかね？」

「なぜだ？」

「わたしが誰も殺さないからだ」ヴィクトルは言う。「正直なところ、いったん始めると、もうおしまいだ。ずっと殺し続けなくてはならない」

「リップクリームみたいね」ポーリンが言う。「いったん使い始めると、唇が乾くからずっと使わなくてはならないの」

ヴィクトルは自分の意図をよく説明してくれた、とポーリンに身振りで示す。「そこで、提案をさせてくれ。きみはきみの人生を続け、マネーロンダリングをし、屋敷を楽しむが、人は殺さない。わたしはわたしの人生を続け、仕事をし、そして、きみが幸運なら五年から七年後に自然死する」

「で、承知しなければ？　あまりにも多額の金をあんたのせいで損させられた、とおれがまだ恨んでいるなら？」

「じゃあ、わたしを殺したまえ」ヴィクトルは言う。「今日、そのことを伝えるよ、多くの友人知人に、きみがわたしを殺したがっていると。そして、わたしの死体が発見されたら、みんなそれぞれに結論を出し、きみの行方を突き止め、きみを殺すだろう」

ジョイスのドアで鍵が回る。ヴィクトルはさっと床に伏せ、そちらに銃を向ける。ドアが開くとボグダンが入ってくるので、ヴィクトルは銃をホルスターにしまう。ボグダンの後ろにはスティーヴンがいる。スーツ姿でとてもこざっぱりして見える。だがバイキングはヴィクトルに目を向けている。

「あんたの友人たちはおれを見つけられないよ」バイキングは言う。「誰もおれを知らない。あんたを見ろよ、KGB将校殿、おれについて何ひとつ発見しなかっただろ。それにあんた」彼はエリザベスの方を向く。「MI6の捜査官のあんたも、おれについて何も見つけられなかった。おれは幽霊なんだ。幽霊は殺せない」

バイキングが演説しているあいだに、ロンが見ていると、スティーヴンはジョイスのダイニングチェアにすわる。彼はポケットからノートを取り出す。ロンはスティーヴンの手が震えているのを見てとる。しかし、恐怖からではない。

「きみは幽霊なのかい?」スティーヴンが言い、ノートを軽くたたく。たちまちスティーヴンは部屋じゅうの注目を集める。「ところで、また会えてうれしいよ。こちらがきみの話していたバイキングだね、エリザベス」

「ええ、そうよ。まさにその本人」エリザベスは言う。

「ヘンリック・ミケル・ハンセン、一九八九年五月四日、スウェーデン、ノーショーピングに生まれる」スティーヴンはノートを読み上げる。「母親はパティシエで、父親は司書。これについてご意見は?」

「まちがっている」ノーショーピングのヘンリック・ミケル・ハンセンは言う。「全部でたらめだ。おれはスウェーデン人だが、それ以外はな。誰もパティシエなんかじゃない」

「きみは本が好きだね、ヘンリック」スティーヴンは言う。「わたしもなんだ。きみは見事なコレクションを所有している。その多くが唯一無二のものだ。そして、唯一無二の本については、通常、販売記録を見つけられるんだ。最近はすべて持ち株会社を通して買っているが、コレクションを始めた頃は本名を使っていたので、きみの身元を突き止めることができた。『たのしい川べ』の初版本がきみの正体を暴露してくれた」

「ちがう」ヘンリックは言う。「そんなことはありえない」

「いや大ありだよ、ヘンリック。少なくとも、これは誰かをつかまえるには有効な方法だ。名前がわかれば、他のすべての情報は手に入る。たとえば、今、きみのお姉さんはスキーをしているとかだ」スティーヴンは言う。「フェイスブックでわかった」

「ああ、スティーヴン」エリザベスが言う。「スティーヴンったら」

「ちょっと手伝っただけだよ」スティーヴンは言う。「もっぱらカルデシュのお手柄さ。あの夫婦をディナーに招待しないとね」

「本当にカルデシュに会いに行ったの？」

「行くって言っただろ」スティーヴンは言う。

「ええ、でも――」とエリザベス。

「おれが運転して行ったんです」ボグダンが言う。「秘密にしていたんですが」

エリザベスはボグダンをじろっと見る。「このところ秘密だらけなんじゃない、ボグダン？」

他のみんなはヘンリック・ハンセンを見つめている。

この大騒動を見るために招待されたので、ロンはうれしくてたまらない。前回はエリザベスとジョイスだけで処理してしまって、ロンは翌朝になって死体について教えられただけだった。自分がまだ何も役に立っていないことは承知しているが、部屋にいられるのはありがたい。

「おれはヘンリック・ハンセンじゃない」ヘンリック・ハンセンは言い張る。

「あなたはたぶんそうだと思う」エリザベスが言う。「わたしの夫はとんでもないまちがいをしないから」

「ヘンリック、われわれは友人になれるよ」ヴィクトルが話しかける。「友人じゃなくても、知人になり、お互いに殺し合わないという選択ができる。わたしをこのままそっとしておいてくれれば、多くのクライアントたちにきみをそっとしておくようにさせるよ」

「ちがう、おれはヘンリックじゃない」ヘンリックは繰り返し、怒りをあらわにする。「みんなまちがっているし、みんな殺してやる。一人残らずな」

「ヘンリック」ジョイスがやさしく言う。「あなたはわたしですら殺せなかったのよ」

「じゃあ、全員は殺さない。一人だけ殺す」ヘンリックは言う。「そうとも。他の連中への見せしめだ。おれを自由にしたとたん、狩りは始まる」

ヘンリックは部屋を見回し、獲物を探す。その視線がロンで止まる。

「おまえだ」ヘンリックは言う。「おまえを殺してやる」

ロンは目をぐるっと回す。「いつもおれだ」

「おまえは気づかないうちにおれに襲われているだろう」ヘンリックは言う。

ポーリンがゆっくりと落ち着き払って立ち上がる。彼女はヘンリックに近づいていき、彼の顔を両手ではさみこむ。部屋はしんと静まり返る。

「ヘンリック、わたしの言うことを細心の注意を払って聞いてちょうだい、いいわね。あんたみたいな男はこれまで何千人も見てきたから、噛んで含めるように言い聞かせなくちゃならないことはわかってる。だから、よく聞いて。もしあんたが、たとえロンの髪の毛一本でも触れることを夢見ただけで、わたしはあんたを殺す。あの人はわたしの保護下にあるの。だから、もし彼に危害が加えられたら、まずあんたの膝に、次に肘に銃弾を撃ち込む。それから、あんたが悲鳴をあげているのを飽きるまで聞く。それはとってもとっても長い時間になるでしょうけど、最後に頭に銃弾をぶちこんで仕上げをしてあげる。それどころか、ロンが咳き込んで目覚めただけで、あんたを見つけて、心臓をえぐりだして食べてやる。それから、その動画を証拠として、あんたのママに、そのパティシエに送る。これで状況がつかめてきたかしら?」

ヘンリックはたちまちくじける。今度はイブラヒムを指さす。「じゃあ、殺すのは彼だ」

ポーリンはさらにぎゅっと彼の顔をはさむ。「あの人はロンの親友なの。つまり、彼はわたしの親友でもあるってこと」

ロンはイブラヒムが顔を赤らめるのをこれまで見たことがなかった。

「今日、ここでは誰も死なない」ポーリンは言う。「ヴィクトルの言うことはとても筋が通っていた。だから、サイコパスのふりをするのはやめなさい」

「おれはサイコパスだ」ヘンリックは反論する。

「ダーリン」ポーリンはヘンリックの顔から手を離す。「サイコパスならアランを撃ったわ」

アランはうれしそうにワンと鳴く。自分の名前を聞くのが大好きなのだ。

ヘンリックはしょげかえっている。「この方が簡単だと思ったんだ」

「お水を持ってきてあげるわ」ジョイスが言う。「まったく無害よ、約束する」

「ありがとう、ジョイス」ヘンリックは言う。「花模様のマグカップを選べばよかった。バイクの方を選びながらも、思ったんだ、『おいおい、ずいぶん陳腐だな』って」

「男女ともにプログラミングされているのよ」ジョイスは言う。「ジョアンナにそれに関するYouTubeを見せられたわ」

「そろそろいましめをほどいてやろう」ヴィクトルが言う。「きみを信頼してもいいね？　できなくても、わたしが銃を持っているし、エリザベスも銃を持っていると思う。おそらくポーリンですら持っている」

ヴィクトルがヘンリックの手首の荷造り用ワイヤーをゆるめると、ヘンリックは両手をもぞもぞさせてワイヤーから引き抜く。ジョイスが水を持って戻ってくると、ヘンリックはそれを受けとる。

「ありがとう、ジョイス」彼は言う。

「よかったら、わたしがひと口飲んで見せましょうか？」ジョイスは言う。

部屋は一瞬、満ち足りた静寂に包まれる。それを再びポーリンが破る。

「意見を言ってもかまわない？」

ロンはポーリンを見る。彼女はまたもや部屋じゅうの注目を集めている。やれやれ、とんでもない女性とつきあってしまったようだ。

「わたしは意見が好きだ」イブラヒムが言う。「わたしにとっては飯の種でもある。とりわけきみのようないい友人からの意見はうれしいよ、ポーリン」

「OK、これは個人的な見解よ」ポーリンは言う。「それに、あなたたちと知り合ってからまだ日が浅い。これはたんなるわたしの意見にすぎないし、そもそも、わたしはそんなことを言う立場にはないわ。ただ、この部屋にいる全員、あなたたちは一人残らず、それぞれちがう風にだけどいかれてるわ」

ジョイスはエリザベスを見る。エリザベスはイブラヒムを見る。イブラヒムはロンを見る。ロンはジョイスを見る。ヴィクトルとアランはお互いを見る。

スティーヴンは部屋を見渡す。「もっともな意見だ」

「あなたたちと知り合ってからわずか二週間ちょっとだけど、すでにKGBの将校といっしょに墓穴の中に入ったし、小柄な老婦人がバイキングに薬を盛るのを見たし、ケントでいちばんハンサムな男性とベッドを共にした。八〇年代の三、四年間、わたしはマジックマッシュルームをしょっちゅうやっていた。一度、アイアン・メイデンとブラチスラヴァでLSDをやったこともある。だけど、何ひとつ――あなたたちといっしょの二日間に比べたら、何ひとつやらなかったようなものよ。他にはどういうことが待っているのかしら？」

「そうね」エリザベスは言う。「明日はケント警察本部長といっしょに庭を掘り返す予定よ。死体と銃を探すために」

「ベサニーの死体？」ポーリンはたずねる。彼女はふいに真剣になる。

「ベサニーの死体よ」エリザベスは認める。「さて、ヘンリック、ここで二日ほど過ごしていったらどう？　イブラヒムのところには予備の部屋がある、イブラヒムがかまわなければだけど？」

「喜んで」イブラヒムは言う。「ヘンリックは長くてつらい一日を過ごしたからね」

「ただ家に帰りたいだけだ」ヘンリックは言う。

「いずれね、ヘンリック」エリザベスは言う。

「まず、あなたに手伝ってもらえそうな仕事があるんじゃないかと思うの」

61 ジョイス

ゲリー・メドウクロフト警部補は煙草に火をつけ、深く吸いこんだ。険しい青い目の前を紫煙が流れていく。殺しを、血を、夫を亡くした女性たちをさんざん見てきた目。ポケットの中の銃の重みを感じる。これを使わねばならないだろうか？

ゲリーは殺すことができるだろう。これまでにも人を殺したことがあるし、必要とあらばまた殺すだろう。しかし、自分で選んだわけではない、選んだことは一度もない。殺しをするたびに、ゲリー・メドウクロフトは魂の一部を失った。あといくつ魂のかけらが残っているのだろう？　ゲリーはそれを知ろうとは思わない。

アシュフォード警察学校での訓練を思い返した。全員がヘンドンの学校で訓練を受けるわけではない、それは世間の誤解だ。

どう思う？　わたしは小説を書く気になっている。《イブニング・アーガス》で短篇小説コンテストがあるの。一等は百ポンドと版権エージェントとのズーム通話。実はどうしても必要でなければ、もうズーム通話はしたくないんだけど、百ポンドはアランの動物保護センターに寄付できるし、おもしろそうじゃない？

わたしの探偵はゲリーという名前にするけど、夫のゲリーは茶色の目よ。いくつか現実とは変えなくちゃならないわ。それに、夫のゲリーは花粉症だったから、それも変えた。夫のゲリーには殺人事件を解決するために歩き回らせるわけにいかない。だから、このゲリーは青い目で銃を持っていて、夫のゲリーの方は茶色の目で臓器提供カードを持っている。だけど、夫のゲリーはしょっちゅう「ああ、すると、ボブはきみのおじさんだね」と言っていたので、それを探偵の口癖に拝借するつもりだ。

今のところ、小説は『人食い族の大虐殺』というタイトルだけど、変えるかもしれない。だって、それだとプロットをかなりバラしちゃうことになるから。

62

というわけで、あの連中はベサニーが埋められているかもしれない場所を見つけたと考えている。ただ、それだとまったく筋が通らない。ああ、ベサニー、きみはいったい何に巻き込まれてしまったんだ？

マイク・ワグホーンはシードルを注ぐ。人前ではシードルを飲まないことにしている。自分にふさわしい飲み物には思えないからだ。人前ではシャンパンとか上等なワインとか、マイク・ワグホーンが飲むだろうと世間が期待するものを飲む。会社員たちに溶けこもうとするなら、ビールもありだ。

しかし、マイクはティーンエイジャーだったときシードルしか飲まなかったので、年をとっても気づくとシードルに戻っている。高いシードルも試してみた。今ではそういうものを買える。高級スーパーの〈ウェイトローズ〉には置いてあるが、実のところ、シードルは安ければ安いほどうまい。今、彼が飲んでいるのは二リットルのプラスチックボトル入りのものだ。見栄えだけのために、これまではどっしりしたカットグラスのデキャンタに移して飲んでいた。しかし、じきにそれもやめるだろう。誰をだまそうとしているのだ？　ここには誰もいないんだから、自分自身をだますだけだ。

まず関節炎の薬を、それから心臓のための β《ベータ》遮断薬、最後に痛風治療薬をシードルで流しこむ。どの薬もアルコールといっしょにとるべきではないが、誰も制止する人間はいない。

《ストップ・ザ・クロック》をとても大きなテレビで観ているところだ。フィオナ・クレメンスは映りがいい。ジョイスの話を聞いたあとで、試しに観てみようかという気になったのだ。プロとしての嫉妬を自覚しつつ、まだどっさりあるプライドをのみこみ、一度ぐらいは観てみることにした。フィオナ・

クレメンスが優秀かどうかを確認するために。そうでないことを期待している。

いまいましいことに一話観たあとで、番組にのめりこんでいる。フィオナはなかなかいい。愛想がいいし、朗読もうまい。ただ、ひどいクイズだ。自分ならどうするだろう、とマイクは想像する。出場者が何か言うたびに、マイクは自分ならどう応じるだろうと考えてみる。一度か二度、マイクが想像したのと同じコメントをフィオナは口にする。それは少しいらだたしいが、全体として自分の方がわずかだがすぐれていると思う。

しかし、まさにそれが問題なのじゃないか、マイク？ 考えるだけならいくらでも好きなようにできるが、一度も実行しなかった。一度もリスクをとらなかった。彼は試作のパイロット番組を制作したことがあった、八〇年代の終わり頃だ。いい番組になり、誰もがほめ、ＩＴＶが気に入ってくれてシリーズで発注したいと言ったが、ちょっとした変更を求めてきた。別のキャスターを起用できるだろうか？ もっと若くて、「もっと信頼ができ、もっと嘘くさくない人」を――その言葉は彼の胸にずっと突き刺さったままだ。

どんなに世の中がきな臭くなっても、マイクは完璧に整えた頭を胸壁から出して闘ったこともないし、自分の隠れ家を離れたこともなかった。「もっと信頼ができ、もっと嘘くさくない人」――長年、彼はこの侮辱に抵抗してきたのだった。マイクは嘘くさくなかったし、信頼できた。そもそも、ロンドン出身の最新流行のヘアスタイルをしてスニーカーをはいた二十代の人間にそれがわからなくても、悪いのはマイクではなくて、相手の方だ。

　というわけで、彼はデスクの前に来る年も来る年もすわって、ケントとサセックスの人々に老人ホームの火事や、ファヴァシャムの建設協会の盗難事件、世界最大の城形のトランポリンを所有していると主張するヘイスティングズという男について、報道し続けてきたのだ。だから、ありがたいことに、ケントとサセックスの人々にとって、マイクは非常に信頼ができ、まったく嘘くさくなかった。メイドストーンやイースト・グリンステッドの通りを歩いている人のうち、どのぐらいの人間がマイクを信頼できると思っているだろう？　全員だ。

　全国放送のテレビ局から二度アプローチがあった。具体的な話でもわくわくする提案でもなかったが、それでもアプローチだ。しかし、マイクはそれを検討しようとすらしなかった。今の場所で幸せだからね、おかげさまで。

　しかし、馬鹿げたデキャンタに入れたシードルを眺めながら思い返してみると、彼はちっとも幸せではなかった。幸せではないことに気づいていたのだろうか？　いや、酒を浴びるように飲み、地元のお世辞を浴びるように聞いて心を麻痺させ、そのまま走り続けられるように自分に強《し》いてきたのだ。たしかに、仕事仲間たちに対して前よりも少しいらだたしく、物足りなく感じるようになり、いっしょにいてもあまり楽しいと思わなくなってきた。しかし、彼に言わせれば、それは周囲の人間がどんどん若くなっている世界での、たんなるプロ意識だ。というのも、かつていっしょに仕事をしてきたみんなはロンドンのもっと大きな世界へと羽ばたいていったからだ。とりわけいまいましいケースでは、ロサンゼルスに行ってしまった者もいた。

しかし、マイクは幸せではなかった。それにマイクが幸せではない理由は、マイクが信頼できず、嘘くさいからだった。

そして、その教訓を教えてくれたのは誰だったのか？

ベサニー・ウェイツだ。

ベサニーがやって来たとき、彼は何歳だったのだろう？　彼女は最初のうちリサーチャーだった。だから、たぶん二〇〇八年頃？　ウィキペディアを見れば二〇〇八年にマイク・ワグホーンは五十六歳だったとわかるが、実は六十一歳だった。ベサニーは二十代前半だっただろう。リーズ出身で、なんとメディア研究で学位を取得していた。ベサニーがいつもお茶を淹れてくれたので、メディア研究の学位が泣くなと彼が言うと、ベサニーは年上の同僚たちにはしなかったエピソードを聞かせてくれた。そこで彼は仕事後に彼女に一杯おごり、彼女は彼に楯突き、鼓舞し、励ましてくれた。最後には深夜、彼女をちゃんとタクシーに乗せて家に帰した。

一年ぐらいして、きみは画面に出るべきだとベサニーに言った。案の定、ベサニーはその評価に異を唱えなかった。というわけで、彼女は報道ニュースを撮りはじめた。それからはときどきスタジオに顔を出し、そうした報道ニュースについて話をしていった。やがてマイクのサブキャスターが休暇で羽目をはずしたことがばれてベサニーが代わりに起用され、気づいたときにはマイクとベサニーは《サウス・イースト・トゥナイト》のチームになっていた。

ある晩、いつものようにスタジオ近くで一杯やっていたとき、バーに『ケント・マターズ』が一部置かれていた。イベントの写真とか、スパや高級な不動産の広告といったものだけで構成された地元誌だ。雑誌にはマイクの写真が掲載されていた。ビジネスイベントか何かのときで、タキシードを着た彼はとても温厚そうに見えた。ケント会計士賞のときかもしれない。

そのときは同伴者としてポーリンを連れていった。当時はよくそういうことがあった。ポーリンはお酒が好きだし、マイクのことを聞いたこともないくせにいっしょに自撮りしたいとねだる、セブンオークス出身の会計士以外の話し相手がいると、マイクも気楽だったからだ。

ベサニーがポーリンの腰に腕を回したその写真を指さしたので、マイクは笑顔になり、「ケント会計士賞」での言いまちがいのエピソードを聞かせた。そのときから、ベサニーはマイクをより善良で、より幸せな人間にするために、根気のいる作業に取り組みはじめたのだ。

「ボーイフレンドといっしょに出席すればよかったのに」ベサニーは言った。いつものように彼女の前のテーブルには、ピーナッツの袋を破いて広げたものが置かれていた。今でもマイクにはその光景が目に見えるし、彼女の声が聞こえる。

二人はもう一杯、さらに一杯とグラスを重ねた。マイクはそれまでゲイだと話したことがなかった。

パブで同僚相手におおっぴらには。自分のセクシュアリティを隠しておけるほど、つまり秘密をくるくる巻いてポケットの奥深くにしまいこんでおけるほど、彼は齢を重ねていた。その秘密は一度も日の目を見ることがなかった。

それはなぜか？　そう、百もの理由からだ。千もの理由からだ。しかし、そうした理由すべてがからみあって、恥辱の固い結び目となった。そして、ベサニーがほどこうとしたのはその結び目だった。ベサニーはマイクに恥辱を感じさせまいとした。彼女はちがう世代に生まれていた。マイクがうらやましく思う世代だ。通りでそういう人々を目にすることがある。彼らも傷つきやすく不安にちがいないし、もちろんまだ多くの闘いをしなくてはならないだろうが、喜びを自分に贈ることを選んだ。そのことをマイクはとても誇らしく感じると同時に、うらやましくてならない。

その作業は短時間ではできなかったし、簡単ではなかったが、ベサニーはずっと付き添ってくれた。マイクは友人たちにカミングアウトした。同僚たちにカミングアウトした。初めてポーリンに打ち明けたときのことは覚えている。その秘密を話しているとき、ポーリンはとても真剣で、とても厳粛な顔つきになった。それからぎゅっと彼をハグして、ただこう言った。「やっとね。ああ、やっとね」

どうしてポーリンは彼と対決しなかったのだろう、と思うことがあるが、やはりちがう世代なのだ。マイクは公式には世間にカミングアウトしなかったが、本気で知りたいと思えば、知ることができるだろう。それに、今もときどきポーリンとイベントに行くが、スティーヴやグレッグや、ようやくつきあっても長続きしない男性たちとも行く。

そして、少しずつ、自分が変わっていくのに気づいた。たしかに彼はまだ格好がよく、スーツを着てヘアスプレーをかけ、女性たちにちやほやされているが、自分自身になろうとしていた。信頼がおけ、嘘くさくない人間に。すると、あろうことか幸せがついてきた。

彼はよりよい人間、よりよい友人、よりよい同僚、よりよいキャスターになった。今ITVがパイロット番組を制作したら、きっと彼が採用されただろう。

皮肉なことに、マイクはもうこれ以上望んでいない。《サウス・イースト・トゥナイト》はもはやマイク・ワグホーンが隠れる場所ではなく、花開く場所になった。建設協会に入った泥棒、城形トランポリン、二十五歳の猫。すべて自分が関心を抱いているから報道した。自分自身に、コミュニティに関心があった。マイクはそのことでベサニーに感謝している。

いまだに自分はときどき愚か者になっているのか？　もちろん。まだ気むずかしいことがあるのか？　そう、とりわけ空腹のときは。しかし、目をそむけずに鏡の中の自分を見られるようになった。

マイクはまたぐいっとシードルをあおる。ボクシングが始まるのを待っているのだが、目下のところ、ギャンブル会社の長ったらしいCMが終わるのを待たねばならない。そのひとつにはロンの息子のジェイソン・リッチーが出演している。彼はすぐれたボクサーだった。

マイクは一時間ぐらい前にポーリンからショートメールを受けとっていた。明日、死体を掘るらしい。

ベサニーの死体だ。たぐいまれな才能のある向こう見ずな彼の友人。彼女は何だってできただろう、どんな人間にもなれただろう。世に名前を轟《とどろ》かせただろう。

ベサニーはマイクの人生を救ってくれた。その借りを彼女が生きているあいだに返せなかった。しかし、ようやく返すことができる。〈木曜殺人クラブ〉の助けを借りて。彼女を殺した犯人を見つけ、彼女に安らかな眠りをもたらそう。ヘザー・ガーバットか？　ジャック・メイソンか？　まだ考慮に入れていない何者か？　マイクはきっと見つけだせる気がしている。

それにベサニー・ウェイツのために彼がしてあげられるのは、せめてそれぐらいしかなかった。

63

ヘザー・ガーバットの家はかわいらしい名前のついた醜い通りにある。正面には生け垣で縁どられた私道があったが、いまやその生け垣は道とは逆方向に伸び放題になっていて、行き過ぎる車から家を覆い隠している。この地点を毎日通り過ぎていても、かつては美しかった家がじょじょに荒廃しつつあることにはまったく気づかないだろう。裏手には庭があり、その先は公営ゴルフコースとの境をなす森に続いている。

家そのものは平屋建てだ。かつてはとても快適だっただろう。みんなは最初に売りに出されたときの不動産会社の物件写真を〈ライトムーブ〉のサイトで調べてみた。四寝室、庭を見晴らす広いリビング、不動産業者に言わせると「現代化の必要がある」キッチン。しかし、この方がジョイスの好みだった。おそらく金持ちのための家ではないが、金持ちといっしょに仕事をしていた人間の家だ。あらゆる意味で快適だった。三十七万五千ポンドの価格で売りに出ていたが、不動産価格サーチによると、ジャック・メイソンは四十二万五千ポンドを支払っていた。彼はあきらかになんらかの動機があって購入したのだろう。ヘザーが刑務所に送られることになった証拠が庭に埋められているなら、自分もそうするだろう、とジョイスは思う。

敷地全体が今では荒れ放題になっている。ジャック・メイソンはここを買ったかもしれないが、訪ねてきてはいないようだ。ゆうべロンは鍵を貸してもらえるかどうか訊こうとしてジャックに電話したが、つながらなかった。ロンとヴィクトルに死体についてしゃべったことをすでに後悔しはじめているのだろうか？　共犯者については名前をあげなかったが、それ以外は危ういほど密告に近かった。それが当たり前ではないことをロンは承知している。それに、もし本当に何か見つかれば、ジャックにとってどういうことになるのだろう？

二人の巡査がドアをこじ開け、郵便物の山をこすりながらぐいぐい押していく。誰がまだ郵便を配達しているのだろう、とジョイスは不思議に思う。この家をひと目見れば、あきらかに廃屋で、自然に返りつつあるというのに、誰がピザのチラシを運んでくるのか？　ヘザー・ガーバットのことはもしかしたら好きになれたかもしれない。

エリザベスはアンドリュー・エヴァートン本部長といっしょに建物の横手に消えてしまったが、ジョイスはまっすぐ玄関を入っていく。あちこち見て回りたかったからだ。それに、殺人の調査ですてきなところは、詮索しても仕事だと言えるところだ。でも、あまり見るものがないので、ジョイスはがっかりする。ヘザー・ガーバットの痕跡はすべてなくなっている。彼女がここにいたという唯一の手がかりは、かつて絵がかけられていた場所だけ、壁紙が周囲よりも薄くなっている四角形の跡だけだ。少なくとも、何も触らないように用心しながら爪先立ちで歩く必要はない。思うままに歩き回れる。何年も前にこの家はすでに捜索されたから、ここにあったかもしれない証拠はとうになくなっていた。

しかし、誰も庭を調べなかった。当然だろう？　死体が海に流されたのなら、何のために地面を掘るのだ？　ジョイスはリビングに入っていく。美しいパティオのドアの額縁の中に、大きな黄色の掘削機と、はためく警察のテープが見える。それにひさしつきの帽子をかぶり反射素材のジャケットを着て、現場の指揮をとっているアンドリュー・エヴァートン警察本部長。巡査の一人がドアを開けたので、ジョイスはパティオのデッキに出ていく。足下に気をつけねばならない。木材はとても滑りやすいから、デッキには石材の方が向いている。ただし、雑草のはびこる庭やペンキのはげかけた家よりも、どう考えてもこのデッキの方が見栄えがいい。

今朝の八時から掘削機は作業をしている。庭と、その先の森の一部までが穴だらけだ。ヘルメットをかぶった二人の男たちがちょうどデッキを取り壊そうとしている。穴が掘られた場所と、これから掘るところに、小さな色つきの旗が立ててある。ジョイスはエリザベスの姿を見つけるが、なんとまあ、彼女は本部長を独占している。

「なんてたくさんの穴かしら」ジョイスは言う。「それに、あのキッチンについては正しかったわ。今でもとても使いやすそう。収納がたくさんあって」

「すべての穴をわれわれが掘ったわけではない」とアンドリュー・エヴァートンは言う。「何者か、おそらくジャック・メイソンが何年もかけて掘っていたんだ。とりわけ、森の方に入ってみればわかる」

ジョイスは庭の向こうの森に視線を向ける。制服警官たちがシャベルで穴を掘っている。

「ずいぶん大勢の警官ですね」ジョイスは言う。

「わたしは本部長だ」アンドリュー・エヴァートンは言う。「わたしが何か頼めば、みんなすぐさま従う。今のところ見つかった骨はモルモットのものだけだと報告されている」

「昔、ウラジオストクで地面を掘ったことがあったわ」エリザベスが言う。「理由は忘れたけど、軍事的指導者が何かを埋めたの。ともあれ、掘っていたら先史時代のムースが出てきた。枝角も何もかも完璧な形でね。元通りに穴を埋めようとしたけれど、当時のMI5のロシア局長はロンドン自然史博物館の理事でもあったから、結局、そのムースと交換にベルマーシュ刑務所からロシア人スパイを一名釈放した。今、博物館に行けば、ムースが飾ってあるわよ」

「へえ」アンドリュー・エヴァートンは応じる。

「しばらくすると、話を聞き流すようになるでしょうね」ジョイスは言う。「彼女の話はいつも何かを掘っているか、ロシアをやっつけているかだから。ジャック・メイソンの話を信じます？　パートナーについての？」

アンドリュー・エヴァートンはその質問に考えこむ。「でっちあげにしてはできすぎているな。それに、もし嘘をついているなら、それなりの理由があるのだろうから、その理由を見つけるのにやぶさかじゃない」

「ヘザー・ガーバットの死について、新しくわかったことは？」エリザベスが質問する。「鑑識から何か？」

アンドリュー・エヴァートンは肩をすくめる。「独房の指紋を調べた結果は出ている。何百という指紋が出て、大半は犯罪歴のある人間のものだった」

エリザベスは鼻を鳴らす。

「ほんと、彼女のことは無視して」ジョイスが言う。

一人の女性が家の横手から庭に入ってくる。白いつなぎの作業着姿で、靴にビニールカバーをかけている。鑑識だ。まさにジョイスが探していた人だ。彼女の仕事が一段落したら、話しかけてみよう。二、三質問をするぐらいならかまわないでしょ？

森の中でどよめきがあがり、泥だらけの制服の巡査が木立のあいだから駆けてくる。

「本部長」巡査は言う。「不審物を発見しました」

アンドリュー・エヴァートンはうなずく。「よくやった」彼はエリザベスとジョイスの方を向く。

「二人ともここにいてください」

今度は二人そろって鼻を鳴らす。

64

「この部屋に、これほどテストステロンが存在したことはなかったと思うよ」イブラヒムは言いながら、甘いミントティーを全員分のせたトレイを運んでいく。

ヴィクトルとヘンリックはダイニングテーブルにつき、ヘザー・ガーバットの裁判の財務記録にかがみこんでいる。ロンはソファにすわり、スマートフォンで何か見ている。アランは窓から外を眺めて、ジョイスはいつ帰ってくるのだろうと考えている。ジョイスにちょっと似た人を見つけると、そのたびに興奮している。

「五人の男性か」イブラヒムは言いながら、お茶を注ぐ。「ヘンリック、きみの殺人的な怒りはどうなった？　おさまったかい？」

「忘れてます」ヘンリックは言う。「戦術的に甘かったんです」

「あんたら、何か見つけたのかい？」ロンがたずねる。

「何も」とヴィクトル。

「ヘンリックは世界一のマネーロンダリング業者なんだと思ったが？」

「そうですよ。それは証明可能です」

「つまり、ベサニー・ウェイツはあんたでさえ見落としている何かをそこに発見したってことか」ロンは言う。

「そして、それが命取りになった」とイブラヒム。

「となると、今のあんたはただ鬚を生やしているだけの男だな」

「ロン、ヘンリックはお客さんだぞ」イブラヒムが注意する。

「お客さんだと？」ロンが相変わらずスマートフォンから顔を上げずに言う。「きのうはジョイスを殺そうとしたのに、今はお客か」

「それから彼はわたしも殺したがっていた」ヴィクトルが口を添える。

「みなさん、あれはまちがいだったんです」ヘンリックは言う。「おれはタフになりたかった。ずっとこうやって謝っていなくちゃいけないんですかね」

「ベサニー・ウェイツを殺した犯人を見つけてくれたら、謝る必要はないよ」ロンが言う。

「いずれ見つけます」

「ベサニー・ウェイツは誰かに何かを言ったのかな？」ヴィクトルがたずねる。「彼女が見つけたことについて？」

「いや」とロン。

「〝キャロン・ホワイトヘッド〟と〝ロバート・ブラウン理学修士〟についても、何も？」

「誰についても何も」ロンは言う。「われわれが知っている限りではね。ヘンリック、あんた、サッカークラブを買収できるぐらい金持ちなのか？」

「すでにひとつ所有してますよ」ヘンリックは言う。

イブラヒムがダイニングテーブルにつく。「でも、彼女は何か言ってたよ。ある人に」

「何を言ったんだ？」ヴィクトルがたずねる。

「マイク・ワグホーンにメッセージを送った。姿を消す二週間前に」イブラヒムは言う。

「そのメッセージを持っているかな？　もしかしたら重要かもしれない」ヴィクトルが言う。

「たいした内容じゃなかったと思う」イブラヒムは言う。「だけど、ポーリンからマイクに頼んでもらうことはできるだろう」

「もう少ししたら、二人ともランチに来るよ」ロンが言う。

「きみはポーリンに夢中なんだね、ロン」ヴィクトルが言う。

「だったら、あんたはエリザベスに夢中だろ」ロンが返す。

「わかってる。だけど、わたしにはチャンスがまったくない。かたや、きみには山のようなチャンスがある。まったく幸運だよ」

ロンは少し照れたように肩をすくめる。「友人同士なんだ」

「愛はとても貴重だ」ヴィクトルは言い、ミントティーをひと口飲む。

「ティーカップの下にレースのドイリーを敷いてもらってもいいかな」イブラヒムが言う。「テーブルの木目にカップの跡がつかないように」

「洗面所を借りてもいいですか？」ヘンリックが言いだす。「今朝、乳液をつけるのを忘れたんで、顔が乾燥してきたみたいで」

ロンはイブラヒムを見る。「この部屋に大量のテストステロンねえ、相棒。いやはや、たいしたテストステロンだ」

アランがズアオアトリに向かってワンワン吠える。

65

水色の布に包まれた銃が、森の地面の十メートルぐらい下に埋められているのが発見された。検査に回される前に、エリザベスはそれを見た。「銃」という言葉を聞いたとき、エリザベスはリボルバーのような拳銃を予想していた。しかし、その凶器はセミオートマチックのアサルトライフルだった。彼女と同じようにアンドリュー・エヴァートンも驚いていた――とんでもない銃だったからだ。弾薬はなかったが、金属製の箱があり、十万ポンド程度の現金が入れられているようだ。

ということは、おそらく殺人の凶器と、ついに詐欺の利益の一部を発見したわけだ。しばらく待てば鑑識が真相を教えてくれるだろう。現場の鑑識捜査官はおそらくすぐに戻るべきなのだろうが、今はジョイスにつかまっている。コケだらけのベンチに広げられたジョイスのレインコートの上に、二人並んですわって、何を話しているのかは神のみぞ知るだ。エリザベスはアンドリュー・エヴァートンといっしょに森から出てくる。

「わたしたちに借りがひとつできたようですね」エリザベスは言う。

「ベサニーの死体を発見したら、ひとつ借りができるだろうね」アンドリュー・エヴァートンは言う。「引き続きここで捜索に集中するよ」

「ジャック・メイソンを逮捕するには充分な証拠に思えますけど。彼にいくつか質問するんですか？」

「それはわたしに任せてくれ」アンドリュー・エヴァートンは言う。「あなたは何でもできるわけじゃない」

それは議論の余地があるわ、とエリザベスは思うが、あえて反論しようとはしない。「でも、わかったことはすぐ知らせてくださいね」

アンドリュー・エヴァートンはエリザベスにお辞儀をするが、彼女の好みからすると、いささか皮肉っぽい態度だ。「はい、マダム」

エリザベスはジョイスと鑑識捜査官がいる方に向かう。近づいていくと、ジョイスの会話が聞こえてくる。

「だけど、何年ものあいだ三つの死体が地下室に放置されているとしたら」とジョイスは言っている。「どの時点で臭いは消えるかしら？」

ジョイスはライの事件について質問しているの？

「傷はあるんですか？」鑑識捜査官はたずねる。

「チェインソーでバラバラにされている」ジョイスは言う。

どうやらライの事件じゃなさそうだ。

「なるほど、それだとあっという間に失血するでしょう。すると腐敗も急速に進みます。臭いは最初こそ強烈ですけどね、たぶんふた月ぐらいは。それからしだいに通常に戻っていきます」

「ときどきファブリーズをまくとか」ジョイスが言う。

エリザベスはベンチまで行き、鑑識捜査官に話しかける。「友人が困らせていない？　ときどき、やっかいな真似をするの」

「いえ全然」鑑識捜査官は答える。「彼女の小説のお手伝いをしているんです」

「小説？」エリザベスがジョイスを見るが、ジョイスは目を合わせようとしない。

「試しに書いてみようかと思ったの」ジョイスは花壇に向かって話しかける。「文章を書くのが好きなのは知っているでしょ」

「地下室に三つの死体ねえ」エリザベスは言う。「どこかで聞いたことがあるわ」

「現実の事件に基づくのは許されるでしょ。アンドリュー・エヴァートンはしょっちゅうやっているもの」

「チェインソーはどこに登場するの？」

「独創性も多少は入れないと」

「で、チェインソーをつけ加えたのね？」

ジョイスはうなずき、小さな笑みを浮かべる。エリザベスはこれが初めてではないが、友人のことを本当に知っているのだろうか、と思う。

「そろそろ家に帰って、男性陣がどうしているか様子を見ない？」エリザベスは言う。「それから銃を発見したことを教えてあげましょうよ」

66

ポーリンとマイクがランチに到着した。

アランは幸運がとうてい信じられずにいる。またもや人がやって来る！　ジョイスさえいたら、もう完璧だ。きっともうじき帰ってくるだろう。マイク・ワグホーンは席につき、ポーリンはアランのおなかをくすぐってやる。

「こちらはヘンリックだ」イブラヒムは紹介する。「彼は仮想通貨起業家で、スウェーデン人なんだ」

マイクは彼と握手して言う。「ナマステ、ヘンリック」

「ヘンリックはマネーロンダリングにも精通している」イブラヒムが言う。「そして、こちらはヴィクトル。元KGB将校だ」

「ポーリンからさんざんあなたのことを聞いてますよ」マイクは言う。

「本当に？」ロンが言うと、ポーリンは彼に投げキスをする。

「お目にかかれてうれしいですよ、マイク・ワグホーン」ヴィクトルは言う。「白状すると、二週間前までわたしはあなたが何者か知らなかったが、今ではあなたの仕事についてとても詳しくなった。言葉をすべて聞きとれないこともありますけどね。というのも、地元のニュースのあいだじゅう、ジョイスがひっきりなしに意見を言うからなんです」

「調査に新しい進展は？」マイクはたずねる。

「まだ待っているところだ」ロンが言う。マイクは庭の捜索の知らせにとてもショックを受けた、とポーリンから聞いていた。異様な話だった。脅迫代わりに埋められた死体とは。未知の共犯者である殺人犯。マイクは殺人事件を解決したがっているが、今回のことは彼にとって大きな打撃になるかもしれない。

「でも、ちょうどいいところに現れた」イブラヒムが言う。「ベサニーからのメッセージを見せてもらえないかな？　新しい情報をつかんだというやつだ。ヴィクトルとヘンリックが完全な形で聞きたいそうだ。もしかしたら何かが解けるかもしれない」

マイクはスマートフォンを取り出してスクロールしていき、メッセージを見つける。ヴィクトルとヘンリックに読み上げる。「スキッパー。新しい情報《インフォ》よ。中身は言えないけど、まちがいなくダイナマイトなの。この事件の核心に近づいている」

ヴィクトルはうなずく。「彼女はふだんあなたを〝スキッパー〟と呼んでいたんですか？　そこに手がかりはないんですね？」

「いつもどおりです」マイクは言う。

「それから彼女は情報を〝インフォメーション〟ではなく〝インフォ〟と言うんですか？」ヘンリックはたずねる。「ふだんから砕けた口調なんですか？」

「正直なところ、ふだんから絵文字とか下品な言葉遣いもありました」マイクは言う。

「さて、彼女が――」

アランが窓辺にジャンプして、ヒステリックに鳴きはじめる。まるで目にしたものがとうてい信じられないと言わんばかりに。

ヴィクトルは椅子からさっと下りると、銃を抜いてソファの後ろにしゃがみこむ。マイクは片方の眉をつりあげる。ヘンリックはその一瞬をとらえて、ヴィクトルの肩をたたく。

「ヴィクトル」ヘンリックは言う。「そういうことはもうやめてください。おれがあんたを殺そうとした人間なんですよ。で、おれはここにいる」

ヴィクトルはちょっと考えてから、この意見が当たっていることを受け入れ、銃をズボンの背中に差しこむ。

「あんたを殺そうとしなくてよかった」ヘンリックは銃を見ながら言う。

「喜ぶのは当然だな」ヴィクトルはまた椅子にすわる。「もしかしたら今頃、きみの死体を北海フェリーから投げ捨てていたところだ」

イブラヒムがオートロックを解除すると、エリザベスとジョイスが部屋に入ってくる。アランはジョイスに飛びつき、彼女はアランをやさしく抱き上げる。

「何かつかんだかい？」マイクがたずねる。

「死体はなし」エリザベスは言う。「まだね。ただ、ジャック・メイソンが言っていたように、たしかに銃はあった。大きな銃が」

「凶器だったのか？」イブラヒムがたずねる。

「ええ、そうよ、イブラヒム」エリザベスは言う。「警察はわたしに銃を渡してくれた。だから、帰りのタクシーで鑑識作業をすべて終えたわ」

イブラヒムはマイクに解説する。「彼女は皮肉を言っているんですよ」マイクは彼にありがとうと言う。

「もうじきわかるはずよ」エリザベスは言う。

「それに、お金も見つかったの」ジョイスが言う。「十万ポンドぐらいじゃないかって推測している。缶に入れて埋めてあったの」

「アンドリュー・エヴァートンはジャック・メイソンを逮捕するのに充分な証拠だと考えている」エリザベスは言う。「彼の裏庭でお金とアサルトライフルが見つかった。これで彼の口を割らせることができるかもしれない。誰があそこに埋めたかをわたしたちに話してもらうのよ」

「幸運を祈るよ」ロンが言う。

ヘンリックはパソコンをたたきながら、この会話をずっと無視していた。「うーん……OK、何かつかんだぞ」

部屋じゅうの人たちに注目されて、ヘンリックは顔を赤らめる。

「えっと、もしかしたら何かつかんだのかもと思って」

「あなたは役に立つってわかってたわ」エリザベスが言う。「さあ話して、そうしたらそれが重要かどうかこちらで判断するから」

「マイク」ヘンリックは言う。「メッセージでベサニーは彼女のニュースは『まちがいなくダイナマイト』と言ってるんですね。彼女はちょっとしたいたずらをするのが好きでしたか？」

「ときどきわたしをからかっておもしろがっていた、たしかに」マイクは同意する。

「彼女が発見したものは『まちがいなくダイナマイト《アブソルート・ダイナマイト》』じゃなくて、文字どおり〝アブソルート・ダイナマイト〟だったんですよ」ヘンリックは言う。

「アブソルート・ダイナマイト？」マイクは訊き返す。

「金の流れのごく初期に、十五万ポンドがパナマの〈アブソルート建設〉に支払われている」ヘンリックは言う。「その金はまだそこにある、おれにわかる限りでは。実際には手が届かないぐらい遠いんですけど、おれはこういうことがとても得意なので」

「年金生活者を殺すのはあんまり得意じゃないわね」とジョイスが言うと、「そのとおり」とヴィクトルが声をあげる。

「〈アブソルート建設〉が設立されたとき、その下に一連の子会社が作られたようなんです。しかし、そのどれにも金は支払われなかった。だから、これまでそれを無視してきた。〈アブソルート解体〉、〈アブソルートセメント〉、〈アブソルート足場〉という会社があり、キプロスには〈アブソルート——」

「〈アブソルート・ダイナマイト〉か」ロンが言う。

エリザベスは周囲を見回す。彼女は片手をマイクの肩に置く。「それで、〈アブソルート・ダイナマイト〉を調べると？」

「二人の役員を発見した」ヘンリックは言う。「一人は例のキャロン・ホワイトヘッド。そこからはどこにもたどり着けない。しかし、ついに新しい名前をつかんだんです。もう一人の役員はマイケル・ガリスです」

「マイケル・ガリス？」エリザベスが言う。「ポーリン、マイク？　聞いたことある？」

二人は顔を見合わせてから、エリザベスに視線を戻して首を振る。

「レディングにマイケル・ギルクスって選手がいた」とロン。「ミッドフィールダーだ」

「ありがとう、ロン」エリザベスは言う。ポーリンはロンの手を軽くたたく。

部屋はまたもや静かになり、ヘンリックがキーボードをカタカタたたく音と、アランがもっと関心を向けてもらおうと人から人へ移動しながら、うれしそうにハアハアいう息づかいだけが聞こえている。

「エリザベス」ジョイスが言う。「部屋の外にちょっとだけ来てもらえないかしら？」

エリザベスはもちろんよ、という仕草をすると、二人はイブラヒムの家の廊下に出ていく。

「質問して」ジョイスが言う。

「質問って何を？」とエリザベス。

「わたしがマイケル・ガリスっていう名前を知っているかどうか質問して」ジョイスは言う。

67

ヘザー・ガーバットの古い家を掘っていたチームは、今日の午後、銃を掘り出した。彼らは夕方から夜に変わった今も、サーチライトの光で掘り続けている。アンドリュー・エヴァートンは少なくともジャック・メイソンを聴取するだけの証拠を手に入れたと考え、クリスとドナがその仕事を命じられた。

「今回もすごくよかったよ、本当に」クリスはドナの最新の《サウス・イースト・トゥナイト》の出演について感想を言う。彼女はオンライン詐欺について語り、傾斜路の募金集めをするためにスタジオに来ていた牧師をからかった。クリスはカーブの死角で先行車に追いつけるかもしれないと考えてから、今は真夜中で、自分は警官だということを思い出す。

「ありのままの自分でいなくちゃいけないんです」ドナは言う。「カメラを無視して」

「もともと、ありのままの自分でいることは苦手なんだ。どこから始めたらいいのかわからなくなる」

「ゆうべ《セックス・アンド・ザ・シティ》を観ていて、あなたが泣いたってママから聞いてますけど」

「そのとおりだ」クリスは認める。

「じゃあ、そこからは始めないでください」ドナは忠告する。

今はもう足下にポテトチップスの空袋がころがっていないので、クリスは自分のフォード・フォーカスが好きになっている。先日は洗車までした。それはありのままの自分でいることだろうか？

「ジャック・メイソンはどうするだろう？」クリスはたずねる。「アサルトライフルと十万ポンドとなると、言い逃れはむずかしいよな？」

「彼はプロです」ドナは言う。「愛想よくふるまうでしょう。ただベサニーの死体まで発見されたら、彼にとっては厳しいでしょうね」

「逃げるつもりじゃないかな」クリスは言う。「そう思わないか？　あの家を所有していたって問題ない。これだけ歳月がたったあとじゃ、鑑識は証拠を見つけられないだろう」

「三十年後ぐらいに死体を掘り起こすとタトゥーが脚の骨に刷りこまれていた、っていうポーランド映画を観ました」ドナは言う。

「ポーランド映画を観に行ったのか？」クリスが訊き返す。

「ここ、左です」ドナが言う。少し前にナビはあきらめた。ジャック・メイソンの家は田舎道を折れ、小道を折れ、さらに私有地を走っていくと私道沿いに建っていた。見つけるのがとてつもなくむずかしい。とりわけこんなに真っ暗だと。何度もまちがえて曲がったあとで、海からボートで近づいて崖をよじ登った方が楽そうだ、とクリスは思う。

それにジャック・メイソンは近づいてくる者を一、二キロ先から見つけることができるだろう。すでにフォード・フォーカスの黄色いライトに気づいているのでは？　彼は二人を待ちかまえているだろうか？　今後の成り行きを覚悟しているだろうか？

ようやく鉄の門までたどり着いた。近づいていくと、門は固く閉ざされているので、クリスは窓から乗り出してインターコムを使うことにする。三十秒ほど断続的に鳴らしてみるが、応答はない。ということは、おそらくジャックは二人が来るのに気づいているのだ。

昔のクリスだったら車に戻って敷地の塀に沿って走り、舌打ちしながら入り口を探すだろう。しかし、いまやクリスはスリムで機敏なので、門をよじ登りはじめる。それでドナも車から降りてくる。登っていくにつれ、筋肉が熱くなってくるのを感じてうれしい。筋肉が命令されたことをこなしているという満足すべき反応だ。今の姿はかっこよく見えるにちがいない、とクリスが考えたとき、ズボンが鉄の忍び返しにひっかかってビリッと裂ける。ドナは二倍の速度で彼の後ろから登ってきて、彼のズボンを忍び返しからはずしてやり、二人とも塀のてっぺんに上がるとジャック・メイソンの私道に飛び降りる。ほぼ一歩ごとに、設置された防犯灯が点滅する。

クリスのズボンは修復不能なほど裂けているので、ドナからはホーマー・シンプソン（テレビアニメ、シンプソン一家の父親）のボクサーショーツが丸見えだ。

「正直なところ」とクリスの尻でズボンの布が風にはためいているのを見ながらドナは言う。「その姿は完全にありのままの自分でいることですよ。ママがそのボクサーショーツを選んだんですか？」

「いや、ゆうべ洗濯物を洗濯機から取り出すのを忘れたんで、これは緊急用ボクサーショーツなんだ。とにかくジャック・メイソンを逮捕しよう、いいな？」

クリスが私道を歩いていくと、ドナはかがみこんで靴ひもを結ぶ。彼がそのまま歩き続けていくと、カシャッという音が聞こえる。

「ドナ、スマホで尻の写真を撮ったのか？」

「あたしが？　まさか」ドナはスマートフォンをポケットに戻しながら言う。

まもなく屋敷が見えてくる。ハロゲン防犯灯の中でシルエットになっている。巨大だ。これほど大きな個人の住宅をクリスは見たことがない。こういう家はたいていギフトショップかティールームになっている。

クリスの尻に風が強く吹きつけてくる。もしやジャックは裁縫道具を持っているだろうか？　誰かを逮捕しに行ったときに、裁縫道具を貸してくれ、と頼んでもかまわないものだろうか？

ジャック・メイソンの玄関に通じる石階段を上がるとき、クリスはドナの一歩後ろにいるように用心する。りっぱなベルを押そうとしたとき、ドアが少しだけ開いていて、室内の光が夜の闇に漏れているのに気づく。彼とドナは目を見交わす。

ドナがドアを押し開けると、広々とした玄関ホールが現れる。いくつかのソファとサイドテーブル。壁にはずらっとかつらをかぶった男の肖像画。ショットガンがぎっしり入った鍵のかかったキャビネットに、台座に飾られた甲冑。

そして、廊下の絨毯の上にはジャック・メイソンの死体。

ドナが最初に彼に走り寄る。仰向けに倒れ、頭に銃弾の傷がある。手には小さな拳銃。すっかり冷たくなり、完全に息絶えている。

クリスが通報しているあいだに、ドナは現場の保存を始める。これから死体に付き添って長時間の待機をすることになるだろう。

クリスはしげしげと見る。それは本当に小さな銃だ。頭をよぎった考えをしまいこむ。

「大丈夫か？」彼はドナに声をかける。

「もちろん大丈夫です」ドナは言う。「あなたは？」

クリスは死体を見下ろす。「ああ、うん、大丈夫だ」

二人とも大丈夫だが、それでも肩を抱き合う。

クリスは考えている。〈木曜殺人クラブ〉がベサニー・ウェイツの事件を調べはじめると、彼女の殺人のおもな容疑者二人が次々に死ぬ。まさか偶然の一致ではないだろう。ドナをちらっと見る。彼女も同じ疑惑について考えているようだ。

「ちょっと考えているんですけど」とドナが切り出す。「みんなが到着する前に、そのズボン、本気でどうにかした方がいいですよ」

68

フィオナ・クレメンスはエリザベス・ベストとの話は終わったと考えていた。

ベサニー・ウェイツについての質問。非難。

だが完全にまちがっていた。

フィオナとベサニーの仲が悪いことはみんなが知っていた。だからどうだと？　仲が悪いからと言って、相手を車ごと崖から突き落としたりしないでしょ？

それにフィオナが追悼番組で泣かなかった？ 《イブニング・アーガス》にはそれについて二通の手紙が送られてきた。それは《サウス・イースト・トゥナイト》がまさにツイッターの嵐になったことに匹敵する。しかし、そんなことは無意味だ。最近ではみんな些細なことで泣き、それによって賞賛されている。たとえば映画テレビ芸術アカデミー賞では、フィオナは泣くふりをしたし、それはとても好意的に受け止められた。《メイル》のオンラインの見出しは、「テレビのフィオナ、涙のスイッチを入れ、ぴっちりしたドレスに包まれたジムで鍛えた肉体を見せつける」だった。

実際、本気で泣く人がいるのだろうか、それとも常に注目を集めるために泣くのか？ 父が亡くなったとき母は泣いたが、一週間もしないうちにゴルフクラブで知り合った歯医者といっしょにヨットクルージングを楽しんでいた。だから、芝居がかった態度にはうんざりだ。

好きなだけフィオナを非難することはできるだろうが、望むものは手に入れられないだろう。

フィオナ・クレメンスはどうやってエリザベスが自分の電話番号を知ったのか、なおも首をひねっている。おそらく友人のジョイスが政府筋を通じて突き止めたのだろう。いずれにせよ、そのショートメッセージはゆうべ届いた。

ねえ、わたしたちに力を貸してくれない？

いくつかメッセージをやりとりして、フィオナは事情を知った。

彼女はエリザベスとジョイスを信用しているのか？　いいえ。彼女たちは本当にベサニー・ウェイツを殺した犯人を知っているのか？　フィオナはそれもおおいに疑わしいと思う。しかし、二人に力を貸すか？　今ははっきり説明できないいくつかの理由から、イエス、たぶん手伝うだろう。

今朝はヨーグルトのCMを撮影している。あるいは朝食用シリアルかも。どっちだか忘れている。わかっているのは有名な唇をなめて、「おいしい」ということだけだ。しかし、それ以上のことは気にしていない。広いスタジオでライトが調整されているあいだプラスチックの椅子にすわっている。眼鏡をかけた男たちの一団が集まって顎鬚をボリボリかいていて、ずっと若い人々がコーヒーを配っている。

フィオナは自分のインスタグラムをスクロールしていく。現在、三百五十万人のフォロワーだ。インスタグラムのアドバイザー、ルークに、今日はストーリーをアップすると約束している。彼はとてもフィオナに厳しいが、モルディブへの休暇旅行の投稿ひとつで二万五千ポンド稼いでくれたことを考え、それを受け入れている。しかし、何もかも厳格に管理され、退屈でたまらない。いまや彼女はひとつのブランドで、誰も彼もが彼女にああしろ、こうしろと言う。そして、さらに悪いことに、これはだめだ、あれはだめだと。少しは抵抗してみるべきなのでは？　隣では、バナナの格好をした男がバナナを食べている。時間を見る。午前十一時を回ったばかりだ。そろそろ心を決めるときよ、フィオナ。

世の中の壮大な仕組みの中では、エリザベスの求めているのはたいしたことではないが、それでも、フィオナには反対する多くの理由がある。最初は代理人と話してくれと言った（「あら、わたしたちはそういうことはしないつもりなの、わかるでしょ？」）。エリザベスはフィオナを説得するために力の限りを尽くした。起こるかもしれない最悪のことって何かしら、エリザベスは問いかけてきた。まあ、数えきれないほどの最悪のこと、というのが真実だ。だからフィオナは迷っている。

ヨーグルト容器の格好をした女性が通り過ぎるので、おそらくヨーグルトのCMなのだろう。フィオナはヨーグルトを食べない。グウィネス・パルトローが何か言ったか、別の誰かがティックトックで何か言って以来、ずっと。

フィオナは罠に足を踏み入れようとしているのだろうか？　ただノーと答え、片をつけてしまうべきか？　そもそもなぜ、エリザベスの提案をもてあそんでいるのか？

最初に会ったとき、エリザベスとジョイスは質問を次々に浴びせてきた。正直なところ、フィオナはそれをとても楽しんだ。気絶するふりをした女性に殺人のことで追及されることを楽しんだし、もう一人の女性はバッグにリボルバーを入れていた。

だから、二人が彼女の力を求めているなら、もちろん応じる。おそらく。たぶん。少なくとも、注目を集められるだろう。新しい投稿のことでもちきりになる。目新しいことだから。今回の《メイル》のオンラインの見出しはどうなるだろう、とフィオナはわくわくする。

眼鏡をかけ顎髭を生やした男の一人がフィオナに近づいてくる。

「ハイ、フィオナ、わたしはローリーだ。ごく小さな書き直しをしたんで、きみの了解をもらいたいと思ってね。ヨーグルトをちょっぴり鼻につけてもらえないかな？　とても効果的だと思うんだよ。ほら、ユーモアがあって」

フィオナはローリーにとびっきりの笑顔を見せる。「わたしは鼻にヨーグルトをつけるつもりはないわ、ローリー」

ローリーはうなずく。「ああ、そうか、いいとも。鼻のヨーグルトはなしでいこう。それでけっこうだ」

彼は消える。バナナの服を着た男がいっしょに自撮りしてもらえないかと頼んでくるので、フィオナはとてもやさしく、それはプロらしくないことだと伝える。

スマートフォンに目を戻し、エリザベスが求めてきた情報をタイプする。最後の最後で、もう一度自分に問いかける。なぜ？　お楽しみのため？　たぶん。新しいこと、おもしろいことをするため？　そしてもちろん、事態がどうなるかを見届けるためでもある。

そして、もしかすると――もしや、ベサニーのため？

フィオナは首を振る。自分は感傷的なタイプじゃない。フォロワーのためにしているのだ。それが答えにちがいない。

彼女は送信ボタンを押す。賽《さい》は投げられた。

69

アンドリュー・エヴァートンが言っていることを聞きとるのにクリスは苦労している。部屋はごった返していて、にぎやかな話し声が飛び交っているからだ。ウィークデーの夜だというのにみんな酒を飲み、めくるめくような興奮があたりにたちこめている。テーブルに行くときに、アンドリュー・エヴァートンは耳元でたずねる。

「自殺か?」

「そう見えました」クリスは言う。

「この事件に関することは何ひとつ信じていないんだ。きみの友人がわたしを訪ねてきたよ」

「え、そうなんですか?」クリスはアンドリュー・エヴァートンの耳元で叫ぶ。

「エリザベスという女性だ」アンドリュー・エヴァートンは言う。

意外ではない。

「彼女のことは申し訳ありません」テーブルにつくとクリスは言う。

「いや、全然」アンドリュー・エヴァートンは言う。クリスは自分の席札を探す。彼の隣はパトリスになっている、よかった。こういうことでカップルが別れることもままあるのだ。「彼女はわたしに仕事を持ってきたんだ」

「いかにもエリザベスらしいですね」クリスは言う。

「彼女は信頼できるのかね？」

「いや、全然」クリスは言うが、その笑いが逆のことを物語っているので、アンドリュー・エヴァートンはうなずく。

クリスは椅子をパトリスのために引き、彼女はそこにすわる。

「これって、癖になりそうですね」パトリスはアンドリュー・エヴァートンに話しかける。「来年もご招待されるためには、クリスは誰を逮捕しなくちゃいけないんですか？」

アンドリュー・エヴァートンは声をあげて笑う。

クリスとドナは二人とも「任務における功労賞」のメダルをもらうことになっている。メダルは金メッキだ。テリー・ハレットはすでにひとつもらっていて、クリスに写真を見せてくれたことがある。

アンドリュー・エヴァートンはクリスとパトリスに話しかける。「メダルを見たいかな？」

「ぜひ、お願いします」パトリスは言う。「教師はめったにメダルなんて見られませんから」

アンドリュー・エヴァートンはポケットに手を入れ、小さなベルベットのポーチを取り出す。彼はポーチの口ひもをゆるめて、中の金色のメダルを手にとる。

「ebay《イーベイ》なら数ペンスで出品できるかしら」パトリスは言って、クリスの手をぎゅっと握る。

彼らの向かいには誰もいない椅子がふたつある。ドナはボグダンを連れてくることになっている。結局、ドナは白状しなくてはならなかった。ポーランド映画が決定打になった。パトリスはまだボグダンに会っていなくて写真を見ただけだが、クリスの見たところ少しはしゃぎすぎているようだ。

だがボグダンはドナをとても幸せにしている、それがクリスの唯一の関心だ。

パトリスはクリスにキスする。「わくわくしている？」

「これまでメダルなんてもらったことがないんだ」

「わたしの心は？」パトリスが訊く。

「きみの心を一階のトイレに飾って、お客たちに見せびらかすことはできないだろう？　ボグダンに会うので興奮しているみたいだね？」

「ええ、そのとおりよ」パトリスは言う。「すごく興奮しているわ」

やっぱり、少し興奮しすぎている。ボグダンはそれに見合うすばらしい義理の息子になるだろう、とクリスは思う。ただ、そうなる前にたくさんの結婚式が必要だ。というか、ふたつの結婚式だ。いや、結婚式のことなんて考えるのはやめろ、クリス。アンドリュー・エヴァートンを感心させるようなことを言うんだ。

「この三カ月、トブラローネチョコをひとつも食べていないんです」

「ほう」アンドリュー・エヴァートンはそっけない。だめじゃないか、クリス。

クリスがテレビで観たことのある司会者でコメディアンのジョシュなんとかが、ひとりごとでパーティーを開始する。彼はとても滑稽で、全員を徹底的に攻撃し、浴びせられる酔っ払いの野次に対抗する。

〈グランド・ボールルーム〉の横手のドアからドナが入ってくるのが見える。彼女は一人きりだ。おや。クリスとパトリスはドナが近づいてきてすわるのを見つめている。その顔は闇夜の嵐にそそりたつ崖さながらだ。彼女の隣には空席。

「ボグダンは来ないのか？」クリスはたずねる。

「エリザベスの用があって」ドナは言う。

となると、すごい計画が展開しているのだ。

自分たちの知らない何かが進行中だったのだろうか？

第三部　すべてのニュースに追いつけ

70　ジョイス

わたしはスタフォードシャーにいる。全員が来ているの、ほぼ全員が。少なくとも、ここにいるべき人は全員。

エリザベスとスティーヴンはここにいる。二人は廊下の先に泊まっている。もっとも今朝は現れなかったけど。ロンとポーリンは東棟にいる。この家にはいくつも棟があるのよ。イブラヒムは二人を乗せて運転してきて、私道の突き当たりのゲートハウスに滞在している。

当然、ヘンリックもいる、ここは彼の家だから。《ダウントン・アビー》みたいなお屋敷だけど、ピンボールマシーンやジェットバスもある。

マイク・ワグホーンもここに来ている。ゆうべ書斎でブランデーを飲みましょう、と誘ったのだけれど、早寝をしたいと言って断られた。というのも、わたしたちが今日、彼に仕事を依頼したから。マイクはそのことをとても真剣に受け止めている。

結局、わたしとイブラヒム二人だけで夜更かしして飲みながらおしゃべりしていた。彼は〝キャロン・ホワイトヘッド〟の正体を見抜いたので、元気はつらつとしている。ここに来る途中の車の中で閃いたのよ。彼が教えてくれたので、ダブルチェック、トリプルチェックしたけど、彼の言うとおりだった。イブラヒムは本当に頭が切れる。それでも〝マイケル・ガリス〟はわたしのお手柄よ。実際、事件を解決できたのはそのおかげなの。

ジョアンナにわたしが事件を解決したと知らせると、彼女は返信してきた。「すごいじゃない」本気でそう思っている感じだった。おまけに親指を立てた絵文字もついてきた。

〝ロバート・ブラウン理学修士〟については、まだ不明だけど、もうあまり重要ではない。いずれわかるはずだ。

到着すると、スティーヴンは書斎のガイドツアーをしてもらった。目を丸くし、大きな笑みを浮かべて、まるで少年のようだった。歳月がどこかに消えてしまっていた。

ヴィクトルは自分の部屋で朝食をとっていて、今後の成り行きに備えてメモをとっている。彼がどんなふうに計画を立てるのかを見ているのは興味深い。アンドリュー・エヴァートンもこちらに向かっているところだ。ゆうべはケント警察賞授賞式だったので、それを欠席するわけにいかなかったから。クリスとドナは表彰されることになっていた。わたしはそれをドナのインスタグラムで見た。たぶんボグダンも彼女といっしょにいるべきだったと思うけれど、彼はエリザベスとスティーヴンをここまで車で連れてこなくてはならなかった。ドナは不満だったかしら？　誰も二人がデートをしているところを見ていないけれど、ポーリンとはとっくに噂をしていた。インスタの写真では、ドナはまちがいなく笑っていない。

ここにいない一人はフィオナ・クレメンスだけれど、彼女も関わっていると言えるだろう。

アランは家にいる。

まるでそれが彼の選択だったみたいな言い方をしたわね。彼が家でやらなくちゃならないことがあるみたいな。全員がスタフォードシャーにいるなら、誰が彼の面倒を見ているのか、って訊きたいんじゃない？

クーパーズ・チェイスに新しい人が来たの。マーヴィンと言って、ウェールズ人よ。わたし、ウェールズ人には昔から弱いの。以前は学校の校長だったんですって。見ればわかるわ。厳しいけど公平。灰色の髪、黒い口髭。その外見で予想がつくでしょ。わたしが何を予想しているかは気にしないで。遠くからポーリンに彼を見せたら、彼女は親指を立ててくれた。アフタヌーンティーのとき、ポーリンはわたしのぶしつけな質問の仕方に少し腹を立てたんじゃないかと心配していたけど、そんなことはなかった。わたしたちと同じように、彼女も真実を明らかにしたいと思っていただけなんだと思う。

さて、マーヴィンはロージーというケアンテリアを飼っていて、二日前、散歩のときにばったり出会った。アランはロージーの匂いをくんくん嗅ぎ、アランがたずねられたら、わたしはマーヴィンの匂いをくんくん嗅いでいたと答えたでしょうね。ようするに、わたしたちはなごやかにおしゃべりをして、さっそくその午後、クーパーズ・チェイスにようこそ、とだけ言うために、彼にチェリー・ベイクウェルタルトを持っていった。わたしがいないあいだ、マーヴィンはアランにえさをやり、散歩をさせてくれることになっている。本当に感謝しているわ、と言うと、彼は控えめな笑みを浮かべた。

それから、訊かれる前に言っておくけど、マーヴィンはヘテロセクシュアルよ。これまでに奥さんが二人、子どもが五人いて、棚のひとつには《トップギア》（自動車番組）のDVDがあった。

ここにはわずか二十四時間ほどしか滞在しない予定だ。何かまずいことになったら別だけど。それで思い出したけど、イブラヒムに車を家の裏側に必ず移しておいてもらわなくちゃ。ボグダンには言う必要がなかった――彼の車はもう隠されている。

昼頃に始める予定だ。全員がするべきことを把握していると思う。わたしにはたいした役はないから、ただ見物している。

それぐらいのごほうびはあってもいいでしょ。だってわたしがベサニー・ウェイツを殺した犯人を見つけたんだから。

それをまもなく全世界が知ることになるでしょう。マーヴィンに電話番号を伝えておいた。「ほら、もしかしたらアランの写真を送りたいかもしれないでしょ」って。でも、今のところ彼はそれを利用していない。ずっとチェックしているけど、何も送られてこないわ。

71

門のところで目隠しのまま降ろされるのは屈辱だったが、ここに入るための代償なら仕方がない。偏執症は当然予想している。

目隠しをはずされると、屋敷への見事なアプローチが見える。長い砂利敷きの私道、トピアリーの生け垣、いくつもの噴水とライオンの像。しかし、今日はそれを手入れするスタッフたちはいない。首を突っ込んできて、目にしたものをしゃべる庭師も運転手もいない。まさに約束されていたとおりだ。窓を見上げても、動く人影はひとつもない。これが罠だという可能性は認めねばならないが、今のところそうは見えない。

屋敷そのものは広大すぎる。この男、バイキングが一人で住んでいるなら、あまりにも大きすぎる。

このすべての作戦は秘密裏に進め、あくまで事務的なメールのやりとりに終始してきたのだから、うまくいきそうだ。二人だけになるはずだから、正しく話を進めていかねばならない。ここまで来た目的のものを手に入れて、立ち去る。簡単ではない、絶対に一筋縄ではいかないだろうが、その恩恵には危険を冒すだけの価値がある。

ベルを押すと、がらんとした屋敷内で音が低く反響している。この屋敷にバイキングはいくら支払ったのだろう？　二千万ポンド？　最低でも。

足音が近づいてきて、大きなオークの玄関ドアが開く。目の前に本人が立っている。どこの国の人間だ？　二メートル近い？　大きな顎鬚を生やし、フー・ファイターズのTシャツが巨大な胴体に貼りついている。

手が差しだされて、握手を交わす。

「あんたがバイキングだね？」

「で、あんたが」とバイキングは言う。「アンドリュー・エヴァートンだね。書斎に案内しよう」

アンドリュー・エヴァートンは巨体のあとから大理石のエントランスホールを抜け、絨毯敷きの廊下を進んでいく。どの壁にも絵がかけられているが、警察本部長の好みからいうと、ほとんどが現代的すぎる。しかし、ところどころにある妙な帆船とかノルマン様式の教会はなかなかいい。バイキングは書斎に彼を案内する。暗い色の木材と赤い革とやわらかな照明でできた繭《まゆ》のような部屋だ。アンドリュー

・エヴァートンは自分のオフィスの壁にかかる標語について考える。「犯罪は割に合わない」それが本当なのか確かめてやろう。

バイキングは床から天井まで本で埋め尽くされた壁を手で示す。「あんたは読書家かい、本部長？」

「本を読むよりも書く方が好きだ、正直に言うと」アンドリュー・エヴァートンは言い、ホストに示された肘掛け椅子にすわる。「よかったらこうした雑談はすべて省略できないかな？　すばらしい屋敷だし、快適な旅だったし、トイレを借りる必要もないし、水もけっこうだ」

バイキングはうなずく。「ＯＫ」彼がすわると、二人掛けの革のソファがほとんど占領される。彼は横にあるランプのスイッチを入れる。「おれに何を求めているんだ、ミスター・アンドリュー・エヴァートン？」

72　ジョイス

ランプはすべての鍵なの。

そのスイッチを入れると、カメラとマイクのスイッチを入れることになる。わたしたち全員が屋敷の裏のスタッフ用のキッチンにいる。まるで教会のネズミみたいにおとなしくしてね。そこでは書斎のライブ映像が見られる。ヘンリックの姿は見られない。彼はカメラに映りたくないから。犯罪帝国のせいでよ、恥ずかしがり屋だからじゃなくて。でも彼はとても内気だと思う。

ところで、先日、暗号通貨の口座を調べてみたら、五万六千ポンドになっていた。本当にありがとう、ヘンリック。

アンドリュー・エヴァートンはとても自信たっぷりに見える。どんな罠に入りこんだのか予想もしていないようだ。エリザベスはバイキングについてマル秘の情報を彼に与えた——「あくまでここだけの話ですけどね、アンドリュー」わたしたちを殺そうとしたマネーロンダリング業者の件で。「会合をセッティングできますよ、やり方は訊かないで、場所も訊かないで、ただわたしに感謝してください。よかったら彼を訪ねてみたらいかがですか？」

そして、アンドリュー・エヴァートンはまさに今、彼を訪ねてきている。証拠を集めるためではなく、逮捕するためでもなく、たんにマネーロンダリング業者をぜひとも必要としているからよ。なぜならアンドリュー・エヴァートンがVAT詐欺の黒幕だったから。アンドリュー・エヴァートンがベサニー・ウェイツを殺し、ジャック・メイソンを恐喝し、ヘザー・ガーバットを黙らせた。彼の『証拠に降参』で、たしか話したと思うけれど、主人公はビッグ・ミックというギャングのボスだ。そしてビッグ・ミックのフルネームは？

マイケル・ガリス。

詐欺のいちばん初期の愚かな過ち。誰でもミスをするものよね。そして、偶然の一致かもしれないと考えているなら教えるけど、初期の他の支払先もアンドリュー・エヴァートンの本の一冊に出てくる。イブラヒムが「キャロン・ホワイトヘッド（Carron Whitehead）」の正体を突き止めたと言ったでしょ。実はとても単純だった。「キャサリン・ハワード（Catherine Howard）」のアナグラムなのよ。チーク材みたいにタフな刑事。イブラヒムは頭が切れる。

というわけで、アンドリュー・エヴァートンはいまだに詐欺の収益を手に入れることができずにいるから、バイキングと内々の話をしたいんじゃないかと、わたしたちは推測した。

そして、その「内々の話」を、たった今みんなで見ているってわけなの。

73

「わたしは警察官だ」アンドリュー・エヴァートンは言う。「そのことはもちろん理解しているね？」

「理解している」バイキングは言う。「あんたがおれを撮影したり録音したりしていない限り、どうってことはない」

「同じように、たとえあんたがわたしの話を録音していても、ひとことも法廷では証拠として採用されないから、時間のむだってことだ」

「誰も誰かを録音していない」バイキングは言う。「おれはそういう仕事のやり方をしない。あんた、おれの助けが必要だって言ったね？」

アンドリュー・エヴァートンは身をのりだす。「世界じゅうのさまざまな口座に一千万ポンドを持っている。現在はあれこれ質問をされずに引き出す方法がない。あんたが助けてくれるんじゃないかと期待しているんだが」

「一千万ポンド？　ああ、簡単だ」バイキングは言う。「で、おれにはどんな得があるんだ？」

「五百万」アンドリュー・エヴァートンは言う。

バイキングは声をあげて笑う。

「それから、あんたの従業員名簿に警察本部長が載る。あんたがわたしの面倒を見てくれるなら、わたしはあんたの面倒を見るよ」

バイキングはうなずく。「その金がどこから来たのか知る必要がある。おれには手を出さないことにしている金もあるんだ」

「VAT詐欺だ。十年ぐらい前の。ドーバー海峡を渡って携帯電話を運び出したり運び入れたり。荒稼ぎした」

「あんたのアイディアなのか？」バイキングはたずねる。

「そのとおり」アンドリュー・エヴァートンは言う。「わたしは本を書いていた。書いているうちに、どういうわけかこの計画を思いついた、ただのプロットとして。だが、さらに考えているうちに、わかるだろ、これを本に採用せずに実際にやることにしたんだ」

「頭がいいな」

「実は、現実の犯罪をプロットに利用することもある。今回は逆に自分のプロットを現実の犯罪に利用したってわけだ」

「どうやったんだ？」バイキングはたずねる。

「当時は警察本部長じゃなかったが、その筋のやつを何人か知っていた。ジャック・メイソンという男と話した。ありとあらゆる後ろ暗い仕事をしていたが、抜け目がなくて逮捕されたことがない男だ。それこそ、わたしが求めていた人間だった。彼に計画を話し、いっしょにビジネスに乗りだした」

「そして、あんたは一千万ポンドを稼いだ？」

「概算でね」アンドリュー・エヴァートンは認める。

「どうして詐欺を止めたんだ？」

「あるジャーナリストが調べはじめたんだ。彼女が真相に近づきすぎたので不安になった。で、チームの一人をどうにか刑務所に送りこみ、手を引いたんだ」

「で、そのジャーナリストも手を引いたのか？」

「いや、ちがう」アンドリュー・エヴァートンは言った。「彼女は死んだ」

74 ジョイス

エリザベスとヴィクトルは成り行きに大喜びしている。

ヘンリックをほめてあげなくてはならない。「あんたのアイディアなのか？」「どうやったんだ？」「あんたは一千万ポンドを稼いだ？」「どうして詐欺を止めたんだ？」二人は彼にすべての質問をたたきこんでおいたのだ。完璧な告白よね。

アンドリュー・エヴァートンはあくまで正直にふるまうだろう、とエリザベスにはわかっていた。彼はバイキングに信頼してもらいたいし、助けてもらいたい。自分の計画を自慢したいというエゴもあるし、自ら言っていたように、録音された供述は法廷では利用できない。

でも、もちろん、その必要はない。そこがエリザベスの計画の見事なところよ。アンドリュー・エヴァートンは法廷に立たされるよりもずっと前に、世間に有罪だと知られることになるから。

マイクはキッチンを行ったり来たりして、このあとの自分のせりふを練習している。

75

フィオナ・クレメンスに心配した友人たちから何通ものメッセージが送られている。

フィ、ハッキングされてるよ

インスタ、乗っ取り！

自分のインスタ見た？

フィ、ちょっとどうしちゃったの《WTF》？？？

フィオナ・クレメンスにはその言葉を広める影響力のある友人たちがいる。

みんな、@FionaClemClemは乗っ取りにあっている。見ないで！　何かおかしなことが@FionaClemClemで起きている。

とてつもなくいかれたハッキングだよ。

あっという間に二百五十万人以上が彼女のインスタグラムを見ていた。刻々とその人数は増えていく。そして、彼ら全員が見ているのは、フィオナ・クレメンスが化粧品の買い物をしている動画でもなく、ホットヨガの秘訣を授けている動画でもなかった。

彼ら全員が見ているのは、ケント州警察本部長が一千万ポンドもの詐欺を認めているライブ配信の動画だった。

本部長が誰に話しかけているのかはわからないが、彼は書斎のような部屋にいて、携帯電話の詐欺や、犯罪者との取引についてしゃべっている。噂が広まるにつれ、視聴者数はどんどん上がっていく。インスタグラム、ツイッター、ティックトック、父親世代ですら、ワッツアップで広めている。全員が見ている、全員がコメントしている、全員がこのアンドリュー・エヴァートンという男の解雇を求めている。

今朝、フィオナがいっしょにいる縮毛矯正専門家ですら、フィオナに自分のスマートフォンを見せて言う。「これ、見た？」

ところで、フィオナは自分のインスタグラムのフォロワー数が、彼女の「ハッキングされた」アカウントでドラマが進行するにつれ、たちまちにして四百万を超えるのを見る。そのとき警察本部長は部屋を見回していて、誰かがキーボードをたたいている音が聞こえている。コメント欄はものすごいことになっている。

それがエリザベスの頼んだことだった。フィオナのインスタグラムのログインパスワード。「わずか一時間ぐらいよ」エリザベスは保証したものだ。「あなたは気づきすらしないはずよ」

76

バイキングがノートパソコンで何かタイプしているあいだ、アンドリュー・エヴァートンは辛抱強くすわっている。これまでのところは順調だ。彼はバイキングを気に入っている。そしてバイキングの方も、こちらを気に入っているようだ。もっと重要なのは、彼はバイキングを信頼していて、人里離れたこの居心地のいい部屋にいると安全に感じられることだ。ここに入ってきたときよりも出ていくときには格段に金持ちになっている。そういう予感がする。

バイキングはノートパソコンを閉じる。「あんたは誰かを殺したのか？」

「いいや」アンドリュー・エヴァートンは言う。「それはやっていない」

「確かか？」

「聞いてくれ。おれは金を儲けた、法律を破った、悪いことをした。だが、誰も殺していない」バイキングがこの仕事は危険すぎると判断したらどうしよう？

「ベサニー・ウェイツというジャーナリストのことがネットに出ている」バイキングは言う。「ベサニー・ウェイツ、彼女は《サウス・イースト・トゥナイト》で働いていて、あんたの詐欺事件について報道したジャーナリストだろう？」

「そうだ、たしかに」

「そして、彼女は死んだ」バイキングは言う。「殺されたんだろう？」

「ああ」アンドリュー・エヴァートンは言う。「だが、わたしじゃない。わたしについてはその心配に及ばない」

「まちがいなく、いくつか心配な点があるようだ。刑務所に入った女性、ヘザー・ガーバットだったかな？」

「そうだ」アンドリュー・エヴァートンは言う。

「そして、彼女も死んだ？」

「それについても、そうだ」アンドリュー・エヴァートンは言う。「それから、そちらもわたしとは関係がない。彼女は自殺したんだ。悲劇だが――」

「では、あんたの共犯者のジャック・メイソンは？」

「その辺にしてほしいね。ああ、彼も死んだ」

「あんたの周囲ではたくさんの人が死んでいるな」バイキングは言う。「それが気にかかるんだ」

「もちろん、そうだろうとも、気にかかるだろう」

「だから、正直に打ち明けてもらわねばならない」バイキングは言う。「ここにはあんたとおれしかいない。おれはあんたを信頼する必要がある。あんたが三人を殺したのか？」

「ちがう」

「もしかしたら三人のうち一人、または二人を殺したのかもしれないな」

「誰も殺さなかった」

「すごい偶然の一致だ」バイキングは言う。

「たしかに」アンドリュー・エヴァートンは同意する。「すごい偶然の一致だ。だが、わたしを信じてくれ」

77

ジョイス

イブラヒムは目の前にありとあらゆるものを広げている。何百万人もの人がフィオナのハッキングされたライブ配信を見ている。「ベサニー・ウェイツ」がツイッターのトレンド一位よ。人々は彼女の写真を共有し、彼女が行方不明になった当時の新聞記事を投稿している。彼女の顔がそこらじゅうにあふれている。

アンドリュー・エヴァートンの顔もしかり。コメント欄は「わたしを信じてくれ」でお祭り騒ぎになってるわ。ケント警察はツイッターのアカウントを停止しなくてはならなかった。スカイ・ニュースにまでとりあげられている。動画を見せるのは許可されていないけれど、テレビで実況中継がおこなわれている。

というわけで、アンドリュー・エヴァートンは詐欺を認めた、ジャック・メイソンの共犯者だということを認めた。でも、まだ殺人は認めていない。もっとも、認めるだろうとは思っていなかったわ。部屋に二人きりだとしても、自分が殺人者だと進んで認める人なんていないでしょう？

だけど、それこそわたしたちが本当に求めているものだ。アンドリュー・エヴァートンが自分のやったことを認めること。世間に真実を語ること。ベサニーのために正義をおこなうこと。

エリザベスとヴィクトルは隅で相談している。エリザベスが何を言っているにしろ、ヴィクトルはうなずいている。そろそろ〝銃弾〟を送りこむ頃合いよ！

78

バイキングの背後には閉じたドアがある。今、それが開く。一人の男が書斎に入ってくる。小柄で禿げていて、顔には不釣り合いなほど大きな眼鏡をかけている。これから何が始まるのか？

「だめだ」アンドリュー・エヴァートンはバイキングに言う。「だめだ。あんたとわたしだけのはずだぞ」

「おれの共同経営者だ」バイキングは言う。「ユーリだ」

「お会いできて光栄です、本部長」ヴィクトルは言う。「ずっと忙しかったようだね」

「こういうことには同意していないぞ」アンドリュー・エヴァートンは抗議する。

「一分だけくれ」ヴィクトルは言う。「わたしが言わねばならないことが気に入らなければ、わたしは去る。そしてたぶんきみも去ればいい。きみはまったく安全だ」

「一分だぞ」アンドリュー・エヴァートンは言いながら、目で出口を探す。

「ここにいるわたしの友人はバイキングと呼ばれていて、ひきこもりの天才だ。だが、きみもまた天才かもしれないな、アンドリュー。アンドリューと呼ばせてもらってかまわないかな？」

「むろんだ、ユーリ」アンドリュー・エヴァートンは言う。

「きみがとても頭がいいことは明らかだ。警察本部長、おめでとう。マッケンジー・マックスチュアートというペンネームで、作家としても高く評価されている。最近『沈黙を守れ』を読んだが非常に楽しめた。傑作と言っていいね。ジョン・グリシャムを思わせた。これだけの数々の達成に加え、今、きみが凄腕の犯罪者だとわかったわけだろう？　警察官、犯罪小説家、凄腕の犯罪者。数々のスキルはどこかで重なっているんじゃないかな？」


アンドリュー・エヴァートンはうなずく。この男にはなんとなく人好きのするところがある。それに『沈黙を守れ』については鋭い意見だ。あれはまさにグリシャム風なのだ。

「まあ、もうちょっとで凄腕犯罪者になれた、と言えるかもしれないね？　きみは詐欺を成功させた、とても単純な、とてもエレガントなやり方で。しかし、まだ金は目にしていない。そこで、われわれが登場してくるわけだ。きみの金の行方をたどれるか？　イエス、少なくともこの友人なら可能だ。きみと仕事をしたいか？　またもや、イエスだ、きみは権力のある人間だし、多くの分野でわれわれを助けてくれるだろう。そうだね？」

「喜んで」アンドリュー・エヴァートンは言う。「あの一千万を手に入れてくれたら、あんたたちの方も望むものを何でも手に入れることができる」

「となると、われわれの利害は一致しているようだな」ヴィクトルは言う。「たぶんそうだろうとは思っていた。どちらも金が好きだ、もちろん。しかし、どちらも道徳的な人間だ。ときにはルールを曲げることもあり、それは否定できないが、ルールはすべての人間のためにあるものじゃないだろう？」

「まさにそのとおり」アンドリュー・エヴァートンは言う。もうすぐ金が手に入りそうだ。それが肌で感じられる。この長い歳月せっせと働いてきた。それがようやく実るのだ。スペインの家、海を見晴らす執筆のための部屋。ごくごく内密においしい出版契約を結んだと説明して、永遠に仕事を辞めよう。この大きすぎる眼鏡をかけた男がジグソーパズルの最後のピースだ。

「だが、わたしはきみを信頼する必要があるんだ」ヴィクトルは言う。「信頼できるだろうとは感じている。似た者同士だとね。われわれが生きているこの苛酷な世の中で、同じものを信じていると」

「言うまでもない」アンドリュー・エヴァートンは言う。彼はネットでコスタ・ドラダの家を見たことがある。驚くことに、プールがふたつあった。

「だから、きみに真実を話してもらいたいんだ」ヴィクトルは言う。「あのジャーナリストについて。それからきみの二人の友人たちについて。三人の死、すべてがきみの詐欺と関係している。きみを信頼したい。だから、洗いざらい打ち明けてもらう必要があるんだ。きみは三人を殺したんだね、そうだね？　それならそれでかまわないんだよ」

アンドリュー・エヴァートンはどう答えるべきか熟慮する。この男は何を聞きたいのだろう？　彼が三人を殺したことか？　殺さなかったことか？　ここで「道徳的」な答えとは何だろう？　彼は心を決める。

「わたしは殺さなかった」アンドリュー・エヴァートンは言う。「わたしは殺人者じゃない」

ヴィクトルはうなずく。「じゃあ、三人それぞれがただ死んだと？」

アンドリュー・エヴァートンはうなずく。「そう、それぞれが……ただ死んだ」

「失望しているよ、本部長」ヴィクトルは言う。「真実を期待していたんだ」

これでアンドリュー・エヴァートンは苦境に立たされた。この男はもしや真実を知っているのか？

自分が言うかもしれないさまざまな嘘を比較検討する。あと少しだ。ここでだいなしにしてはならない。

言を左右するな。その態度は尊敬に値するはずだ。

「わたしは三人を殺さなかった」

ヴィクトルは傷つけられた表情になる。「アンドリュー、それを聞くのはつらいよ。わたしが得ている情報を考えると」

「どんな情報だ？」アンドリューはたずねる。はったりにちがいない。試しているだけだ。否定し続けろ、否定し続けろ、そうすれば、おまえはいつのまにかスペインにいる。

「きみがベサニー・ウェイツを殺したという情報だ。彼女をサセックスの家の庭に埋めた、共犯者のジャック・メイソンとヘザー・ガーバットへの脅迫として。それによって二人が詐欺について口外しないようにした。きみはヘザー・ガーバットをダーウェル刑務所で殺させた。さらに、二晩前にジャック・メイソンを殺した」ジャック・メイソンの部分は推測だったが、アンドリュー・エヴァートンはそれを知るよしもない。

アンドリュー・エヴァートンは啞然として、言葉が出なかった。どこでベサニー・ウェイツの死体と脅迫についての情報を手に入れたのだろう？　ありえない。ジャック・メイソンは絶対に自分の名前を明かさないはずだ、永遠に。それに、ヘザー・ガーバットは彼に何かされるのではないかと、怯えきっていた。だから、どうやって知った？

「真実だけだ、アンドリュー」ヴィクトルは言う。「そうしたら、取引についても確信が持てる。そのうえで、信頼によって前へ進んでいけるんだ」

アンドリュー・エヴァートンは大きな決断を下さなくてはならなかった。告白？　このユーリがすべての真実を知っているらしいのに、自分の話に固執することなんてできるのか？　ユーリを信頼し、バイキングを信頼する？　打ち明ける？　このどこだか知らない土地にある家の部屋には三人しかいない。自分の口から出る次の言葉こそ一千万ポンドを儲けさせてくれるのだと、アンドリュー・エヴァートンは強く思う。

「ＯＫ」アンドリュー・エヴァートンは言う。「では、この情報は決してこの部屋の外に漏れないことを保証してくれるね？」

「誰も見ていない」ヴィクトルは言う。「それに誰も聞いていない」

アンドリュー・エヴァートンは両手を組み合わせる。まるで許しを乞うように。

「わたしはベサニー・ウェイツを殺した」

79

コニー・ジョンソンは薄型テレビで話が進んでいくのを見ている。今回に限ってWi‐Fiが安定しているので、YouTubeではストリーミング再生をしている。

これでおしまいだ、すべて決着がついた。アンドリュー・エヴァートンには犯罪容疑がかけられた。警察本部長にだ。コニーは彼と二度会ったことがあるが、感じよく見えた。だが、殺人者だって？　誰も予想もしないだろう。ただ、コニーにとってはとても役に立つ。

彼が絶対に殺さなかったのは、ヘザー・ガーバットだ。

コニーはまたおしゃべりしようとヘザー・ガーバットを訪ね、彼女の死体を発見したのだった。編み棒を使っていた。死体のそばには自殺の書き置きがあり、最後の別れの言葉がふたこと、みこと。ヘザー・ガーバットは何かに怯えていた。今アンドリュー・エヴァートンを画面で見ながら、コニーは少なくともその理由を知った。

コニーはすばやく頭を働かせたのだった。イブラヒムとその仲間はベサニー・ウェイツの殺人者を追っていて、おそらく犯人を発見するだろう。それについては当たっていた、そうだよね？　その調査に関わるのは悪くない、とコニーは考えた。手助けするのは。殺人者を突き止めるのに手を貸したとわかれば、法廷に出たとき、もう少し寛大な目で見てもらえるかもしれない。

だから、ヘザーの書き置きを破った――「さよなら、これ以上、耐えられません」そんな感じの文だった。ざっと見ただけだが。そして自分の手でメモを書いた。ヘザーを殺人の犠牲者のように見せ、コニーを情報を握る人物に仕立てた。救済者に。

今、アンドリュー・エヴァートンがベサニー・ウェイツを殺したとわかったので、計画の第二部を発動できる。彼がヘザー・ガーバットも殺したという、ちょっとした証拠をねつ造すればいいだけだ。管理棟の男、ボルボに乗っている男は、あの晩コニーがヘザーの独房に入っていく録画を消してくれた。あの晩にアンドリュー・エヴァートンが刑務所を訪ねたことを彼は思い出すにちがいない。コニーはまちがいなく、ヘザーが言ったことを思い出すだろう。警察について当たり障りのないことを。それに、「この話はまっすぐトップまで伝わる」とか、くだらないことを。記憶を創作するのは楽しそうだ。

アンドリュー・エヴァートンは告訴されるだろう。コニーは当局に協力した見返りに何年か減刑されるだろう。すばらしい。そして早く娑婆に出られれば、それだけ早くロン・リッチーに思い知らせてやれる。

イブラヒムにそれを委ねなくてはならなかったが、彼はとても役に立った。

だが、きみはヘザー・ガーバットのことを気にかけていた、とイブラヒムに言われたことが頭をよぎる。さらに、実はきみが気にかけていたのは、自分がサイコパスじゃないという証拠だったと言われたことも。

しかも、コニーは破ったヘザー・ガーバットの自殺の書き置きをポケットにずっと入れていた。

セラピーというのは実に魅惑的な作業だ。またセラピーを受けるのが待ちきれない。

80

ジョイス

彼がそう言ったとき、ここが大騒ぎになったのは想像できるでしょ。

「ヴィクトルがまたやってくれたわ」エリザベスは言った。「〝銃弾〟は絶対にはずしたことがないの」

いまや三百万人以上がフィオナのインスタグラムライブを見ている。その全員が同じことを聞き、遠慮なく意見を発信している。これからどうなるのか、全員が見守っている。

わたしはライブ配信を見ながらキーを打っている。今、三人はすっかりリラックスして、銀行口座についてしゃべっているみたい。ヴィクトルはみんなにスコッチを注いでいる。ロンはヨークシャーで警官に警棒で殴られたときの話をしているところだ。当時はたくさんの人に殴られていたのかとたずねると、そのとおりだという答えだった。

わたしたちにとってさえ、これはチームの努力の結晶だ。財務記録から名前を見つけだし、ジャック・メイソンの口を割らせ、フィオナ・クレメンスと友だちになる。「友だち」は言い過ぎかもしれないけど、今の彼女のインスタグラムの数字を見れば、いずれ友だちになれるかも。ヘンリックも自分の役目を果たし、愛しのヴィクトルは告白を引き出した。そしてポーリンとマイクがこれから登場する。ポーリンはマイク・ワグホーンのメイクをやり直しているところだ。なぜって彼はずっと泣いていたから。たった今、三百万の人が見ているのよ、とマイクに言ったら、準備はできている、ですって。

さっきボグダンにドナは元気？　とたずねたら、どういう意味かと聞くので、わたしがどういう意味で言っていると思うの？　と返したら、猛烈にキュートな笑顔になり、親指を立ててみせた。

そう言えば、マーヴィンからショートメッセージが入った。スマートフォンに彼の名前が現れたので興奮し、胸をどきどきさせながらメッセージを開いた。

アランはＯＫだ。

でもまあ、わたしたちで彼を変えられるかも。たった今、がんばってと言ってみんなでマイクを送りだした。そろそろ、またひと騒動起きる頃ね。

81

ドナとクリスはドナのパソコンで動画を見ている。オフィスにいる全員が見ている。フェアヘイヴン警察署の全員が見ている。フェアヘイヴンの全員が見ている。全員が・見て・いる。

アンドリュー・エヴァートンは現時点で「イギリスでもっとも嫌われている男」だと言ってもかまわないだろう。ただし、『沈黙を守れ』がアマゾンの〝有名人本〟のランキングで現在一位になっていることにドナは気づいている。

フィオナ・クレメンスのインスタグラムをハッキングしたのは誰にしろ、すばらしい腕前だ。それが誰かについて憶測が飛び交っている。誰なのか言い当てられるわけがない、という顔でクリスとドナはとぼけている。

犯罪や何かで呼び出されませんように、と祈りながら、ドナのパソコンの周囲に集まっている人々は、新たに《サウス・イースト・トゥナイト》の年配のキャスター、マイク・ワグホーンがバイキングの書斎に入ってくるのを見る。

「きみの友だちだよ、ドナ」テリー・ハレット警部補が言う。

「最初はわたしの友人だったんだ」クリスは言う。「彼のアルコール検査をしたことだってあるぞ！」

画面では、唖然とした顔のアンドリュー・エヴァートンの正面の椅子にマイクがすわる。マイクはその場面を撮影している隠しカメラらしきものの方をまっすぐ見据える。

「こんにちは、わたしはマイク・ワグホーンで、《サウス・イースト・トゥナイト》のために報道をしています――」

「マイク、いったい――」アンドリュー・エヴァートンは言いかけるが、マイクは彼をシッと言って黙らせる。

「現在、このライブ配信をご覧の何百万もの人々にひとこと申し上げたかったのです。アンドリュー・エヴァートン本部長の告白をたった今、お聞きになった何百万もの方々に――」

アンドリュー・エヴァートンは椅子から飛び出すと、たちまち姿が見えなくなる。だが彼は筋骨隆々とした誰かの腕につかまえられ、取り押さえられている。タトゥーに見覚えがなければ、誰の腕かわからないだろう。ドナはすぐに腕の持ち主がわかる。じゃあ、ゆうべはそこにいたのね。「おれを信じろ」と彼は言っていた。もしかしたら彼を信じることを習慣にするべきなのかも。全員があっちに行っているの？　もちろん、そうよね。

マイク・ワグホーンはあくまでプロに徹し、アンドリュー・エヴァートンのくぐもった悲鳴が遠くに消えるのを待ってから、先を続ける。

「これは五分間の奇跡です、それは理解しています。ある人間が恐ろしい犯罪を告白する。警察本部長が詐欺を、腐敗を、脅迫を、殺人を告白するのを目にする。それによって、わたしたちが期待していた騒ぎが起きました。いずれ裁判があるでしょう。まさにみなさんが見ていた動画のせいで、裁判は複雑になるでしょう。しかし、少なくとも裁かれる。アンドリュー・エヴァートンは刑務所に行くでしょう、それについては確信しています。たとえ現在、この国の司法制度が寛大すぎると思えるとしてもです。しかし、今はそれについて語るつもりはありません。じきにこのライブ配信を切断し、フィオナのインスタグラムを正当な持ち主に返します。今日の助力に心からお礼を言います、フィオナ。これ以上すばらしいベサニーへの手向《たむ》けは思いつきません。みなさんはじきに仕事に戻り、ディナーをとり、テレビを見て、今日計画していたことをするでしょう。そして、今日見たことを話題にするにちがいありません。そして、明日もそれについて話すでしょう、ただし、その時間は少し減るでしょう。そして、おそらく、あさってにはひとこと、ふたことになり、その後は話題から消えてしまうでしょう。ニュースというのはそういうものです。次々に新たな興味深いものが登場するのです。カーダシアン姉妹の誰かが赤ちゃんを産むかもしれない。だから、今、みなさんの注意をほんの短時間だけ集めたにすぎないことはわかっています。ここでのメインイベントはもう終わったので、すでに何人かの方は画面の前から去っているかもしれない。アンドリュー・エヴァートンは左手の廊下で手錠をかけられ、スタフォードシャー警察がこちらに向かっているところです。しかし、あと一、二分だけ、わたしにいただけますでしょうか？　手短にすると約束します。わたしは友人のベサニー・ウェイツについて話したいのです。彼女は十年ほど前に殺されました。殺されていなかったら、みなさんはすでにその名前をご存じだったにちがいない。ベサニーはひたむきで勤勉で、誰からも嫌われることはなかった。ひと晩じゅうでも議論できたし、腕相撲が強かったし、酒もめっぽう強かった。こう言うのを許していただけるなら、北の出身でしたからね。ベサニー・ウェイツはすばらしいジャーナリストでしたが、なによりもすばらしい友人でした。わたしは彼女を愛していました。過去に愛していたという意味ではない、今でも彼女を愛しているのです。ですから、みなさんの関心が移り、次のまばゆい話題に興味が向けられても、ときどき彼女の名前を思い出してほしい、それだけお願いします。ベサニー・ウェイツ。アンドリュー・エヴァートンが忘れ去られたあともずっと、彼女は記憶にとどめられるべき人なのです。さて、今日のランチタイムにお伝えするニュースは以上です。わたし、マイク・ワグホーンから、見ていただいたみなさんに感謝を捧げます。そしてご自分を、お互いを大切にしてお過ごしください」

82

ケントじゅうが寒さに震えている。もうじきクリスマスだ。

「前に言ったよね」ドナが言う。「もう許してるって」

「だけど、大切なイベントだった」ボグダンが言う。「賞をもらうんだから。二度ともらえなかったらどうするんだ？」

「信任投票ありがとう」ドナは言う。「基本的なルールがあるの。あたしが賞をもらうなら、あなたにいっしょにいてもらいたい——ただし、有名なテレビキャスターのインスタのアカウントでライブ配信して殺人者をつかまえようとしているなら別」

カーウィン・プライスが脅迫的行為で逮捕されたところだ。ドナのバッグに紙片を滑りこませるところを見つかったのだ。こう書いてあった。「みんながおまえを嫌っている。おまえは笑い者だよ」誘いを断られることを上手に受け止められない男。ベサニー、フィオナ、ドナ、おそらく長年にわたって数えきれないほどの女性。結局、警告だけで終わったが、《サウス・イースト・トゥナイト》には当分戻ってこないだろう。

ただ、ジュニパー・コートの謎についてはまだ解決していなかった。もしかしたらドナとクリスはまったく勘違いをしていたのか？

ボグダンは慎重に車を停める。クーパーズ・チェイスの駐車委員会は相変わらず権力をふるっているのだ。それどころか、最近クーデターが失敗してからいっそう力を増している。エリザベスは今日、崖に行く予定なので、ボグダンはスティーヴンを訪ねると約束していた。スティーヴンはドナに会えてとても喜ぶだろう。

車から降りる前に、ボグダンはドナの方を向く。

「きみに賞をあげたいんだ」

「あたしに賞を？」

「うん。悪いと思ってるから」

ボグダンは後部座席の旅行かばんに手を入れ、ドナにアナーヒター、愛と戦いの女神の像を進呈する。

「ドナ、おれはきみを高く評価している」

「ボグダン！」

「像に文字を彫ってもらいたかったんだけど、絶対にきみはいやがるだろうと思って」

ドナは手にしているものが信じられない。「ボグダン、これ、二千ポンドだよね！　それだけあればギリシャで二週間過ごせたのに」

ボグダンはにっこりする。「カルデシュが一ポンドで売ってくれたんだ。それから、レンガをよけ続けろと、きみに伝えてほしいって」

ドナは女神像を見つめる。彼女の賞。それからボグダンを見る。

「なぜ彼は一ポンドで売ってくれたの？」

「実は」とボグダンはドアを開けながら言う。「きみに恋をしているのか、って訊かれたんだ。だから、そうだって答えたんだよ」

83

ロンがそれを提案したのだった。実はひそかな理由があって。というわけで、こうしてみんながここにいた。たしかに凍えるほど寒いが、彼は正しかった。シェイクスピア断崖のてっぺんに立つと、眼下には英国海峡がどこまでも広がっている。荒々しい波が崖の何十メートルも下にたたきつけて砕けている。その音が階下のくぐもった口論のように一行を出迎える。

いまやここはベサニーが死んだ場所ではないとわかっているが、彼女を偲んで献杯するにはうってつけの場所だ。

アンドリュー・エヴァートンはすべてについて黙秘している。意外ではない。だからいまだにあの晩、本当に何が起きたのかはわからないままだ。ベサニーはどこに行ってしまったのか？　アンドリュー・エヴァートンはどこで彼女を殺害したのか？　断崖に近づいたとき、ベサニー・ウェイツの車に乗っていた二人は誰だったのか？　それに〝ロバート・ブラウン理学修士〟の謎はまだ解けていない。イブラヒムはアナグラムをやり過ぎて頭がおかしくなりそうになった。

　だが、他の疑問には答えが与えられた。刑務所の刑務官の一人は、アンドリュー・エヴァートンがヘザー・ガーバットの死んだ夜に訪ねてきたと言っている。アンドリュー・エヴァートンは否定しているが、否定するに決まっている。

　それからジャック・メイソンだ。ロンはいっしょに過ごした最後の夜のことを思い返している。ジャックが語っていた罪悪感について。

　一行はそれぞれバラを一本ずつ海に投げ込む。エリザベス、ジョイス、イブラヒム、マイク、ポーリン。ヴィクトルまで弔意を示すためにやって来た。ヘンリックにも声をかけたが、彼はこう言った。

「おれにはわかりません。彼女のことは知らなかったのに、どうして海にバラを投げなくちゃならないんですか？」たしかにそのとおりだ。誰もが仲間になりたがるとは限らないのだ、そうだろう？

　一人また一人とバラを投げる。ジョイスはバラが風にあおられて自分の顔にぶつかったので、もう一度やり直す。空には雲ひとつないので、ベサニーは高い場所から今日のみんなを眺めているだろう。ロンは頭ではそういうことを受け入れないが、心にはそれを認める余裕がたっぷりある。

　マイク・ワグホーンが少し挨拶するが、風のうなりが強いせいでよく聞きとれず、何度も言葉を繰り返すことになった。それから崖に沿って少し歩こうと、マイクは提案する。ロンはマイクがそうするだろうことを予想していた。

「おれはここにすわってるよ」ロンは言う。「膝が悪いのは知ってるだろ」

いくつかの眉がつりあげられる――みんなロンが膝のことを口にしないのを知っている。だが、何も言わずに、残りの一行は歩きだす。ポーリンはロンといっしょに残ってくれる。彼女がそうするだろう、とロンにはわかっていた。

「大丈夫なの？」彼女は気遣う。

「それほどひどくないんだ。ただ、バスルームのことが気になっているだけで」

「ちっとも意外じゃないわ、ロニー。空気清浄機を置こうか考えているんでしょ」

ロンは微笑むが、少し悲しげだ。「いや、女性がそばにいることに慣れていないだけだよ。ほら、いろんなものがあるだろ。クリームとかメイク用品とか、あれやこれや」

「わたし一人で場所を取り過ぎている？　あなたのリンクス・アフリカ（デオドラントボディスプレー）のスペースがなくなっちゃった？」

「率直に言うと、そういうのは気に入っているんだ。親密な感じがするだろ？　おれはいつもきみに正直だったよな、ポーリン？」

「わかってるわ、ダーリン」ポーリンは答え、心配そうな顔になる。「そんなこと言いだして、どうかしたの？」

「きみはいつもおれに正直だった？」

「もちろん」ポーリンは言う。「ときどきあなたが見ていないときに煙草を吸ってるけど、それ以外はね」

「ロバート・ブラウン理学修士」ロンは言う。

「彼がどうかした？」

「自分が頭の切れる人間じゃないのはわかってる。だけど、そろそろ、おれだって何かを発見してもいいだろ」

「ロン？」

「メイク用品だったんだ」ロンは言う。「ずっとバスルームに置いてあった。おれが髭を剃る鏡の下にずらっと並んでた。おれの顔をじっと見てた」

　ロンはポーリンの方を見る。言いたくはないが、言わねばならない。

「きみのマスカラだ」ロンは言う。「ボビー・ブラウン、きみのお気に入り。ボビー・ブラウン・マス《mas》カラ《cara》。〝ロバート・ブラウン理学修士《MSc》〟だね」（ボビーはロバートの愛称）

84

ドナとボグダンは車の外でキスし、廊下でキスし、エリザベスとスティーヴンの玄関の前でキスする。ボグダンは愛情を人前で示すことに慣れていない。誰かに見られたらどうするんだ？　それに、冷蔵庫に入れる必要のある食べ物をぎっしり詰めた袋を持っている。

でも、彼は恋をしている。だから、それがもたらすむずかしい課題を受け入れることにする。ボグダンはノックし、ドアを開け、スティーヴンの名前を呼ぶ。

スティーヴンはパジャマ姿でソファにすわっている。それはちっとも珍しいことではない。

「おや、幸せなカップルのご登場だ」スティーヴンは言う。「二人のうれしそうな顔ときたら」

「とても幸せなカップルなんです」ドナは言う。「こんにちは、スティーヴン」

ドナはまだ像を握りしめている。スティーヴンは立ち上がり、それを見ようと近づいてくる。

「旧友のアナーヒターだ」スティーヴンは目を輝かせる。「愛と戦いの女神。きみに実にふさわしい」

ドナは微笑み、やかんをかけるためにキッチンに入っていく。

ボグダンはスティーヴンの目が輝いているとうれしくなる。その目に宿る知性を見るのが好きだ。ヘンリックの本についてスティーヴンが作ったリストはすごかった。きわめて詳細で、きわめて正確だった。あとで髭を剃ってあげよう。それに髭剃りローションも。ついでに乳液。これまでスティーヴンはスキンケアをしたことがなかった――「石鹸と水に限るよ、きみ」――でも、今からでも遅くはない。

ビタミンを飲ませるのもいいかもしれない。エリザベスは反対するだろうか？　まずCとDだけでも。あまり日に当たっていないから。

「戦いと言えば」とボグダンはチェスボードの前にすわる。「一戦交えますか？」

スティーヴンは手を振る。

「今日はゲームをしないんですか？」ボグダンはたずねる。では、映画でも観よう。あるいは話をするだけでもいい。ボグダンはパエリアを作るつもりでいる。

「わたしはだめなんだ、相棒」スティーヴンは言う。「うちでチェスをするのはエリザベスだ」

「エリザベス？」

「何度かチェスをやってみようとしたんだが、どうしてもコツがつかめなかった。きみはチェスをするのかい？」

「ええ、します」ボグダンは言う。

「うまいのか？」スティーヴンは訊く。

「相手によりますね」ボグダンは言い、必死に涙をこらえようとする。「チェスでは、実は対戦する相手と同じレベルまでうまくなれるんです」

スティーヴンはうなずき、ボードを見下ろす。そこに何を見ているのだろう、とボグダンは思う。

「わたしには歯が立たないな」スティーヴンは言う。「むずかしいよ、あのゲームは」

ドナがお茶のマグカップをふたつ持って部屋に入ってくる。スティーヴンは満面に笑みを浮かべる。

「いいね、ありがたい」スティーヴンは言う。「お茶だ。これがほしかったんだ」

85

他の人々が戻ってくるのがロンには見える。だが、まだ遠いし、帰り道は上り坂だ。もう少し時間があるだろう。ジョイスはマイク・ワグホーンと腕を組んでいる。

「すべての真実を？」ポーリンが訊く。

「おれはそれを聞いておくべきだと思う」ロンは言う。

「わたしもそう思うわ、ロニー。だけど、他の人たちには知られたくないの。特にマイクには知られたくない」

ロンは小さく肩をすくめる。ここですべてが終わるのか？　荒れた海にそびえる崖の上で？

「夜の十時半ぐらいだった」ポーリンは話し始めるが、ロンとはほとんど目を合わせようとしない。

「わたしはもうベッドに入る支度をしていた。というのも、翌日は仕事が早かったから。ドアベルが鳴った。わたしは無視した。自分から招いたんじゃなければ、夜にいいことなんてやって来ない。またべルが鳴った、さらにもう一度。とうとう『畜生』って言いながら入り口のカメラを見た。そしたら彼女がいた」

「ベサニー・ウェイツが？」

「ベサニー・ウェイツが。入り口を解錠して、ドアがノックされるのを待った。入って、どういうことなの？　とたずねた。何かあったことは一目瞭然だった。でなかったら、追い出したわ。千鳥格子のジャケットに黄色のパンツっていう格好で、まるで慈善バザーで選んできた服みたいに見えた。メイクもしていない。彼女はすわると言う。ポーリン、お願いがあるの。だからわたしは夜の十時半に？　と訊き返した。すると、すわって話を聞いて、と言うから、マイクに電話するわ、と応じると、マイクには電話しないで、彼を心配させたくないからって」

「話というのは何だったんだ？」

「ベサニーはこう言った、信じてほしいんだけど、ポーリン、誰かがわたしを殺そうとしているの。相手が表沙汰にしたくないネタをつかんだら、メッセージが来て脅された。わかるわよね、ロニー、わたしはそういう話をしょっちゅう耳にしていたから、何を信じていいのかわからなかった。だけど、彼女の目の色で、本当のことだとわかった。少なくとも、ほぼ真実だって。だから、わたしに何ができるの？　お願いって何なの？　できることなら手伝うわ、って言った」

「で、お願いっていうのは？」ロンはたずねる。今ではジョイスの笑い声が聞こえる。高い声が風に乗って運ばれてくる。

「これからある人に会うと、彼女は言った。だから、別人みたいに見せたいって。奇跡を起こせないのは知っているけど、メイクしてウィッグを貸してもらえない？　相手をだませるぐらい外見を変えてもらえない？　って。写真を見せられて、そのぐらいならできなくはなさそうだった」

「じゃあ、引き受けたんだな？」

「最初は断った。彼女を思い直させようとした。トラブルになっているなら警察に行きなさいって。わたしのスタイルじゃないけど、ときには警察も役に立つでしょ。すると彼女は警察には行けない、ただこれだけお願いしたいし、それですべて片が付くと言った。わたしを信じて、自分のしていることはわかっているし、報酬も払うって」

「五千ポンド？」

「冗談でしょ、お金はいらない、トラブルになっているなら始めましょ、って答えた。で、彼女を写真のようにメイクする。ウィッグのひとつをかぶせて、少し切り、九十分後にはなかなかうまくできあがる。上出来だったわ。彼女も大満足のようだった。ずっと腕時計を見ていたけど、こう言う、ポーリン、さすがね、わたしに幸運を祈ってて。どこに行くのと訊くと、明日の朝までに連絡がなかったら警察に電話して、匿名でと言う。そこに行かせたくない、マイクに電話する、と言うと、彼女はこうするしかないのと言う。彼女はわたしをハグする。ハグなんてこれまで一度もしたことがないのに。で、数字を書いた紙をくれて『それがあなたのお金よ』。で、去っていった」

ロンは指でベンチをトントンたたく。「それが真相なんだね？」

「それが真相。信じてくれるわね、ロニー？」

「信じるよ、ポーリン。おれに真実を話していると信じる。だけど、まだ何か抜かしているだろ、ダーリン。このことをこれまで誰にも言わなかった理由を抜かしている。きみは彼女が姿を消していた時間にどこにいたかを知っていた。自分と会っていたことを知っていた。それなのに、誰にも言わなかった？　筋が通らない。すぐにマイクに言えたはずだ、警察に通報できたはずだ。どうしてなんだ」

ポーリンは進んでくる人々をちらっと見る。

「あともうひとつあるの」ポーリンは言う。「ウィッグを合わせていたときのこと。わたしはウィッグや衣装をマネキンにつけて置いてあるのよ。出ていく前に、ベサニーはひとつ借りてもいいかとたずねた。だから、マネキンを借りたいなんて、いかれてる、と答えた。だけど、そもそもすべてがいかれていたから、結局、マネキンを貸したの」

「マネキン？」

「翌朝、崖の下で彼女の車が発見され、交通監視カメラが公開されたから、すぐにマイクに電話しようとしてちょっと考えたの。メイク、彼女が見せた写真のこと、ウィッグ、マネキン、交通監視カメラでは車に二人が乗っていたこと。彼女が着ていた服のこと。わたしは彼女にこう言いさえした。『その服で死んでいるのを発見されたくないわ』」

「じゃあ、きみが考えたのは——」

「考えたんじゃない、わかったの。そして、ロン、マイクはベサニーが死んだときに打ちひしがれた。マイクは彼女を愛していた。彼女は彼を愛していた。だから、よくも悪くも、こういう考えに至った、ベサニーがすべてをでっちあげたと知ったら、彼にとっては百倍もつらいだろうと。どういうお金か知らないけど、それを持って、どこだか知らないところに逃げ、彼にはひとことも言わなかったらね。いったいどうしてそんな真似をしたのかしら？　いまだに理解できないわ」

ポーリンは海に視線を向ける。

「もう取り返しがつかなかった。でも誰も殺人罪に問われなかったし、誰にも害は及ばなかったから、わたしは沈黙を守った。そこへ、あなたたちが現れ、次々に人が死ぬから、わたしはヒントをいくつか落とそうとした。こんなに時間がたってから真実を話すわけにはいかないけど、あなたたちなら真相を解明できるだろうし、マイクはついに真実に向き合うしかないって覚悟したのよ。そろそろ、その時期だって思ったの」

「驚いたな」ロンは言う。

「いちばんいいことをしようとしただけなの」

「そして、金は？」

「手を触れなかった。紙片も捨てちゃったし、二度と考えなかった。ロバート・ブラウン理学修士は、わたしじゃなくてベサニーのジョークよ」

「実にうまいジョークでもあった」ロンは言う。

「そうね、あなたは彼女を好きになったでしょうね。わたしを許してくれる、ロン?」

「許すことなんて何もないだろ」

「明日、マッサージはどう?」

「無理強いしないでくれ」

他の連中がすぐそこまで戻ってきている。

ポーリンは微笑み、散歩してきた人たちを出迎える。「彼女は天国でわたしたちを見守っていると思うわ」

ジョイスはさっきまでポーリンがいた場所にすわる。

「すがすがしい気分になれたわ」ジョイスは言う。「来られなくて残念だったわね」

ロンは友人の肩を抱き、ふと見ると、ポーリンもマイクに同じことをしている。

86

何年ものあいだ彼女はグーグル・アラートをスマートフォンに設定していた。誰かがどこかで「ベサニー・ウェイツ」という言葉に言及すると、それがわかる仕組みだ。すぐに調べて、危険を推定し、新しい生活を続ける。命日近辺にはいくつかの言及があるが、毎年どんどん少なくなり、しまいにはまったくなくなってしまった。事実上、ベサニー・ウェイツは存在しなくなったのだ。

三日前までは。午後じゅう、いきなりベサニー・ウェイツが世界でもっとも有名な人物になった。ベサニー・ウェイツはその大騒ぎを見た。もちろん見た、見逃すわけがない、ドバイでも。

予定をすべてキャンセルして部屋に閉じこもった。実際にはその必要はなかったし、それはわかっていた。ベサニーはもう何年もアリス・クーパーだったから。人は彼女の名前を笑うが、目的は果たしていた。

VAT詐欺を取材していた当時、ベサニーはマネーロンダリングについてありとあらゆることを学んだ。教授や犯罪者をランチに誘いだし、さまざまな専門家に面倒をかけた。あるドイツ警察の捜査官が、詐欺師にとっていちばんいい偽名は有名人の名前だと教えてくれた。「グーグルで調べることが不可能だからね」そして、彼の言うとおりだった。〝アリス・クーパー〟をグーグル検索すると、アメリカのロックミュージシャンをはじめ、何ページも何ページもスクロールして、やっとドバイ・マリーナのオフィスビルの八階にある〝メディア研修とPR手法〟の会社にたどり着く。

ちょっとしたコツ以上の多くのことも学んだ。それどころかあまりに深く学んだので、VATの金の行方をたどれるばかりか、それを自分で引き出すことまでできるようになった。

そんなとき、アンドリュー・エヴァートンが彼女に銃弾を送ってきた。側面に不器用に名前が彫られた銃弾。

そのとき、ベサニーは危険が迫っていることを悟ったのだ。アンドリュー・エヴァートンはベサニーが自分を追っていることに気づいた。彼はベサニーに危害を加えようとしていた。彼女の電話を盗聴していたにちがいない。マイクへの「アブソルート・ダイナマイト」のメッセージを見たのだろう。

ベサニーには選択肢があった。このまま探り続け、調べ続け、勇敢に立ち向かう。あるいは脱出経路を見つける。

アンドリュー・エヴァートンを出し抜くことができるだろうか？　高位の警察官を。彼女のメッセージを読む手段を持つほどの人物、銃弾を送りつけるような冷酷な人物。

実際には選択肢などなかった。

だから次善の策をとった。それから数週間かけ、学んだことを利用してアンドリュー・エヴァートンの金が新しい口座へ流れるようにした。金を引き出すことはなかった、きわめて危険な時期だったからだ。しかし、金の行き先を変え、金を隠した。

彼女の死後、気の毒なアンドリュー・エヴァートンとジャック・メイソンはずっと金を取り戻そうとしていたが、彼らが考案したウェブはきわめて不透明で、あまりにも巧緻《こうち》だったせいで、金がすでになくなっていることを確かめる術がなかった。

ベサニーは計画を練った。殺人、行方不明、新しい髪とメイクによる新しいパスポート、家庭用採血セットで血をとって車を汚す。ありとあらゆるトリックを駆使することにした。ただ、本当に実行するとは思っていなかった。アンドリュー・エヴァートンからメールが来るまでは。「会ってほしい。ただ話がしたい」

ベサニーはついに別れを告げるときだと判断した。人生に、過去に、マイクに。そしてこんにちは、ドバイ、新しい人生、一千万ポンド。

お金を回収するまで一年かそこら待った。パナマの隠し口座からすでに十万ポンドだけ吸い上げてあった。当面の生活費と手術費用にあてる分だ。何年も前に、整形手術で財を築いたファヴァシャム出身の女性について報道したことがあった。彼女は大喜びで協力してくれ、気前のいい値引きまでしてくれた。ポケットに一千万ポンドあれば、ドバイでほしいものは何でも手に入れられた。そしてベサニーが買ったのは匿名性だった。

ベサニーは逃げきった、たしかに。しかし、何から逃げたのか？

もちろん後悔はある。姿を消す前にBBCから二度拒絶された。自信は打ち砕かれた。永遠に成功しないかもしれない、いつまでたっても有名になれないかもしれないと思いはじめた。そのせいで一千万ボンドと新しい人生がよけいに魅惑的に感じられた。しかし、踏ん張るべきだったのだろうか？　フィオナ・クレメンスがどうなったか見るがいい。しかし、ベサニーにはフィオナほどの自信はなかった。フィオナのようなルックスもなかった。ただし、手術してからほんの少しフィオナに似ているが。闘い抜くこともできたかもしれないが、チャンスが向こうからやって来たので、それをつかむことにした。マイクは闘い続けろ、いつかうまくいくと励ましてくれたが、彼女はまだ若かったので、それが真実だとは思えなかったのだ。

そして、マイクのことが最悪の部分だった。いまだに後悔で夜中に目が覚める。ベサニーが自分の意思でマイクを捨てたと知ったら、マイクは絶望するだろう。ベサニーはそのことを知っているし、ポーリンもそう考えるだろうとわかっていた。ベサニーは踏みとどまって、勇敢に闘えたかもしれない。アンドリュー・エヴァートンを正義の元にひきずりだせたかもしれない。出世できたかもしれない。仕事を楽しみ、近くに行くたびに一杯やろうとマイクを誘えたかもしれない。彼女はそういうことができたかもしれなかったのだ。

しかし、いつもあの銃弾のことを考えてしまう。アンドリュー・エヴァートンから送られてきた側面に名前が刻まれた銃弾。まちがいなく彼女を脅す意図からだったが、最終的にそのせいでアンドリュー・エヴァートンは一千万ポンドを失った。

あの銃弾を見たあと、ベサニーには実際のところ選択肢がなくなった。今、目の前にその銃弾がある。

手のひらで重みを確かめる、何年も前のあの夜にやったように。名前の刻まれた銃弾をじっと見る。そして、その名前のせいで、彼女は最終的に決心したのだった。銃弾に刻まれていた名前はベサニー・ウェイツではなかったから。それならどうにか対処できた。

そこに刻まれていたのは〝マイク・ワグホーン〟だった。

87

マイク・ワグホーンはメールをスクロールしていく。毎年、ベサニーの命日に視聴者はお悔やみのメールをくれる。多くはないし、毎年どんどん減っているが、それでも気持ちはありがたい。

今年は四通だけだった。三通は定期的にメールをくれる人たちからで、もう一通は差出人がわからないアカウントからだ。返信不可のメールアドレスだ。最初の数年はたくさんのメールにまぎれていたが、今はとても目立っている。メッセージはいつも赤いバラ一本だけだ。マイクはこれまでそれについてじっくり考えたことがなかった。

とうとうベサニーの死体は発見されなかった。さまざまな人が理由を言った、潮の流れがどうだとか。そしてマイクは言われたことを受け入れた。世間には同じような事件がたくさんあったし、マイクはすでにそれらを調べていたからだ。

今回はベサニーがヘザー・ガーバットの庭に埋められたと言われた。しかし、さんざん掘ったにもかかわらず、死体は発見されなかった。アンドリュー・エヴァートンは無実を訴え続けている。

だとすると、どうなる？　マイクは考え始める。もしかしたら？

マイクは赤いバラのメールを見る。過去に遡って探す。毎年同じメールだ。すべて返信不可のメールアドレスからだ。

赤いバラは何を象徴しているのか？　ひとつには愛。ランカシャー？　少しこじつけだ。しかし、ベサニーはこじつけが好きだった。彼をからかうのが好きだった。〝アブソルート・ダイナマイト〟とか。彼にそれが解けると思っていたのだろうか？

もちろんメールはベサニーからではない、当然そうだ。善意の人からのバラにすぎない。しかし、すてきな夢想だ。ベサニーが死んでいなくて、VATの利益を手にしてどこかで生きているという考えは。あの金を手に入れた人は誰もいないようだし、ヘンリックはある時点で金が消えたようだと言っていた。彼女といっしょに消えたのか？

ベサニーはさよならも言わずに本当に彼を捨てていくだろうか？

一千万ポンドのためなら、ありうるのでは？　愚かで強欲だが、人生では愚かで強欲になることだってあるだろう？　マイクはずっと愚かだった、ベサニーが真実を見せてくれるまでは。その恩を返すまで、ベサニーがそばにいてくれたらよかったのに。

もしかしたらメールはベサニーからかもしれない。マイクがそう信じたいなら、それでいいのだ。それに、もしそうだとしたら、ベサニーはこのあいだの放送を見てくれたかもしれない。マイクが彼女に手向《たむ》けた弔辞を聞いてくれたかもしれない。そうだといい。ベサニーが天国でも地獄でも、その中間でも、どこにいようと、彼が彼女を愛していることを知っていますように。

マイクはプラスチックボトルからじかにシードルを注ぐ。もうこれでいい。グラスを掲げる。

「ここにいない友人たちに」

88

ジョイス

興奮のるつぼから数日が過ぎた。たぶん、その後起きたことをご報告するべきね。

わたしは短篇を完成させた。もう『人食い族の大虐殺』というタイトルじゃない。『人生は夢のよう――ゲリー・メドウクロフト・ミステリ』っていうタイトルにした。それを《イブニング・アーガス》に送ると、すぐに応募が完了したことを知らせてきた。ありがとう、よい週末を、と返信したけれど、そのアドレスには送信できなかった。それっきり何も連絡がない。

今はゲリー・メドウクロフト捜査官がモロッコに行く新しい短篇にとりかかっている。モロッコには行ったことがないけど、リック・スタイン（イギリスの有名シェフ）がマラケシュに行ったドキュメンタリーを観たから、それにほぼ基づいて書いているところ。

アンドリュー・エヴァートンは刑務所にいる。高セキュリティのベルマーシュ刑務所。何より彼の身の安全のためだと思う。詐欺罪で告発されたけれど、まだベサニーとヘザーの殺人については捜査中だ。ふつうの事件だと、わたしたちのライブ配信は裁判に影響を与えただろうけど、反響があまりにも大きかったので、さすがの警察も世間の手前、きちんと捜査をしなくてはと考えたんじゃないかしら。アンドリューは相変わらず無実を主張しているけど、どうころんでも長いあいだ刑務所に入ることになりそうね。

皮肉なことに、彼の本はすごいベストセラーになっている。キンドルのチャートではトップだし、出版社は急いで紙の本も出すらしい。ネットフリックスはドラマ化権を買った。宣伝について世間で言われていることは当たっている。ただ、彼は一ペニーもお金をもらえそうもない。一千万ポンドを返すまでは、印税の全額が法廷で差し押さえられるのだ。

殺人罪では彼を起訴できそうもないだろう。証拠がどこにあるの？　庭とヘザーの家の裏の森をすべて掘り返したけど、死体は出てこなかった。発見されたのは、たくさんの銃と札束、偽パスポート、盗品といった、およそ考えつくようなものばかり。ジャック・メイソンは死体を探して穴を掘るたびに、埋め戻す前にそこに何かを隠していたようだ。最初に発見されたアサルトライフルは一度も発砲されていなかったし、十万ポンドはタンブリッジ・ウェルズの郵便局強盗のお金だった。

最近、タンブリッジ・ウェルズに買い物に行った。ミニバスでカーリートが連れていってくれたの。タンブリッジ・ウェルズには〈ウェイトローズ〉があるとどこかで読んだことがあったけど、なかった。でも、きれいで大きな〈ウォーターストーンズ〉（大きなチェーン書店）があったので、スティーヴン・キングの『書くことについて』とマリアン・キーズの新作を買った。

最大のニュースはたぶんマイク・ワグホーンね。

ベサニーへの弔辞が配信されてから、電話が鳴り止まないと言っている。マイクは《イギリスのもっとも有名な連続殺人犯たち》という番組をITVで担当することになった。《ザ・ワン・ショー》——わたしのお気に入り番組——でも一週間、サブキャスターを務め、また出てほしいと言われている。それに来週はまたエルスツリーに行き、《ストップ・ザ・クロック——有名人特集！》に彼が出演するのを観覧する予定だ。どうやらエリザベスは先約があるようなので、ポーリンといっしょに行くつもりでいる。

あのあとフィオナ・クレメンスは全員をディナーに招待してくれた。もっともよね、いまやインスタグラムのフォロワーが八百万人もいるし、《ストップ・ザ・クロック》のアメリカ版を撮影することになっているのだから。

ポーリンとロンはストラトフォード＝アポン＝エイヴォンでの長い週末から帰ってきたばかりだ。ロンにシェイクスピアの何を観たの、とたずねたら、ポカンとしていたから、二人はずっとパブで過ごしていたにちがいない。イブラヒムはロンがいないと少し寂しそうだ。イブラヒムはロンが幸せそうでとても喜んでいるようだけど、少し気を配ってあげた方がいいわよね？　しょっちゅういっしょにアランを散歩させているし、イブラヒムは機嫌よくおしゃべりしているけど、それでも。

そして犬の散歩と言えば、よくマーヴィンとロージーに会うの。マーヴィンはとてもハンサムだから、彼といっしょにいるとわたしは尻尾を振らないわけにいかない。彼は無口だけど、そのおかげでほっとすることもあるでしょ？　ほとんどずっと、うんうん、とうなずいている男性といっしょだと。

ときどきキャセロールをマーヴィンに持っていってあげる。いつも二人で食べても充分な量を作っていくので、それが意味することに気づくのを待っているけど、彼はただこう言うだけ。「ありがとう、二日分はありそうだね」だけど、それを低い威厳のある声で言われると――まあ、それだけでも持っていった甲斐がある。まだまったく関心があるそぶりを見せてくれないけど、先日は《タイムズ》を持ってやって来た。「ここにマーガレット・アトウッドの記事が載っているんだ。彼女が本をどう書くかについて。きみは興味があるかもしれないと思ってね」それまでわたしに言ったうちで、いちばん長い文章だったから、今後に乞うご期待。わたしはその記事を読んだから、次回に会うときの話題ができたわ。

クリスマスがすぐそこまで近づいてきたので、ジョアンナとスコットが来てくれるんじゃないかと楽しみにしている。みんなにどうするつもりかはまだ訊いていない。ロンはポーリンと過ごすのかしら？　たぶんポーリンはこっちに来たがるんじゃない？　それにイブラヒムもいっしょよ、もちろん。ヴィクトルはクリスマスに何をするのかしら。明日訊いてみよう。というのも全員が彼の家にランチに招待されているの。今回は水着を持ってくつもりよ、どんなに寒くても気にならない。

わたしの仮想通貨の口座はある時点では六万五千ポンド以上になっていたけど、今は八百ポンド。ヘンリックにメールしたら、こう返事してきた。「ジョイス、信じなくちゃだめだ」信じるって何をかしら、わからない。ただ、仮想通貨にはいろいろ問題があるかもしれないけど、割増金付き債券よりもずっとおもしろい。

今年はとてもたくさんのことが起きた。そのうちでもいちばんうれしかったのがこの子で、今、トラブルを探して部屋にとことこ入ってきた。アランはそろそろ寝る時間だと考えているみたい。いつものように彼の言うことは正しい。

89

強欲、それが問題だった。致命的な欠点だ。自分の手にしているものだけでどうして満足できなかったのか？

実のところ、強欲と狡猾すぎたことだ。ふたつの致命的な欠点。

冷たいビールと熱くなったタイプライターを手元に置いてスペインのテラスにすわっている代わりに、ベルマーシュ刑務所にいる。

「冷たいビールと熱くなったタイプライター」とアンドリュー・エヴァートンはノートに書く。新しい本『有罪か無罪か』は、パソコンを使わせてくれたらすぐに彼の最高傑作になるだろう。判決が出たら使わせてくれるのでは？　犯罪収益法のもとで一千万ポンドを返すためには、何冊の本を売らなくてはならないのだろう？　たくさんだ、計算によると。

VAT詐欺はとても単純で、被害者もいなかった。どこでまちがったのだろう？　本のプロットが現実の犯罪にすり替わった。本の中だけにしておけばよかったのだ。書く才能を信じるべきだった。「グリシャム風」と誰かが言ってくれたっけ、誰なのかは忘れたが。

ベサニーに銃弾を送るべきでもなかった。怯えて手を引くかと思ったのだが。彼女に会おうとメールするべきでもなかった。黒幕のままでいるべきだった。人生は本とはちがう。

たくさんの死人が出たが、彼が殺したのは一人だけだ。たしかにジャックとヘザーにはベサニーを殺したと言った。あれはうまい手だった。存在もしない死体で二人を脅迫したのだ。沿岸警備隊が一週間以内に死体が打ち上げられなかったら、たぶん永遠に打ち上げられることはないだろうと話していたので、アイディアが浮かんだ。狡猾なアイディアが。結局、狡猾すぎた。実に不公平だ。狡猾すぎるからという理由で罰せられるべきじゃない。

それにベサニーを殺したと、あの分厚い眼鏡をかけた男にも言ってしまった。あの男がそれを聞きたがっていると思ったからだ。そうすれば、金を手に入れられると信じたからだ。

強欲。それに狡猾すぎたこと。それでどういう目に遭うか見るがいい。

誰がベサニー・ウェイツを殺したのだろう？　アンドリュー・エヴァートンには皆目見当がつかない。彼ではなかったし、ジャック・メイソンでもなかったことはわかっている。だったら、彼の脅迫計画はうまくいかなかったはずだ。それに、結局すべての金はどこに行ったのだ？　それについてもまったくわからない。眼鏡の男は何者だったのだ？　エリザベス・ベストは見かけどおりの人間なのか？　彼の人生は最初に彼女と会ってからおかしくなりはじめた。疑問は尽きないが、答えはほとんどない。

独房の四方の壁を眺める。ここで囚人仲間たちから隔離され、彼自身の身の安全のために二十四時間閉じこめられ、トイレも壁に固定された金属バケツですませている。狡猾なくせにようやく今、アンドリュー・エヴァートンは気づく、彼の知らないことがぞっとするほどたくさんあるようだ、と。

いいニュースもある。いいニュースだけを考えるべきだ。ベサニーやヘザーの死と彼を結びつける物的証拠はひとつもないということだ。彼の弁護士はダーウェル刑務所の〝目撃者〟の調査についてはさっさと切り上げてしまった。もしかしたら殺人罪はまぬがれるのでは？　世間は彼の血を求めて騒いでいるが、世間というのはいつでも何かを求めて騒ぐものだ。じきに別の関心事に移っていくだろう、その点ではマイク・ワグホーンの言うとおりだ。

おそらく詐欺罪だけで告発されるだろう。そしたら何年の判決になるのか？　十年の刑で実際には五年収監される？　独房内で囚人が事件を解決するベストセラーシリーズを書こうか？　『苛酷な独房』とか『刑事の片腕』のタイトルにしよう。

そう、いいことに集中するんだ。

皮肉なことに、彼が実際にやった一件の殺人については、容疑者にすらなりそうもない。ジャック・メイソンがべらべらしゃべりだしたとたん、彼を殺すしかなかった。選択肢はなかった。単純な自殺に見せかけた。ジャックはドアを開けたとたん死を悟っていた。

「死はノックとともにやって来る」とアンドリュー・エヴァートンは〝いいタイトル〟という項目の下に書き留める。

殺人罪に問われなければ、五年なんてあっという間だろう。

90

昔から勤勉な警官がしているように、クリスも事件の解決を祝っている。ブルーベリーコンブチャ（発酵ドリンク）を飲み、セロリスティックをオーガニック・フムスにつけてかじり、ダーツ番組を観ているところだ。

DNAによる証拠の時代までは、人を殺すことは今よりずっと簡単だったにちがいない。最近は殺人鬼を気の毒に思うほどだ。

とりわけ近距離から銃で誰かを殺すと、えげつない表現で恐縮だが、相手のDNAがあなたの全身にばらまかれる。そして、そのDNAはあなたが触れるものすべてに移動する。

ケント警察賞で、クリスが次に表彰されるためには誰を逮捕すればいいのかしら、とパトリスは言っていた。来年また正装して、ただでプロセッコを飲む夜を過ごすためには。またもやかわいらしいベルベットのポーチに入った、かわいらしいピカピカのバッジを手に入れるためには。

さてさて、たった今受けとったメッセージからすると、クリスはきっと来年も招かれると確信している。それもパトリスのおかげだ。

すべての始まりはこうだった。あの銃はとても小さかった。そのことがクリスを悩ませていた。違法であろうと合法であろうと多くの銃を手に入れられるジャック・メイソンが、なぜポケットに入れられるぐらいの小さな銃で自殺したのか？

答えはいつものように、とても単純だった。銃は誰かのポケットに入れられていたからだ。

アンドリュー・エヴァートンはヘザー・ガーバットの庭から銃を盗んだとき、いちばん小さな銃を選んだ。たんに外に出ていくときに多くの警官の前を通り過ぎなくてはならず、誰にも見つからないようにしなくてはならなかったからだ。実はＡＫ47は二挺見つけていたが、あれだと隠すことはできなかっただろう。

クリスは銃についてもっと検査をするように求め、その検査によって、掘削で発見された他の四挺といっしょに埋められていたことがわかった。他の銃が包まれていた布の同じ繊維、土壌の同じ酸が発見されたからだ。銃弾からもだ。となるとアンドリュー・エヴァートンはその銃を見て、盗み、ジャック・メイソン自身の銃を使って彼を撃ったのだ。

いい証拠だった、まちがいなく。しかし、完璧ではなかった。誰もアンドリュー・エヴァートンが銃をポケットに入れるところを見ていなかった。掘削現場の誰かが盗んだ可能性もあった。ジャック・メイソン自身が何週間も前に掘り出したのかもしれなかった。自殺を計画するときに、ジャックはこう考えたのかもしれない。「そうだ、十年前に埋めたちっぽけな銃を掘り出そう」法廷で、まともな弁護士なら銃について疑問を呈するだろうし、アンドリュー・エヴァートンはまともな弁護士を雇うだろう。

たしかにアンドリュー・エヴァートンがジャック・メイソンを殺したことをクリスが知るには充分な証拠だったが、それを証明する必要があった。

彼とドナは徹底的に話し合った。アンドリュー・エヴァートンが証人台に立ったとき、あわやのところで殺人罪をまぬがれるのは避けたかった。クリスはアンドリュー・エヴァートンをジャック・メイソンの殺人現場と直接結びつける証拠を見つける必要があり、現在ならそれが可能になっていた。DNAだ。

しかし、どこを探せばいいのか？

結局、アイディアが閃いたのはパトリスだった。DNAが見つかるかもしれない場所を彼女は正確に予想した。クリスは疑っていた。何よりも、あまりにも皮肉すぎる。しかし、さらにうながされ、彼は法医学研究所に連絡をとり、今日、その結果が戻ってきた。パトリスは正しかった。保護者の夕べに出席している彼女にメッセージを送って、そのことを知らせた。

エヴァートンは当然、自分を徹底的にきれいにするだろう。血液や血糊、そこに含まれているジャック・メイソンのDNAもとっくになくなっているはずだった。しかし、アンドリュー・エヴァートンはずさんだった。あるいは、あの男を少し知るようになったクリスは、うぬぼれていたのではないかと思っている。もしかしたら殺人の翌日まで服を捨てなかったのでは？ 受賞セレモニーで、クリスとパトリスとすわって声をあげて笑っていたあの日？ きれいにしようとして逆に汚染してしまったのでは？

理由は何であれ、ジャック・メイソンのDNAの痕跡が発見された場所について、アンドリュー・エヴァートンが正当な説明をするのは非常にむずかしかった。

アンドリュー・エヴァートンがケント警察表彰式でクリスに渡したかわいらしいピカピカのバッジと

かわいらしいベルベットのポーチに、DNAが付着していたのだ。

クリスは祝いのセロリスティックをもうひと口かじる。

ひと仕事終わった。

91

ボグダンにはエリザベスに黙っていることがあり、彼女はそれに気づいている。ドナのことではない――二人のことは万歳三唱――だが、まちがいなく何かある。それでも、今日またエリザベスはスティーヴンをボグダンに任せた。家に帰ってきたら話し合おう。

「冒険だったな」ヴィクトルが言う。「そのことでは感謝しているよ。撃たれて埋められ、また生き返った。しかも、スヌーカーをさんざんやった」

「〈木曜殺人クラブ〉にようこそ」エリザベスが言う。

二人はヴィクトルのテラスにすわり、ノートパソコンを広げ、ジントニックをグラスに注ぐ。緑と青とグレーの大パノラマになって、ロンドンが眼下に広がっている。バスは赤血球のようだ。ここから見るととても優雅に見えるが、ロンドンの屋根の下に存在する秘密を二人とも知っている。金、殺人、人間がやるまがまがしいこと。それが二人のおはこだ。のどかな家庭の煙突を見ると、二人は死体が焼かれているのではないかと想像する。六十年近くこの仕事をしていると、そういう物の見方になる。

寒いが、冷気は思考の働きをよくする。アンドリュー・エヴァートンは刑務所に入り、裁判を待っている。ジャック・メイソンとヘザー・ガーバットは土の中だ。ヘンリックはスタフォードシャーに戻ったが、インターネットでヴィクトルに車の動画を送ってくるようになった。それはエリザベスから見ると休戦のように思える。喜ぶべきことだ。ヴィクトルとまた出会えたので、できたら彼を失いたくない。

ただ、ヴィクトルと彼女は、半分しか仕事は片付いていないということで意見が一致している。ヴィクトルはアンドリュー・エヴァートンに告白をさせた。ヴィクトルは誰にだって遅かれ早かれ告白をさせるのだ。しかし、どうもしっくりこない気がする。二人のどちらも。二人でさんざん話し合った。すべてが明らかにされたのか？　まちがった男を捕まえたのか？

「スティーヴンは元気かい？」ヴィクトルはたずねる。

「そのことはまた」とエリザベス。

ヘンリックは捜索を続けているが、どこを見ても、金はただ消えていた。〝キャロン・ホワイトヘッド〟と〝マイケル・ガリス〟は明らかになった。〝ロバート・ブラウン理学修士〟にはとうとう近づけなかった。いずれ謎を解く天才が現れるかもしれないが、エリザベスとヴィクトルはどちらも努力を放棄した。

ただ、ヘンリックはひとつの手がかりを見つけた。やはり初期の支払いで、今回は一万ポンドだった。ヴィクトルとエリザベスは目の前のファイルを眺める。ヘンリックは英国領ヴァージン諸島までその支払いを追っていた。そこでさらに四つの支払いに分割されている。ひとつはケイマン諸島に。だが、その先は行き詰まった。ひとつはパナマへ、ひとつはリヒテンシュタインへ、その後、銀行の秘密主義の果てしない迷路へ。しかし、四つ目の支払いは興味深かった。ドバイの国際銀行だ。場違いに思える。

「どうしてドバイにお金を?」エリザベスは言う。「絶対にもっと安全でもっと目立たない場所がたくさんあるはずよ」

「アクセスかな?」とヴィクトル。「誰かのために少し金を使っているんじゃないか?」

エリザベスはドバイの線を少しじっくり調べてみてもいいかもしれないと考える。向こうに知り合いもいる。一千万ポンドはどこかに消えたが、一万ポンドでも犯人を捕まえるには充分なことがある。それに、エリザベスはベサニー・ウェイツを殺したのが誰であろうと捕まえたいと思っている。

しかし、もしかしてだまされているのだろうか?　もしや明らかなことを見落としている?　なぜかそんな気がする。直感でどこかが妙だと思う。彼女の力が衰えているのか?　たしかに年をとってきている。最近はフットバスを利用している。クリスマスプレゼントに、ジョイスにもひとつ買ってあげるつもりだ。そろそろ、こういうたわごとから手を引く頃合いなのだろうか?　影を求めて走り回るようなことから?

ヴィクトルが寒さにぶるっと震える。エリザベスは彼の毛布をかけ直してやる。

「ありがとう」ヴィクトルは言う。「きみの国はとても寒いね」

「あなたの国だって」エリザベスは返し、ヴィクトルはそれを認める。

たわごとから手を引く頃合いですって？　エリザベスは自分を笑い飛ばす。たわごとを除いたら人生で何が残るの？

「もしかしたら」とエリザベスは言う。「冬に暖かい日差しを浴びるのもいいかもしれないわね」

「かもしれない」ヴィクトルは同意する。「どこがいいかな？」

「ドバイは今の時期、とても温暖なんですって」

「わたしもそう聞いたことがある。それに買い物にもうってつけらしい。画廊まであるんだ」

「じゃあ、いっしょに画廊をのぞいてもいいわね？」

「買い物をして、太陽を浴びようか？」

「いいんじゃない？」エリザベスは言う。彼女は年寄りかもしれないが、あっちで何かを発見できると確信している。行方不明のピースを。

「そう言えば、あの穴の底にいたときのことをよく思い出すんだ。シャベルで全身に土をかけられて。みんなを見上げて、これはわたしの向けの生活かもしれないと思ったんだ。クーパーズ・チェイス。お茶とケーキ、鳥と犬、友人たち。わたしの居場所はあそこにあるのかもしれない。きみなら理解できるだろう」

「ええ、心から」エリザベスは言う。

「わたしは孤独だった。きみはそれを癒やしてくれた。きみと友人たちが。わたしの友人たちが。連中は本当にたいしたもんだ、そうだろう？」

「本当にすごいわ」エリザベスは同意する。

「スヌーカー台を買うつもりだって話したかな？」

「ロンはここに来る車の中でほとんどしゃべらなかったの」エリザベスは言う。「わたしは寝たふりをしなくちゃならなかった」

「結局は人なんだよ、ちがうかな？　常に人だ。地球を半周して完璧な人生を見つけるかもしれない、オーストラリアに移住したっていい。ただ、誰と出会うかで決まってくるんだ」

エリザベスは空に浮かぶプールの方に視線を向ける。ジョイスが泳いでいる。髪が濡れないように頭を水面に出して。ロンとイブラヒムはプールサイドでコートにくるまって、デイベッドに寝そべっている。イブラヒムは風の中で《フィナンシャル・タイムズ》を読もうと苦労している。ロンはコーヒーのカップに蓋を元どおりかぶせようとして四苦八苦している。

泳ぐには寒すぎる。しかしジョイスは耳を貸そうとしなかった。エリザベスはジョイスに馬鹿な真似はよして、夏になってもまだプールはあるのよ、と言った。

「そうね、だけどわたしたちはいないかもしれないわ」ジョイスは答えたのだった。そのとおりだ。できるときにできる限りのものを手に入れる方がいい。これが最後の泳ぎになるかもしれない、最後の散歩に、最後のキスに。ボグダンがエリザベスに隠している秘密については予測がついている。それならそれで仕方ない。

ジョイスはエリザベスが見ていることに気づき、手を振る。エリザベスは手を振り返す。泳ぎ続けて、ジョイス。泳ぎ続けて、わたしの美しい友よ。水から頭を出して、できるだけ長く泳ぎ続けて。

謝辞

この謝辞はわたしが書かなくてはならないまさに最後の文章で、これを書き終えたら休暇に出かけることができます。

執筆中のどこかで休暇に行けたかもしれませんが、正直なところ、編集者たちはこう言わんばかりの目つきでこちらを見るのです。「こんなに締め切りが迫っているときに、本当にセンターパークス（ヨーロッパの休暇村のネットワーク）に行く必要があるんですか？」

いつものように、この文章を書いているデスクには、リースル・フォン・キャットが長く伸びています。キーをたたく音が彼女の繊細な耳には大きすぎるときは、前足でけだるげにわたしをぴしゃりとやることも。

リースルがキーボードの上で寝ていても、モニター画面を体でさえぎっていても、食事を与えた直後にもかかわらず大声で鳴いて食べ物をねだっても、彼女は常にわたしを手伝ってくれようとしているのです。

実際、『逸れた銃弾』を書いているあいだじゅう、とても多くの人々に、助けられ、おだてられ、支えられ、リースルにはニャオニャオと鳴かれました。

まず最初に、読者の方々に感謝を。読者がいなければ、この業界では何も起きません。それがあなたたちです。連れが包装紙を買うのを待っているあいだ、書店でこの謝辞だけを読んでいるなら別ですが。その場合は、一冊買っていただけませんか？　この本でなくてもかまいません。マーク・ビリンガムとかシャリ・ラペナを買ってください。

でも、もしもこの本をすでに読んでくださったのなら、心からお礼を申し上げます。わたしは〈木曜殺人クラブ〉のメンバーたちとともすばらしい時間を過ごしたので、あなたもそうであることを祈っています。わたしの唯一の仕事はあなたを楽しませようとすることなので、楽しい時間をぜひとも過ごしていただきたいのです。たとえその「楽しい時間」が人前で泣くことでも、降りるバス停を乗り過ごしてしまうことでも。

世界じゅうのすばらしい書店にもお礼を申し上げます。これまでにほぼすべての方に会っていると思いますが、あなたたちは英雄です。本への愛ゆえに、その人にふさわしい本を薦めるスキルゆえに、一日に三百回も常に笑顔で「袋はご入り用ですか？」と言える能力ゆえに、英雄なのです。みなさんに来年の今頃に売っていただけるように、次の本を書くと約束します。

わたしは出版社の傑出したチームにも恵まれています。バイキング社のハリエット・ボートン、彼女の忍耐力とウィットとスキルに感謝します。いっしょに仕事ができて、とても楽しかった。この本で触れている「天空のプール」は現実にあるばかりか、実際バターシーのペ《P》ンギン・ラ《R》ンダム・ハ《H》ウスの隣にあります。

「前方のアメリカ大使館のドアには警備員たちがいる。左手にある出版社の回転ドアを若い女性たちのグループが通り抜けていく」

わたしの心の目では、そのグループはわたしのすばらしいバイキング社のチーム、ハリエット、エラ・ホーン、オリヴィア・ミード、エリー・ハドソン、ロジー・サファティ、リディア・フライドで、活字によって永遠になりました。みなさんがしてくれたすばらしい仕事に感謝しています。業界で最高のチームです。なにしろいつのまにかジョイスとエリザベスのすぐそばまで近づいていたのですから！

販売の驚くべき教祖、サム・ファナケンには、わたしがグラフを見るのが大好きだということをわかってもらえたことにお礼を言いたい。それから、レイチェル・マイヤーズ、カイラ・ディーン、アリソン・ピアス、エレノア・ロドス・デイヴィーズ、リンダ・ヴィバーグ、マドリン・ベネット、メレディス・ベンソンの聡明なチームに、そしてサマンサ・ウェイドとグレース・デラーにも感謝します。

原稿編集と制作の天才ナタリー・ウォールとアニー・アンダーウッドにも再びお世話になりました。ナタリーはいつ「それ」を使い、いつ「あれ」を使うべきかを簡潔に説明してくれた初めての人物です。その知識は、永遠に忘れません。

それからドナ・ポピーのすぐれた原稿編集の手腕にもお礼を言います。彼女はリバプールのサッカー選手について百科事典並の知識があるばかりか、南部のどの電車が現在も路面で走っているのかについても知っています。感謝のしるしに〈木曜殺人クラブ〉の二人の登場人物に名前を初めて拝借した人、という栄誉の持ち主でもあります。

アイコンとなっているすばらしい表紙はリチャード・ブレイヴリーとジョエル・ホランドのおかげです。しばしば模倣されますが、これ以上すぐれたものは見たことがありません。

それからトム・ウェルダン（ペンギン・ランダム・ハウスのCEO）に、その支援と英知とゴールデン・ペンギンに感謝します。

わたしの作家としてのキャリアは、傑出したエージェントがいなければ実現できませんでした。ジュリエット・マッシェンズはこの業界でもっともすぐれた人です。常に力になってくれ、想像力に富み、おまけにすごいゴシップを聞かせてくれます。さらにたくさんのゴールデン・ペンギンたちにも感謝です。ジュリエットの優秀な補佐たちは、ライザ・デブロック、キーヤ・エヴァンス、レイチェル・ニーリーです。新しい本が出版されるたびに、全員がさらなる高みへと梯子を登っているので、最後にはもっと大きな梯子が必要となるでしょう。それにライザ、わたしはようやくあなたのためにブルガリア語の納税申告用紙を手に入れました。

わたしは世界じゅうのすばらしい出版社と出会い、今年は実際に彼らと会うようになって、とても幸運でした。みなさん、ありがとうございました。どの本でも、どこかしらでエストニアについての言及を続けていることを、どうか目に留めていただければと祈っています。

このシリーズにとって不可欠のアメリカの出版社には、いっそうの感謝を捧げます。パメラ・ドーマンとジェレミー・オートン、今回のすごい働きぶりときたら！　さらに、こちらの大西洋側からアメリカ側へ、ブライアン・タート、ケイト・スターク、マリー・マイケルズ、リンゼイ・プレヴェット、クリスティナ・ファザラロ、メアリー・ストーン、アレックス・クルース＝ヒメネスに感謝の気持ちを送ります。すばらしいジェニー・ベントにも感謝しています。ズーム通話が減り、たくさんのアメリカの読者や書店に会えた一年に乾杯。

名前を提供してくださったポーリン・シモンズ、人物設定に力を貸してくれたデビー・ダーネルにも感謝を。アンジェラ・ラファティとジョナサン・ポルネーには、DNAについての質問に非常に迅速に明快に答えていただき助かりました。あなたたちのおかげで見事にアンドリュー・エヴァートンを有罪にできたので、わたしたち全員が感謝しています。それからケイティ・ロフタスにはことさら感謝しています。あなたは永遠に仲間の一人です。

家族もこれまでどおりわたしの著書の心臓部です。いつものように母のブレンダには多くのことで感謝しています。一生かけてもちゃんとお返しができないでしょう。マットとアニッサ、ジャン・ライト、祖父母のフレッドとジェシーには、力とやさしさを与えてくれたことに感謝を。

子どもたち、ルビーとソニーもありがとう。二人ともますますすばらしい人間に成長し、毎日わたしに喜びと誇りをもたらしてくれる。きみたちの父親になれて、わたしはとても幸運だし、きみたちの一人がマリオカートで絶対にわたしに勝たせてくれなくても、その気持ちは変わらないよ。

そして、最後にありったけの愛をイングリッドに。きみに出会う前の日々が滑稽に思えるほどだ。きみはわたしの人生を幸福と笑いでいっぱいにしてくれた。残りの人生をきみとともに過ごすことは、これ以上ないほど大きな特権だ。

さらにイングリッドが『逸れた銃弾』というタイトルを思いついたことを記しておきましょう。そのうえ、彼女はすてきなリースル・フォン・キャットをわたしの人生に連れてきてくれました。そして、リースル・フォン・キャットといえば、わたしはもう行かなくてはなりません。書斎の窓を閉めてしまったとはまったくもって許しがたい、と彼女が声高に文句を言っているからです。

ではまた……。

解説

書評家
酒井貞道

「いいね」コニーは言う。「毎週木曜にしよう」
「いや、悪いんだが、水曜にできないかな？　木曜だけは予定がある日なんだ」

本書七十八ページ

そう、木曜日は大切なのだ。木曜殺人クラブの正式メンバー——高齢者施設クーパーズ・チェイスの住民である、精神科医イブラヒム、労働組合の元リーダーのロン、元看護師ジョイス、とんでもない前歴を持つエリザベス——にとっては。このクラブは、今はもういない元警官のメンバーが残した未解決殺人事件のファイルから、適当なものを見繕って、解決できないか調査を試みる。木曜は、その進捗を報告し情報を共有する定期会合があるのだ。現役の社会人も、大きなプロジェクトが動いている際に週一のミーティングが設定されると、他の予定は入れませんよね。それと同じです。

というわけで、大人気シリーズ第三弾『木曜殺人クラブ　逸れた銃弾』である。思えば本シリーズのイメージは、安定するまでに若干の時間を要した。第一弾『木曜殺人クラブ』は、アガサ・クリスティーの『火曜クラブ』を思わせる題名、早川書房の売り文句、クラブのメンバーが老人揃いであまり活発な物語にならなそうな先入観も手伝って、本格謎解き小説として受け止められたように思う。実際に内容も伏線やサプライズをしっかり備えていたことも大きい。同書の若林踏氏の解説も、同作を謎解き小説、探偵小説として紹介する性格が強いものであった。

ただし個人的には『木曜殺人クラブ』を本格謎解き小説として扱うのは違和感があった。確かに上質な謎解きが展開されるのだが、推理やトリックそのものよりも、調査の過程で生じる会話や人物描写、出来事の描写、主要登場人物の活躍の描写を優先していたように見えたのである。推理やトリックに手を抜いていると言いたいわけではない。それらを長篇のメインに据える、という重みづけを感じなかったということである。これは謎解きの質の問題ではなく、小説の構成要素の位置づけの問題である。アンソニー・ホロヴィッツ、ミシェル・ビュッシなどに比べると、『木曜殺人クラブ』は、ミステリとしての比重が明らかに異なる。もちろん、それが悪いわけではないのだが、受容のされ方が何か違う気がする、との思いを引きずった状態で、私は第二作『木曜殺人クラブ　二度死んだ男』の刊行を迎えた。それを読み、私ははたと膝を打つ。第二作においては、登場人物の活躍を描く筆が第一作よりも遥かにノッている。アクション、トラブルシューティング、宝探し、スパイ小説の要素も加わって（あるいは強まって）、滅法楽しいエンターテインメント小説がそこにあった。加えて、同書の解説者・大矢博子氏が紹介したように、リチャード・オスマンは、本シリーズで〈特攻野郎Aチーム〉をやりたかったことが明らかとなる。なるほど、主役級の老人四名はもちろん、協力者たちもその個性と技能を十分に発揮し、事件と悪に立ち向かう。〈特攻野郎Aチーム〉の老人版だと言われたら、確かに納得感はとても強い。おまけに、そこには見事な謎解きが余禄として付随していた。

ここに至って《木曜殺人クラブ》シリーズは、私の中で完全に腹落ちしたのである。

シリーズ第三作となる本作では、この娯楽性がより一層強まっている。

今回、木曜殺人クラブの面々が調査対象に選んだのは、三十五年も続く人気報道番組〈サウス・イースト・トゥナイト〉で十年ほど前にサブキャスターを務めていた、ベサニー・ウェイツの殺人事件である。彼女はVAT（付加価値税。日本でいう消費税と思ってください）に絡んだ詐欺事件を調べている最中に失踪した。彼女の死体は見つかっていないものの、前後の状況から車で海に転落したと目されており、恐らくは殺害されたものと推定されている。彼女が調べていたVAT詐欺については逮捕者も出ており、社会的には解決したものとされていたが、彼女の死それ自体は謎に包まれたままだった。木曜殺人クラブは、この事件を調査することに決め、伝手を辿って〈サウス・イースト・トゥナイト〉のメインキャスターであるマイク・ホグワーンを招待し、話を聞く。

ベサニー・ウェイツの事件が本作品のメインの事件であることは間違いない。ただ同時並行で、今回はとんでもない事態が進行する。なんとエリザベスが脅迫され、認知症を患う夫スティーヴンと共に拉致されてしまう。拉致先では、エリザベスは前職時代の旧友ヴィクトルを殺害するよう強請られる。当然エリザベスは毅然とこれを断る。夫の命を盾に取られるが、ユーモアを忘れず認知症なりに堂々と対応する夫の姿に後押しされて、なお断る。そこで脅迫者《バイキング》は、ジョイスを殺すと脅してきた。ジョイスは完全に無関係なのに！　ここに至ってエリザベスはヴィクトル殺害を渋々受諾するのだ。かくして本書は、エリザベスがいかに旧友を殺すか（または殺さずにどう切り抜けるか）をも主要主題として語り始める。

華々しい報道番組の世界、大金の絡む経済犯罪、脅迫による殺人強請と、状況は前二作に輪をかけて派手になっている。木曜殺人クラブのメンバー四人はそれぞれの個性と技能を発揮して、事件の調査や問題解決に取り組む。イブラヒムは既存作品で登場した囚人のカウンセリングに向かい、その囚人を挟んで獄中の事件関係者の様子を探ろうとする。ロンはテレビ番組のスタイリストと恋に落ちてずっと惚気ているものの、締めるところはきっちり締め、現役時代のコネクションを活用して事件関係者と面談する。エリザベスは前職で培った技能を活かしつつ、自分（と夫とジョイス）を襲う災難を振り払いつつ、ベサニー事件の調査を並行する。なおジョイスは、相変わらずピント外れのことを陽気にお喋りしながら調査に同行する。彼女だけ調査への貢献度が低くない？　と一瞬は思ってしまうが、要所では重要な役割を果たす。ムードメーカーでもあるし、彼女もやはり欠かすことのできない正規メンバーなのだ。四者四様の言動には益々磨きがかかり、いわゆる《キャラ立ち》は一層顕著になってきた。

本作では、この四人の老人に協力する人々もまた、個性を明確化してきている。どうやらわけありらしいヘルパー、ボグダンは、女性警官ドナと恋仲になって浮かれ気味だが、随所で過去を思わせる鋭い動きを見せて、クラブの面々をサポートする。クリス・ハドソン主任警部はドナの母親とのラブラブな関係が続いており、自分の今の人生に大満足しながら、警官ならではの情報と知見をもって木曜殺人クラブに協力する。エリザベスの夫スティーヴンは、認知症ながら性格の良さを垣間見せつつ、記憶を断片的に思い出して、新事実を調査にもたらす。ロンへの復讐を誓う某人物も、不敵で不穏な独白を繰り広げながら、これまた重要な役割を果たす。その他、前二作に登場した人物が複数再登場して、要所でクラブの捜査を前進させる手伝いをする。

フィクションにおいてチョイ役が個性を発揮するのは難しい。これほど多くの脇役が埋没せず印象的に振舞えているということは、つまり個性をしっかり描写できる程度には尺が長い登場シーンを用意されていることを意味する。それは、彼らの木曜殺人クラブへの協力度合いが深まっている証拠でもある。第一作から登場している協力者は、協力開始の経緯から描写しなければならなかった第一作の頃とは違い、今や木曜殺人クラブとすっかりツーカーの仲になっている。老人たちが何を言っても、協力者たちは渋い顔一つせず、なぜ自分がそんなことをしなければならないのかと問うこともなく、打てば響くように協力する。連携はスムーズであり、事態進展の鍵を協力者が握る場面も少なくない。冗談を口にしたり、内心でふざけたことを考えたりする余裕もある。

以上の結果、木曜殺人クラブの調査は、その協力者と一緒に、わちゃわちゃと楽しく進展する。協力者の増加と協力の深化は、調査手法や解決手段に広がりと深みをもたらし、及ぶ手はとても長くなった。この結果、本書は、木曜殺人クラブとその協力者たちは実質的なチームとなって、ベサニー・ウェイツ殺人事件とエリザベス脅迫事件とを解決し、裏に巣食う悪人を追い詰めて懲らしめる、勧善懲悪の爽快な物語に仕上がった。終盤すかっとする場面が増えるのは保証しておきたいし、会話がほぼ恒常的にユーモラスなので、調査がまだ始まったばかりで悪人・犯人に肉薄していない段階でも、隔靴掻痒の感がなく快適に読める。そして最後は、しっかり張られていた伏線に紐づけて、謎解きとしても高品質な、意外にして立派な解決がつくのだ。悪人に対して罠を仕掛け、きっちり追い詰めるのも、実にこのシリーズらしい。

ということで、たいへん楽しい作品である。しかしながら、明るくお気楽な娯楽に徹してばかりではない。明あれば暗あり。この物語では、木曜殺人クラブの面々が直面する老いや衰え、ベサニー・ウェイツに愛情をもっていた人々の悲痛な思いが、絶妙な陰影をもたらす。特に、エリザベスが夫スティーヴンの認知障害に直面した際に時折見せる哀しみには、本当に切なくなる。クライマックス近辺で、某登場人物がベサニー・ウェイツに対する信頼や愛情を吐露する場面も、心に響くものがあった。それに加えて、過去を振り返り悔恨の念に駆られる人物も多い。こういった感傷が、物語に対して絶妙なアクセントを付与する。情感面でも、本当に足腰のしっかりした娯楽小説だ。

なお本作は、事件の背景や遠因を詳述していない。無駄と断じたのか、描写を注意深く排除している形跡がある。たとえば、大掛かりな経済犯罪が背景にあるのだが、その詳細は実質的には語られていない。暗号資産だの損害だのとは書かれているので、「暗号資産も関係する取引で何らかのトラブルまたは違法行為があったのだろう」とはざっくり理解できる。巻き込まれた登場人物がどういう気分になったかも容易に推察できる。だから、その人物がその後なぜそう行動したかも納得できる。しかし、具体的にどのような経済犯罪だったかは、ほぼわからない。事件の背景をここまでぼかしたままというのは、ミステリとしては珍しい。ただこれはよく考えると英断だ。登場人物のわちゃわちゃした大活躍を楽しく読みたい／読ませたい本書のような小説で、経済犯罪の複雑なスキームを細かくリアルに延々と描写することが、果たしていかほどの意味を持とうか。省いたのは正解であったように思う。

ということで、第三作にして、《木曜殺人クラブ》シリーズは益々好調である。こうなると次作にも期待が高まる。第四作は二〇二三年九月に *The Last Devil To Die* というタイトルで刊行が予告されている。さてどうなりますことやら。願わくば、またポケミスでお会いできますことを。

二〇二三年六月

HAYAKAWA POCKET MYSTERY BOOKS No. 1993

羽田詩津子《はたしずこ》
お茶の水女子大学英文科卒
英米文学翻訳家
訳書
『木曜殺人クラブ』『木曜殺人クラブ　二度死んだ男』
リチャード・オスマン
『アクロイド殺し』『牧師館の殺人』『予告殺人〔新訳版〕』
アガサ・クリスティー
『猫的感覚』ジョン・ブラッドショー
『炎の中の図書館』スーザン・オーリアン
（以上早川書房刊）他多数

この本の型は、縦18.4センチ、横10.6センチのポケット・ブック判です。

〔木曜殺人《もくようさつじん》クラブ　逸《そ》れた銃弾《じゅうだん》〕

2023年7月10日初版印刷　2023年7月15日初版発行

著　者　リチャード・オスマン
訳　者　羽田詩津子
発行者　早川浩
印刷所　星野精版印刷株式会社
表紙印刷　株式会社文化カラー印刷
製本所　株式会社川島製本所

発行所　株式会社　早川書房
東京都千代田区神田多町2－2
電話　03-3252-3111
振替　00160-3-47799
https://www.hayakawa-online.co.jp

（乱丁・落丁本は小社制作部宛お送り下さい
送料小社負担にてお取りかえいたします）

ISBN978-4-15-001993-8 C0297
Printed and bound in Japan

ハヤカワ・ミステリ〈話題作〉

1988
帝国の亡霊、そして殺人
ヴァシーム・カーン
田村義進訳
〈英国推理作家協会賞最優秀歴史ミステリ賞受賞作〉共和国化目前のインド、外交官殺しの現場に残された暗号には重大な秘密が……

1989
盗作小説
ジーン・ハンフ・コレリッツ
鈴木恵訳
死んだ教え子が語ったプロットを盗用し、新作を発表した作家ジェイコブ。それはベストセラーとなるが、彼のもとに脅迫が来て……

1990
死と奇術師
トム・ミード
中山宥訳
密室殺人事件の謎に挑む元奇術師の名探偵スペクター。そんな彼の目の前で、またもや奇妙な密室殺人が起こり……。解説／千街晶之

1991
アオサギの娘
ヴァージニア・ハートマン
国弘喜美代訳
鳥類画家のロニは母の荷物から二十五年前に沼で不審な溺死を遂げた父に関するメモを見つけた。真相を探り始めたロニに魔の手が！

1992
特捜部Q
―カールの罪状―
ユッシ・エーズラ・オールスン
吉田奈保子訳
盛り塩が残される謎の連続不審死に特捜部Qが挑む。一方、カールの自宅からは麻薬と札束が見つかる。シリーズ最終章目前第九弾！